高尔基文集

4

短篇小说

特写

速写

1897
—
1900

М. Горький

马克西姆·高尔基

目　　次

草原上 …………………………………………… 1
玛莉娃 …………………………………………… 15
因为烦闷无聊 …………………………………… 69
骗子 ……………………………………………… 90
老搭档 …………………………………………… 128
饥民(素描) ……………………………………… 145
万卡过了一天好日子(速写) …………………… 150
"吊刑"(米什卡生活中的一页) ………………… 159
该隐和阿尔乔姆 ………………………………… 167
瓷猪 ……………………………………………… 203
基里尔卡 ………………………………………… 209
二十六个和一个(诗篇) ………………………… 223
幽会(速写) ……………………………………… 238
菲诺根·伊利奇(特写) ………………………… 245
在集市上 ………………………………………… 272
谈魔鬼 …………………………………………… 280
再谈魔鬼 ………………………………………… 289
我初次看见这个女人 …………………………… 303
红头发瓦西卡 …………………………………… 307

查监结束了	325
口角(速写)	336
孤儿	350
圣诞节前夜	356
听众	365
水泡(故事)	381
一个自命不凡的作家	389
在生活面前	399
谈一本令人不安的书	402
盲人之歌	407

草 原 上[*]

我们离开彼列科普的时候,心里不痛快极了——饿得跟狼一样,恨全世界的人。在接连十二个钟头里面,我们用尽了我们的本领同努力,想偷一点儿或者挣一点儿东西来,都不行。到最后我们相信不论是这件事或者那件事我们都办不到,就决定再朝前走。到哪儿去呢?总之——再朝前就是了。

我们准备完全顺着我们已经走了很久的生活的道路再朝前走——这是我们每个人默默地决定了的,而且也明白地表露在我们饥饿的愁苦的眼神里面。

我们一共三个人;我们大家认识还不久,是在第聂伯河岸上赫尔松的一家小酒店里碰见的。

一个是铁路上护路队的兵,后来——好像做过线路领工员,是一个红头发、肌肉发达的人,有一对冷冷的灰色眼睛;他会讲德国话,而且有很丰富的监牢生活的知识。

我们这位兄弟不爱多讲自己过去的事情,在这上面他多多少少总有些充足的理由,所以我们大家互相信任——至少在外表上是信任的,因为在内心,我们每个人连自己都不大信任呢。

我们的第二个伙伴是个清瘦、矮小的人,他老是带着怀疑的样子

---

[*] 本篇写于一八九七年春,最初发表于同年《南方生活》杂志副刊第一期。译自《高尔基三十卷集》第三卷。

瘪着两片薄嘴唇。他讲起自己来,还说他以前是莫斯科大学的学生——我和那个兵都把这个当成事实。实际上不管他从前什么时候做过大学生也罢,侦探也罢,小偷也罢,在我们看来,那完全是一样的,——只有一件事是重要的,那就是在我们认识的时候,他是跟我们平等的:他挨饿,在城里受到警察的特别的注意;在乡下受到农人们的猜疑,他怀着那种被追赶得精疲力尽的饥饿的走兽的怨恨恨这两种人,梦想着普遍地对所有的人和所有的东西报仇——总之,不管从他自己在大自然的皇帝和生命的主宰们中间的地位来说,或者从他的心境来说,他跟我们都是一路人。

第三个是我。由于我从小生就的谦虚,我决不讲我的长处,可是我不愿意在你们面前显得天真坦白,所以我也不讲自己的缺点。不过,也许可以说供给一点关于我的鉴定材料吧,我得说,我一向都以为自己比别人高明,而且一直到今天还好好地保持着这个见解。

就这样地,我们离开了彼列科普,朝前走去,我们在打牧羊人[①]的主意,人在他们那儿总可以讨到面包,而且他们很少拒绝过路人的这种要求。

我跟兵两个人并排走着,"大学生"跟在我们后面。他的肩膀上挂着一件类似短外衣的东西;在他那瘦得见骨头的、剪得光光的尖脑袋上面,安放了一顶破烂不堪的宽边帽子;一条有各种颜色补丁的灰裤子紧紧贴在他的瘦腿上,他还用他的衣服里子搓成了细绳,把他从大路上拾来的靴筒子绑在脚掌上,他管这个制造品叫做"草鞋"[②]。他默默地走着,踢起很多的尘土,一面闪着他那对带绿色的小眼睛。兵穿一件红布衬衫,据他自己说,这是他"亲手"在赫尔松弄来的;他还在衬衫上面加了一件暖和的棉背心;脑袋上戴了一顶褪了色的军帽,而且照着军队的规矩把帽檐斜扣在右眉上面;一条宽大的乌克兰牛车赶车人穿的紧口灯笼裤在他的腿上摇来晃去。他光着脚。

---

① 特别指鞑靼人的牧羊人。
② 古希腊人穿的一种草鞋。

我也是穿得破破烂烂,而且光着脚。

在我们的四周,草原像巨人张开两只胳膊似的向四面八方伸展开去,无云的天空的炎热的蓝色圆顶罩在它上面,它像一个滚圆的黑色大盘子,摆在那儿。灰色的、满是尘土的大路像一根宽带子似的把草原切断了,这条路绕着我们的脚。我们常常看见一块一块硬得像鬃毛似的新割的谷田,像那个兵的好久没有修过的脸颊像得很出奇。

兵一边走,一边用沙哑的低音唱着:

……我们唱歌赞美你的神圣的复活……

从前在军队里服役的时候,他在营部礼拜堂中担任过礼拜堂司事一类的职务,他知道数目多得数不清的赞美诗、诗篇和短颂歌,而且每逢我们聊天聊得不起劲的时候,他就滥用起他的这种知识来。

在我们的前面,地平线上生出来一些轮廓柔和、浓淡适中的从浅紫色到淡红色的形体。

"不用说,这是克里米亚群山。""大学生"说。

"群山?"兵叫起来,"朋友,你看见它们未免太早一点儿。这是云。你瞧,这就跟加了牛奶的蔓越橘果子羹一样。"

我说,倘使那些云真是果子羹做成的话,那是多快活的事。

"啊,见鬼!"兵吐一口唾沫,骂起来。"哪怕碰上一个活人也好!一个人也没有……只好像冬天的熊那样舔自己的脚掌了……"

"我早说过我们应当到人烟稠密的地方去。""大学生"用教训的口吻说。

"你早说过!"兵生气了。"你也是个就会耍嘴皮子的学者。这种人烟稠密的地方在哪儿?鬼才知道它们在哪儿!"

"大学生"噘着嘴,不响了。太阳落下去了。地平线上的云变幻出各种各样的色彩,都是用言语形容不出来的。空气里有一种土同盐的气味。

这种干燥适口的气味越发增加了我们的食欲。

胃里隐隐作痛。这是一种古怪的而且不舒服的感觉：好像我们身上全部肌肉里的汁水慢慢地流到什么地方去，发散了，于是肌肉失掉了它们的有生机的伸缩性。一种刺痛的、干燥的感觉填满了口腔和咽喉，我们的脑袋发昏，眼前有好些黑点子时隐时现。有时候这些黑点子变成了几块冒热气的肉和几大块圆面包的形状；回忆给这些"过去的幻象，无声的幻象"带回来它们所特有的香味，这时候胃里真像有一把刀子在绞着一样。

然而我们仍旧朝前走着，互相描述我们的感觉，一边用锐利的眼光望着四面八方——看看是不是什么地方有羊群，同时还小心地倾听着——是不是有运水果到亚美尼亚市场去的鞑靼人的车子的尖锐的嘎吱声。

可是草原是空的，静寂的。

在这个艰苦的日子的前一天，我们三个人一共只吃了四磅黑面包和五个多西瓜，却走了四十俄里的光景——入不敷出啊！我们在彼列科普的市场上睡去以后就让饥饿弄醒了。

"大学生"很有道理地劝我们不要躺下睡觉，要在夜里干点事情……可是在规矩人的社会里不便大声谈起侵害私有财产的计划，所以我现在不讲了。我只想做个说老实话的人，说粗野的话对我也没有好处。我知道在我们这个文化水平很高的时代，人一天比一天地变得心软了；即使在他们掐住自己亲人的喉咙、明明要勒死他的时候，他们也是竭力要做得尽可能地和善，并且还要遵守这种场合中所应有的一切礼节。我自己的喉咙的经验使我不得不指出这种道德上的进步，我怀着一种愉快的确信的感觉承认，在这个世界上一切都在发展，都在改善。这种可惊的进步特别是从监牢、酒店、妓院的数目每年都在增加的这个事实上得到了有力的证明……

这样，我们咽下了饥饿的口涎，竭力试用友情的谈话来制止胃里的剧痛，一面在落日的带红色的光辉里继续走过这荒凉、静寂的草原；

在我们的前面,太阳慢慢地落进那些被日光煊染成绚烂的彩色的轻云里去;在我们的后面和两边,一片浅蓝的暗雾从草原升向天空,使我们四周阴沉沉的地平线显得更窄小了。

"弟兄们,我们拾点柴火来生堆火吧!"兵说,他在大路上捡起一小块木头来,"我们得在草原上过夜了——有露水!干牛粪,随便什么树枝——都拿来!"

我们便散开到路旁去拾枯草和一切可以燃烧的东西。每次我要朝地上躬下身子的时候,我身体里面就发生了一种强烈的欲望,想扑下去吃这又黑又肥的土,吃它许多,吃到我不能再吃了,然后——睡去。即使长睡不醒,也还只是要吃,要嚼,要感觉到又热又浓的粥从嘴里慢慢地经过干瘪的食道,达到那个正在给一种想吸收点东西进去的欲望折磨着的胃。

"即使找到点什么草根也好……"兵叹口气说,"可以吃的草根倒是有的……"

可是在这已经耕过的黑色土地上什么草根也没有。南方的夜来得快,太阳的最后的光线还没有消失,星星就已经在深蓝色的天空闪耀了,我们四周的黑影越来越密地合在一块儿,把无边无际的平坦的草原弄得更窄小了。

"兄弟们,""大学生"小声说,"那儿左面有一个人躺着……"

"一个人?"兵带着怀疑的口气说,"他为什么躺在那儿呢?"

"去问一下吧。他多半有面包,既然他在草原上待下来了。"

兵朝躺着人的那一面望了望,坚决地吐了一口唾沫说:

"我们到他那儿去。"

只有"大学生"的尖利的绿眼睛能够辨认出来:在大路左边大约五十俄丈远的地方隆起的一堆黑东西是一个人,我们朝他那儿走去,踏着耕地上的土块急急走着,同时我们感觉到在我们身上新产生的得到食物的希望反倒加强了饥饿的痛苦。我们已经走近了,——那个人一动也不动。

"也许,这不是人。"兵不痛快地说出了大家共同的思想。

可是就在这个时候我们的疑惑马上消散了,因为地上那堆东西突然动起来,长起来,我们看见这是一个真正的活人,他跪着,朝我们伸出一只胳膊,用一种低沉的、颤抖的声音说:

"不要走近——我开枪了!"

昏暗的空气里传来干巴巴的、短促的上枪声。

我们好像得到了命令似的站住了,这种不客气的迎接使我们惊愕地沉默了几秒钟。

"这个混……混蛋!"兵意味深长地喃喃说。

"嗯——是的,""大学生"沉思地说,"带着手枪上路……分明是一尾鱼子很多的鱼……"

"喂!"兵叫道,他显然打定了主意了。

那个人不改变一下他的姿势,也不作声。

"喂,你!我们不来碰你,——只要你给我们面包——有吗?给吧,兄弟,为了基督的缘故!……你这个坏蛋,该挨咒的!"

兵的最后一句话是轻轻地讲出来的。

那个人不响。

"听见没有!"兵又说,声音里带着愤怒和失望的战栗。"跟你说,给面包!我们不走近你……把面包扔给我们……"

"好。"那个人短短地说。

他很可以对我们说:"我亲爱的兄弟们!"而且倘使他在这几个字里面注进了一切最神圣、最纯洁的感情,它们使我们兴奋,使我们恢复人性的程度也赶不上这个简单的、低沉的"好"字!

"你不要害怕我们,好人。"兵温和地微笑道,也不管那个人能不能看见他的笑容,因为那个人跟我们相隔至少也有二十步。

"我们是些老实人,从俄罗斯到库班去……路上钱花光了,身边带的东西能换吃的也都换光了——现在已经是第二天什么也没有进嘴了……"

"接住!"那个好人说,他的手往上一挥。一块黑色的东西飞过来,落在离我们不远的耕地上。"大学生"马上冲过去拾起它来。

"再接住! 再多就没有了……"

"大学生"把这珍奇的布施聚在一块儿的时候,看来我们有将近四磅硬的小麦面包。它上面粘了泥土,而且很硬。硬面包比软面包容易使人饱,它里面含的水分不多。

"这一份……又这一份……又这一份!"兵专心地在分那几块面包。"等一下……不平均! 学者,应当把你的掰一小块下来,不然他就少了……"

"大学生"没有争辩地忍受了一小块大约五左洛特尼克①重的面包的损失;我接过它来,放进了嘴里。

我开始嚼它,慢慢地嚼,很不容易制止我那可以咬碎石头的上下颌的痉挛性的摇动。感觉到食道的搐动并且逐渐地一点一点地去满足它,这给了我很大的快乐。暖和的、形容不出地好吃的小东西,一口一口地渗进胃里去,好像立刻就化成血和脑髓了。一种快乐——这么奇怪的、平静的、苏生的快乐温暖了我的心,而且这是跟我的胃充实的程度成正比例的。我忘记了那些可诅咒的经常挨饿的日子,我忘记了我那两个同样地沉浸在我所体验到的快感里的同伴。

可是我把手掌里最后几小块面包丢进嘴里的时候,我还是想吃得不得了。

"他这个坏蛋那儿一定还剩得有油或者肉一类的……"兵不满意地咕噜道,他坐在我对面的地上,两只手在揉他的胃。

"一定有,因为面包上有肉的气味……而且面包一定也剩得有。""大学生"说,他又小声地加上一句:"要是没有手枪……"

"他是什么人?"

"分明是我们一类的人……"

---

① 左洛特尼克,旧俄重量单位,等于4.266克。

7

"一条狗!"兵断定说。

我们大家靠近地坐在一块儿,望着我们那位带手枪的恩人坐的地方。从那儿并没有声音,也没有任何生命的征象传到我们这边来。

夜在四周聚拢它的黑暗的力量。草原上是死一般的静寂,——我们听到了彼此的呼吸声。有时候从什么地方传来了一只金花鼠的忧郁的吱吱声。星星——天上的鲜花——在我们的上空发光……我们想吃。

我现在骄傲地说——在那个有点古怪的夜里,我既不比我那两个偶然遇到的同伴坏,也不比他们好。我向他们提议,起来找那个人去。我们用不着碰他,不过我们可以把在那儿找到的东西吃它一个精光。他也许会开枪,让他开吧!三个人里面他只能够打中一个——要是果然打中的话;而且即使打中了,连发手枪的子弹也不见得会致命的。

"我们去!"兵跳起来说。

"大学生"起来得慢一点儿。

我们便走去了,差不多是跑去的。"大学生"总是走在我们后面。

"朋友!"兵带着责备的口气对他嚷道。

迎着我们传来喃喃的抱怨声和扳机的尖锐的声音。于是火光一亮,响起一下干巴巴的枪声。

"没有打中!"兵快乐地嚷道,他一跳就跳到那个人面前了。"喂,魔鬼,我这回要给你个厉害瞧……"

"大学生"扑到背包上面去。

可是"魔鬼"跪不稳了,他仰天倒了下去,摊开两只手,喉咙呼呼地响……

"捣什么鬼!"兵惊愕地说,他已经提起脚来,想踢那个人一下。"难道是他自己在呻吟?你!你怎么了?你是开枪自杀了吗?"

"又是肉,又是什么饼,又是面包……多得很,兄弟们!""大学生"欢喜得大声嚷起来。

"那么,见你的鬼去!你死吧……我们来吃!"兵大声说。我拿开那个人手里的连发手枪,他的喉咙已经不响了,现在静静地躺着。手枪里还有一颗子弹。

我们又吃起来,一声不响地吃着。那个人躺在那儿,他也不作声,四肢动也不动一下。我们不去理他。

"亲弟兄们,难道你们这么干就只是为了面包吗?"忽然传来了嘶哑、颤抖的叫声。

我们大家都吓了一跳。"大学生"甚至于呛住了,弯下身子咳嗽起来。

兵嚼完了一块,开始骂道:

"你这狗东西,叫你像干木头一样地裂开才好!你想我们会剥你的皮吗?你的皮对我们有什么用处?你这头蠢猪,黑心肝。哼!——随身带着武器,开枪杀人!你这个坏蛋……"

他边骂边吃,因此他的咒骂就失掉精彩和力量了。

"你等一下,我们吃完了再来跟你算账。""大学生"不怀好意地警告道。

这时候在夜的静寂中响起了使我们惊颤的哭号声。

"弟兄们……难道我早知道吗?我开枪……因为我害怕。我从新阿丰①来……到斯摩棱斯克省去……天呀!热病弄得我苦死了……太阳落下去的时候——我的灾难就来了!为着热病,我才离开了阿丰②……我在那儿做细木匠……我是个细木匠……家里有个老婆……两个女儿……有三年,近四年没有看见她们了……弟兄们!都吃掉吧……"

"会吃光的,不用你请。""大学生"说。

"上帝爷!要是我知道你们是和平、良善的人……难道我还会开枪吗?可是这儿,弟兄们,是草原,夜……是我的罪过吗?"

他边说边哭,说得正确点——他发出一阵颤抖的、恐惧的哭号。

---

① 新阿丰是帝俄时代黑海岸上库塔依城的一个修道院。
② "新阿丰修道院"又叫做"阿丰修道院"。

9

"嚎个没完没了!"兵轻蔑地说。

"他身上一定带得有钱。""大学生"提出来说。

兵眯起眼睛,望着他,微笑了。

"你啊,——眼力倒不坏……现在我们生起火来,大家睡吧……"

"他呢?""大学生"问道。

"让他见鬼去!难道我们要把他烤起来吗?"

"倒应当这样。""大学生"摇晃着他的尖脑袋说。

我们去聚拢柴火,那是我们已经拾好了、听见细木匠的喊声才扔下来的,我们把它们拿了来,不多久我们就围了火堆坐起来。火在这无风的夜里慢慢地燃着,照亮了我们占的一小块地方。虽然我们还可以再吃一顿,可是我们却渐渐地入睡了。

"弟兄们。"细木匠唤道。他躺在离我们三步远的地方,有时候我还觉得他好像在低声讲着什么似的。

"嗳?"兵说。

"我可以到你们那儿……到火旁边来吗?我的死期到了……骨头痛!天呀!我知道我到不了家了……"

"你爬到这儿来吧!""大学生"允许道。

细木匠好像害怕失掉一只手或者一只脚似的慢慢靠着地面爬到火堆旁边来。这是一个身材高大、却瘦得可怕的人;他身上的各部分好像都在摇动似的,他那一对昏暗的大眼睛反映出来那个正在折磨他的病痛。他那张扭歪的脸瘦得见骨,而且就是在火光的照耀下也现出一种土黄色的、死人的颜色。他浑身打战,使人对他起一种轻蔑的怜悯心。他把他的又长又瘦的手向着火伸过去,一面在搓他那些只剩骨头的手指,它们的关节迟钝地、缓慢地弯曲着。总之,瞧他一眼就使人起一种厌恶的感觉。

"为什么你——是这种样子——步行的?不肯花钱吗?"兵不高兴地问道。

"有人劝我……他们说,不要走水路……还是走克里米亚——他们说空气好。可是现在我不能够再走了……我要死了,兄弟们!我会孤单地死在草原上……给鸟来啄吃,没有一个人知道……我老婆……女儿会等着我——我给她们去过信的……可是我的骨头会给草原上的雨水冲洗了……天呀,天呀!"

他像一只受伤的狼似的哀号着。

"啊,魔鬼!"兵生气了,跳起来,叫道……"你嚎叫什么?你为什么不让人安静?要断气吗?好,就断气吧,不过你给我闭嘴……"

"我们躺下来睡吧!"我说,"你呢,要是你想待在火旁边,那么就不要号,给你讲老实话……"

"听见吗?"兵凶狠地说。"喂,你要明白点。你以为我们因为你对我们扔过面包、开过枪,就会来照顾你吗?你这个哭丧脸的魔鬼!要是遇到别人的话……呸……"

兵不作声了,他直挺挺地躺在地上。

"大学生"已经躺着了。我也躺下来。那个受惊的细木匠缩做一堆,移近火旁边,默默地望着火。我听见他的牙齿打战的声音。"大学生"躺在左边,蜷做一团,好像马上睡着了。兵把两只手枕在脑袋下,望着天空。

"多好的夜晚,呀?多少星星……"他对我说,"天空——是一幅被子,不是天空。朋友,我爱这种流浪的生活。它又冷又饿,可是却非常自由……你上面没有什么上司……就是你要咬掉自己的脑袋——也没有人跟你讲一句话。这几天我挨饿得够呛,生了不少气……可是现在呢,我却躺在这儿,望着天空……星星在对我眨眼,好像说:不要紧,拉库京,去走走,见识见识,在这个世界上对谁都不要退让……我心里快活……可是你,——你怎么啦?喂,细木匠,你不要生我的气,也不要怕什么。我们吃了你的面包,这不算什么——你有面包,我们却没有……我们就吃了你的……可是你这个野人却向我们开枪……难道你不懂子弹能够打伤人吗?我刚才很生你的气,要不是你自己摔倒了,兄弟,我就会为了你的无礼揍你一顿。至于面包——你明天走到彼列科普,就在那儿买吧,——不用说,你是有钱的……你这个热病得了很久吗?"

兵的低沉的声音和害病的细木匠的颤抖声在我的耳朵里还响了好久。阴暗的、差不多是漆黑的夜越来越低地朝地面降下来,新鲜的、潮润的空气流进了我的胸中。

篝火散出平稳的光和令人感到舒适的热气……我的眼睛困得睁不开了。

"起来!快!我们就走!"

我吃惊地睁开眼睛,兵拉住我的手,用力把我从地上一拉,我趁势迅速跳了起来。

"喂,快!大步走!"

他的脸上带着严重的、惊惶不安的表情。我朝四周一看。太阳正在上升,粉红色的晨光已经射在细木匠的凝住不动的发青的脸上。他的嘴开着,眼睛远远地突出在眼眶以外,眼光呆板地望着,现出恐怖的样子。他胸前的衣服全给撕破了,他躺在那儿,身子弯曲得很不自然。"大学生"不在了。

"喂,看够了吧!我说,走!"兵拖着我的手激动地说。

"他死了?"我问道,早晨的凉气使我颤抖起来。

"当然。要是勒你,你也会死的。"兵解释道。

"勒他的……是'大学生'吗?"我嚷起来。

"不是他还有谁?也许是你吧?不然就是我吧?原来是那位学者……他很巧妙地解决了这个人……却把自己的同伴扔在陷阱里面。要是我早知道这个,我昨天就把这个'大学生'打死了。只要一下就可以把他打死了。一拳打在他的太阳穴上……世界上就少了一个坏蛋了!你瞧他干的好事,你懂吗?现在我们得悄悄地走,不要让一只人眼看见我们在草原上。你懂得了?因为——今天人们就会找到这个细木匠,就会发现他让人勒死了,还抢走了钱。他们就会来追究我们这一类人……从哪儿来,在哪儿过夜?就说你我身上什么也没有……可是他的手枪在我的怀里!这个玩意儿!"

"扔掉它吧!"我劝兵道。

"扔掉?"他沉吟地说……"这是值钱的东西……不过也许我们还不会给人抓到吧?……不,我不扔……谁又知道细木匠身上带得有武器呢?不扔……它大概值三个卢布。里面还有一颗子弹……唉,可惜!我只想把这颗子弹打进我们那个亲爱的同伴的耳朵里去!他这条狗抢去了多少钱,啊?该死的!"

"还有细木匠的女儿……"我说。

"女儿?什么女儿?哦,这个人的……啊,她们会长大的,她们又不会嫁给我们,我们用不着去谈她们……兄弟,快点走吧……我们应当朝哪儿走呢?"

"我不知道……朝哪儿走都是一样。"

"我也不知道,我也知道都是一样。还是朝右面走吧——海应当在那边。"

我们就朝右面走了。

我回过头来朝后面瞧。离我们远远的,草原上突起一个黑黑的小堆,太阳光正照在那上面。

"你是在瞧他有没有活起来吗?不要害怕,他不会站起来追我们的……那个学者明明是个熟手,他把他彻底解决了……啊,这个好同伴!他可害够我们了!唉,兄弟!人在变坏,坏人一年比一年地多起来了!"兵悲哀地说。

草原静寂而荒凉,洒满了早晨的鲜明的太阳光,在我们的四周伸展开去,在地平线上跟明朗、柔和和充满阳光的天空融合在一块儿,使人觉得在蓝色圆顶覆盖下面的这一片自由的原野的广大地区中间,不可能有任何黑暗的不公平的事情。

"真想吞点什么东西进去,兄弟!"我的同伴一边卷纸烟一边说。

"今天我们吃什么,又在哪儿吃,又怎么吃呢?"

13

这是一个问题！

…………

说故事的人(我的病床旁边的邻人)在这儿结束了他的故事,他还对我说：

"这是全部故事。我跟这个兵非常要好,我们一块儿一直走到卡尔斯省①。这是一个善良的、有经验的家伙,一个典型的流浪汉。我敬重他。一直到小亚细亚,我们都是一块儿走的,可是到了那儿我们就失散了……"

"您有时候会记起那个细木匠吗？"我问道。

"就像您刚才看见的,或者应当说——就像您刚才听见的那样……"

"那么……不觉得什么吗？"

他笑了。

"关于这件事我应当有什么感觉呢？在他遇到的事情里面我并没有责任,就像在我遇到的事情里面你也没有责任一样……而且不论哪一个人在任何一件事情里面都没有责任,因为我们大家都一样地是——畜生。"

巴　金　译

---

① 以前是帝俄外高加索的一省。

玛 莉 娃[*]

海——在笑。

热风轻轻吹拂,海在颤动,阳光下,海面微波粼粼,光耀夺目,无数银光灿烂的笑涡在向蔚蓝的天空微笑。海波一浪追着一浪直奔平缓而狭长的沙滩,欢乐的浪花激溅声荡漾在海天之间寥廓的空间。这声音和海面上千万层鳞波反映出的灿烂阳光,和谐地融汇成生生不息、充满欢腾的运动。太阳是幸福的,因为它光芒四照;海也是幸福的,因为它反射着太阳欢乐的光芒。

风温柔地抚摸着大海软缎似的胸膛;炽热的阳光温暖着它,大海在温存的爱抚下,睡意蒙眬地喘息着,使炎热的空气中充溢着海水蒸发的咸味。淡绿色的海浪奔上黄灿灿的沙滩,抛出白花花的泡沫。泡沫发出轻微的响声,渐渐消失在滚烫的砂砾上,润湿着沙土。

狭长的沙嘴像一座从岸上倒在海里的巨大塔楼。尖尖的塔顶插入在太阳下波光熠熠的浩瀚无边的海水中。塔基消失在陆地上暑气弥漫的远方。从那边,随风吹来阵阵重浊难闻的气味,在明净的海上,在晴朗的蓝天下,这种气味是不可思议而又大煞风景的。

在遍布鱼鳞的狭长沙滩上插着几根木桩,上面挂着渔网,它们在沙地上投下蛛网般的影子。几条大船和一只小船在沙滩上排成一行,

---

[*] 本篇最初发表于一八九七年第十一和十二期《北方导报》杂志。译自《高尔基三十卷集》第三卷。

海浪涌上岸来,仿佛在召唤它们。沙滩上有一间用柳条、树皮和草席搭成的高高的窝棚,窝棚周围散乱地放着篙竿、船桨、筐子和木桶。在窝棚门前的一根满是枝丫的木棍上靴底朝天挂着一双毡靴。一根长竿竖立在这一切杂乱无章的东西上空,竿顶系着一块红布,随风飘动。

瓦西里·列戈斯捷夫躺在一条木船的阴影里。他是格列边希科夫渔行捕鱼场前沿——沙嘴上的看守人。他趴在地上,两手托住脑袋,凝神眺望着大海远处隐约可见的海岸线。在那边水面上有一个小黑点时隐时现,瓦西里看到那黑点越来越大,越来越近,心里很高兴。

波浪上阳光耀眼欲花,他眯起眼睛,满意地微笑着:这是玛莉娃来了。她一来,就会咯咯地笑,她的胸脯会诱人地一起一伏,她会用柔软的双臂拥抱他,亲吻他,接吻的声音清脆得连海鸥也会受惊。她会讲那边岸上的各种新闻。他们一起煮一锅鲜美可口的鱼汤,喝上点儿烧酒,在沙滩上躺一会儿,闲聊一阵,亲热地嬉戏一番。等到夜幕降临,他们烧壶茶,就着美味的小面包圈喝个痛快,然后躺下睡觉……每逢礼拜日和节日都是这样。翌日清晨,黎明前天色朦胧,空气清新,他从还在睡梦中的海上把玛莉娃送到对岸去。玛莉娃坐在船尾打盹儿,瓦西里划船,望着她。这时她的样子总是很可笑,像一只饱餐后的猫,可笑而又可爱。她有时还从座位上滑进船舱,蜷缩成一团,睡着了。她常常是这样的……

这一天连海鸥也热得倦乏了。它们一排排站立在沙滩上,张开嘴,垂着翅膀,有的在海面上懒洋洋地随波荡漾,不叫,也不像平常那样凶猛、活跃。

瓦西里觉得船上好像不止玛莉娃一个人。难道又是谢廖什卡缠住她了吗?瓦西里在沙地上笨重地翻过身子,坐了起来,用手掌遮在眼睛上方,怀着焦灼不安的心情仔细观望:还有谁在船上?玛莉娃坐在船尾掌舵。划船的人不是谢廖什卡,那人不太会划,要是和谢廖什卡一起,玛莉娃就用不着掌舵了。

"嗨!"瓦西里急不可待地喊了一声。

沙滩上的海鸥被惊得颤抖了一下,警觉地提防着。

"嗨——嗨……"从船上传来了玛莉娃清亮的声音。

"你跟谁在一起呀?"

他得到的回答却是一阵笑声。

"妖精!"瓦西里低声骂道,啐了一口唾沫。

他急于想知道来人是谁;他卷着烟,目不转睛地盯着那划船人的后脑和脊背。空中传来了船桨击水的响亮声音,沙子在看守人的赤脚下发出嘎吱嘎吱的响声。

"是谁跟你在一块儿呀?"当他能看清玛莉娃俊美的脸上他所熟悉的笑容时,他大声喊道。

"再等一会儿你就知道了!"玛莉娃笑着回答。

划船的人转过脸来对着岸上,也含笑看了瓦西里一眼。

看守人皱起眉头,回想着:这个看来似曾相识的小伙子是谁呢?

"使劲儿划!"玛莉娃吩咐道。

船猛地一冲,差不多有半个船身随着海浪冲上了沙滩,往侧面一歪就停住了;浪退回到海里去了。划船的人跳到岸上,说:

"爸爸,你好!"

"亚科夫!"瓦西里压低了声音喊道,与其说是高兴,还不如说是惊讶。

他们拥抱着,在嘴上和脸颊上亲吻了三次。瓦西里的脸上流露出惊奇、喜悦和羞惭交集的神情。

"怪不得我看着……觉得有点儿眼熟,心里老嘀咕……嘿,原来是你,怎么会是你呢? 真没想到! 可我一直在猜想:是不是谢廖什卡? 不,我看真了,不是谢廖什卡! 原来是你!"

瓦西里一只手捋着胡须,另一只手在空中比画着。他想看一眼玛莉娃,但是儿子那双微笑的眼睛注视着他的脸,炯炯的目光使他局促不安。他为有这样一个健壮漂亮的儿子感到满意,但这种心情却掩盖不住他内心由于情妇在场所产生的羞惭。他站在亚科夫面前,不停地

17

倒换着两脚,接二连三地,没等回答,就问了一连串的问题。他脑子里好像乱成一团,当听到玛莉娃的话里带着讥讽时,他更觉得不是滋味儿。

"你呀,别高兴得……连说话都颠三倒四的!带他进窝棚吃点儿东西吧……"

瓦西里向她转过身来。她的嘴角挂着讥笑,瓦西里还从未见她这样笑过。她整个人和往常一样,丰满、柔嫩、容光焕发,同时又有点新奇和异样。她把淡绿的眼睛从父亲身上移到儿子身上,用雪白的细牙嗑着西瓜子。亚科夫也面带微笑地端详着他们,有几秒钟三个人都默不作声,瓦西里感到很尴尬。

"我马上去弄!"瓦西里突然手忙脚乱起来,向窝棚走去。"你们别待在太阳下面,我去打点水,然后……咱们煮鱼汤吃!亚科夫,我要让你吃上最鲜的鱼汤!你们在这儿那个……随便坐,我就来……"

他从窝棚旁边的地上拿起一口小锅,快步向渔网走去,隐没在一片灰色的皱褶的渔网中。

玛莉娃和瓦西里的儿子也朝窝棚走去。

"好小子,我可把你带到你爸爸身边了。"玛莉娃说道,斜眼打量着亚科夫敦实的身体。

亚科夫朝她转过脸来,脸上长着深褐色的鬈曲胡须,两眼闪出炯炯的光芒,说道:

"是的,咱们到了……这儿真好,多美的海啊!"

"多么宽阔的大海……怎么样,你爸爸老多了吧?"

"不,不怎么见老。我以为他已经满头白发,可白头发还很少……身子骨也很结实……"

"你说说,你们有多长时间没见面了?"

"恐怕……有五六年了吧。他离开乡下那会儿,我才十七岁……"

他们进了窝棚,里面很闷热,草席上散发出一股咸鱼味。他们坐下来:亚科夫坐在一个树墩上,玛莉娃坐在一堆草袋上。在他们中间放着一个拦腰截断的木桶,桶底朝上当作桌面。坐好后,他们默默地互相凝神端详了一会儿。

"这么说,你是想在这儿干活啰?"玛莉娃问。

"这个嘛……我不知道……要是能找到活儿——我就干。"

"在我们这儿准能找到!"玛莉娃很有把握地说,同时神秘地眯起那双绿眼睛,打量着他。

亚科夫没有看她,用衬衣的袖子擦着脸上的汗水。

突然她笑了。

"大概你妈让你给你爸捎口信,还向他问好吧?"

亚科夫瞧了她一眼,皱起双眉,简短地说:

"那当然……怎么?"

"没什么!"

亚科夫不喜欢她的笑:就像在揶揄他似的。小伙子转过身去,不看这女人。他想起了母亲让他捎的口信。

那时母亲送他出村口,扶着篱笆,不住地眨着干涩的双眼,匆匆地叮嘱他说:

"告诉你爹,亚沙……你一定要告诉他,就说,爹!……娘说,她就一个人在那儿……都五年了,她还是孤孤单单一个人!就说,她老了!……亚科武什卡,你一定要跟他说,娘眼看就要变成老太婆了……总是孤零零的,一个人!整天干活。你千万告诉他……"

说到这里,她用围裙掩住脸,默默地哭起来。

当时亚科夫并不怜悯她,可现在却可怜起她来了……他瞟了玛莉娃一眼,严肃地扬了扬眉毛。

"瞧,我回来了!"瓦西里一手提着鱼,一手拿着刀,走进窝棚,大声说道。

他已经恢复了常态,把羞愧深深地掩藏在心底。现在,他若无其事地看着他们,只不过在他的动作中流露出一种他从未有过的慌乱。

"我马上去烧火……一会儿就回来……咱们聊聊!好吗,亚科夫,啊?"

说完,他又走出了窝棚。

玛莉娃不停地嗑着瓜子,毫无顾忌地盯着亚科夫,亚科夫虽然也很想看看她,却尽量克制自己不这样做。

后来,由于沉默使他感到窘迫不安,他就说:

"我的背包忘在船上了,我去拿!"

他不慌不忙地站起身来,走了出去。他前脚出去,瓦西里后脚就进来了。他向玛莉娃弯下腰,匆忙而且生气地说:

"咳,你干吗跟他一起来?我怎么向他介绍你呢?你我是什么关系?"

"来了就来了呗!"玛莉娃干脆说。

"咳,你……好糊涂的婆娘!叫我现在怎么办?就这样当面对他直截了当说,那个……马上就说?我家里还有老婆呢!就是他娘……你应该想到这一点!"

"我想这干吗!我怕他不成?还是怕你不成?"她问道,轻蔑地眯起那双绿眼睛。"瞧你刚才在他面前手忙脚乱的样子!我觉得真可笑!"

"你还觉得好笑!可我怎么办?"

"这你早就该想到了!"

"我怎么知道他会这样突然从海里钻到这儿来呢?"

沙子在亚科夫脚下发出嘎吱嘎吱的声音,他们随即中断了谈话。亚科夫拿来了一个很轻的背包,把它往角落里一扔,用恶狠狠的眼光横了那女人一眼。

玛莉娃一个劲儿嗑着瓜子,瓦西里坐到树墩上,用手搓了搓膝盖,然后微笑着开口说:

"这么说,你来了……你怎么想起要来的呢?"

"就这么来了……我们给你写过信……"

"什么时候?我什么信也没收到过!……"

"真的吗？可我们写了……"

"信兴许丢了，"瓦西里感到很懊丧，"你瞧，真见鬼……是吗？要它的时候，它偏偏丢了……"

"那么说，我们的情况你都不知道啰？"亚科夫问道，半信半疑地看了父亲一眼。

"我打哪儿知道？我没接到信！"

于是亚科夫告诉他：他们的马死了；早在二月初，他们的粮食就都吃完了；又找不到活儿干。草料也不够，牛差点儿没饿死。勉强挨到了四月，后来就决定这样办：耕完地，亚科夫上父亲那儿找点工作，干上三个来月。他们就写信把这些打算告诉他了。后来卖掉三只羊，买了点粮食、草料，亚科夫就这样来了。

"原来是这样！"瓦西里扬声说道，"是这一样……那……你们怎么……我给你们寄钱去了……"

"那才多点儿钱呀？修房子……嫁玛丽娅，……我买了一张犁……你可知道，五六年……都过了这么长的时间！"

"是—呀！这么说，是不够用？原来是这样……哎哟，我的鱼汤要潽了！"他站起来跑出去了。

瓦西里在火堆前蹲下，火堆上挂着一个正在开滚的小锅，他一面把汤沫撇到火上，一面在沉思。儿子讲的一切并没有引起他多大的同情，相反，他对老婆和亚科夫却产生了不满。五年来他给他们寄去了多少钱，可是他们还是没有把家业料理好。要不是玛莉娃在场，他就会数落亚科夫几句。没有得到父亲的允许就自作主张地从乡下跑出来——干这种事倒顶有能耐，可是家业却管不好！到今天为止，瓦西里一直过着轻松愉快的生活，很少想到家业，现在，突然使他想起来了，这家业像个无底洞，五年来他一直把钱往里扔，成了他生活中毫无用处的累赘。他叹了口气，用汤匙搅和着鱼汤。

在灿烂的阳光下，柴火堆淡黄色的小小火焰显得渺小可怜，苍白无力。火堆上升起一缕缕透明的青烟，迎着浪花向大海飘去。瓦西里凝视着这缕缕青烟,暗自想道,从今天起,他的生活不会再那么舒服,那么自由自在了。亚科夫大概已经猜到这个玛莉娃是什么人了……

玛莉娃坐在窝棚里,眼睛一直含着微笑,她那充满热情,富有魅力的目光使小伙子局促不安。

"我想,你可能把未婚妻扔在乡下了吧?"她突如其来地问道,一面观察着亚科夫的脸庞。

"也许是吧!"亚科夫待答不理地说。

"顶漂亮,是吗?"她随便问道。

亚科夫没有吭声。

"干吗不说话呀?……她比我好看吗?"

亚科夫不由自主地看了看她的脸。她的脸颊黝黑而丰腴,红润饱满的嘴唇半开半闭,挂着寻衅的微笑,微微颤动着。粉红色的小布褂看上去特别合身,显现出圆圆的肩膀和高高隆起的丰满的胸脯。但亚科夫不喜欢她那双眯缝着的狡黠含笑的绿眼睛。

"你干吗这样说?"亚科夫叹了口气,以一种恳求的语气说道,虽然他想对玛莉娃说得严厉些。

"那该怎么说呢?"她笑问道。

"还有,你笑……笑什么?"

"笑你……"

"嗯!我跟你有什么相干?"他委屈地问,在玛莉娃的目光下他又低下了眼睛。

她没有回答。

亚科夫多少猜到了她和父亲的关系,这使他和玛莉娃说话时感到拘束。这个猜测并没有使他感到惊奇:他听人说过,离乡在外干活的人都很放荡;他也知道,像他父亲那样身强力壮的男人,离了女人是很难生活这么长时间的。尽管如此,在玛莉娃和父亲面前,他还是感到很不自然。随后他想起了母亲——一个在农村累死累活、终日操劳、总爱叨叨的农妇。

"鱼汤做得了!"瓦西里走进窝棚时说,"玛莉娃,把汤匙拿来!"

亚科夫瞟了父亲一眼,心想:

"她连汤匙放在什么地方都知道,可见她是经常到他这儿来的!"

她拿了汤匙,说要去洗一洗,还说她有烧酒放在船尾上。

父子俩目送她离去。只剩下他们两人,沉默了片刻。

"你怎么碰到她的?"瓦西里问。

"我在渔行打听你,正好她在那儿……她说:'从沙滩上绕过去还不如坐船去,我也到那儿去。'我们就这样来了。"

"唔—唔……我常常想:'亚科夫现在怎么样了?'"

儿子望着父亲的脸亲切地微笑了一下,这一笑使瓦西里增添了一点儿勇气。

"我说……这个女人还不错吧?"

"还可以。"亚科夫眨了眨眼,说得有点模棱两可。

"实在没有办法,我的伙计!"瓦西里挥动着两手,大声说道,"开始我还忍着,可是不行啊!习惯了……我是结了婚的人。再说,她还能补补衣服,做一些其他的事……总之……哎!就像少不了要死一样,少不了女人呀!"他坦率地作了一番解释。

"跟我有什么关系?"亚科夫说,"这是你的事,我管不着你。"

但他心里却暗想:

"哼,这样的女人才不会给你补裤子呢……"

"再说我才四十五岁……在她身上也花不了多少钱,她又不是我的老婆……"瓦西里说。

"那当然。"亚科夫表示同意,心想:"恐怕,她少花不了你的钱!"

玛莉娃手里拿着一瓶烧酒和一串 8 字形的小面包圈回来了。他们坐下来喝鱼汤,默默地吃着鱼,大声地吮着鱼骨头,然后把它们吐到门旁的沙地上。亚科夫狼吞虎咽地吃着。这大概使玛莉娃很高兴:她温存地微笑着,望着亚科夫晒得黝黑的两腮在鼓动,两片厚大、湿润的嘴唇很快地在蠕动。瓦西里的胃口欠佳,但他竭力装出一副专心吃喝的样子,他这样做是为了不让儿子和玛莉娃觉察,不让他们打搅他,他正在考虑自己该怎样对待他们。

海鸥凶猛的号叫不时打断海浪发出的温柔悦耳的音乐声。灼热的暑气渐渐消去,这时,一股股含着大海气息的凉爽气流不时吹进窝棚。

在喝过鲜美的鱼汤和烧酒后,亚科夫的眼睛变得呆滞无神,他在傻笑,打嗝,接二连三的打呵欠,并带着那样一种神情看着玛莉娃,以致瓦西里认为有必要对他说:

"亚舒特卡①,喝茶以前……你在这儿躺一会儿吧,到时候我们叫醒你。"

"这可以—以……"亚科夫同意说,往草袋上一躺。"那……你们上哪儿?哈—哈!"

瓦西里被他这一笑弄得很不好意思,急忙走了出去。玛莉娃把嘴一撇,紧蹙双眉,回答亚科夫说:

"我们上哪儿去,你管不着!你算老几?你连怎么向上帝祷告都还不懂呢!你不过是这么个玩意儿,小伙子!……"

"我?好吧!"亚科夫冲她离去的背影嚷道,"你等—等着吧……等我给你点厉害看看!瞧你那德行……"

他又嘟哝了一阵,然后就睡着了,通红的脸上带着酒醉饭饱后的微笑。

瓦西里把三根篙竿插在沙地里,把顶端系在一起,盖上一块草席,搭了一个凉棚。他躺在阴影里,两手垫在头下,仰望着天空。当玛莉娃在他身旁坐下时,他向她转过脸来,玛莉娃看到他满脸委屈和闷闷不乐的样子。

"怎么,看见儿子还不高兴吗?"她说着笑了起来。

"他是在……笑话我呢……就因为你!……"瓦西里忧郁地说。

---

① 亚科夫的爱称。

"嗯？因为我？"她狡狯地表示惊讶。

"难道不是吗？"

"唉，你这个可怜虫！现在该怎么办呢？是不是别上你这儿来了？啊？好，那我以后就不来了！……"

"瞧你，真是个妖精！"瓦西里责怪她说，"哎，你们这些人呀！他笑话我，你也……你们还算是我最亲近的人呢！有什么好笑的呢？你们这些鬼东西！"他背过脸去，不作声了。

玛莉娃手抱双膝，慢悠悠地摇晃着身体，那双绿眼睛看着波光闪闪的欢乐的大海，露出那种懂得自己美丽的魅力的女人所常有的扬扬自得的微笑。

一艘帆船，宛如一只长着灰翅膀的笨拙的大鸟，掠过海面。船离岸很远，正向更远的地方，向湛蓝的一望无际的海天相接的地方驶去。

"怎么不说话？"瓦西里问。

"我在想。"玛莉娃说。

"想什么？"

"随便想想。"她耸了耸眉毛，停了片刻，又说道："你的儿子是个好样的小伙子……"

"这跟你有什么关系？"瓦西里嫉妒地大声问道。

"关系大着呢……"

"你给我小心点！"他用充满猜疑的严厉目光扫了她一眼，"你别胡闹！我虽然是个老好人，可你别惹我就是了！"

他紧握双拳，咬牙切齿地继续说：

"你今天一来就在耍什么把戏……我现在还不清楚，你搞的是什么名堂……哼，你当心点儿！我要是知道了，就没你好过的！你笑得也有点儿特别……还有……我也会对付你们这样的女人的……"

"瓦夏①，你别吓唬我……"她连瞧也不瞧他一眼，满不在乎地说。

---

① 瓦西里的爱称。

"那好！可你别闹着玩儿……"

"你也别吓唬人……"

"你要是胡搞,我就揍你……"瓦西里恶狠狠地威胁说。

"你要动手打人?"她朝他转过身来,好奇地看着他那激动的脸。

"你以为你是个什么阔太太吗? 我就是要揍你……"

"我是你的什么人? 难道是你老婆不成?"玛莉娃毫不含糊地、神情自若地反问道。她没等回答,又继续说:"你无缘无故打惯了老婆,所以也想这样来对待我,是吗? 哼,办不到。我是谁也管不着的太太,谁也不怕。你看你呢,怕儿子:看你刚才在儿子面前说话颠三倒四的样子,真丢人! 可你还要来威胁我!"

她轻蔑地摇摇头,不作声了。她这一番冷静而又傲慢的话压倒了瓦西里凶狠的气焰。瓦西里还从未见过她像现在这样俊美。

"你倒来劲了,唠叨个没完……"他说道,一边生气,一边却欣赏着她。

"我还有话要跟你说。你对谢廖什卡吹,说我没有你,像没有面包一样,就活不下去了! 你这是白搭……可能,我爱的不是你,我来也不是为了你,我爱的只不过是这个地方……"她用一只手在周围画了一个大圈,"也许,我喜欢的是,这儿很空旷,只有大海和天空,没有任何卑鄙无耻的人。至于你在这儿,这对我来说是无所谓的……这好像是我为这个地方所付的代价……要是谢廖什卡在这儿,我也会来他这儿的,以后你儿子在这儿,我也要来他这儿……如果你们一个也不在,那就更好……我讨厌死了你们! ……只要我愿意,凭我的美貌,我随时都可以挑到合我心意的男人……"

"原来是这—样?!"瓦西里怒不可遏地咬牙切齿说,猛地卡住她的喉咙,"是这—样啊?"

他使劲地摇晃着她,虽然她的脸涨得通红,眼睛也充满血丝,但她没有挣扎。她只是把自己的双手放在瓦西里那只卡住她喉咙的手上,两眼盯着他的脸。

"你心里原来是这么想的?"瓦西里满腔怒火,声音嘶哑地说,"你还一直瞒着不说,贱货……还拥抱我……还跟我亲热……我要给你点厉害看看!"

瓦西里把她按到地上,用握紧的拳头痛快地朝她脖子上狠狠地打了一下、两下。每当抡起的拳头落到她富有弹性的脖颈上时,他就感到一阵心满意足。

"让你尝尝……你这条蛇,怎么样?……"他扬扬得意地问她,把她往旁边一扔。

她一声也没哼,默默地、平静地仰面倒了下去,头发散乱,满脸通红,但还是很美丽。她的绿眼睛含着冷淡无情的仇恨看着他。瓦西里激动得气喘吁吁,他发泄了怨恨,感到高兴和满足,但没有看到她的目光。当他得意扬扬朝她瞥了一眼时,却发现她在微笑,她丰满的嘴唇颤动了一下,两眼闪射出一道光芒,脸颊上出现了笑窝。瓦西里愕然地看了看她。

"你怎么了,妖精!"他粗暴地拽了一下她的手,嚷道。

"瓦西卡①!……这是你打的我?"她低声问道。

"那,还有谁?"瓦西里望着她,无法理解这一切,一时也没了主意。是不是再揍她一顿?然而他的气已经消了,他也不会再举手打她了。

"这么说,你是爱我的啰?"她又问道。她的低语声使瓦西里感到了一股热流。

"算了,"他闷闷不乐地说,"这次算便宜了你!"

"可我还以为你已经不爱我了……我心想:'现在儿子到他这儿来了……他就会赶我走了'……"

她奇怪地、异乎寻常地大声笑了起来。

"傻瓜!"瓦西里说着也禁不住笑了。"儿子,他管得着我吗?"

在玛莉娃面前他感到歉疚,觉得她可怜,但他一想起玛莉娃说的

---

① 瓦西里的爱称。

那些话,就又厉声说道:

"这跟儿子毫不相干……我打你,是因为你自己不好,你干吗要惹我?"

"我这是故意的,想试试你……"说着玛莉娃把肩膀紧贴在他身上。

"试试?有什么可试的?这下可试着了吧。"

"没什么!"玛莉娃眯起眼睛,自信地说,"我不生气,打是爱嘛,是不是?我会报答你的……"她盯着瓦西里看了一会儿,随后放低声音重复了一句:"是啊,我会好好报答你的!"

在瓦西里听来,这话是一种诺言,使他高兴、激奋、心里觉得甜滋滋的;他含笑问道:

"怎么报答?……嗯?!"

"等着瞧吧!"玛莉娃平心静气地说,但她的嘴唇却颤抖了一下。

"哎,你呀,我的宝贝!"瓦西里大声说道。他用情人的双手紧紧地搂住她。"你要知道,我打了你,觉得你更可爱了!说真的!更亲了……要我怎么说呢?"

海鸥在他们头上翱翔。温柔的海风把浪花几乎一直送到他们的脚下,大海一刻不停地喧笑着……

"嗨,这叫什么事儿!"瓦西里如释重负地舒了口气,若有所思地爱抚着紧贴在他身上的女人。"世界上的事安排得真叫人纳闷:凡是见不得人的事反而都是甜蜜的。你什么也不懂……有时候,我一想到生活,就感到可怕!特别是半夜三更……睡不着的时候……抬眼看看:在你面前是大海,在你头上是天空,四周漆黑一团,真吓人……你呢,孤孤单单一个人在这儿!你会觉得自己变得很—小、很小……你身下的土地在摇晃,除了自己以外,没有任何别的人了。在这种时候,哪怕有你在也好啊……到底是两个人嘛……"

玛莉娃闭眼躺在他的膝上,默不作声。瓦西里那张饱经风霜,粗糙而善良的古铜色的脸俯在她的头上,他的黑灰色的大胡子擦得玛莉娃的脖子痒呵呵的。玛莉娃却一动不动,只有她高高的胸脯在均匀地起伏。瓦西里的眼睛时而看看大海,时而停留在面前这胸脯上。他开始不慌不忙地吻玛莉娃的嘴唇,吻得那么响亮,仿佛他在喝滚烫的、漂浮着厚厚一层黄油的稀粥似的。

他们就这样在一起过了将近三个小时。当太阳开始沉到海里去的时候,瓦西里郁闷地说:

"嗯,我去煮茶……客人快醒了!"

玛莉娃像只撒娇的猫,懒洋洋地把身子挪到一旁,瓦西里恋恋不舍地站起来,向窝棚走去。那女人稍稍抬起睫毛,看了看他离去的背影,像人们在卸下使他们疲惫不堪的重负时那样,叹了口气。

过了一会儿,他们三人围坐在火堆旁喝茶。

落日的霞光给大海涂上了绚丽活泼的色彩,淡淡的绿波上泛起朱红玛瑙和晶莹珍珠交相辉映的闪光。

瓦西里用一只白色的陶制杯子喝着茶,向儿子详细打听家乡的情况,一边回忆着故乡的往事。玛莉娃没有插嘴,静听着他们从容不迫的谈话。

"这么说,老乡们还可以过得下去喽?"

"好歹凑凑合合地过呗……"亚科夫回答说。

"咱们农民要求高吗?一座木房,一点够吃的粮食,过节的时候能喝上一杯烧酒……可是连这一点也没有……要是在家乡能混饱肚子,难道我会跑到这儿来吗?在家乡,我和大伙儿一样,自己当家做主,可是在这儿呢,得听人家吆喝……"

"可是这儿吃得饱,活儿也轻……"

"唔,你也别这么说!有时候累得浑身筋骨酸痛。再说,这儿总还是替别人干,那儿是为自己干。"

"不过钱挣得多呀!"亚科夫平静地反驳说。

瓦西里心里同意儿子的看法:在农村,无论是生活还是劳动都比这儿艰苦;但出自某种原因,他不愿意让亚科夫知道他心里的想法。

于是他严肃地说：

"你算过这儿的工钱吗？在农村,伙计……"

"就像在洞里一样,又黑又挤,"玛莉娃笑了笑,接茬说,"尤其是女人的生活:只有眼泪。"

"女人的生活到处是一样……光线也没什么两样,只有一个太阳嘛！……"瓦西里紧锁双眉,瞧了她一眼。

"这你可是胡扯！"玛莉娃兴冲冲地提高嗓门嚷道,"要是在农村,不管我愿意不愿意,都得嫁人,嫁了人的女人一辈子都是奴隶。收庄稼啦、纺纱织布啦、喂牲口啦、生儿育女啦……她自己还剩下什么呢？只有男人的打骂……"

"不见得就是打。"瓦西里打断她的话说。

"在这儿呢,谁也管不着我,"她没理睬瓦西里,继续说,"像只海鸥,想飞到哪儿就飞到哪儿！谁也不能阻拦我,谁也不来碰我！……"

"要是碰了呢？"瓦西里冷笑着用提醒的口吻问道。

"哼,那我就回敬他！"她低声说,眼里炽热的光芒消失了。

瓦西里温厚地笑了。

"嘿,你倒顶勇敢,可惜没力气！尽说些女人见识的话。在农村,女人是生活中有用的人……可是在这儿,她就……只不过为了寻欢作乐活着……"他稍停了一会儿,接着说:"为了作孽。"

他们的谈话到此突然中断,亚科夫若有所思地叹了口气,说:

"这海好像没边没际……"

三个人都默默地看了看跟前的茫茫大海。

"要是这儿都是土地该有多好啊！"亚科夫大声说道,张开胳臂挥动了一下。"要是都是黑土,都开垦了该有多好啊！"

"原来你想的是这个啊！"瓦西里和蔼地笑了,赞许地看了看儿子的脸,儿子为了表达自己强烈的愿望连脸都涨红了。他的话里充满了对土地的热爱,瓦西里听了很高兴。他想,这种对土地的热爱也许很快就会力促亚科夫回到农村去,不至于使他受到自由自在的捕鱼场生活的诱惑。那他和玛莉娃就还留在这儿,一切又会照旧下去……

"亚科夫,你这话说得好!庄稼人就应该这样。庄稼人就因为有土地才有力量:只要他在土地上,就有活路,离开土地,就会完蛋!没有土地的庄稼人,就像没有根的树:没了根的树作木料是可以的,要它长久活下去就不行了:它会烂掉的!它失去了树木的美,光秃秃、赤条条,真难看!……亚科夫,你的话说得很好。"

大海敞开胸怀沐浴着阳光,波涛奏出深情的乐曲迎着太阳,夕阳的余晖给海浪染上了奇妙斑斓的色彩。生命的缔造者——光的神圣源泉,在自己发出的极为协调柔和的霞光中向大海告别,以便在远离凝视着落日的这三个人的地方,射出万道欢快的曙光,去唤醒睡梦中的大地。

"我看到太阳落下去的时候,我的心都软了,说实话,真的!"瓦西里对玛莉娃说。

玛莉娃没有答理。亚科夫那双淡蓝色的眼睛含着微笑向遥远的海面眺望。三个人都陷入沉思中,久久地望着白昼最后一刹那即将逝去的地方。在他们面前,火堆的余烬还在微微燃烧。在他们身后,夜幕徐徐笼罩着天空。黄沙渐渐变黑,海鸥已无影无踪,四周的一切变得宁静而又像梦幻般的可爱……连一刻不停的海浪在奔向沙岸时发出的声音也不像白天那样欢快和喧闹。

"我干吗坐着?"玛莉娃说,"该走了。"

瓦西里踌躇片刻,看了儿子一眼。

"忙什么?"他不满地嘟哝了一句,"等一会儿,月亮就要升上来了……"

"有月亮又怎么样?就这样我也不怕,我又不是第一次在夜里从这儿回去!"

亚科夫瞧了父亲一眼,微微眯起眼睛,在窃笑,随后又看了看玛莉娃,正好玛莉娃也在看他,这使他感到不好意思。

"那好,走吧!"瓦西里口里答应,心里却感到不满和惆怅。

她站起来告别后,就沿着沙岸慢步走去;海浪滚到她的脚下,仿佛在和她嬉戏。满天星斗像金灿灿的花朵发出颤悠悠的闪光。瓦西里和儿子目送玛莉娃离去,她鲜艳的衣衫在苍茫的暮色中失去了光泽。

　　我的心上人……快来!
　　啊,快来!紧贴我的胸怀!

——玛莉娃放开嗓子尖声唱了起来。

瓦西里觉得她似乎站住了,在等候。他狠狠啐了一口,心想:"她这是在故意挑逗我,妖精!"

"你听,她在唱呢!"亚科夫笑了笑。

这时他们看到,玛莉娃在夜色中变成了一个灰色的斑点。

　　尽情享有我的双乳,
　　像一对雪白的天鹅在我胸脯!

她的歌声在海面上回荡。

"瞧她唱的!"亚科夫扬声说,他的整个身躯向飘来诱人的歌词的地方探了过去。

"这么说,你在乡下没有把家业料理好喽?"响起了瓦西里严厉的声音。

亚科夫大惑不解地瞥了他一眼,又恢复了原来的姿势。

那热情奔放的歌曲被波涛声所淹没,只有片言只字传到了他们的耳际。

　　……啊……在这样的夜晚
　　……孤寂一人……我难入梦乡!

"真热!"瓦西里郁郁不乐地大声说道,在沙地上翻来覆去,"都到了夜里……还这么热!真是个鬼地方……"

"这是沙子……白天晒热了……"亚科夫朝一旁转过身去,说话时像是有点结巴。

"你怎么?……好像在笑?"父亲厉声问道。

"我?"亚科夫天真地反问道,"笑什么?"

"我说也是,根本没什么……"

他们两人都沉默了。

不知是叹息声还是轻柔的喊人的声音,透过海浪的喧哗声传到了他们这儿。

两个礼拜过去了,礼拜天又来到了,瓦西里·列戈斯捷夫又躺在自己窝棚旁边的沙地上,遥望大海,等待玛莉娃的到来。辽阔的大海笑着,在阳光下熠熠闪烁,层层海浪推涌着、追逐着,向沙滩扑来,在岸上溅起朵朵浪花,随后又退回去,消失在海里。一切依旧和十四天以前一样。不过,从前瓦西里总是坦然而又放心地等待自己的情人,今天却心急如焚地在等候她。上个礼拜天她没有来,今天该来了!瓦西里相信,她今天会来,但他急于想见到她。今天亚科夫也不会来打搅了:前天他和另外几个工人一起来拿渔网时,说他礼拜天一早要进城去给自己买件衬衣。他在渔场上做工,每月挣十五个卢布,已经下海捕过几次鱼,现在看上去,他精力充沛,心情愉快。像所有打鱼的工人一样,他身上散发出一股咸鱼味,也和大家一样,衣服又破又脏。瓦西里一想到儿子就叹了口气。

"他在这儿要是不出什么意外……变得放荡起来……到那时,恐怕就不想回农村去了……那我自己就不得不离开了……"

海上除了海鸥,什么也没有。在海天之间隔着细细的一条沙岸的地方,不时有一些小黑点在移动,不一会儿又消失了。虽然太阳光已经直射海面,但还不见船的踪影。往常,在这个时候玛莉娃早就在这儿了。

33

两只海鸥在空中搏斗,厮打得连羽毛都从它们身上纷纷落下。凶残的叫声冲破了海浪欢乐的歌声。这歌声永恒不息,和光芒四射的天宇间的庄严寂静和谐地融成一片,犹如阳光在茫茫万顷的大海上欢乐嬉戏的声音。海鸥落到水里,互相厮打,由于疼痛和激怒发出狂叫,又飞到空中,互相追逐……它们的同伴——一群海鸥——就像没有看到这一场搏斗似的,出没在绿色透明、波光闪闪的水面上,贪婪地捕食海鱼。

大海空旷辽阔。在远离岸边的海面上一直没有出现那个熟悉的黑点……

"你不来呀?"瓦西里自言自语地说,"好,那就别来!你以为怎么着?……"

他朝岸那边轻蔑地啐了一口。

海在笑。

瓦西里打算做饭,便起身向窝棚走去,可是他又觉得他并不想吃东西,于是又回到原来的地方躺下了。

"就是谢廖什卡来了也好啊!"他在内心大声说道,迫使自己去想谢廖什卡。这是个心狠手辣的家伙,见谁就嘲笑,见谁都想动手。他身体健壮,有点文化,饱经世故……不过是个酒鬼。跟他在一起很快活……女人都为他倾倒,虽然他新来不久,可是女人都在追他。只有玛莉娃一个人离他远远的。……可是玛莉娃没来,真是个该死的婆娘!也许因为他打了她,所以她生气了?不过,这对她来说难道还稀罕吗?说不定,别人还不知怎么打的呢! ……现在他也要给她点厉害看……

就这样瓦西里在沙地上翻来覆去,还在等待,一会儿想到儿子,一会儿又想到谢廖什卡,可是想得最多的是玛莉娃。他忐忑不安的心情不知不觉被阴沉、猜疑的思想所代替,可是他不愿这样去想。他有意不去解开这个疑团,忽而起身在沙滩上徘徊,忽而又躺下,一直等到傍晚。暮色已经笼罩着海面,但他仍然在凝视遥远的海面,期待小船的出现。

这天玛莉娃没有来。

瓦西里躺下睡觉时,懊丧地诅咒自己的工作,这工作不允许他离开这儿到对岸去。好几次他刚要入睡,又跃身而起,因为在睡意蒙眬中他仿佛听到远处有船桨击水的声音。他用手像帽檐似的遮在眼睛上方,向黑魆魆、雾蒙蒙的大海眺望着。在渔场那边的岸上,有两堆篝火在燃烧,海上空无一人。

"好啊,女妖精!"他用威胁的口吻说。没过多久他就昏昏沉沉地入睡了。

原来这天在渔场那边发生了这样一件事。

亚科夫一清早就起来了,太阳晒得还不那么厉害,海上不断吹来令人心旷神怡的新鲜空气。他走出工棚,到海边去洗脸,当他走近岸边时,看到了玛莉娃。她坐在一艘停靠在岸边的大木船的船尾上,两只赤脚垂在船舷外面,正在梳理湿漉漉的头发。

亚科夫站住了,用好奇的目光打量着她。

布衫的前胸没有扣上,从一个肩膀上滑了下来,肩膀白皙而又诱人。

海浪拍打着船尾,随着船身起落,玛莉娃的身子时而在海面上抬起,时而又低低地落下来,使她的赤脚都快要碰到水面了。

"洗澡了,是吗?"亚科夫大声问道。

玛莉娃向他转过脸来,瞥了他一眼,接着又梳起头发,回答说:

"洗澡了……干吗起得这么早?"

"你比我还早……"

"难道你能学我吗?"

亚科夫没有答话。

"你要是跟我一样过日子,你的脑袋都难保啦!"玛莉娃说道。

"哦?瞧你,多可怕!"亚科夫莞尔一笑,便蹲下洗脸。

他用手捧起水往脸上撩,感到海水清凉爽人,他不时发出呼哧呼哧的声音。洗完后用衬衣的下摆擦擦脸,问玛莉娃:

"你干吗老是吓唬我?"

"那你干吗瞪大眼睛瞧我?"

亚科夫记得,他并没有比看渔场上别的女人多看她,但这时他却对玛莉娃突然脱口说:

"谁叫你……长得这么暄乎乎的!"

"要是你爸爸知道你的这德行,他准会把你的脖子拧下来!"

她狡黠而又迷人地看着亚科夫的脸。

亚科夫笑了,爬上了大木船。他并不明白,玛莉娃说的是他的哪些德行,不过,她既然这样说,就意味着他是不断地盯着她看了。亚科夫感到欣喜、高兴。

"爸爸又怎么的?"他说着沿船舷向玛莉娃走去。"你是他买的不成?"

他在玛莉娃身旁坐下,两眼盯着她裸露的肩膀、半敞开的胸口、她的整个身体——鲜洁、健壮、散发着海水气味的身体。

"瞧你,像条白鳝鱼那样白!"他仔细地打量了她一番,然后发出一声赞叹。

"没你的份儿!"她干脆说,眼皮也不抬,也不去整理敞开的衣衫。

亚科夫叹了口气。

在清晨的阳光照耀下,他们面前的大海一望无际。微风吹起的跳荡的细浪轻轻地拍击着船舷。在遥远的海面上可以隐约看到对岸的沙嘴,它宛如大海光滑的胸膛上的一道伤痕。篙竿像一条纤细的画线从沙滩上伸向柔和的蔚蓝天空,还可以看到那块布在随风飘荡。

"是的,小伙子!"玛莉娃说,还是没有看他,"我是很迷人的,可就是没你的份儿……谁也没有买下我,你父亲也管不着我。我过我自己的日子……你可别来缠我,因为我不想站在你和瓦西里的中间……我不要争吵和纠纷……懂吗?"

"我又怎么了?"亚科夫感到十分诧异,"我根本没碰你……"

"你不敢碰我!"玛莉娃说。

她说这话的口气和对亚科夫的藐视态度,使得他,无论是作为一个男子汉,还是作为一个普通人,都受到了侮辱。一种冲动,近乎恼怒的感情涌上了他的心头,两眼霎时变得通红。

"哦?我不敢?"他嚷道,向她更靠近了些。

"你不敢!"

"嗯?要是碰了呢?"

"碰碰看!"

"碰了又怎样?"

"我给你后脑勺一下,你就会翻进水里。"

"好,来吧!"

"那你就碰碰看!"

亚科夫两眼喷射出火热的光芒,打量了她一眼,冷不防用一双有力的大手从旁把她抱住,紧紧压住她的胸和背。由于接触到她火热、健壮的身体,亚科夫全身腾地一下仿佛燃烧了起来,他的喉咙好像受到窒息而感到一阵紧缩。

"就这样!来……打吧!嗯……怎么样?"

"放开,亚什卡!"她镇静地说,试图从他颤抖的双手中挣脱出来。

"你不是要打我的后脑勺吗?"

"放开!小心,没你好的!"

"得了,你别吓唬我了!嘿,你呀……长得真甜!"

亚科夫紧紧地搂住她,把厚厚的嘴唇贴在她绯红的脸颊上。

玛莉娃兴奋地发出一阵咯咯的笑声,紧紧抓住亚科夫的双手,全身猛地用力向前一挺。他们两个互相抱着,扑通一声沉重地掉进水里,淹没在溅起的浪花和泡沫中。过了片刻,亚科夫湿淋淋的脑袋在波动的水面上冒了出来,脸上露出惊慌失措的神色,玛莉娃在他旁边也钻出了水面。亚科夫拼命挥动双手,拍打着身旁的水,又吼又叫,玛莉娃却放声大笑,在他周围游来游去,用手把咸海水泼到他的脸上,时而潜入水中,避开他抡得老远的胳臂。

"妖魔!"亚科夫大声叫嚷,鼻子发出呼哧呼哧的声音。"我要淹死了!行了!……真的……我要淹死了!水……真苦……嘿,你呀……我要淹死了!"

但玛莉娃离开了他,像男人一样用手划水,向岸边游去。在岸边她敏捷地又爬上了木船,站在船尾上,含笑看着向她慌忙游过来的亚科夫。湿淋淋的衣服贴在她身上,显露出她从肩膀到膝盖的整个体形。亚科夫游到船边,抓住了船,双眼贪婪地盯着这个几乎是裸体的、正在高兴地取笑他的女人。

"喂,爬上来,笨家伙!"她笑着说,然后跪下来,向他伸出一只手,另一只手扶着船边。

亚科夫抓住她的手,兴冲冲地喊道:

"好……当心!我给你洗一洗个澡……"

他站在水里,水齐肩膀。他把玛莉娃往自己身边拉过来。波浪越过他的头顶,撞在船上,水花四溅,洒在玛莉娃的脸上。她眯起眼睛,咯咯笑着,忽然尖叫一声,就扑到水里,她身体的冲力把亚科夫撞倒了。

他们像两条大鱼,又开始在淡绿的海水中嬉戏:互相泼水,尖声叫喊,发出鼻嗤声,不时潜入水里。

太阳含笑俯视着他们,渔场房屋的玻璃窗反射出阳光,也在笑。海水在他们有力的手臂拍击下发出哗哗的声音。被人的这种嬉笑声弄得惊恐不安的海鸥,发出刺耳的尖叫,在他们头上盘旋,他们两人的脑袋不时被从天际滚滚而来的排浪所淹没……

最后,他们弄得精疲力尽,喝够了海水,爬到岸上,坐在太阳下休息。

"呸!"亚科夫皱眉蹙额,直吐唾沫。"嘿,这水也不好!难怪有那么多!"

"世界上不好的东西总是很多,就拿小伙子来说吧,真是太多了!"玛莉娃笑着,拧着头发里的水……

她的黑发虽然不长,可是浓密而又鬈曲。

"难怪你看中了老头子。"亚科夫反唇相讥,笑着用胳膊肘捅了捅玛莉娃的腰部。

"有的老头儿比年轻人好。"

"要是父亲好的话,那儿子就会更好……"

"真有你的!哪儿学来的吹牛本领?"

"在乡下时姑娘常对我说,我这个小伙子真不错。"

"姑娘们懂什么?你得问我……"

"那你是什么?难道不是姑娘?"

她定睛瞧了瞧他,亚科夫厚着脸皮在笑。玛莉娃突然变得一本正经,气冲冲地对他说:

"从前是,不过后来生过一次孩子了!"

"表面好,不见得真好!"亚科夫说完哈哈大笑起来。

"傻瓜!"玛莉娃冲口而出,说完就扭过身去,背对着他。

亚科夫胆怯了,把嘴一撇,不说话了。

他们两个沉默了差不多有半个小时,不时朝太阳转动身体,好让太阳把他们的湿衣服晒干。

屋顶往一侧倾斜的工棚又长又脏。工棚里的工人已经相继醒来了。从远处看去,这些工人的模样都很相像:个个衣衫褴褛,头发蓬乱,赤着双脚……他们嘶哑的声音不断传到岸边,有人在敲一个空桶的桶底,像在擂一面大鼓,发出低沉的隆隆声。两个女人尖声相骂,狗在吠叫。

"他们醒了,"亚科夫说,"我本来想今天早一点进城去……没想到跟你在这儿打闹了一阵……"

"跟我在一起没什么好处。"玛莉娃半开玩笑半正经地说。

"你干吗老是吓唬我?"亚科夫困惑不解地笑了笑。

"你瞧着吧,你父亲会把你……"

这一次提到父亲使亚科夫勃然大怒。

"父亲又怎么的？嗯?"他粗声粗气地嚷道,"父亲！我又不是小孩子……有什么了不起……这儿的规矩不一样……我又不是瞎子,我能看得见……他自己就不是个圣人……他在这儿想干什么就干什么……那,他也别来管我。"

她带着讥讽的神情朝他的脸看了一眼,好奇地问：

"别管你？那你打算干什么呢？"

"我?"他像在搬沉重的东西时那样,鼓着双颊,挺起胸脯。"我吗？我能干的事多着呢！这儿清新的空气整天吹着我,把我身上的乡土气都吹跑了。"

"真够快的!"玛莉娃用讥讽的口吻大声说道。

"那怎么的？我不管三七二十一可以把你从父亲那儿抢过来。"

"嗯,真的?"

"你以为我怕吗?"

"真的不怕?"

"我说,你呀,"亚科夫激动而又热烈地说道,"你别来挑逗我！我……你小心点!"

"什么?"她平静地问。

"没什么!"

他转过身去,不说话了,摆出他是个勇敢、自信的小伙子的架势。

"你真神气活现！这儿掌柜的有条小黑狗,见过吗？它就跟你一样。它在远处汪汪叫,看样子就要咬人了,可你一走近,它夹起尾巴就溜跑了!"

"哼,好吧!"亚科夫气急败坏地嚷道,"你等着吧！你会看到我是怎么个人的,会看到的!"

玛莉娃却冲着他的脸笑了笑。

一个身材高大,筋脉突露,皮肤呈现出古铜色的人,披着一头火红色蓬乱的头发,摇摇晃晃、慢慢地向他们走来。他没有系腰带,身上的红布衬衣从背上几乎一直破到领子,为了不让两只袖子滑落下来,他把袖子一直挽到肩膀。他的裤子上满是大大小小的破洞,脚上没有穿鞋。在他长满雀斑的脸上,一双蓝色大眼睛无所畏惧地闪烁着,那宽大的翘鼻子使他的整个模样儿显得无忧无虑而又粗野。他走到他们跟前就站住了。从他百孔千疮的衣服下露出的肉体,在太阳下闪着油亮的光,他用鼻子大声地吸了口气,以探询的目光注视着他们,做了个滑稽的鬼脸。

"我谢廖什卡昨儿个喝了点酒,今儿个谢廖什卡的口袋就像个没底的篮子……借我二十个戈比!我反正不会还……"

亚科夫听了他这几句大胆、直爽的话,毫无恶意地哈哈笑了,玛莉娃打量着他那身破烂,也笑了。

"给吧,鬼东西!给我二十个戈比,我就替你们举行婚礼,要不要?"

"咳,你真会开玩笑!难道你是神甫?"亚科夫笑了。

"傻瓜!我在乌格利奇给神甫看管过院子……给我二十个戈比吧!"

"我不要举行婚礼!"亚科夫拒绝了他。

"那反正你也得给!你给了,我就不告诉你父亲,说你追他的美人了。"谢廖什卡坚持说,用舌头舔着干裂的嘴唇。

"胡说,他才不会信你的……"

"我要是说了,他准信!"谢廖什卡很有把握地说,"他还会狠狠揍你一顿,叫你够受的!"

"我不怕!"亚科夫笑了笑。

"好,那我自己来揍你!"谢廖什卡眯细眼睛,用平静的口吻说。

亚科夫本来是舍不得花那二十个戈比的,但是有人提醒过他,不要跟谢廖什卡发生什么瓜葛,对他最好是有求必应。他要的也不多,要是不给他,在干活的时候他就会暗中跟你捣乱,或者无缘无故地打你一顿。亚科夫想起了这些劝告,叹了口气,把手伸到口袋里。

"这就对啦!"谢廖什卡表扬着他,在他身旁的沙地上坐下。"永

41

远听我的话,你就会成为一个聪明人。你呢,"他转向玛莉娃说,"打算马上嫁给我吗?赶快准备准备吧,我可不愿等得太久。"

"你这个破烂货……先把破窟窿补好,咱们再谈吧!"玛莉娃回答说。

谢廖什卡用不满的眼光看看自己衣服上的窟窿,摇了摇头。

"你最好把你的裙子给我。"

"想得倒美!"玛莉娃说完就笑了。

"说真的!你总有旧裙子吧?给我一条。"

"你自己去买一条裤子嘛!"玛莉娃劝说道。

"我宁可花钱买酒喝……"

"宁可买酒喝!"亚科夫笑着,手里拿了四个五戈比的钱币。

"那还用说?神甫告诉我,人应该关心的是自己的心灵,而不是外表。我的心灵需要烧酒,不要裤子。把钱拿来!好,我现在就去喝……你的事,我到了儿还是要跟你爸爸说的。"

"去说好了!"亚科夫把手一挥,毫不在乎地向玛莉娃挤了挤眼,碰了一下她的肩膀。

谢廖什卡看在眼里,吐了口唾沫,进一步威胁说:

"我也忘不了还得揍你一顿……等我一有空,就让你尝尝我的厉害!"

"那为什么?"亚科夫惊恐地问。

"我怎么知道。……喂,你是不是马上就嫁给我?"谢廖什卡问玛莉娃。

"你还是先跟我说说,我们以后干些什么,怎么过日子,然后我再考虑考虑。"她郑重地说。

谢廖什卡看了看海,眯起眼睛,舔了舔嘴唇,解释说:

"我们以后什么也不干,就闲逛。"

"吃的哪儿来?"

"咳,"谢廖什卡一挥手,"你跟我妈一样,唠叨个没完。不是'什么'

就是'怎么'。我怎么知道？我这就去喝酒了……"

他站起来，离开他们走了。玛莉娃嘴角上挂着奇异的微笑，小伙子眼里含着敌意目送他离去。

"瞧，好一个喜欢吃喝的人！"当谢廖什卡走远时，亚科夫说道，"要是在我们村上有这么个野汉子，早就给制服了……给他一顿痛打就行了……这儿却怕他……"

玛莉娃瞅了他一眼，透过牙缝轻蔑地嘟哝着说：

"咳，你这个小猪仔！你根本不理解他这人的价值。"

"有什么可理解的？像这样的人一堆值五戈比，而且一堆就有一百个呢。"

"瞧你说的！"玛莉娃用嘲弄的口气大声说道，"这是你的价值……他呀……哪儿都去过，走遍了天涯海角，谁也不怕。"

"难道我怕谁了吗？"亚科夫气壮如牛地说。

玛莉娃没有答理他，若有所思地凝视着互相追逐着奔上岸来的波浪。沉重的大木船被海浪冲击得摇摇晃晃，桅杆左右摆动，船尾一起一落，拍溅着海水，发出响亮的、如怨如诉的声音，仿佛想离开海岸，回到宽阔、自由的大海里去，犹如在对缚住它的缆绳大发雷霆一样。

"我说，你干吗不走啊？"玛莉娃问亚科夫。

"我上哪儿去？"他反问道。

"你不是要进城去……"

"我不去了！"

"那就到你父亲那儿去。"

"你呢？"

"什么？"

"你也去？"

"不……"

"那我也不去。"

"你就准备整天杵在我身边吗？"玛莉娃淡漠地问道。

"我才不稀罕你呢……"亚科夫像被刺痛了似的回答说,随着站起身来就走开了。

他说不稀罕她,这可说错了。没有玛莉娃,他感到很烦闷。在和玛莉娃谈话以后,他心里产生了一种奇异的感觉:对父亲有一种模糊的反抗,暗中对他不满。昨天,甚至就在今天和玛莉娃见面以前都没有这种感觉……可现在他却觉得父亲在妨碍他,尽管父亲在遥远的海上,在肉眼隐约可见的沙滩上……后来他感觉到,似乎玛莉娃怕他父亲。要是她不怕的话,那他和玛莉娃的关系就完全不会像现在这样了。

他在渔场闲逛,观察着人们。看见谢廖什卡坐在工棚的阴影里的一个木桶上,一面乱弹着三弦琴,一面在唱,还做着各种鬼脸:

警察老爷!
请客气些……
把我送到局子里,
免我摔个狗啃泥……

有二十来个穿得和他一样破烂的人围着他,他们所有人身上,像这儿的一切东西一样,都散发出咸鱼和硝石的味道。四个又丑又脏的女人坐在沙地上,从一把大洋铁壶里倒茶喝。尽管还是早晨,可是有个工人已经喝得酩酊大醉,在沙地上打滚,试着想站起来,但每次都跌倒了。不知在什么地方,有个女人在尖声哭叫,还不断传来坏了的手风琴奏出的乐声。到处是闪闪发光的鱼鳞。

中午,亚科夫在一堆空木桶中间找到了一块阴凉的地方,他躺在那儿一直睡到傍晚。他醒来后,又开始在渔场上转悠,有一种模糊的想到什么地方去的愿望。

他溜达了约莫两个小时,在远离渔场的小白柳树丛下,发现了玛莉娃。她侧身躺着,手里拿着一本破旧的书,含笑看着他走过来。

"哦,你待在这儿!"他说着就在她身旁坐下。

"你找了我半天吧?"她很自信地问。

"难道我找你了吗?!"亚科夫提高嗓门问道,蓦然间他明白了,是的,他是在找她。小伙子莫名其妙地摇了摇头。

"你识字吗?"她问。

"识字……不过识不了几个,都已经忘了……"

"我也是,识不了几个字……你上过学吗?"

"上过农村小学。"

"我是自学的……"

"是吗?"

"真的……我在阿斯特拉罕一个律师家里当过厨娘,是他儿子教会我读书的。"

"那不算自学……"亚科夫解释说。

玛莉娃看了看他,又问:

"你想看书吗?"

"我?不……有什么看头?"

"可我喜欢,瞧,我从掌柜的老婆那儿借到一本,我正在读……"

"讲什么的?"

"讲圣徒阿列克谢的。"

于是,她一边沉思着,一边给他讲:有一个青年人,是个富贵人家的子弟,离开父母,抛弃自己的幸福出走了,后来他回到父母身边,已成了个衣衫褴褛的叫花子,就在他们院子里和狗住在一起,一直到死也没有说出他是谁。说完,玛莉娃低声问亚科夫:

"他为什么要这样?"

"谁知道他?"亚科夫无动于衷地回答说。

由于风吹浪打而堆积起的一个个沙丘环绕着他们。从远处传来隐约可闻的低沉的声音——这是渔场上的喧闹声。夕阳西下,它的余晖把沙地染成一片玫瑰色。微风从海上徐徐吹来,可怜的白柳树丛上稀疏的叶子在轻轻抖动。玛莉娃沉默不语,在倾听着什么。

"你今天怎么没到那边……沙嘴上去?"

"你问这干吗?"

亚科夫用贪婪的眼睛不时斜睨着这个女人,心里在琢磨,该怎么对她说要说的话。

"每当我一个人而又清静的时候……我总想哭……或者想唱歌。可是好歌我又不会,哭呢,又太丢人……"

亚利夫听见她的声音轻微而又温柔,但她的话并没有打动他的心弦,只不过使他的欲望更为强烈罢了。

"我说你呀,"亚科夫用喑哑的声音说,一面往她身边移近,但没有看她,"你听我跟你说……我是个年轻小伙子……"

"年轻而且愚蠢,愚—蠢!"玛莉娃摇着头,深信不疑地拉长声音说。

"好,就算我愚蠢!"亚科夫扫兴地说,"难道干这种事也需要聪明吗? 愚蠢就愚蠢吧! 你听我说,你愿不愿意跟我……"

"不愿意!……"

"为什么?"

"没什么!"

"你别胡闹……"他小心翼翼地抓住她的肩膀。"你好好想想……"

"滚开,亚什卡!"她严峻地说,把他的一只手从自己身上甩开,"滚!"

亚什卡站起来,向四周看了看。

"好……你要是这样,我不稀罕! 像你这样的这儿多的是……你以为你了不起?"

"你这个狗崽子。"她平静地说,随即站起来,抖掉衣服上的沙粒。

然后他们肩并肩向渔场走去。他们走得很慢,因为脚老是陷到沙里。

亚科夫粗野地劝她满足他的欲望,玛莉娃冷静地笑了一阵,对他说了些讽刺挖苦的话。

当他们已走近渔场的工棚时,亚科夫突然停住了脚步,一把抓住她的肩膀。

"你这是故意在挑逗我的欲望?!你为什么这样?你给我小心点!"

"放手,听见没有!"她挣脱亚科夫的手,走了。这时谢廖什卡从工棚拐角的地方出来,向玛莉娃迎面走来,他晃动长满红发的脑袋,不怀好意地说:

"逛过了?好啊!"

"你们都见鬼去吧!"玛莉娃恶狠狠地说。

亚科夫在谢廖什卡面前站住了,愁眉苦脸地望着他。他们之间相距大约十步。

谢廖什卡盯着亚科夫的眼睛。就这样站了一分钟左右,犹如两头准备用额角互相顶撞的公羊。最后他们不声不响地分开了,各走各的路。

大海静悄悄,被夕阳染得通红。渔场上一片低沉的喧闹声,有个酒醉后的女人的声音特别清晰,她歇斯底里地喊着一些颇为荒唐的话:

……塔—啊加尔加,马塔加尔加,
我—我的玛塔尼奇卡!
喝醉酒来又挨打,
衣服破烂,披头散发!

这些污言秽语,像海蛆一样,在充满硝石和烂鱼味的渔场上向四面八方传播开来,玷污了海浪音乐般的轰响。

远处的海面在清晨柔和的霞光中安静地微睡着,映出珍珠般的云影。沙嘴上,睡眼惺忪的渔工忙活着把渔网搬上船去。

一溜灰色的渔网沿着沙滩向船上迤逦而去,在舱底盘成一堆。

谢廖什卡像往常一样,没戴帽子,半裸着身体,站在船尾,用酒后沙哑的声音催促着渔工们。风嬉弄着他破烂的衬衣和火红的鬈发。

"瓦西里!绿桨在哪儿?"有人大声问。瓦西里的脸色像十月的天气那样阴沉,他在船上堆放渔网,谢廖什卡瞅着他弯下的背,舔着嘴唇,这是他想喝点酒以解宿醉的表示。

"你有烧酒吗?"他问。

"有。"瓦西里闷声闷气地说。

"那我就不去了……留在岸上看渔网。"

"好了!"沙岸上有人喊道。

"来吧,把船推下水去!"谢廖什卡从船上下来,吩咐说,"你们去吧……我留在这儿。留神,网撒开些,不要缠乱了!……撒得均匀些,不要让它打结!……"

渔工们把船推下水后就跨过船舷爬上了船,大家拿好桨,举到空中,准备划水。

"一!"

船桨一起落到水波上,船就朝前一冲,冲向映着朝霞的万顷碧波。

"二!"掌舵的指挥着,船桨酷似一头大龟的脚爪,举向船舷……
"一!……二!……"

留下五个人看守岸上的渔网:谢廖什卡,瓦西里和另外三个人。其中一个人坐在沙地上,说:

"再睡一会儿……"

另外两个人也跟着躺下睡了。三个人穿着肮脏的破烂衣衫在沙滩上蜷缩着。

"礼拜天你怎么没来呀?"瓦西里在和谢廖什卡一起走向窝棚的路上问道。

"来不了……"

"喝醉了?"

"不是,我看着你的儿子和他的后妈。"谢廖什卡不动声色地说。

"要你操这份心!"瓦西里撇嘴冷笑了一下。"难道他们是小孩子不成?"

"还不如小孩……一个是傻瓜,另一个是疯婆娘……"

"玛莉娃是疯婆娘?"瓦西里问道,眼里冒出一道怒火,"她早就这样了吗?"

"老兄,她的灵魂和她的肉体可不相配……"

"她的灵魂下贱。"

谢廖什卡瞟了他一眼,接着轻蔑地哼了一声。

"下贱!嘿,你们……这些愚蠢的土包子!狗屁也不懂……你们只要娘们儿的奶子大,她的性格怎样你们就不管了……可是性格是一个人的全部精华……没有性格的女人,就像没放盐的面包一样。你能从一个没有弦的三弦琴上得到什么乐趣吗?你这条野公驴!……"

"瞧你,昨天喝酒喝出了那么些话来……"瓦西里反唇相讥。

他很想问问谢廖什卡,昨天在什么地方并且怎么看见亚科夫和玛莉娃的,可是他羞于开口。

进屋后,他给谢廖什卡掛了一茶杯烧酒,希望谢廖什卡会立即被这杯酒灌醉,自动把他们的情况吐露给他。

可是,谢廖什卡喝完后满意地咳了一声,整个神志十分清醒,在窝棚门口坐下,又伸懒腰又打呵欠。

"喝这么一杯真像是吞下了一团火!……"他说。

"你真能喝!"瓦西里扬声说,他对谢廖什卡一口气把烧酒吞下感到惊讶。

"我能喝……"这流浪汉点了点满头红发的脑袋,用手掌擦去沾湿的胡须,以一种颇有教训意味的口吻说:"我能喝,老兄!我干什么事都干净利落,直截了当。不拐弯抹角,说干就干,痛痛快快!至于上哪儿干事,那都无所谓!除了入土,跑不出地上这个圈儿……"

"你要到高加索去吗?"瓦西里问,悄悄地把话题引到自己想要了解的事上……

"什么时候想走我就走。我想走的时候,干脆,抬脚就走!……要么如愿以偿,要么碰得鼻青脸肿……很简单!"

"再简单不过了!你过得像个没头脑的人……"

谢廖什卡用嘲笑的目光瞟了他一眼。

"就你是聪明人！你在乡里挨过多少次鞭打？"

瓦西里看了他一眼，没有吭声。

"你们那儿当官的用鞭子打你们的屁股，使你们的头脑变聪明了……这倒不错。你呀，你有那个头脑又顶什么用呢？到哪儿都一样吃不开？你能想出什么来？还不是那样！我呢，没有头脑，可一直往前闯，没二话可说！恐怕，我会比你走得远。"流浪汉夸口说。

"这倒可能！……"瓦西里冷冷一笑，"你还会走到西伯利亚①呢……"

谢廖什卡爽朗地哈哈大笑。

事与愿违，他没有醉，这使瓦西里很恼火。他又舍不得再给谢廖什卡一杯酒，可是谢廖什卡清醒时，就别想从他那儿得到什么。……然而这流浪汉却自己帮了他的忙。

"你怎么不问问玛莉娃的情况？"

"我干吗要问？"瓦西里毫不在乎地拖长声音反问道，某种预感使他打了个寒噤。

"她礼拜天不是没来这儿吗？……你该问问，她这些日子是怎么过的……恐怕你会吃醋的，老鬼！"

"她们这样的女人多的是！"瓦西里鄙夷地一挥手。

"她们这样的女人多的是！"谢廖什卡学着他的腔调说。"咳，你们这些野蛮地主手下的笨乡巴佬！不管给你们蜂蜜还是焦油，你们都当成是黑麦糊……"

"你干吗那么夸她呀？你是来说亲还是怎么的？我自己早就跟她说成这门亲事了。"瓦西里嘲弄着说。

谢廖什卡打量了他一眼，稍稍停顿了一会儿，然后一只手搭在他肩上，语重心长地说：

---

① 在沙俄时代，西伯利亚为流放地，此处含有讽刺意味。

"我知道她跟你同居。在这方面我没有妨碍你,没有必要……但是现在你儿子亚什卡老缠着她,得打他个皮开肉绽!听见吗?要不,我来打……你这个乡下人顶好,像木头疙瘩一样傻……我没有妨碍你,这个你要记住……"

"原来这样!你也在追她?"瓦西里闷声闷气地问。

"也在追!要是我知道我也在追,那我干脆早把你们大伙儿踢到一边儿去,不让你们挡我的道,这样也就完事大吉了。……再说,我追她干吗?"

"那你干吗要来掺和呢?"瓦西里满腹狐疑地问道。

看来,谢廖什卡被这个简单的问题问得目瞪口呆。

他睁大眼睛看了看瓦西里,就放声笑了起来。

"我干吗要掺和?咳,鬼才知道干吗……不过,这婆娘那么……泼辣……我喜欢……也可能我是可怜她,还是怎么的……"

瓦西里疑惑地看着他,但心里却感到,谢廖什卡的话是真诚的,出自内心的。

"要说她是个黄花闺女那还值得可怜,像现在这样,可就有点怪了!"

谢廖什卡默不作声,看着木船在遥远的海面上画了一个大弧形,把船头转向岸边。谢廖什卡的目光坦率,脸上的表情善良而又纯朴。

瓦西里瞧着他,心里软了下来。

"你说得对,她是个招人爱的女人……就是太轻佻!……亚什卡么,我来收拾他!这狗崽子!……"

"我不喜欢他……"谢廖什卡郑重说道。

"他跟她亲热来着?"瓦西里捋着胡须,透过牙缝说。

"你瞧着吧,他会挑拨你们的关系,"谢廖什卡深信不疑地说。朝阳在遥远的海上喷薄而出,射出扇面形的万道金霞。透过喧嚣的波涛声从海上的木船那边传来了一声隐约可闻的喊叫:

"拉网!……"

"起来吧！伙计们！唉！到渔网那儿去！"谢廖什卡吩咐道。

他们五个人敏捷地各自抓好了网的一边。一根长绳,像绷紧的弦一样,从水里伸到岸上,渔工们套上曳索,不时吆喝着,拉着绳子。

木船随着波浪滑行,把网的另一端向岸边拉过来。

太阳在海面上冉冉升起,灿烂辉煌,奇丽非凡。

"见到亚科夫,让他明天到我这儿来一趟。"瓦西里求谢廖什卡捎句话。

"行。"

木船靠岸了,渔工们从船上跳到沙滩上,拉着自己那一端的网索。两组渔工互相渐渐靠拢,网上的浮标在水面上跳动,形成了一个匀称的半圆形。

当天夜晚,渔场上的工人们已经吃过晚饭,倦容满面的玛莉娃心思重重地坐在一只船底朝天的破船上,凝望着暮色苍茫的大海。远处有个火光在闪烁;玛莉娃知道,这是瓦西里点燃的篝火。那孤独的篝火,仿佛在昏暗的遥远海面上徘徊踯躅,时而亮光闪闪,时而奄奄一息,即将熄灭。玛莉娃满腹惆怅地看着这个迷失在茫茫大海里、在不停的波涛声中微弱地颤抖着的火光。

"你干吗坐在这儿?"她的背后传来了谢廖什卡的声音。

"你问这干吗?"她反问道,没有回过头来看他。

"我想问问。"

他默默地打量着她,卷支烟抽了起来,骑到船背上,然后和气地说:

"你真是个怪女人:一会儿躲开所有的人,一会儿又几乎见了谁都亲热。"

"难道跟你亲热了吗?"她满不在乎地问。

"不是跟我,是跟亚什卡。"

"你吃醋啦?"

"唔,咱们别拐弯抹角,说心里话好吗?"谢廖什卡建议说,拍了拍她

的肩膀。她侧身坐着,所以他看不见她的脸,只听见她对他简短地说:

"说吧。"

"你怎么,把瓦西里扔了?"

"不知道。"她稍停了一会儿回答说,"你干吗问这个?"

"唔,随便问问……"

"我在生他的气。"

"为什么事?"

"他打我了!……"

"是吗?……是他?你就让他打了?哎呀—呀!"

谢廖什卡感到惊讶。他从侧面瞧着她的脸,嘲讽地咂咂嘴唇。

"要是我不愿意,我就不让他打。"她怒气冲冲地反驳说。

"那你干吗让他打呢?"

"我乐意。"

"那么说,你是死心塌地爱上那只公猫了?"谢廖什卡讥讽地说,把烟喷到她脸上。"嗯,真有这样的事!我还以为你不是那种人呢……"

"你们我谁也不爱。"她又冷冷地说,用手把烟挥开。

"得了吧,你撒谎?"

"我干吗要撒谎?"她问,谢廖什卡从她的音调里也听出她真的没有必要撒谎。

"你既然不爱他,那你怎么让他打你呢?"谢廖什卡一本正经地问。

"我哪里知道呀?你干吗缠着我?"

"真怪!……"谢廖什卡摇了摇头,说。

接着他们两个沉默了半天。

夜幕降临。云朵在天上缓缓地移动,云影投落在海面上。涛声阵阵。

瓦西里在沙滩上点的篝火已经熄灭,但玛莉娃依然在向那边眺望。谢廖什卡看着她。

"听我说!"谢廖什卡说,"你知道你想要的是什么吗?"

"要是知道就好了！"玛莉娃深深地叹了口气，说话的声音很低。

"这么说，你是不知道啰？这可不好！"谢廖什卡自信地说。"可我总知道！"他带着一种忧郁的口气又说，"不过我很难得想要些什么。"

"我倒总想要点儿什么，"玛莉娃沉思着说，"可是要什么呢？……我不知道。有时想坐上船出海去！去得远远的！这样可以永远见不到任何人。可是有时候又想把每个人都迷惑住，让他像陀螺似的围着我转。我可以看着他哈哈笑。有时我可怜所有的人，可是最可怜的是我自己，有时又想把大家杀死。然后自己……来个横死……我时而悲伤，时而快活……可是周围的人都那么呆头呆脑。"

"周围的人都糟透了。"谢廖什卡表示也有同感。"难怪我看着你，发现你既不是猫，又不是鱼……也不是飞鸟……但这些在你身上又都有……你不像一般女人。"

"那真该谢天谢地了！"玛莉娃笑了。

一轮明月从他们左边的一排沙丘上出现，银光在大海上一泻千里。温柔的大月亮沿着湛蓝的天幕徐徐上升，灿烂的星光在皎洁的梦幻般的月光中变得黯然失色了。

玛莉娃微微一笑。

"可是……你知道吗？……我有时觉得，要是半夜里放把火把工棚烧着，那乱起来就热闹了！"

"不知会乱成什么样呢！"谢廖什卡大声赞叹道，突然碰了一下她的肩膀。"听我说……我教给你，咱们来玩个有趣的把戏！愿不愿意？"

"真的？"玛莉娃兴致勃勃地问。

"你把那个亚什卡逗弄得神魂颠倒了吧？"

"像团火一样在燃烧。"她笑道。

"叫他跟他老子去相斗！真的！那才好玩呢……父子两个会像狗熊一样互相厮打起来……你去挑一挑老头子，再挑一下这小子……然后让他们两个去斗……好吗？"

玛莉娃朝他转过身来，定神看了看他那张红彤彤的、兴高采烈的笑脸。在月光下,他脸上的雀斑不像白天在阳光下那样明显。那脸上看不出有什么恶意,只有温和的、带着几分调皮的微笑。

"你为什么不喜欢他们?"玛莉娃困惑不解地问。

"我?……瓦西里没什么,是个顶好的乡下佬。亚什卡倒是个坏东西。你可以看出,我不喜欢所有的乡下人……这些混蛋!他们哭穷装苦,就给他们粮食,给他们一切!……他们还有地方自治会①呢,什么都为他们办……他们有家业,有土地,有牲口……我在地方自治会的一个医生那儿当过马夫,这号子人我见的可多啦。……后来我流浪了很久。有时候,到村子里去要一点面包,他一下把你抓住!你是谁,干什么的,把身份证拿出来看看。……我挨过不知多少次打……有时把我当偷马贼,有时无缘无故地……把我关起来。……他们诉苦装穷,可他们能够过下去:他们有个金饭碗——土地。我和他们怎么能比呢?"

"你难道不是乡下人吗?"玛莉娃注意地在听他讲,忽然打断了问。

"我是个小市民!"谢廖什卡带着几分自豪的口气否认说,"是乌格利奇城的市民。"

"我是帕夫利什人。"玛莉娃沉思着说。

"没有任何人来为我说话!可是乡下人……他们这些鬼东西能过得下去。他们有地方自治会和其他类似的各种名堂。"

"地方自治会是什么?"玛莉娃问。

"什么?鬼才知道它是什么!为乡下人办的,他们的机构……去它的吧……你还是讲正事,让他们俩斗一场,好吗?不会出什么事儿的,最多打一架!……瓦西里不是打了你吗?那就正好让他儿子替你向他报复。"

"可不是吗?"玛莉娃笑了笑,"这倒不错……"

"你想想……别人为你打得头破血流,难道看着没有趣吗?只不过为了你的几句话?……你只要搬弄两下舌头,事就成了!"

---

① 是十九世纪六十年代成立的所谓自治机构,代表地主利益从事经济事务方面的谘议活动。

谢廖什卡颇为起劲地跟她说了半天她所扮演的角色的妙处。他半开玩笑半认真地说着。

"唉,我要是个漂亮的女人就好了!我就会在这个世界上闹它个天翻地覆!"他最后提高嗓门嚷道,双手抓住脑袋,紧紧地抱住,眯起眼睛,就不作声了。

当他们分手的时候,明月已高挂在中天。他们走后,夜显得更加美丽了。现在只有在月光下银波闪烁、广阔无垠、庄严肃穆的大海和洒满繁星的湛蓝夜空。还有些沙丘,白柳树丛和沙滩上的两排长长的又破又脏的房子,活像两口巨大的、粗糙的棺材。在大海面前,这一切显得可怜而又渺小,俯视着这一切的星星也闪闪地发出冷光。

父子两人面对面坐在窝棚里喝烧酒。烧酒是儿子带来的,为的是在父亲那儿不至于沉闷,并且以此还可以讨好父亲。谢廖什卡对亚什卡说了,父亲正为玛莉娃生他的气,并威胁说要把玛莉娃打个半死;还告诉他,玛莉娃知道这一威胁,所以不肯向他亚科夫屈服。谢廖什卡还嘲笑了他一番。

"因为你调情,他要收拾你!他会把你的耳朵扯得二尺来长!你最好不要让他看见。"

这个讨厌的红头发家伙的嘲弄使亚科夫对父亲产生了强烈的愤懑。再说玛莉娃态度暧昧,一会儿诱惑地看着他,一会儿又愁容满面,这更使他急不可待地想占有她……

现在亚科夫来到父亲这儿,把他看作是自己道路上的绊脚石,一块不可逾越又不能绕过的石头。但是亚科夫觉得自己丝毫不怕父亲,蛮有把握地凝视着他那忧郁、凶恶的眼睛,仿佛在说:

"来吧,你碰碰看!"

他们已经喝了两次酒,但是除了几句关于渔场生活的无关紧要的话以外,彼此什么也没说。在茫茫的大海上只有他们两个人,各自心里都在酝酿着对对方的仇恨,两人都知道,这仇恨很快就会爆发,使他们两败俱伤。

窝棚上的草席被风吹得簌簌作响,树皮发出噼啪的拍打声,杆子顶端的红布像在喋喋不休地嘟囔着什么。所有这些声音都怯生生地,好像是远处的喁喁私语,时断时续,吞吞吐吐地在请求着什么。

"怎么,谢廖什卡还是一个劲儿地喝酒吗?"瓦西里闷闷不乐地问。

"喝,每天晚上都喝得醉醺醺的。"儿子回答说,又倒了点儿烧酒。

"他不会有什么好结果的……这就是自由放荡的生活,天不怕地不怕!……你也会变成这样的!……"

亚科夫很干脆地回答说:

"我不会!"

"你不会?!"瓦西里皱起眉头说,"我知道我在说什么……你在这儿住了多长时间了?已经是第三个月了,再过些时候就该回家了,你能带很多钱回去吗?"他气呼呼地把杯子里的烧酒往嘴里一倒,把胡须攥在手里,用力一拽,连他的头也跟着点了一下。

"这么短的时间不可能挣许多钱。"亚科夫理直气壮地回答说。

"既然这样,那你就用不着在这里吊儿郎当瞎胡闹。回乡下去!"

亚科夫默默地冷笑了一下。

"你撇嘴斜眼干什么?"瓦西里被儿子的镇静所激怒,气势汹汹地嚷道,"老子在说话,你却笑!当心点儿,你放肆得太早了吧?瞧我管不管得住你……"

亚科夫斟了酒,一饮而尽。这种粗暴的挑剔使他感到委屈,但他强忍着,不愿说出他想要说的话,免得父亲大发雷霆。在父亲那冷酷威严的闪闪目光下,他有点儿胆怯。

瓦西里看到儿子自斟自饮,没给他倒酒,火气更大了。

"老子对你说:回家去,你却对他冷笑?礼拜六就去结账,结完账快回乡下去!听见了吗?"

"我不去!"亚科夫斩钉截铁地说,执拗地摇了摇头。

"你这是怎么了?"瓦西里咆哮起来,双手撑在木桶上,站了起来。

"我在跟你说话,你不知道吗?你这个狗东西,干吗冲着父亲叫?你忘了我可以怎样对付你吗?你忘了吗?"

他的嘴唇在颤抖,脸在抽搐,都气歪了,两鬓青筋暴起。

"我什么也没忘。"亚科夫低声说道,眼睛没有看他的父亲。"可你是不是什么都记住了?当心!"

"用不着你来教训我!我劈死你……"

亚科夫躲过了父亲举在他头上的手,咬牙切齿地说:

"你别碰我……这儿可不是乡下。"

"住嘴!到哪儿我也是你的老子!……"

"在这儿你别想弄我到乡里去挨鞭打,这儿没有乡公所。"亚科夫直冲父亲的脸冷冷一笑,也不慌不忙地站起来。

瓦西里的眼睛布满血丝,他向前伸着脖子,紧握双拳,向儿子脸上喷着夹有酒味的热气;亚科夫把身子向后一仰,用忧郁的眼光注视着父亲的每个动作,时刻准备挡住对方的打击,他表面上镇定自若,实际上却出了一身热汗。他们两人之间隔着一个当桌子用的木桶。

"我打不得你么?"瓦西里声音嘶哑地问,酷似一只正要蹿出去的猫一样弓起了脊背。

"这儿人人平等……你是工人,我也是。"

"原来是这样啊?"

"对,那又怎么样?你干吗冲我骂呀?你以为我不懂?是你自己先……"

瓦西里吼叫了起来,他迅雷不及掩耳地把手一挥,亚科夫甚至没来得及躲避。一拳打在他的头上,他的身子晃悠了一下,对父亲那张凶神恶煞的脸龇着牙,这时他父亲又举起了手。

"你小心点儿!"亚科夫捏紧双拳,警告说。

"我给你瞧!"

"去一边儿吧,我说!"

"好哇……你!……你要打老子?……打老子?……打老子?……"

这个地方对他们来说太窄小了,盐包、翻倒的木桶和树墩在脚下妨碍着他们。

亚科夫脸色煞白,汗流浃背,眼睛像狼一样闪着亮光,他咬紧牙根,用拳头抵挡着袭击,在父亲面前慢慢后退,父亲却向他步步逼近,怒不可遏,他忘乎所以,疯狂地挥舞拳头,不知怎地霎时间不可思议地气得头发都立了起来,宛如一头背毛竖起的疯狂的野猪。

"住手,得了,别这样了!"亚科夫用一种威吓而又平静的口气说,一面从窝棚的小门朝外走。

父亲还在咆哮着要打他,但都碰在儿子的拳头上。

"瞧你那样儿……瞧……"亚科夫知道自己比较灵活,便拿话来气他。

"你等着……你别动……"

亚科夫往旁边一跳,飞快地向海边跑去。

瓦西里低着头,向前伸开两手,紧追他不放,可是,脚被什么东西绊住,一跤摔倒在沙滩上。他立即跪着爬起来,坐下,两手撑在沙滩上。这一番折腾,使他精疲力尽,由于未能消解他心头的无限仇恨,由于痛苦地意识到自己年老力衰,他悲伤地发出了哀号……

"你这个该死的!"他声音嘶哑地咒骂道,向亚科夫那边伸着脖子,从颤抖的嘴唇中喷出狂怒的唾沫。

亚科夫靠在船上,目不转睛地盯着父亲,用手揉着被打的脑袋。他的衬衣的一只袖子扯脱了,只有一根线连着,领子也撕破了,汗淋淋的白色胸脯,如同涂了一层脂油似的,在太阳下发出油亮的光。此刻他心里产生了一种对父亲的轻蔑感;亚科夫过去认为他比自己强,而现在,他看见父亲头发散乱,可怜巴巴地坐在沙滩上,用拳头威吓他,亚科夫笑了,这是一个强者对弱者发出的宽宏大量的、令人难堪的笑。

"我永生永世……要诅咒你!"

瓦西里那样声嘶力竭地破口大骂,使亚科夫不由地回头看了看大海远处的渔场,他好像以为,那边有人听见这无力的叫喊似的。

然而那边只有浪涛和太阳。于是他往一旁啐了口唾沫,说:

"你嚷吧!……你能损害谁一根毫毛呀?还不是你自作自受……既然我们已经闹到这种地步,那你就听我说……"

"住嘴!……给我滚……滚开!"瓦西里叫喊道。

"我不回乡下去……我要在这儿过冬……"亚科夫说,仍然盯着父亲的一举一动。"我觉得这儿好。这我懂,我不是傻瓜。这儿过得松快些……在乡下你想把我怎样就怎样,可在这儿——给,你咬吧!"

他对父亲做了个轻蔑侮辱的手势,便笑了,笑声不大,可是使瓦西里又暴跳如雷,他一跃而起,抓到一支桨就向亚科夫扑过去,嘶哑地喊道:

"竟敢侮辱父亲?对父亲这样?我宰了你……"

他气得失去了理智,当他跑到船跟前时,亚科夫已离他很远了。亚科夫跑着,那只从衬衣上脱落下来的袖子在他身后甩着。

瓦西里把桨朝他扔去,可是没够着,这个庄稼人又有气无力地扑倒在船上,用指甲抓着木头,看着儿子。儿子却在远处对他喊道:

"你真不害臊!头发都白了,还为一个婆娘像头野兽那样凶狠……嘿,你呀!乡下我可不回去……你自己回去吧……你在这儿没用啦……"

"亚什卡!住嘴!"瓦西里大声吼道,压过了亚科夫的喊声。"亚什卡!我宰了你……给我滚!"

亚科夫不慌不忙地走了。

父亲睁着呆滞失神的眼睛看着他离去。他的身影渐渐缩小,他的双脚好像沉没在沙里……然后没到腰部……肩膀……连头都淹没了。现在已经看不到他了……可是,过了片刻,在离他刚才消失的地方不远,先是他的头,肩膀,然后是整个人又出现了……不过现在身影更小了……他回过身来往这儿看,大声喊了几句话。

"你这个该死的!该死!该死!"瓦西里用诅咒回答了儿子的叫喊。儿子挥了一下手,又走了……接着又消失在沙丘后面了。

瓦西里半躺着靠在船上,久久地望着那边,直到由于姿势不适引起了腰酸背痛为止。他全身瘫软无力,由于筋骨酸痛,刚站起来就打了个趔趄。腰带也滑到腋下;他用僵直的手指解开带子,拿到眼前看了看,把它扔到沙地上去了。随后,他朝窝棚走去,在一个沙坑前停下了,他想起来,就是在这个地方摔了一跤,他要是不跌倒的话,就会抓住儿子了。窝棚里所有的东西横七竖八,扔了一地。瓦西里用眼睛寻找酒瓶,在草袋中间找到了,把它拾了起来。瓶塞紧紧卡在瓶颈里,烧酒倒不出来。瓦西里慢慢地把塞子撬开,把瓶口塞到自己嘴里就喝。可是瓶口碰在他的牙齿上,酒就从嘴里流到胡须和胸口上。

瓦西里的脑子里闹哄哄的,心里感到很沉重,腰酸背痛。

"到底我是老了!……"他自言自语地说着,往窝棚门口的沙地上坐下。

他的面前是大海。那永远喧嚣、嬉戏的海浪在笑。瓦西里久久地凝视着海水,想起了儿子贪婪的话:

"要是这儿都是土地该多好啊!都是黑土,都耕种了该多好啊!"

这庄稼汉感到难受极了,他用力揉搓了一阵自己的胸脯,向四周望了望,深深叹了口气,他的头垂得低低的,背弯得像负着什么重担似的。喉咙由于一阵阵窒息而发紧。瓦西里咳着,仰望苍天,画了个十字。阴郁的思绪笼罩着他。

……为了一个浪荡女人,他抛弃了与他朝夕相处,辛勤劳动了十五年多的妻子;为此,上帝用他儿子的叛逆行为来惩罚了他。就是这样,啊,上帝!

儿子粗暴地侮辱了他,深深刺痛了他的心。……使父亲的心灵蒙受这样的痛苦,真是死有余辜!为了什么呢?为了一个下贱的、过着无耻生活的女人!……他这个老头子忘记了自己的妻室儿女,和她鬼混,实在是罪孽……

所以上帝动了天怒,为了提醒他,通过他儿子给他心上一击作为正义的惩罚……就是这样,啊,上帝!……

瓦西里佝偻着坐在那里,画着十字,频频地眨眼,好让睫毛把迷住他眼睛的泪水拂去。

太阳渐渐沉到海里。天空上绯红的晚霞渐渐消逝。从寂静的远方吹来阵阵暖风,吹在这个庄稼汉老泪纵横的脸上。他被忏悔的思绪所缠绕,一直坐到入睡。

和父亲发生争吵后过了一天,亚科夫和一批工人坐了一艘轮船拖着的平底货船到离渔场大约三十俄里的地方去捕捉鲟鱼。过了五天,他一个人驾着帆船回到渔场,他是被派回来取食物的。他到的时候是中午,工人们已吃过午饭,正在休息。天气炎热难当,滚烫的沙砾灼人脚板,鱼鳞和鱼骨也扎着脚。亚科夫小心翼翼地向工棚走去,责怪自己没有穿上靴子。他懒得回船上去拿,何况他急不可待地想赶快吃些东西好去见玛莉娃。在海上度过的沉闷日子里,他经常想起她。现在他想知道,玛莉娃是否见到了他的父亲,父亲又对她说了些什么……说不定父亲打了她?打她一顿没什么坏处,她会变得顺从些!不然她实在太放肆,太泼辣……

渔场上寂静而又荒凉。工棚的窗户都敞开着,这些巨大的木匣好像也热得难受。在工棚之间的那间掌柜的办公室里,有一个婴儿在哭叫。在一堆木桶后面可以听到有人悄悄说话的声音。

亚科夫大胆地朝有人说话的地方走去:他似乎听到玛莉娃在说话。可是,当他走近木桶,朝后面一看,他退了回来,紧蹙双眉,站住了。

在木桶后面的阴影里仰面躺着红头发的谢廖什卡,他两手垫在头下。他的一侧坐着父亲,另一侧坐着玛莉娃。

亚科夫看到父亲,心想:

"他干吗在这儿?莫非父亲为了寸步不离地守着玛莉娃,不让自己接近她,离开了那平静的工作调到渔场这儿来了?啊,鬼东西!要是妈知道他在这儿的一切行径的话!……要不要走到他们跟前去呢?"

"是这样!……"谢廖什卡说,"那么说,要分手了?那,好吧!回去刨地吧……"

亚科夫喜出望外,眨了眨眼。

"我回去……"父亲说。

于是亚科夫果敢地走上前去,打招呼说:

"向好伙伴们致意!"

父亲匆匆瞟了他一眼,就转过身去了,玛莉娃不动声色,谢廖什卡蹬了一下腿,用浑厚的声音说:

"宝贝儿子,我们的亚什卡从远道回来了!"然后用平常说话的口吻又说了一句:"应该像剥羊皮那样,把他身上的皮剥下来作鼓面……"

玛莉娃悄悄地笑了。

"真热!"亚科夫说着坐了下来。

瓦西里又瞧了他一眼。

"亚科夫,我正等着你呢!"他开口说。

亚科夫觉得他的声音比平时低沉,脸上的神情也与往日大不相同。

"我是来拿吃的……"他说,并向谢廖什卡要烟丝卷烟。

"你这个傻瓜甭想从我这儿得到烟丝。"谢廖什卡一动不动地说。

"亚科夫,我要回老家去了,"瓦西里意味深长地说,用一个手指挖着沙土。

"这是干吗呀?"儿子天真地看了看他。

"你怎么样……留下吗?"

"是,我留下……家里的活干吗要两个人干?"

"好……我不想说什么。随你便……你已经不是个孩子了!不过你那个……记住,我的日子不会太长了。活嘛,说不定还可以活一阵,至于干活我就说不好了……恐怕地里的活儿我已经不习惯了。……你要记住,你妈还在那儿。"

他看来有口难言,话不知怎地像是粘在牙齿上似的。他捋着胡须,手却在颤抖。

玛莉娃目不转睛地看着他。谢廖什卡眯起一只眼,另一只眼却睁得圆圆的盯着亚科夫。亚科夫欣喜万分,由于担心会流露出欣喜的心情,他就一声不响,凝视着自己的双脚。

"别把你妈忘了……你记住,她就你这么一个。"瓦西里说。

"这还用说?我知道。"亚科夫瑟缩着说道。

"那好,知道就好!……"父亲怀疑地瞅了他一眼,说:"我只是说,别忘了。"

瓦西里深深叹了口气。四个人沉默了片刻,后来,玛莉娃说话了:

"马上要打钟上工了……"

"好,我走了!……"瓦西里说着站起身来。其余三个人也跟着他站了起来。

"再见了,谢尔盖[①]……你要有机会到伏尔加河去,也许能顺便过来看看吧?……辛比尔斯克县,尼科洛—雷科夫乡,马兹洛村……"

"好吧!"谢廖什卡说,握住他的手摇了摇,把他的手握在自己长满红色汗毛的青筋嶙嶙的手中不放,含笑看了看他那愁眉不展而又严肃的脸。

"尼科洛—雷科夫是个大村子,远近都知道。我们离它有四俄里地。"瓦西里解释说。

"嗯,好……我一定去看看,要是有机会……"

"再见!"

"再见,好朋友!"

"再见,玛莉娃!"瓦西里没有看她,用深沉的声音说。

她从容不迫地用袖子擦了擦嘴唇,把自己两只雪白的手搭在瓦西里的肩上,不声不响地、庄重地在他的脸颊和嘴唇上吻了三次。

他很不好意思,含含糊糊咕噜了几句。亚科夫低下头在窃笑。谢廖什卡仰面朝天轻轻地打了个呵欠。

---

① 谢尔盖是谢廖什卡的正名。

"你现在上路可够热的。"他说。

"没关系。……亚科夫,再见了!"

"再见!"

他们站着,面面相觑,不知如何是好。"再见"这个含有悲哀意味的字眼在这几秒钟里单调地重复了多次,唤醒了亚科夫心里对父亲的温情,但是他不知道该怎么来表达:像玛莉娃那样拥抱父亲,还是像谢廖什卡一样握握他的手?儿子的姿态和脸上所表现出来的踌躇使瓦西里很伤心,同时在儿子面前,他还感到某种类似羞惭的心情。这种心情是由于想起了在沙滩上的情景和玛莉娃的亲吻而引起的。

"你可得记住你妈!"最后,瓦西里终于说道。

"行了!"亚科夫提高声音说,热情地笑了笑,"你不用担心……我一定记住!……"

父亲点了点头。

"好……就这样!老天爷保佑你们在这儿万事如意……别念我的坏处……对了,谢廖什卡,那口锅我埋在一条绿船船尾下的沙土里。"

"他要那口锅干吗?"亚科夫连忙问。

"他接替我的工作……在沙嘴那儿!"瓦西里解释说。

亚科夫看了看谢廖什卡,又瞧了瞧玛莉娃,然后低下了头,不让别人看见他眼睛里喜悦的光辉。

"再见了,伙计们……我走了!"

瓦西里向他们弯腰行了个礼,就上路了。玛莉娃跟在他后面。

"我送你一程……"

亚科夫本想也跟随玛莉娃去送行,谢廖什卡往沙地上一躺,抓住了他的一只脚。

"吁,站住!往哪儿去?"

"慢着!你松手……"亚科夫想拔腿就走。

但谢廖什卡揪住他的另一条腿了。

"跟我坐一会儿……"

"瞎扯！你胡闹什么？"

"我不是胡闹……你坐下！"

亚科夫气得咬牙切齿，坐了下来。

"你想干吗？"

"别忙！你先住嘴，等我想想，然后告诉你……"

他用威胁的眼光虎视眈眈地看了小伙子一眼，亚科夫只好对他屈服了……

玛莉娃和瓦西里默不作声地走了一会儿。

她从侧面看着瓦西里的脸，她的眼睛里闪着奇异的光彩。瓦西里愁容满面，沉默不语。他们的脚不时陷进沙里，步履缓慢。

"瓦夏①！"

"干什么？"

他看了玛莉娃一眼，又立即转过脸去了。

"这是我有意让你跟亚什卡闹翻的。……你本来可以不跟他闹僵，在这儿待下去。"她平心静气、不紧不慢地说。

"你这是干什么？"稍等了一会儿，瓦西里问道。

"不知道。……就这样做了。"

她笑着耸了耸肩。

"你干的好事！哎，你呀！"他愤愤地责备她说。

她没有吭声。

"你会害了我的孩子，会把他彻底害了！哎！妖精，你这个妖精……上帝你都不怕……不要脸……你在干些什么？"

"那该干什么呢？"玛莉娃问他。她的问话声中像是有些恐惧，又像是有些懊丧。

"该干什么？哎，你呀！……"瓦西里怀着满腔怒火嚷道。

瓦西里真想揍她一顿，把她打翻在脚下，踩到沙土里去，用皮靴踢

---

① 瓦夏是瓦西里的爱称。

她的胸和脸。他握紧一个拳头,回头看了看。

在木桶那边,站着亚科夫和谢廖什卡的身影,他们的脸都对着他。

"滚开,滚!我真恨不得把你砸烂……"

他几乎是用耳语的声音直冲她的脸咒骂着。他两眼血红,胡须在抖动,两只手不由自主地向玛莉娃露在头巾外面的头发伸去。

她却若无其事地用那双绿眼睛看着瓦西里。

"我真该打死你,你这个淫妇!你等着……你要是碰上个别人也这么干,准保把你脑袋砸烂!"

她冷冷一笑,沉默了一会儿,随后深深叹了口气,对瓦西里匆匆说道:

"好,算了……再见!"

说完,她蓦地转过身,往回走了。

瓦西里朝她的背影咆哮着,咬得牙齿咯咯作响。玛莉娃走着,竭力想踩着瓦西里留在沙地上的清晰而又深深的脚印,每次踩过一个脚印,她就认真地用脚把它擦掉。她就这样慢慢地一直走到一堆木桶跟前,站在那儿的谢廖什卡迎着她问:

"怎么样,送走了吗?"

她对他点了点头,然后在他身旁坐下。亚科夫看着玛莉娃,笑容可掬,他嘴唇翕动着,仿佛他在低声细语地说着只有他自己才能听得见的话。

"怎么,送走又难过了?"谢廖什卡引用了一首歌中的歌词问道。

"你什么时候到沙嘴那儿去?"她问,向海那边摆了摆头。

"晚上。"

"我也跟你一块儿去……"

"太好了!这我很高兴……"

"我也去!"亚科夫毫不迟疑地说。

"谁请你了?"谢廖什卡眯起眼问。

这时一口破钟当当敲响了,这是召唤人们去上工的声音。急促的钟声一下接着一下向空中传了开来,又消逝在波涛欢乐的喧闹声中。

"她会请的!"亚科夫说,用挑衅的眼光看着玛莉娃。

"我?我要你干吗?"她惊异地说。

"亚什卡,我们直话直说吧!……"谢廖什卡站起来厉声说,"你要是再纠缠她,我就把你砸个粉碎!你敢碰她一根毫毛,我就像打苍蝇那样把你打死!在你脑瓜上一拍,就让你上西天!这对我来说算不了一回事!"

他的脸,他的整个身体以及向亚科夫喉咙伸过去的青筋突起的双手,极其令人信服地说明这一切对他来说都是轻而易举的。

亚科夫朝后退了一步,压低声音嗫嚅着说:

"慢着!可她自己……"

"嗤,没二话可说!你是什么玩意儿?你这狗东西不配吃肉:扔给你几块骨头啃啃,你就得说声谢谢……嗯?……你瞪着眼珠子干吗?"

亚科夫看了看玛莉娃。她冲着他的脸在笑,她那双绿眼睛里流露出一种令人难堪和屈辱的冷笑。她那样亲热地侧身紧贴着谢廖什卡,使亚科夫浑身冒汗。

他们俩离开了他,肩并肩地走了,走了没多远,他们俩放声呵呵大笑起来。亚科夫把右脚使劲儿往沙土里一伸,气急败坏地喘着粗气,一动不动地保持着那种紧张的姿势,呆立在那儿。

在远处死气沉沉的黄沙浪上,有个小小的黑色人影在移动;在它的右面,欢乐、壮阔的大海在太阳下闪烁,在左面,一片单调、凄凉、荒无人烟的沙漠一直延伸到天边。亚科夫望了望那个孤独的人影,眨眨饱含委屈和疑惑的眼睛,用两手使劲地搓揉自己的胸口……

渔场上一片热闹繁忙的景象。

亚科夫听到玛莉娃用响亮的胸音在大声喊:

"谁拿了我的刀子?……"

涛声阵阵,阳光普照,海在笑……

周圣 译

因为烦闷无聊*

……客车喷着大股的灰色浓烟,像一条大爬虫似的消失在草原的远方,淹没在黄色的麦海中去了。火车的闹轰轰的响声跟烟雾一块儿化入了闷热的空气,它在很短的几分钟内打破了这个广阔、荒凉的平原的淡漠的静寂,在这个平原当中有一个小小的火车站,孤零零的给人一种哀愁的印象。

火车的低沉的、富有生气的喧响朝四面散去,在无云的晴空下面消失了,于是车站的四周又恢复了那种压迫人的静寂。

草原是金黄色;天是湛蓝色;它们广阔得无边无际。火车站的褐色建筑立在它们的中间,正像一位缺乏想象的画家在他苦心绘出的忧郁的景物中偶然涂上一笔,因而破坏了画的中心似的。

每天十二点钟和午后四点钟的时候都有通过草原的火车到站,每次在站上停两分钟。这四分钟便是车站上重要的而且惟一的娱乐时间:它们给站上职员带来各种的印象。

每一班车都有一大群穿着各种服装的各样的人。他们只出现一会儿:在车窗里露出他们那些疲倦的、不耐烦的或者没有什么表情的脸,一下子就过去了。铃声响了,汽笛叫了,他们又随着火车的轰隆声越过草原,去得远远的,向着城市飞去,在城市里有的是一种热闹、紧

---

* 本篇最初发表于一八九七年十二月二十五日《萨马拉报》。译自《高尔基三十卷集》第三卷。

张的生活。

对站上几个职员来说,看看这些乘客的面孔倒是挺有趣味的事;火车开走以后,他们就互相交换他们方才匆匆抓到的印象。在他们的四周躺着静静的草原,在他们的头上是那淡漠的天空,在他们的心里有一种隐隐约约的妒忌:他们妒忌那些乘客每天经过这儿赶到某一个他们不知道的地方去,可是他们却留在这儿,给关在荒原里,好像与人生完全隔离了一样。

火车开走以后,他们还留在月台上,眼光追着那根消失在金黄色麦海中的黑带子,他们默默地回想着在他们眼前飞去的生活的印象。

他们几个人差不多全在月台上:站长,这是一个忠厚的、金黄色头发的胖子,有两撇哥萨克人的长胡髭;他的副手,一个头发浅红的年轻人,生着尖尖的小胡子;看守员路卡,身材瘦小,是一个灵活的、狡猾的汉子;一个扳道员叫戈莫左夫的,身体结实,长着一部大胡子,是一个沉默寡言的农人。

站长太太坐在车站门口一条长凳上,她是一个矮胖女人,很怕热。她怀里睡着一个婴孩,婴孩的脸蛋跟母亲的一样滚圆,一样红。

火车下了斜坡不见了,它好像钻进地里去了一样。

这个时候站长就转身向着妻子说:

"我说,索尼娅,茶炊生好了吗?"

"当然好了。"她懒洋洋地小声答道。

"路卡!你这儿来,去把路基同月台打扫干净……你瞧——他们把什么东西都扔在这儿……"

"我知道,马特维·叶戈罗维奇……"

"好……喂,怎样?尼古拉·彼得罗维奇,我们喝茶吗?"

"好吧,免得破例。"副站长回答。

四点钟的火车开走以后,站长马特维·叶戈罗维奇便对妻子说:

"我说,索尼娅,午饭好了吗?"

于是他向路卡发出命令,总是一样的命令,他又招呼那个在他那儿搭伙食的副站长道：

"喂，怎样？……我们吃饭吗？"

副站长回答得很得体：

"照常吧……"

他们从月台走进屋子去，屋子里花很多，家具却很少，在这儿还可以闻到厨房的味道和婴孩包片的气味；他们围着餐桌坐下，谈起刚才在他们眼前一下子飞过去了的种种景象。

"尼古拉·彼得罗维奇，二等车里一个穿黄衣服的褐色小女人①，您注意到没有？真是个要命的尤物！"

"不坏，不过打扮得没有风趣。"副站长答道。

他说话总是说得短，而且很有把握，他认为自己是一个既熟悉人生，又受过教育的人。他念完了八年制的文科中学。他有一个黑色细布面的笔记本；他喜欢把他偶尔读到的书上和报纸副刊上发表的知名人物的名言警句抄在笔记本上。在与职务无关的一切事情上面站长完全承认他是一个权威，而且很认真地听他讲话。站长尤其喜欢尼古拉·彼得罗维奇的笔记本上那些聪明的警句，而且总是不断地真心称赞它们。这一回副站长批评褐色女人的话却引起了马特维·叶戈罗维奇的疑问：

"那么您以为黄色对褐色女人不相宜，是不是？"

"我说的是衣服的样式，不是颜色。"尼古拉·彼得罗维奇解释道，他小心地从玻璃罐子里拿出些蜜饯来放在一个小碟子里面。

"至于衣服样式——那又当别论。"站长同意道。

他的妻子也参加谈话，因为这个题目跟她有关系，她也能够理解。可是这种人素来不大肯用脑筋，所以他们谈得很慢，而且也很少动感情。

给静寂迷住了的草原，还有那在宁静中显得异常庄严的蓝天从窗

---

① 指眼睛、头发、皮肤褐色的女人。

外向室内张望。

差不多每一点钟都有货车来;不过押车人员全是熟人。所有这些车长都是昏昏欲睡,让这种草原上旅行的寂寞弄得无精打采。他们有时候也讲一点路上发生的事故:在某地压死了一个人啦,或者工作上的什么新闻啦,例如某人罚了钱,某人调了工作。这类新闻并没有引起人去讨论——人们把它们全吞下去了,就像好吃的人吞下一样稀有的美味似的。

太阳慢慢地从天空落到草原的尽头,它刚刚要挨到地面,马上就变成了紫色。一片红光罩住了草原,给人唤起一种苦闷的感觉,唤起一种对于在这个荒原以外的远方的模糊的渴望。于是太阳挨到了地面,懒洋洋地走进大地里面或者大地后面去了。太阳消失以后许久,天空中还轻轻地奏着晚霞的色彩绚烂的音乐,不过它的颜色越来越淡,温暖、静寂的黄昏来了。星星亮起来,它们在打战,好像让地上的寂寞吓坏了似的。

黄昏一来,草原就缩小了;黑暗的夜色静悄悄地从四面八方爬到站上来。夜来了,漆黑而忧郁。

站上点起了灯火;臂板信号机的带绿色的灯光比所有的灯光更亮、更高。在它的周围是黑暗和静寂。

有时响起钟声:这是火车到来的信号;匆忙的钟声飞过草原,很快地在那儿消失了。

钟鸣后不多久,一道灼灼的红光从黑暗的远方飞奔过来,火车的低沉的响声使静寂的草原颤抖起来,列车正向着黑暗包围中的孤寂的车站滚滚前进。

车站上这个小小社会中,下层人员的生活和前面那种贵族的生活稍有差别。看守员路卡整天只想跑开去看他的妻子和兄弟,他们住的村子离这儿有七俄里。那儿有他的"家务",每次他叫那个老成、寡言的扳道员替他"值班"的时候,他总是这样对戈莫左夫说。

戈莫左夫听到"家务"两个字,总要重重地叹口气,向路卡说:

"行,你去吧……的确,一个人应该照应自己的家务……"

另一个扳道员阿法纳西·亚戈德卡,是一个老兵,有一张红红的圆脸和一头白色的硬头发,他喜欢取笑人,作弄人。他不相信路卡的话。

"家务!"他讥笑地嚷起来,"他的老婆!我知道这是什么意思。你的老婆是不是一个寡妇?不然就是一个兵的老婆吧?"

"闭嘴,你这个鸟总督!"路卡轻蔑地答道。

路卡给亚戈德卡起了个诨名,叫作鸟总督,因为这个老兵非常喜欢鸟。他的小屋子里,里里外外都是鸟笼、鸟窝;整天到处听得见鸟叫,一直叫个不停。给他关起来以后,鹌鹑天天不倦地唱着它们的单调的"快割,快割",白头翁在哼它们的长篇演说,五色鸟不倦地叽叽喳喳,又唱又叫——这就是老兵的孤独生活中的一点安慰。他工作以外的空闲时间全花在这些小鸟身上,他很亲切地、很关心地照料它们,可是对同事们他却感不到一点兴趣。他把路卡叫做"黄颔蛇",叫戈莫左夫做"喀查普"。而且当面对他们说,他们两个都是"色鬼",应当挨一顿鞭子。

路卡不大注意他的话;不过要是兵真的把路卡惹得动气了,路卡就会用最刻毒的话骂他好久:

"你这个军队里的老畜生,耗子吃剩的东西!你懂得什么,你这个光棍?你一辈子就在赶大炮底下的田鸡,不然就看守团里的卷心菜……还有你来发议论的道理?快回到你的鹌鹑那儿去吧,你这个鸟司令!"

亚戈德卡安静地听完看守员的辱骂以后,就到站长那儿去告状,可是站长大吼一通,说不应当拿这种小事情来麻烦他,就把兵赶走了。亚戈德卡找到了路卡,就开始回骂一顿,他并不动气,安安静静地骂出一些厉害的粗话,路卡受不住连忙吐一口痰跑开了。

戈莫左夫用叹息回答老兵的责骂,他不太好意思地替自己辩护道：

"你能够做什么呢？跟这种人是没有办法的……不用说……这太不像话了……可是，话又说回来，你们不要论断人，免得你们被论断①……"

有一回老兵冷笑地回答他道：

"雅各的喜鹊对任何人都是老唱一个调子！② 不要论断人，不要论断人……然而要是谁都不论断别人的话，人们就无话可说了……"

车站上除了站长太太以外还有一个女人——厨娘。她的名字叫阿琳娜，年纪不到四十，生得很丑；身材矮胖，奶子下垂着，身上弄得很脏，而且穿得破破烂烂。她走起路来摇摇摆摆，她那张麻脸上有一对老是带着害怕的表情的细小眼睛，眼睛四周全是皱纹。她那长得并不端正的面貌上有一种奴隶性顺从的、受委屈的表情。她的两片厚嘴唇老是卷起来，好像她想哀求一切人的宽恕，跪在他们的脚边，却又不敢哭出声来似的。戈莫左夫在站上住了八个月，并没有特别注意到阿琳娜；他无论什么时候遇见她，只是简单地跟她说一声"你好！"她也同样地回答他一声。他们交谈了两三句话，便各自走开了。可是有一天戈莫左夫走到站长的厨房里，请阿琳娜给他补衬衫。她答应了，衬衫补好，她亲自给他送去。

"啊，真是多谢了！"戈莫左夫说，"三件衬衫，每件十个戈比，我一共欠你三十个戈比，——对不对？"

"是这样的。"阿琳娜答道。戈莫左夫在想什么心事，他沉默了好一会儿。

"你从哪一省来的？"他后来问那个女人道，她这些时候一直在仔细地看他的胡子。

"从梁赞省来的。"

---

① 见《新约·马太福音》第七章第一节。
② 这是一句成语。

"远得很,你是怎样到这儿来的?"

"是这样的……我一个人……孤零零的一个人——"

"那还可以叫人走得更远呢!"戈莫左夫叹息道。

两个人又沉默了好些时候。

"我也是这样。我是从尼日戈罗德省谢尔卡奇县来的。……"戈莫左夫开始说,"我也是孤零零的一个人……孤零零的。我从前安过家,有过老婆……两个孩子。老婆得霍乱死了,孩子们呢,也就这样完结了……我呢,我让悲痛弄垮了。不—不错……后来我又想安家,可是也没有成功。机器松了;它不中用了。所以我就……离开了正路……现在我已经挣扎了三年了。"

"没有一个自己的窝真不好!"阿琳娜小声说。

"我也是这样想。也许你是一个寡妇吧?"

"我还是个大姑娘。"

"不会吧!"戈莫左夫不相信地老实说。

"真的是个大姑娘。"阿琳娜说服着他。

"你怎么没有嫁人呢?"

"谁要我呢?我什么也没有……能带给谁好处呢……再说,我又生得难看……"

"不—不错。"戈莫左夫沉吟地说,他摩着胡子,开始很注意地把她打量了一番。然后他又问,她的工钱多少。

"两卢布五十戈比……"

"好吧。哦……我不是有三十戈比要给你吗?听我说……你今天夜里来拿钱……十点钟光景,好吗? ……我会把钱给你……我们喝点茶,聊聊天来消愁解闷……我们两个都寂寞……你来吧!"

"我来。"她简短地说,就走了。

后来,她在晚上准十点钟来到他这里,到天亮才离开。

戈莫左夫并没有请她再来,也没有给她那三十个戈比。她自己到他这里来了,她恭顺而呆板,默默地站在他面前。他正躺在床上,便望

了望她,身子掉向墙壁说:

"坐下。"

她坐下以后,他便警告她:

"你听我说……保守这个秘密。不要让人一人看出来,不然,对我很不好……我的年纪不小了,你也不年轻……明白吗?"

她点头答应。

他们分别的时候,他又拿他的衣服给她带去补,并且再提醒她:

"不要让一个人知道——不要一个人一人!"

他们就这样地过下去,不让任何人知道他们的关系。

阿琳娜夜里偷偷地到他的屋里来,她差不多是爬着走来的。他却装出尊贵的样子,拿俯就的态度对待她,有时他会明白地对她说:

"你生得多么丑!"

她只是默默地微笑——这是没精打采的、犯罪的微笑,她离开他的时候,她总要带一点他交给她的活儿回去做。

他们并不常常见面。不过有时候他在车站上什么地方遇见她,就会小声对她说:

"今晚上来。"

她就恭顺地到他那里去,她的麻脸上带着一种严肃的表情,好像去执行一个任务,而且她自己也知道这个任务是非常重要的。

她回家的时候,脸上又现出平日那种呆板的犯罪与惊惶的表情。

有时她会停留在某一个角落里,或者一棵树后面,久久地望着草原。夜色笼罩着那个地方,在万籁无声的静寂里恐怖使她的心发紧了。

有一天,晚车开出以后,站首长在马特维·叶戈罗维奇住宅的窗前,在花园中白杨树的浓荫里举行了一个茶会。

他们在热天常常举行这种茶会,——这样给他们的单调的生活带来了一点变化。

他们谈完了火车给他们带来的各种印象以后,就慢慢地喝茶,不作声了。

"今天比昨天还要热。"马特维·叶戈罗维奇说,他用一只手把空茶杯递给他的妻子,又用另一只手揩脸上的汗。

妻子接了茶杯,说:

"今天觉得更热,是因为闷得无聊的缘故……"

"哼!……也许是这样……真的……在这种时候打打纸牌倒是好的……可是——我们只有三个人……"

尼古拉·彼得罗维奇耸了耸肩头,眯了眯眼睛,发音很清楚地说:

"叔本华说,打纸牌是各种思想的破产。①"

"说得真好!"马特维·叶戈罗维奇感动地说:"怎么说呢?思想的破产……不—不错。谁说的?"

"叔本华,一个德国人,哲学家……"

"哲—哲学家?呣……"

"这些哲学家干什么——在大学里做事吗?"站长太太索菲娅·伊凡诺芙娜好奇地问道。

"这是……我怎么好向您解释呢?……这不是官衔,这是……姑且说,这是天赋……每个人都可以做哲学家……每个人,只要他生来就爱用思想,就有把一切事情穷根究底研究的习惯。自然,大学里有哲学家……不过你要做哲学家,也可以非常简单……哪怕你在铁路上工作也好。"

"在大学里的人,是不是收入多一点?"

"那要看他们的……智慧了。"

"啊,可是只要再多一个人,我们就可以痛快地打一场'文特'②了。"马特维·叶戈罗维奇叹息道。

---

① 叔本华(1788—1860),德国唯心主义的哲学家。他的原语是这样说的:"打纸牌在世界各国已经成了各个社交界的主要活动;打纸牌是衡量各个社交界的价值的标准和各种思想的公认了的破产。"(叔本华:《箴言与格言》)

② 当时在俄国很流行的一种纸牌戏。

他们的谈话又中断了。

云雀在蓝天里唱歌,知更鸟在白杨树枝间穿梭,轻轻地叫着。小孩在房里哭起来。

"阿琳娜在那儿吗?"马特维·叶戈罗维奇问道。

"当然在。"他的妻子短短地回答。

"阿琳娜这个女人真奇特;您注意到吗,尼古拉·彼得罗维奇?……"

"奇特是平凡的最初征象,"尼古拉·彼得罗维奇带着沉思的、做梦的样子讲起警句来了。

"怎么说?"站长感兴趣地问道。

尼古拉·彼得罗维奇带着说服的调子把这个警句再念了一遍,他满意地眯起他的眼睛;索菲娅·伊凡诺芙娜懒洋洋地小声说:

"您读过的东西都记得多么好……可是我读过的东西,第二天即使打死我,我一点也记不起来……譬如我不久以前在《田野》①上读到一篇很有趣味、很滑稽的故事——可是究竟是什么?我连一个字也记不得了!"

"这是习惯。"尼古拉·彼得罗维奇短短地解释道。

"不,这要比那个人说的好……他叫什么名字?叔本华……"马特维·叶戈罗维奇带笑地说,"可以说一切新的东西都要变旧。"

"反过来说也行,因为有一位诗人说过:'是,生活的智慧就是节省:一切新的东西都是从旧的做出来的。'"

"呸,见鬼,怎么您讲这种话……就像从筛子里筛出来一样!"

马特维·叶戈罗维奇满意地笑了,他的妻子温和地微笑着,尼古拉·彼得罗维奇受到了恭维,没法掩藏心里的高兴。

"关于平凡的话是谁说的?"

"巴里亚京斯基②,诗人。"

"另外的一句呢?"

---

① 是当时在彼得堡刊行的有插画的周刊。
② 亚·彼·巴里亚京斯基(1798—1844),俄国十二月党人诗人。

"也是诗人,福法诺夫①。"

"都是聪明人。"马特维·叶戈罗维奇称赞两个诗人道,他脸上露出满意的微笑,又拖长声音把两个对句念了一遍。

烦闷好像故意在作弄他们,——它一会儿把他们放松,一会儿又紧紧抓住他们。于是他们都不开口了,天气本来就热,喝了茶更使他们热得喘起气来。

在草原上——只有太阳。

"啊,不错,我刚才讲阿琳娜,"马特维·叶戈罗维奇忽然记起来了,"她真是个古怪的女人,我近来留心看她,我觉得很奇怪。她好像有什么大的忧愁似的,她不笑,又不唱歌,也很少说话……你可以说她是一块木头!可是她做起事来又了不起,你们知道,她很小心地照料列利亚,对那个孩子很尽心……"

他低声说着,他不愿意阿琳娜隔着窗听见他的话。他知道不应当夸奖老妈子,免得她骄傲起来。妻子含着深意地皱起眉头打岔道:"哼,不要讲了……你一点也不了解她!"

　　我是爱情的奴隶,
　　我太软弱无力,
　　我的魔鬼,
　　我斗不过你!

尼古拉·彼得罗维奇一面用茶匙在桌上敲拍子,一面轻轻地用朗诵的调子哼起来。他微微笑了。

"什么,你们在说些什么?她……啊,啊,你们两个人已经在编造什么了!"

---

① 康·米·福法诺夫(1862—1911),俄国诗人,他的诗充满绝望和颓废的情调。他在《皇村沉思》一诗中用"唉,生活的智慧就是节省……"代替了巴里亚京斯基的原诗句"是,生活的智慧就是节省……"。下文所说的"两个对句"就是指的这两句。

马特维·叶戈罗维奇哈哈大笑起来。他的两颊不停地颤动,一颗一颗的汗珠接连地从额上落下来。

"这个一点儿也不可笑!"他的妻子打岔道,"第一,照应小孩是她的本分;第二,你没有看见她做的什么样的面包?又酸,又焦……这是什么缘故呢?"

"不——不错,面包,的确不好……应当跟她讲一下。不过,倒霉!这个……我并不希望有这种事情!她真的在害相思病!啊,真见鬼!可是男的是谁呢?路卡什卡①吗?我得痛快地对付他一下,这个老魔鬼!或者是亚戈德卡吧?那个嘴剃得光光的老混蛋!"

"是戈莫左夫。"尼古拉·彼得罗维奇简短地说。

"啊——啊?是那么庄重的人?哦——哦?您不是在——编造故事吧,嗯?"

马特维·叶戈罗维奇对这个滑稽的故事很感兴趣。他一下子大笑起来,连眼泪也笑出来了,一下子又正经地说应当把那一对情人叫来训斥一通,后来他想象他们两个讲些什么样的情话,又忍不住哈哈大笑。

后来他出神了。尼古拉·彼得罗维奇也做出严肃的面孔,索菲娅·伊凡诺芙娜却鲁莽地打断了丈夫的话头。

"啊,这些妖精!哼,我还要拿他们开个大玩笑!这个很有趣……"马特维·叶戈罗维奇没法安静下来了。

路卡出现了,他报告:

"有电炮(报)……"

"我就去。给四十二次列车发信号。"

他连忙同副站长一块儿到车站去,路卡在站上敲出短短的钟声发信号。尼古拉·彼得罗维奇坐在电报机前,发电报问下一站:"我可以开出四十二次列车吗?"站长在办公室里踱来踱去,微笑地说:

---

① 即路卡。

"你我得跟这对妖精开一个玩笑……总之,实在烦闷无聊,哪怕笑一下也好……"

"这当然可以。"尼古拉·彼得罗维奇同意道,一面叩着电键。

他知道,哲学家应当用简洁的句子表达自己的意思。

这个让大家笑一下的机会不久就来了。

有一天夜里戈莫左夫到阿琳娜的地窖里去,原来阿琳娜服从戈莫左夫的命令,又得到站长太太的许可,在各种各样的旧家具堆中间安放了一张床。这个地方又潮,又冷;破椅子,破桶,破木板以及各种破旧东西在黑暗中都现出可怕的形状;阿琳娜一个人在这些东西中间——她害怕得不得了,她简直没法睡觉,她躺在麦秆捆上,睁大眼睛,一直在低声背诵她记得的祷告文。

戈莫左夫来了,默默地压紧她,搂住她过了好久,后来他倦了,就睡着了。可是不久阿琳娜就惊惶地小声唤醒了他:

"季莫费·彼得罗维奇。季莫费·彼得罗维奇!"

"什么事?"戈莫左夫半梦半醒地问道。

"我们给锁在里面了……"

"你说什么?"他跳起来,又问道。

"有人来过……门锁上了……"

"你撒谎!"他恐怖地、愤怒地咕噜道,把她从自己身边推开了。

"你自己去看看吧!"她恭顺地说。

戈莫左夫站起来,一路上撞到各种各样东西,走到了门口,推着门,沉默了一会儿,便悻悻地说:

"是那个兵干的事……"

门外有人快活地笑起来。

"放我出去!"戈莫左夫大声恳求道。

"什么?"这是兵的声音。

"我说,放我出去……"

"明天早晨放你出去……"兵说,就走开了。

"魔鬼,我当班,有工作!"戈莫左夫同时带着愤怒和请求地嚷起来。

"我替你工作……听我说,你安心坐下吧!……"

兵走开了。

"啊,你这条狗!"扳道员苦恼地咕哝道,"等一会儿看吧……总之,你不能把我锁起来……还有站长……你怎么对他说呢?他要问:'戈莫左夫在哪儿——嗯?'看你怎样回答他……"

"我看这是站长本人吩咐的。"阿琳娜绝望地低声说。

"站长?"戈莫左夫吃惊地再问一遍,"他为什么要这样做?"他静了一会儿,又向她叫起来:"你撒谎!"

她回答他一声长叹。

"这样会闹出什么事情呢?"扳道员在离门口不远的一个木桶上坐下来,问自己道。"我多丢脸!全是你,你这个丑妖婆,这全是因为你……哼,呸!"

他捏紧拳头,朝着她的呼吸声出来的方向做出恐吓的样子。她并不作声。

潮湿的黑暗包围着他们,——这种黑暗还含得有腌白菜气味和霉味,还有刺鼻的辛辣气味。从门缝里射进来一条一条月光。门外一列货车开出站喧闹地往前飞奔了。

"妖精,你干吗不作声?"戈莫左夫充满愤怒和轻蔑地说,"我现在该怎样办呢?你干过了好事现在就不作声吗?魔鬼,你想想看,我们该怎么办?我躲到什么地方去遮羞呢?啊,主啊!我怎么会跟这个女人搞上了啊!……"

"我会恳求饶恕。"阿琳娜小声说。

"以后呢?"

"也许,他们会饶恕的……"

"这对我又有什么好处?就说他们饶了你,以后呢?还不是该我丢脸,是不是?我不是要让大家耻笑吗?"

他静了一会儿以后,又责备她、骂起她来。时间过得非常慢,可以说是慢得残酷无情。后来女人用颤抖的声音哀求他:

"季莫费·彼得罗维奇,原谅我吧。"

"要原谅你就得把你脑袋敲一顿!"他吼道。

接着又是一阵长久的静寂,对于这两个关在黑暗里的人,这种静寂是阴郁的、折磨人的,而且充满了麻木的痛苦。

"主啊!只要快点天亮啊。"阿琳娜苦痛地哀求道。

"你闭嘴……我就要叫你看见天亮的!"戈莫左夫威胁她道,他又狠狠地骂起她来。随后静寂和沉默又来折磨他们了。离天亮越近,时间越是残忍,好像每一分钟都故意走得很慢,好来欣赏这两个人的可笑的处境似的。

戈莫左夫后来睡着了,可是地窖旁边一只公鸡的叫声惊醒了他。

"喂,你……巫婆!你睡着吗?"他声音不大清楚地问道。

"没有。"阿琳娜长长地叹一口气,答道。

"你最好再睡一会儿?"扳道员带着讥讽地出主意道。"喂,你……"

"季莫费·彼得罗维奇!"阿琳娜差不多哀声叫道,"你不要生我的气!你可怜我吧!请你看在上帝儿子基督的面上——可怜我吧!我就只有一个人,孤零零的一个人!你是我的……你是我的亲人——你是我的……"

"不要嚷——不要做人家的笑柄!"戈莫左夫严厉地打断了女人的歇斯底里的低声哀诉,这哀诉使他的心肠软了些了。"不要作声……当上帝降罚……"

他们又静静等着慢慢地到来的每一分钟。可是一分钟、一分钟过去了,并没有给他们带来一点消息。后来从门缝里射进来了太阳光,那些发光的细线切断了地窖里的黑暗。不久地窖外面响起了脚步声。有人走到门口,站了一会儿就走开了。

"刽—子手!"戈莫左夫开始叫起来,他吐了一口痰。接着又是沉默的、紧张不安的等待。

"主啊！……饶恕我吧……"阿琳娜喃喃地说。

好像有人轻脚轻手地走到地窖跟前来了。……锁在响,接着响起来站长的严厉的声音：

"戈莫左夫！牵着阿琳娜的手走出来——唔,快点！……"

"你来！"戈莫左夫小声说。阿琳娜埋着头走到他跟前,站在他旁边。

门打开了；站长立在门口。他鞠躬行礼,并且说：

"恭喜你们新婚！请出来,音乐——奏起来！"

戈莫左夫走出门槛,就站住了,一阵乱糟糟的闹声把他吓昏了。路卡,亚戈德卡,尼古拉·彼得罗维奇都站在门外。

路卡拿拳头敲一只提桶,用一种羊叫似的男高音在喊着什么；兵吹他的信号笛,尼古拉·彼得罗维奇却向上伸起两只手,鼓起两边脸颊,用嘴唇吹出喇叭一样的声音：

"朋！朋！朋！朋！"

提桶发出震动的响声,信号笛叫着,号着。马特维·叶戈罗维奇按住腰哈哈大笑起来。他的副手尼古拉·彼得罗维奇看见戈莫左夫张皇失措地站在他们面前,脸色灰白,颤抖的嘴唇上露出羞愧的微笑,他也忍不住大笑起来。阿琳娜像石头一样地站在戈莫左夫后面,头埋在胸上。

　　　　阿琳娜对季莫费
　　　　讲不完她的情话……

路卡胡乱地唱着,一面向戈莫左夫做出种种难看的怪相。兵走到戈莫左夫跟前,把信号笛放在他的耳边吹着、吹着。

"喂……你们朝前走吧……啊……挽住她的手！……"站长大声说,他笑坏了。他的妻子坐在台阶上,身子摇来晃去,尖声叫起来：

"莫佳①……够了……啊！我要笑死了。"

---

① 马特维的爱称。

> 为着见面的一瞬间
> 我甘愿忍受痛苦！

尼古拉·彼得罗维奇对准戈莫左夫的鼻子底下唱道。

"新郎新娘万—岁！"马特维·叶戈罗维奇看见戈莫左夫向前走了一步，便领头大声喊道。四个人齐声高呼"万岁"，兵用一种干吼的低音在嚷。

阿琳娜跟在戈莫左夫的后面，她抬起头，张开嘴，两只膀子垂在两边。她的眼睛茫然朝前看，可是它们是不是看见了什么，还是一个疑问。

"莫佳，你叫他们亲嘴吧！……哈，哈，哈！"

"新郎新娘，苦啊！①"尼古拉·彼得罗维奇大声说。马特维·叶戈罗维奇笑得站不稳了，就靠在一棵树上。提桶一直隆隆地响着，信号笛还在叫，还在号，还在开玩笑，路卡一面跳舞，一面唱：

> 阿琳娜，啊你这个好厨娘，
> 给我们做一份多浓的汤！

尼古拉·彼得罗维奇又用嘴唇吹出喇叭的声音：

"朋——朋——朋！特拉——达——达！朋——朋！特拉——拉——拉！"

戈莫左夫走到职工宿舍门口，就不见了。阿琳娜还站在院子里，让那些疯狂的人包围着。他们大嚷，大笑，在她耳朵边吹口哨、而且高兴得发狂地在她四周乱蹦乱跳。她站在他们面前，脸上毫无表情，头发蓬松，又脏，又可怜，又可笑。

"新郎逃走了，可是……她还在。"马特维·叶戈罗维奇指着阿琳

---

① 在旧俄婚宴中，来宾要新人接吻时，就举杯祝他们健康，说："苦啊！"意思是"酒很苦，客人喝得没有兴致"。

娜对他的妻子说,忍不住又大笑起来。

阿琳娜朝着他掉过头来,突然跑过职工宿舍门前,逃到草原里去了。口哨、叫唤、笑声从后面追上去。

"够啦!让她去吧!"索菲娅·伊凡诺芙娜叫道,"让她慢慢地清醒过来。她还得做午饭呢。"

阿琳娜跑进了草原,在那儿,在铁路征用土地的后面突出来一长条麦穗高耸的麦田。她慢慢地走着,好像在专心想事情一样。

"怎么样,怎么样?"马特维·叶戈罗维奇又向那几个参加这场玩笑戏的人问道,他们正在谈论关于新婚夫妇行为的各种详细情节。大家都笑了。尼古拉·彼得罗维奇居然临时找到了一句应景的名句:

> 看见可笑的事便笑,老实说,
> 这不是一桩罪过![1]

他说给索菲娅·伊凡诺芙娜听了,接着又强调地加上一句:"可是笑得太多——对健康有害!"

这一天站上的人的确笑得多,可是吃得坏,因为阿琳娜没有回来做饭,只好由站长太太亲自动手了。然而这一顿味道不好的午饭也不曾减少大家的兴致。戈莫左夫一直躲在职工宿舍里面,到他当班的时候才走出来。他一出来就让人叫到站长办公室去。在那儿尼古拉·彼得罗维奇便向戈莫左夫发出种种问题,要他讲他怎样"勾引"他的美人,引得马特维·叶戈罗维奇和路卡不停地哈哈大笑。

"因为事属创举,它便是第一等罪过。"尼古拉·彼得罗维奇对站长说。

"这是罪过。"那个庄重的扳道员勉强做出不自然的笑容说。他明

---

[1] 出自俄国作家尼·米·卡拉姆辛(1766—1826)的《致亚·亚·普列晓耶夫》一诗。

白,要是他讲起来把阿琳娜形容得很可笑,别人就会少笑他了。他便讲道:

"起初她向我做媚眼。"

"做媚眼?!哈——哈——哈!尼古拉·彼得罗维奇,您想象看,像她这样丑的面孔居然做起媚眼来?妙极了!"

"就是说,她做媚眼,我看见了,就在心里想道:我不上你的鬼当!后来她就对我说,'你要我给你缝衬衫吗!'"

"可是'缝纫在那里并不重要'……"尼古拉·彼得罗维奇插嘴说,他又向站长解释道:"您知道,就是涅克拉索夫①的诗句,他的诗《富女与贫女》里的句子……季莫费,讲下去吧!"

季莫费便继续说下去,起初他还很勉强,后来这些谎话渐渐地使他兴奋起来了,因为他看出来他的谎话对他有好处。

然而他所讲到的那个她这时候却躺在草原里。她已经走进了麦海的深处,重重地扑倒在那儿的地上,一动也不动地在地上躺了好久。后来太阳把她的背烤得再也不能忍受火烧一样的日光了,她便翻过身来,胸口朝上地躺着,两只手蒙住脸,不要看见天,天太清明了,也不要看见天上的太阳,太阳太光辉了。

在这个被耻辱压倒的女人的四周,麦穗发出来沙沙的喧噪,数不清的蟋蟀担心地唧唧叫个不停。天很热。她拼命想背诵祷告文,可是她记不起来了:在她的眼前那几张笑成了怪相的脸一直转来转去,在她的耳边响着路卡的男高音,信号笛的叫吼和人们的哈哈大笑。也许是这个,也许是炎热把她的胸口压得紧紧的,她便拉开短衫,让她的身体露在日光下面,她希望这样她会呼吸得更畅快些。太阳烤着她的皮肤的时候,好像有一种类似胃热的感觉在钻她的心。她一阵一阵地深深叹气,喃喃说:

"主啊!……饶恕我吧……"

---

① 涅克拉索夫(1821—1877),俄国诗人,这里的一句诗是从他的《贫女与富女》(尼古拉·彼得罗维奇说成了《富女与贫女》)中引来的。

传到她耳里来的回答就只有麦穗的沙沙的响声和蟋蟀的唧唧的哀鸣。她把头抬到麦浪上面的时候,看见麦浪的金色光波,看见离车站远远的峡谷里耸立着的水塔的黑烟囱,还看见车站的屋顶。天空的蔚蓝色圆顶罩着无边无际的黄色平原,平原上再没有别的东西,阿琳娜觉得大地上就只有她孤零零一个人,她就躺在大地的中心,绝不会有一个人来分挑她这个沉重的孤寂的担子——绝不会有一个人……

到了傍晚,她听见有人在叫:

"阿琳娜——娜！阿里什卡,见鬼——鬼！"

一个声音是路卡的,另一个是兵的。她愿意听到第三个人的声音,可是他没有唤她,她就伤心地哭起来,连串的眼泪很快地从她那长麻子的脸颊上流到了她的胸口。她哭着,把她的光着的胸膛在干燥、温暖的地上擦来磨去,只是为了不要再感觉到这种越来越使她难过的胃热。她哭了一阵又不哭了,她极力忍住她的呻吟,好像她害怕别人听见了会禁止她哭似的。

后来夜来了,她站起来,慢慢地走回车站去。

她到了车站,背靠在地窖的墙上,眼睛望着草原,在那儿站了许久。货车来了又去了；她听见兵向着车长们讲她的丑事,又听见车长们的哈哈大笑。笑声在荒凉的草原上远远地散发出去,草原上金花鼠的吱吱叫声还隐隐约约地听得见。

"主啊！饶恕我吧……"女人叹息地说,她紧紧靠在墙上。可是这几声叹息并没有减轻压在她心上的那个重量。

快到早晨的时候,她很小心地偷偷走进了车站的顶楼,用她平日晾衣服的绳子结成圈套在那儿吊死了。

两天以后人们闻到尸首的气味,才发现了阿琳娜。起初大家害怕得不得了,后来便动手研究这件事情里面究竟谁有错。尼古拉·彼得罗维奇确确实实地证明这是戈莫左夫的错。站长便对着扳道员的嘴打了一拳头,严厉地命令他不要声张出去。

官厅派了人来进行审讯。后来查明阿琳娜患了忧郁病……就叫线路工人把她抬到草原上去埋在那儿。这个命令执行了以后,车站上又恢复了秩序和宁静。

车站上的居民又开始过他们那种一天四分钟的生活,让烦闷、孤寂、闲懒、炎热折磨得没有办法,而且带着羡慕的眼光望着在他们面前飞奔过去的火车。

……冬天,暴风雪怒号着、狂吼着在草原上奔驰,把小小的车站包围在雪片和风声里的时候,站上居民的生活越发烦闷无聊了。

巴　金　译

骗　子[*]

一　与他相遇

……在黑暗中我不时撞到篱笆上,但是我仍然勇敢地踏着一摊摊稀泥,从一个窗口走到另一个窗口,用一根手指头轻轻地敲着玻璃窗,叫道:

"请收留过路的住一宿吧?!"

给我的答复是叫我到隔壁人家去;到"村公所"或者到魔鬼那儿去;有一个窗口里的人说要放狗出来咬我,另一个窗口里一声不响,却伸出个大拳头毫不含糊地威吓我。有一个女人对我嚷嚷道:

"滚吧,滚开点,趁我还没有把你打扁!我丈夫在家……"

我是这样理解她的意思的:显然,只有丈夫不在家的时候她才接纳过夜的人……我因为她丈夫在家而感到遗憾,向下一个窗口走去。

"善人们:让过路的住一宿吧?!"

有人温和地回答我说:

"上帝保佑你,往前走吧!"

---

[*] 本篇写于一八九七年,最初以《骗子(回忆录)——一 与他相遇》为题发表于同年二月一日《尼日戈罗德报》。全文发表于一八九八年五月和六月《生活》杂志第十五和十六期。译自《高尔基三十卷集》第三卷。

骗　子

可是天气糟透了：正下着阴冷的牛毛细雨，夜色笼罩着泥泞的大地。有时候从什么地方突然刮来一阵风；它在树木的枝叶中低声呜咽着，吹得房顶上的湿麦草沙沙作响，并且还发出许多忧郁的声音，这悲切的音调破坏了黑夜的宁静。屋子里的人听到这被称之为秋天的肃杀诗篇的悲伤序曲时，可能会心情恶劣，所以不让我进去过夜。我跟他们的这一决定作了长时间的斗争，他们也顽强地抵御我，以至终于打消了我在房子里过夜的念头。我走出村子，来到了田野，心想也许能够在那里寻到个干草垛或者一些麦草，虽然在这么个沉沉的黑夜里，只有碰运气才会找到它们。

可是，瞧啊，我看见在离我三步远的地方有一个比黑夜还要黑的庞然大物矗立在那里。我猜想这是一个粮仓。粮仓都不是直接建筑在地面上，而是建在木桩子或者石头墙上面的，在粮仓的地板和地面之间留有空隙，那儿容一个个子相当大的人也绰绰有余，只消匍匐进去就行了。

显然，这是命运不让我在房子里而是在地板下面度过这一夜。我对此心满意足，便顺着干燥的地面往里爬，摸索着寻找比较平坦的地方以便睡下来。突然，从黑暗中发出了一个镇静的、警告的声音：

"靠左边点，老兄……"

这真是出乎意料。

"谁在这儿？"我问。

"一个拿棍子……的人！……"

"我也有根棍子……"

"有火柴吗？"

"火柴也有。"

"那太好了！"

我看不出这有什么好，因为，依我看来，只有当我既有面包又有烟草，而不是光有火柴的时候，才算好呢。

"怎么，村子里头不留您过夜？"那个看不见的人的声音问道。

91

"不留。"我说。

"也没留我过夜……"

这是不言而喻的，如果他曾经提出过夜要求的话。但是他也可能根本没有提出过这个要求，就钻到这儿来，有可能，只不过是为了等待一个方便的时机，趁夜黑去干一种什么冒险的勾当。当然，上帝对任何一种劳动都会满意的，可是我还是决心将我的棍子牢牢地握在手中。

"没让进去，这些鬼家伙！"那声音又说，"混蛋！天好的时候倒让进家，可是碰上这样的鬼天气——哪怕你苦苦哀求也白搭。"

"您上哪儿去？"我问。

"上……尼古拉耶夫。您呢？"

我说了上哪儿。

"那么说，是同路的了。好，擦根火柴，我要抽烟。"

火柴受潮了，我不耐烦地用火柴在头顶上方的地板上划了好半天。终于划出了一点火光，在黑暗中现出一张长着黑胡子的苍白的面孔。

那双聪明的大眼睛带着嘲笑的意味看了看我，胡髭下面的白牙闪了一下，那个人对我说：

"想抽烟吗？"

火柴燃尽了。又擦亮了一根。在火柴的亮光下，我们彼此又打量了一眼，我的同宿人在这之后放心地说：

"嗯，看来我们用不着拘束；抽根烟吧！"

他嘴里叼着另一支烟，他一抽，红色的亮火照到他的脸上。这人眼角和额头上都布满一道道又深又细的皱纹。他身穿一件破烂的棉大衣，拦腰系根绳子，脚蹬用整块皮子做的鞋，这种鞋在顿河一带叫"碎皮鞋"。

"是香客吗？"我问。

"我在徒步行路。您呢？"

骗子

"也是。"

他动了动,什么金属东西咣啷响了一声,显然,不是水壶就是小锅;这些都是到圣地去的香客的必备之物。但是没有那种一听就知道是香客的柔媚调,也没有香客惯有的虚情假意,在他的话语里暂时也没有香客的唉声叹气,没有"引自《圣经》"的一个字。总之,他不像那些以云游圣地为业的游荡者,那些人是无数"俄罗斯浪游者"里最坏的一种人,他们道德败坏,满嘴谎言和迷信,这类人就是用这种迷信和谎话来毒害精神贫乏、头脑空虚的乡下人的。再说,他是上尼古拉耶夫去的,可那儿并没有圣体①……

"您从哪儿来的呢?"我问。

"从阿斯特拉罕来的……"

可是阿斯特拉罕也没有圣体呀。于是我问他:

"这么说您是从'海边来到海边去'②,而不是在云游圣地。"

"圣地也去。为什么不到圣地去呢? 那儿总是给人吃得饱饱的……特别是,跟修士们的关系搞亲密了的话。他们顶尊敬我们的弟兄伊萨基③的,因为他使他们的生活不那么单调。您在这方面怎么样?"

"我也去享受享受。"

"有吃喝的地方。您从什么地方来的? 啊! 路远山遥。擦根火柴吧,我们再抽支烟。抽抽烟,人就觉得暖和一点……"

的确很冷:这一方面是因为风肆无忌惮地吹到我们身上,一方面是因为我们的衣服都湿透了。

"也许,您想吃点东西? 我有面包、土豆和两只烤乌鸦……要吗?"

---

① 圣体,即所谓圣徒的遗骸,教徒们迷信它有神效,常长途跋涉去朝拜进香。
② 出自一首儿歌,大意说:小牧童,你把牲口赶到哪儿去? 从海边来到海边去,到基辅城里去,那里是我的故乡。
③ "我们的兄弟伊萨基"一语出自《彼乔拉修道院修士伊萨基传》。里面说,伊萨基受到群魔的诱惑,误把魔鬼的妖术当着耶稣的兆示。群魔喊着"这是我们的伊萨基",迫使他一边弹琴一边跳舞。

"乌鸦?"我好奇地问。

"您不吃乌鸦?不吃白不吃……"

他塞给我一大块面包。

"我没吃过乌鸦……"

"拿去,尝尝。秋天的乌鸦很好吃。再说,自己亲手捉的乌鸦,吃起来总比旁人从人家窗口里递给你的面包和腌肥肉要好吃得多……每当你接受施舍之后,总恨不得把那家的房子给烧掉……"

他说得满有理,有理而且有趣。用乌鸦当食品对我说来是新鲜事,但是没有使我感到惊奇,因为我知道,冬天里,在敖德萨,"无赖们"吃耗子,在罗斯托夫,吃蜗牛。这有什么可大惊小怪的呢?连巴黎人困守围城时还顶满意地吃各种各样糟透了的东西呢,[①]有些人一生一世都处于被围困的状态中。

"您怎么捉的乌鸦?"我问。

"当然不是用嘴捉的。可以用棍子或者石头打死它们,可是最好的办法是钓活的。拿根长绳子,绳头上拴一块腌肥肉、肉、或者面包皮。乌鸦来啄食,吞了下去,你就把它扯过来!然后,拧断它的头,拔了毛,取出脏腑,穿在棍上,放在火堆上烤。"

"要是现在能在火堆旁坐一会儿就好了!"我叹息道。

寒气更加逼人。风用非常痛苦地颤抖着的呼啸声敲打着仓库的墙壁,就像它自己也被冻僵了一样。随着风声有时还传来狗叫声和乡村教堂的凄凉的晚钟声,雨滴从房顶上沉重地落到潮湿的土地上。

"不吭声躺着怪闷得慌!……"与我一同过夜的那个人说。

"可是聊天呢,又太冷了。"我说。

"您把舌头伸到怀里,会暖和过来的!"

"谢谢您的忠告……"

"一块儿走,怎么样?咱们同路……"

---

① 指一八七〇至一八七一年普法战争时期巴黎被普军围困。

"一块走!"

"那么互相介绍一下吧……比方说,我,贵族巴维尔·伊格纳季耶夫·普罗姆托夫……"

我也作了自我介绍。

"好啦,先生,就这样吧! 现在我问您:您怎么落到如此地步的呢? 因为好酒贪杯,是吗?"

"是因为生活无聊……"

"这也有可能……您知不知道枢密院印发的一份《罪犯名单》?"

"知道……"

"那上面印有您的名字吗?"

那时候,我的名字在哪儿都还没有印出来过,关于这,我向他作了声明。

"我也没有被登出来过……"

"您希望登吗?"

"全凭上帝的旨意!"

"看来您倒是个快乐人?"

"有什么好悲伤的?!"

"在您的处境下,不是人人都这么想的。"我怀疑他说的是否真心话。

"处境倒是又湿又冷,可是天一亮它就会变个样。太阳一出来——它不是会出来吗? 那时候我们从这儿爬出去,我们就喝茶,吃点东西,暖暖身子……难道不好吗?"

"好!"我同意道。

"这不就得了! 一切坏事都有它好的方面……"

"一切好事也有它坏的方面……"

"阿门!"他用教堂执事的声调大声念道。

真的,和他在一起是愉快的! 可惜我看不见他的脸,从他那抑扬顿挫的语调来判断,他的脸一定是非常富于表情的。我们闲扯了好一阵子,双方都想进一步了解对方却又把这个愿望掩盖起来。他不谈自己,却促使我对他吐露自己的情况,这种机智,使我暗自钦佩。

在我们闲谈时,雨渐渐停了,黑暗不知不觉地开始消散;东方已经现出了一抹玫瑰色的柔和的曙光。随着黎明的到来,清晨的空气也变得新鲜起来,如果人穿着干燥、温暖的衣服,这清新的空气会使他感到心旷神怡,精神振奋的。

"我们能不能在这儿找点烧的来生堆火呢?"普罗姆托夫问。

我俩在地上一边爬,一边找,可是什么也没有找到。于是我们决定扯下一块钉得不特别牢固的木板。取下来以后,把它劈成小片。之后,普罗姆托夫建议看能不能在粮仓的地板上钻一个小洞,以便弄到些黑麦粒,因为,要是把黑麦放在水里面煮的话,是能做出可口的食物的。我一再反对,说这样做不合适:为了取出两三磅黑麦,我们得从粮仓里漏出几普特黑麦来。

"可是,这碍得着你什么事呢?"普罗姆托夫问。

"我听说,应该尊重他人的财产……"

"老兄,只有自己有了财产的时候才应该说这个话。其所以应该这样说,只是因为你自己的财产对任何别的人来说,都是他人的……"

我沉默不语了,心里暗想,这人在财产问题上必定是个极端的自由主义者,与他结交的愉快很可能也有其不利之处。

欢乐、明亮的太阳出来了。乌云缓慢地、有气无力地飘向北方,云隙中露出一块块蓝天。处处有雨珠在闪闪发光。我和普罗姆托夫从仓库下面爬了出来,穿过收割过的麦茬地,向离我们老远的弯弯曲曲的绿色林带走去。

"那边有一条河。"我的相识说。

我望着他,心里想,他可能已经四十出头,他的日子过得不轻松。他那双深陷在眼窝里的黑眼睛平静而又自信地闪烁着,每逢他稍微眯缝眼睛,他的脸上就露出狡黠和冷酷的神态。从他坚定、矫健的步伐中,从他巧妙地紧系在背上的皮行囊上,从他整个身子的体态中都可以看出来,他已经过惯了流浪生活,像狼一样老练,像狐狸一样狡黠。

"我们这么走,"他说,"现在先过河,走大约六俄里,就到曼热列依村了,那儿有一条大路直通新普拉加。那一带住着福音洗礼派①和浸礼会教派②的信徒以及其他爱幻想的农民们……只要对他们扯些宽心的话,他们准会给您吃得很好。可就是别跟他们提一句《圣经》!他们自己对《圣经》滚瓜烂熟……"

我们在一丛黑杨附近选了一个地方,在一条被雨水搅浑了的小河的岸边堆了一些石头,在石头上升起篝火来。在离我们约莫两俄里的高地上有一片村庄,村屋顶上的麦草闪着带玫瑰色的金光。尖顶的杨树染上了秋色。炊烟缭绕,遮暗了杨树林橘红和赤红色的叶丛以及叶隙中柔和的蔚蓝色的天空。

"我要去洗个澡,"普罗姆托夫说,"过了这么糟糕的一夜之后,必须洗一个澡。我劝您也洗一洗。等我们洗干净清爽了,茶也就煮开了。您要知道,必须注意,让我们总是身体干净、精神焕发。"

他说着,脱下了衣裳。他的体格端正健壮,体态匀称,肌肉结实、发达。当我看到他裸露的身体,我感到他脱下来的那些褴褛肮脏的衣服,比刚才更加可憎了……我们浸入冰凉的水中,冻得索索发抖,浑身发青,后来我们跳到岸上,急急忙忙穿上我们已经在篝火边烤暖和了的衣裳。然后坐在火边喝茶。

普罗姆托夫有一只铁杯子,他把滚开的茶水倒进杯子里,让我先喝。可是时时刻刻都在准备捉弄人的魔鬼,猛地拨了一下我心里头那根说谎的弦,于是我慷慨地说:

"谢谢!您先喝吧,我等会儿喝!"

我这么说是因为料定普罗姆托夫一定想和我争着表现自己的大方和谦让,那时,我就对他作出让步,先喝茶了。可是他只是干脆地说:

---

① ② 是俄国在十九世纪中所产生的教派。

"嗯,好吧……"

说罢就将杯子举到了自己的唇边。

我转过脸去,凝视着荒凉的草原,想让普罗姆托夫相信,似乎我并没有看见他那双黑眼睛在怎样嘲笑我。他不时地呷一小口茶,嚼着面包,津津有味地吧嗒着嘴唇,而且这些动作都慢得令人难受。我冷得几乎五脏六腑都在打战,恨不得把茶壶里的开水倒到自己的手心里。

"怎么样,"普罗姆托夫笑了起来,"讲客气不上算吧!"

"唉!"我说。

"嗯,很好!您要吸取教训……为什么要把对你有利、令你愉快的东西让给别人呢?要知道,虽然都说,四海之内皆兄弟,可是谁也没有试过用尺子来加以证实……"

"您似乎就是这样想的,对吗?"

"我干吗要口心不一呢?"

"您知道,人总是常常有点卖弄自己,不管他是谁……"

"我不明白,什么使得您对我那么不信任!……"这条狼耸了耸肩膀。"是不是因为我给了您面包和茶呢?我这么做并不是出于兄弟的情谊,而是出于好奇心。我看见一个人没有立足之地,我就想知道,他是怎样被生活所遗弃的,是什么原因……"

"我也想知道……请告诉我:您是谁,您是干什么的?"我问他。

他用探索的眼光瞧了瞧我,沉默片刻后说道:

"人永远不能确切知道自己是什么人……应该问他,他以为自己是什么人。"

"就算是这样问的吧!"

"嗯……我想,我是一个感到生活容纳不下我的人。生活的天地很狭小,我却很宽阔……也许,这话不对。但是世界上有一种特别的人,这种人,可能是那个永世漂泊的犹太人①生出来的。他们的特点在

---

① 据欧洲中世纪民间传说,犹太人阿加斯费尔在耶稣身背十字架去受刑时,拒绝帮助耶稣背十字架,因此被罚永世漂泊。

于不管怎样都不能在地球上找到自己的位置,并且在那里定居下来。他们的内心里有一种不安的、追求某种新事物的欲望……他们中间的小人物永远不能按照自己的爱好来选择长裤,因而总是不满、不幸。他们中间的大人物,不管是金钱、女人、还是荣誉,都不能使他们感到满足……这种人是不讨人们喜欢的,因为他们既胆大又乖僻。他们中的大多数都只值五戈比铜币……而它们之间的差别仅在于铸造的年代不同。这一个磨损了,那一个新一点,但是它们的价值相同,材料一样,他们在各方面都彼此相像得令人作呕。但是我不是个五戈比的铜币,虽然,也许我只是个二戈比铜币……就是这么一回事!"

他说这话时,怀疑地微笑着,以至我觉得他自己也不相信他所说的话。但是他引起了我强烈的好奇心,我决心跟他一块儿走,直到弄明白他是一个什么样人为止。他明明是一个所谓的"知识分子"。这种人在流浪汉里多的是,他们全都是一些死气沉沉的人,毫无自尊心,缺乏自知之明,活着也只不过是一天比一天更深地堕入卑鄙龌龊的深渊中,然后在那里面融化,从生活中消失而已。

但是在普罗姆托夫身上,却有着一种坚强、刚毅的东西,他不像别人那样抱怨生活。

"怎么样? 我们走吗?"他建议。

"走吧!"

茶和太阳使我们暖和起来,我们顺着河岸向下游走去。

"您怎么谋生的?"我问普罗姆托夫,"干活吗?"

"干—干活? 不,我不喜欢这个……"

"那怎样谋生呢?"

"哦,您会见到的!"

他沉默了。后来,又走了几步路,他开始从牙缝里吹出一首欢乐的歌。他的眼睛自信而又机警地扫视草原,他像一个奔向目标的人那样坚定地走着。

我瞧着他,要弄清楚我是在跟个什么人打交道的渴望在我的心中燃烧得益发炽烈了。

……我们走进村子的街道,一只小狗扑到我们的脚下,在我们身旁转来转去,大声吠叫着。只要看它一眼,它就惊恐地尖声叫着,像个皮球似的跳到一边,然后又重新狂吠着向我们扑来。它的伙伴们也跑出来了,但是它们并不像它那么热心,尖叫了两声就不见了。它们的冷淡似乎更加激怒了这条红毛小狗。

"看见了吧,多么卑鄙的天性?"普罗姆托夫说,朝那条卖力的小狗点了点头,"它这是在装样子,它明明知道,用不着吠叫,它不是凶,它是胆小,可是它又想要向主人邀功。这纯粹是人类的特点,无疑,是人教给它的。人把畜生带坏了……总有一天,畜生也会变得像您和我一样虚伪……"

"谢谢您。"我说。

"没什么可谢的。不过我现在得闹点吃的……"

在他那富于表情的脸上现出了凄惨的神色,眼睛变得愚钝,他弓着身子,蜷缩成一团,身上的破衣衫竖了起来,像棘鲈鱼的鳍一样。

"得向别人讨点面包了。"他向我解释他为什么装模作样的原因,并且开始用锐利的目光察看着农舍的窗户。在一个农舍窗下站着一个正在奶孩子的女人。普罗姆托夫向她鞠了个躬,央求说:

"我的大娘!给香客一点面包吧!"

"对不起!"女人用怀疑的目光瞟了我们一眼,回答道。

"但愿你的奶水干掉,狗娘养的。"我的旅伴冷酷地诅咒她。

那女人像被螫了一下似的,尖叫了一声,向我们跑来。

"哎呀,你们这些……"

普罗姆托夫站在原地不动,用他那双黑眼睛直盯着她的脸,眼神既野蛮又凶狠……村妇脸色刷白,打了个寒噤,嘟哝了一句什么话,飞快地奔进农舍去。

"我们走吧!"我向普罗姆托夫建议。

"稍等一会儿,等她拿面包出来……"

"她会叫她丈夫拿草叉子出来对付我们的。"

"您懂得真多!"这条狼怀疑地冷笑了一下。

他说对了,那女人手里捧着半块大圆面包和一块不小的腌肥肉走到我们面前来。她默默地向普罗姆托夫深深地鞠了一躬,向他央求道:

"请您收下吧,上帝的人,您别生气……"

"愿上帝保佑你不遭凶眼①,免受巫术及寒热病的祸害!……"普罗姆托夫庄严地给了她临别赠言。于是我们便动身了。

"听着,"当我们已经远远地离开农舍之后,我说道,"不说别的,你这要饭的方法怎么这样怪呢?"

"这是最有效的方法……只要你使劲儿用眼睛把村妇盯一下,她就会把你当成巫师,她一害怕,别说是面包,连她丈夫的整个钱口袋都能拿给你。既然我能够发号施令,我干吗要去央求,在她面前低声下气?我总认为,夺取比央求好……"

"有没有碰到过给您的不是面包,而是……"

"一顿揍吗?没有过。谁敢来碰我!好兄弟,我有一张有奇效的公文,我只消拿给农民看看,他就立刻成了我的奴隶……要不要我给你瞅瞅呢?"

我手里拿着这张相当脏的、揉皱了的纸,看出这是一张通行证,由彼得堡治安当局发给被驱逐出境的巴维尔·伊格纳季耶夫·普罗姆托夫的,准许他从阿斯特拉罕到尼古拉耶夫去。通行证上盖着阿斯特拉罕警察局的印章和相应的签署,一切都合乎手续。

"我不明白!"我说,将这个证件交还它主人手中,"既然您是从彼得堡流放出来的,为什么从阿斯特拉罕启程呢?"

他笑了起来,他整个表情都流露出他感到自己高我一等的神色。

"这非常简单!您想想,他们把我从彼得堡流放出来,流放时,要

---

① 一种迷信,认为被巫师用凶恶的眼光盯过后,就会遭到灾祸。

我选择居住的地方——有的地方除外。比方说,我选了库尔斯克。到了库尔斯克,来到警察局……有幸作自我介绍!库尔斯克的警察局不会客客气气地接待我:他们自己的麻烦事都忙得不可开交。他们认定,站在他们眼前的这个人是一个狡猾的骗子。要是不能够根据或者借助法律条文来摆脱他的话,那么就必须采取行政手段来驱逐他了。他们向来是高兴把我打发走的,哪怕是让我一头栽到深渊里,他们也是无所谓的!看见警察局为难,我动了恻隐之心。'既然是,'我说,'让我自己选择居住的地方,那么你们愿不愿意让我重新选择?'他们很高兴甩掉我这个包袱。我还说,我乐意离开他们有责任保障人身安全和财产不受侵犯的地区,不过他们应该给我路费,以报答我的好意。他们给五个、十个卢布,钱数多少,要看他们的心情和性格而定,他们总是心甘情愿地给我。宁肯损失五个卢布,也比有我这个人来添麻烦强,对吗?"

"也许对吧!"我说。

"没错,就是这样!随后他们给了我一纸公文,它和护照可完全不一样。这张公文与护照的区别在于它具有魔力。上面写着:'奉当─局─之命迁出彼─得─堡'!我把它拿给村长看,村长照例都笨得和树墩子似的,一点儿也看不懂它。他害怕公文,因为这上头盖了印章。我对村长说:'凭这张公文,你必须给我找地方住宿。'他就会给找。'必须供给我伙食!'他就管饭。他只能这么做,因为公文上头写着——来自彼得堡,又是奉当局之命!鬼知道什么叫做'奉当局之命'?这意思也许是说,奉命侦察家庭手工业、私造伪币、非法酿酒和私自卖酒呢?或者是来暗中查访老百姓是否积极上东正教的礼拜堂做礼拜?……也有可能是调查有关土地问题的吧?谁弄得清什么叫做奉当局之命?也许,我是一个微服出访的人?……农民是愚蠢的,他懂得什么?"

"是的,他懂得的少。"我说。

"这就好极了!"普罗姆托夫深信不疑地说,"农民就应该是这个样子,农民只有这样,大家才像需要空气一样地需要他们。因为,什么叫农民呢?农民对所有的人来说是一种营养品,换句话说,是一种可食的动物。比方拿我来说吧!没有农民的话,我能在大地上生存吗?人类要生存必须有太阳、水、空气和农民!"

"那土地呢?"

"只要有农民就会有土地!只消对他下道命令:'喂,你听着!开发土地!'于是就有了土地。他不会不听话的……"

这个快乐的滑头家伙喜欢说话!这时我们早就出了村庄,走过许多庄子,在我们面前又出现了一个隐没在秋日橙黄色叶丛中的村子。普罗姆托夫快乐得像只黄雀,喋喋不休。我一边听一边想着这个对我说来还是一种新型的,正在吮吸着并不富裕的农民血汗的寄生虫。

"请告诉我!"我突然想起了一个情况,"我们相遇时的情景,使我非常怀疑您那张公文的效力……这该怎么解释呢?"

"嗳!"普罗姆托夫冷笑了一声,"非常简单:我已经来过这一带了,可是,您要知道,不是每一次都好意思让人家记起你来的……"

我喜欢他的坦率。我注意地听他放肆胡诌,想弄清楚,他是否和他的自我描述一样。

"瞧,前面有一个村庄,您想不想让我给您看看,我这张纸头的作用?"普罗姆托夫建议道。

我拒绝了看他试验,向他建议,最好还是对我说说,为了什么事情奖给了他那张纸头。

"嗯,这个,您知道,说来就话长了!"他摆了一下手,"不过总有一天我会告诉您的。现在,我们还是歇歇脚,吃点东西吧。我们贮存了足够的食品,这就是说,我们现在不必进村去麻烦旁人了。"

我们离开大道走到一旁,坐在地上开始吃东西。后来,被暖和的阳光和草原上吹来的轻风弄得懒洋洋的,就躺了下来睡着了……当我们醒来时,地平线上挂着又大又红的夕阳,南方黄昏时分的阴影投射在草原上。

"唔,您看,"普罗姆托夫庄重地说,"命运愿意让我们在这个小村庄里过夜……"

"趁现在天还没黑,我们走吧!"我建议道。

"别担心!今天我们一定能在屋子里头过夜……"

他说对了:我们敲门求宿的第一户人家就好客地把我们请了进去。

农舍的主人是一个身材魁梧、心地善良的乌克兰人,他刚从地里回家,他的妻子正在做晚饭。四个肮脏的小孩在农舍的屋角里挤成一团,从那儿用好奇的、怯生生的眼睛瞅着。那个又高又胖的乌克兰女人一声不响地从农舍到穿堂来回地忙碌着,她拿来了面包、西瓜、牛奶。主人坐在我们对面的一条长凳上,专心致志地揉搓他的腰部,不时向我们投来疑问的目光。

过了不一会儿他就提出了一个通常要问的问题:

"你们上哪儿去?"

"善良的人,从海边来到海边去,到基辅城里去……"普罗姆托夫敏捷地、用古老的儿歌中的词句回答。

"基辅那边有什么呢?"那个人想了一想,问道。

"有——不是有圣体吗?"

主人望了普罗姆托夫一眼,默默地吐了口唾沫。后来,稍停片刻,他又问道:

"你们打哪儿来的?"

"我从彼得堡来,他是从莫斯科来的。"普罗姆托夫回答道。

"从什么地方?"乌克兰人扬起了眉毛,"彼得堡是什么地方?有人说,它建在海上……海水常把它淹没……"

房门开了,进来了两个乌克兰人……

"我们是来找你的,米哈伊洛!"其中一人说。

"你们找我干什么?"

"找你有事……这两位是什么人?"

"这两位？"主人向我们这边点了点头，问道。

"对了！"

主人不作声了，他想了一想，摇摇头说：

"我怎么知道呢？"

"兴许，你们是香客吧？"他们问我们。

"是呀！"普罗姆托夫回答。

大家都默不作声了。三个乌克兰人目不转睛地、怀疑地、好奇地打量着我们……终于，大家都在桌边坐下，开始津津有味地大嚼鲜红的西瓜瓤。

"兴许，你们中有谁识字吧？"一个乌克兰人扭过头来问普罗姆托夫。

"两个人都识字。"普罗姆托夫简短地回答。

"那么你们知不知道，要是一个人夜里头后脊梁又是酸疼，又是痒痒，没法睡觉，他该怎么办呢？"

"知道！"普罗姆托夫宣称。

"怎么办呢？"

普罗姆托夫嚼了好一阵子面包，然后在自己的破衣裳上擦了擦手，就沉思地盯着天花板，终于坚决、甚至严厉地讲道：

"扯一把荨麻，夜里头叫你老婆用这些荨麻给你擦背，擦完之后，再抹上加了盐的大麻油……"

"这会出什么事儿吗？"乌克兰人问。

"啊，什么事儿也出不了。"普罗姆托夫耸了耸肩膀。

"没事儿？"

"就是没事儿！"

"见效吗？"

"见效……"

"那我试试……谢谢您……"

"祝您康复！"普罗姆托夫十分认真地祝愿说。

长久的沉默,啃西瓜的啧啧声和孩子们的耳语声……

"你们听我说,"农舍主人开口道:"那个……你们知不知道……也许,你们在彼得堡和莫斯科听到说过一个地方……叫西伯利亚的……能不能移民到那儿去呢?我们这儿的地方官说,那儿根本不能住人,瞧瞧他们说的什么事儿。"

"不能住人!"普罗姆托夫斩钉截铁地说。

乌克兰人面面相觑,主人自言自语小声嘟哝:

"但愿癞蛤蟆钻进他们的肚皮里去!"

"不能住人!"普罗姆托夫又强调了一遍,突然他的脸变得神采焕发……"那儿不能住人,因为普天之下都有土地,要多少就有多少,又何必去西伯利亚呢!"

"事实上,对死人来说,哪儿都有土地,可是对活人来说它才是需要的呢!……"一个乌克兰人忧郁地说。

"彼得堡当局作出了决定,"普罗姆托夫得意扬扬地扯下去,"一切土地,连农民带地主的,统统收归国有……"

乌克兰人吃惊地睁大眼睛望着他,都不说话了。普罗姆托夫严厉地扫了他们一眼后,又问:

"收归国有——为什么呢?"

静默中充满了紧张的气氛,那几个可怜的乌克兰人等得似乎马上就要急坏了。我瞧着他们,普罗姆托夫对贫苦农民的愚弄,气得我差一点忍受不住了。但是如果我当面戳穿他的无耻谰言,他就会被乌克兰人痛打一顿。我没吭声。

"您说为什么呀,善良的人!"一个乌克兰人小声地、怯生生地请求。

"收归国有的原因,是为了把所有的土地都合理地分给农民!那边承认,"普罗姆托夫往旁边一个地方指了指,"土地真正的主人是农民,所以已经作出了决定:不许去西伯利亚,等候分地……"

一个乌克兰人甚至把手里的一块西瓜掉到了地上。他们全都用贪婪的眼光默默地望着普罗姆托夫的嘴巴，大家都被这一奇怪的消息震惊了。几秒钟后，四个人同时叫了起来：

"至圣至洁的圣母啊！"乌克兰女人歇斯底里地喊道。

"啊……兴许，您在瞎扯吧？"

"往下说吧，善良的人！"

"就因为这，今年的黎明才这么亮！"那个后脊梁痛的乌克兰人深信不疑地喊道。

"这些话还只是传闻，"我说，"说不定这些全都是瞎扯……"

普罗姆托夫面带发自内心的惊讶看了我一眼，激动地讲了起来：

"怎么会是传闻？怎么会是瞎扯？"

于是他口若悬河地编造出一些最狂妄的胡言乱语，除我之外，所有听他说话的人都以为那是美妙的音乐。他信口开河，说得天花乱坠！农民们恨不得跳进他的嘴巴里去。但是我听着他那些能打动人心的谎言却感到怪不好受，因为它们可能给那些心地忠厚的乡下人招来巨大的不幸。我走出农舍，在院子里躺了下来，心里盘算着，怎样戳穿我旅伴的丑恶的表演？后来我睡着了，天亮时，我被普罗姆托夫叫醒了。

"起来，我们走吧！"他说。

他身旁站着睡眼惺忪的房主人，普罗姆托夫的整个背囊都胀得鼓鼓的。我们和主人告辞后就上路了。普罗姆托夫兴高采烈，唱歌，吹口哨，不时用讥讽的眼光从一旁看看我。我在考虑跟他说什么，所以在他身边一言不发地走着。

"喂，先生，您怎么不揍我一顿呢？"他突然问道。

"您意识到没有，这会产生什么后果？"我冷冷地反问他。

"那，当然……我明白您的意思，也知道您应该使我下不了台……我甚至能告诉您，您该怎么做。要不要？不过最好别这么做。让农民们幻想去，这有什么不好呢？他们只会因此更聪明一些。我却得到了好处。您看看，他们把我的背囊塞得多满呀！"

"可是您会害得他们挨棍子呀！"

"不见得吧……挨了又怎样？别人的脊梁骨与我什么相干？求上帝保佑自己的脊梁骨不挨打就行了。当然，这样做不道德，可是话又说回来了，道德不道德究竟与我有什么相干呢？您得承认，毫不相干！"

"什么？"我心中想道，"狼有狼的理……"

"就算他们为了我的缘故遭了殃，可是以后天空将仍然是蔚蓝色的，海水仍然是咸的。"

"难道您就不怜惜……"

"没有人怜惜我……我是一株风滚草①，不管风把我吹到谁的脚下，谁都会把我一脚踢开……"

他态度严肃、凝思着，露出愤恨的神情，他的眼睛闪出复仇的光芒。

"我总是这么行事，有时候比这还坏……萨拉托夫省一个农民肚子疼，我劝他喝泡了黑蟑螂的低等橄榄油，——就因为他太吝啬了。在我的流浪生涯中，这一类恶作剧我干的还少吗？我向农民的精神生活里灌输了各式各样荒诞不经的迷信和无稽之谈……总而言之，我不觉得问心有愧……我干吗要问心有愧呢？我倒要问问，凭哪些信条？除了我自己的信条之外，我什么都不信！"

我一边听一边想，要是我能记着大卫王②的圣诗第一篇③离开这个罪人，我才算得上一个很聪明的人。但是我想知道他的经历。

我又和他在一起度过了三天。在这三天里，我证实了许多我曾猜想过的事。比方说，我弄清楚了各种各样无用的旧东西，像铜烛台、凿子、一段花边、一串珠子项链都是怎么进了普罗姆托夫的背囊的。我

---

① 风滚草，又名风卷球，为一些草本植物，如角果藜等的总称，果实成熟时，其茎易折断，被风一吹，就像球似的滚得很远。
② 大卫王，古代以色列王国国王（前十一至前十世纪）。相传《圣经·诗篇》中许多诗是大卫王写的。
③ 《旧约·诗篇》第一篇开头几句是："不从恶人的计谋，不站罪人的道路，不坐亵慢人的座位……这人便为有福。"

明白我是在冒着被打断肋骨的危险,甚至还可能落到普罗姆托夫之流的收藏家们经常进去的地方。必需跟他分手……可是——他的经历!

终于有一天,狂风怒号,刮得我们寸步难行,我和普罗姆托夫便钻到一个草垛里去躲避寒风,普罗姆托夫对我讲了他一生的经历……

二　他的经历

"好吧,先生,我们来谈谈吧;这对您有用处,也有教益……从我爸爸讲起。我爸爸是一个严厉的人,他笃信宗教,混到六十岁,得到了全部养老金,就搬到一个小县城,在那儿买了一座小房子住下。……我妈妈是一个心地善良、易受诱惑的妇女,因此,爸爸有可能不是我的亲生父亲。他不喜欢我,为每件芝麻大点的小事就罚我站墙角,下跪,要不就拿皮带抽我。妈妈喜欢我,我和她在一起过得很好。她时常叫我送字条子给她的心上人,——她老是有一些心上人,——每送一张字条她都给我一份应得的报酬,为了我守口如瓶,报酬更多。父亲搬走时,我留在中学里念六年级,不久我就被学校给开除了,因为我认错了物理教员:本来我该到我们副校长那儿去听课,可是我却跑到副校长家的使女那儿去了。副校长因此对我大发雷霆,将我赶回爸爸那里。我到他面前,对他说,由于和副校长发生了误会,所以被学校开除了。不料副校长早给爸爸写了信,讲了全部事实,只除了其中一点他慎重地只字未提,那就是:正是他本人亲自在我的犯罪地点,在那个使女的房间里将我拿获的,他没提他自己半夜里穿着睡衣到了那儿,进门的时候还用甜腻腻的声音小声说:'是杜涅契卡吗?'不过这已经是他的事了。爸爸看见我的时候,当然骂了些难听的话,妈妈也一样。他们把我骂了一阵子以后,决定把我送到普斯科夫去,爸爸有个兄弟住在那儿。把我送到了普斯科夫,我看到那位叔叔又凶恶又愚蠢,可是堂姐妹们都长得挺漂亮,看来,可以住下。可是结果在那儿我也不受人欢迎:过了三个月,叔叔把我撵了出来,说我行为放荡,带坏了他的千

109

金们。把我训斥一顿,又把我赶走了,这回是送到梁赞省乡下一个姑姑家。姑姑原来是一个美丽、快乐的农妇,她那儿老是有一大群小伙子!那时候人人都染上了读禁书的坏习惯……叭嚓一声,把我关进了监牢,我在里面大约蹲了四个月光景。妈妈写信来说,我把她给气死了,爸爸对我说,我丢了他的脸,——我的父母非常无聊!

"您知道吗,如果允许人自己选择双亲的话,那会比现在的这种制度自在多了——对吗?嗯,先生,后来把我从监牢里放了出来,我就到了下诺夫戈罗德,那儿住着我一个出了嫁的姐姐。但是姐姐被家务事累得精疲力尽,因此她脾气暴躁。怎么办呢?集市搭救了我,我参加了合唱团。那时候我嗓子好、长得也满俊,把我提拔为独唱演员,我唱我的……您以为我那时候酗酒吗?不,我就是到现在也不喝伏特加,只是偶尔喝一点,那也只是用来暖和身子。我从来不是酒鬼,当然,要是有好酒,比如,有香槟酒,我也会畅饮一番的。您要是让我痛饮马尔沙拉甜葡萄酒的话,我一定喝个够,因为我跟爱女人一样爱这种酒。我爱女人爱得发疯……也许,我恨她们……因为,从女人身上得到了应得的东西后,我马上会感到一种难以克制的想对她做出下流行为的愿望,这种下流行为,您要知道,目的不是让她感到痛苦和屈辱,而是为了让她感觉到,我似乎向她的血液和骨髓里都灌进了毒药,让她一辈子都带着这污秽的毒汁,每一分钟都感到毒汁的存在……嗯——是的!至于我为什么这么恨她们,我不知道,也无法向自己解释……女人们总是喜欢我,因为我长得漂亮,胆子又大。不过她们也都是虚伪的!不过,让她们见鬼去吧。我喜欢看她们哭泣和呻吟,一看着、听着,心里想着:啊哈!恶有恶报!……

"嗯,先生,就这样——我唱着歌,过得不错,生活得满愉快。有一次,一位胡子刮得光光的人来找我,他问我:'你上台演过戏没有?'——'我在家庭剧场里演过……'——'你愿不愿意演轻松喜剧里的角色?月薪二十五个卢布?'这样,我们就到了彼尔姆城。我演戏,在余兴节目中唱歌。论外表我是个热情的黑发美男子,论经历,我是个政治犯;女人们都为我倾倒。让我演次要的情人的角色,演就演吧。他们对我说,你试试看,扮演主角。我试着在《鬼火》里演马克斯①,结果,我自己觉得,演得挺成功!演了整整一个季度,夏天组织了非常愉快的巡回演出:我们在维亚特卡、乌发,甚至在叶拉布加城演出过。冬天我们仍旧回到了彼尔姆。

"正是在这个冬季里我感到了对人们的憎恨和厌恶。一上台就有几百个傻瓜和坏蛋用眼睛盯着你,于是就有一种奴性的、胆怯的战栗传布到你全身,并且刺痛着你,就像你坐到蚂蚁窝上了一样。他们看着你,像是在看自己的玩具,像看一件自己买来享受的东西。他们高兴就给你捧场,不高兴就喝倒彩……他们观察你为他们卖劲儿卖得够不够?如果看见你很卖劲儿,他们就像拴着的驴子一样号叫,你听见他们号叫,就会为他们的捧场而自鸣得意。暂时忘却了你是他们的私有财产……事后想起曾为他们的捧场高兴时,恨不得打自己几耳光……

"我对这些观众恨得浑身发抖,我时常忍不住想从舞台上往他们身上吐唾沫,用最下流的话骂他们。有时我觉得他们的眼光像别针一样刺着我的肉体,感到他们贪婪地等待你去给他们搔痒……而且是带着地主婆等待侍女夜里去给她搔脚后跟的那种自信心等待着……你感觉到观众的这种等待,心里恨不得能手持长剑,把第一排观众的鼻子统统削掉……让他们都见鬼去吧!

"可我似乎伤感起来了,是吗?就这样,我演戏,我恨观众并且想躲开他们。在这方面,检察长大人的夫人帮了我的忙。我不喜欢她,这就得罪了她。她怂恿她的丈夫对我不客气,于是我就突然来到了萨兰斯克城,就像一粒尘埃,被风从卡马河边吹走了。唉!在这卑鄙的生活里,一切都像在做梦。

"我在萨兰斯克待着,一个彼尔姆城商人的年轻的妻子和我待在一起。她是一个泼辣的女人,非常爱看我演的戏。我和她就那么

---

① 俄国作家 Л. И. 安特罗波夫的剧本《鬼火》(1874年作)里的主人公。

待着。我们囊空如洗,也没有一个熟人。我感到无聊,她也一样。她由于无聊就对我说我不爱她。起先我忍着,后来就烦了;我对她说:'滚你的,去见鬼吧!'——'就这样——吗?'她说。她举起手枪,砰的朝我开了一枪,子弹打进了我的左肩;稍微往下一点,我就进了天堂了。嗯,我当然跌倒了。她呢,害怕了,吓得跳了井。就在井里头淹死了。

"我被送进了医院。嗯,当然了,又来了一些女人:她们只要能搞风流韵事,宁肯不吃饭。她们缠着我,直到我伤愈。我伤愈后,被派到警察局里当录事。无所谓,在警察局供职总比受警察局监视好。我就这样过了一个月、两个月、三个月……

"正是在这段时期里,我平生头一回觉得心里头充满了令人忧愁、令人心碎的苦闷……这是所有折磨人的情绪里头最讨厌的一种……周围一切都变得索然无味,渴望着什么新东西。你东奔西跑,找来找去,似乎找到了什么,一到手马上发现,这并不是你所需要的……你感到自己内心受到束缚,没法心安理得的过日子,而这种心情却是人最需要的!情况就这么糟糕……

"这情况所导致的后果是我结了婚。像我这种性格的人,只是由于忧郁和喝醉了酒才有可能出此下策。

"妻子是一个教士的女儿;她父亲去世了,和母亲一同生活,所以享有充分的自由。她自己有一幢房子,甚至可以说,那是一座大宅院,她很富有。是一个漂亮的、不笨的、性格愉快的姑娘,就是她太爱读书了,这对她和我都产生了不良的影响。她总是从书本里找出各种各样的生活准则,找到什么准则,就马上用它来要求我。而我呢,自幼就忍受不了道德……起先我暗中嘲笑她,后来她一开口我就觉得厌烦……我看到她总是用书上的各种臆想来装扮自己,并以此来自我炫耀。从书上引来的话,对女人说来,就如同仆人穿上老爷的衣服一样。我们开始拌嘴了……我认识了一位神甫;那儿有一位那样的神甫,一个胡作非为的人,弹一手吉他,还会唱歌,特烈帕克舞跳得呱呱叫,酒量也大！……对我说来，他是全城第一号好人，因为跟他相聚时我感到快乐，可是我的妻子却由于这位神甫而责骂我，她总想把我拉到由各种各样读书人和假正经的人组成的她那圈人里头去。每天晚上，所有道貌岸然的以及她称之为'本市出类拔萃的人物'都聚集在她那里；对我说来，他们正经八百的都跟吊死鬼一个样。那时候我自己也爱读书，但是从来不会为读过的东西感到不安；而且我也不明白，这有什么必要？可是他们，妻子和她那一帮子，一读了什么书，立刻就坐立不安，就像每个人身上都扎了一百根刺儿似的。我是这么看的：书吗？好！有意思的书呢？更好！可是不管什么书都是人写的，可是人总不能蹦得比自己脑袋高。所有的书写出来都是为了一个目的：人人都想证明，好的事物——好，坏的事物——坏。不管你读它一百本还是一千本，就这么一回事儿。妻子读了几十本书，我直截了当地对她说，如果我娶的是神甫，日子要好过得多。只有神甫给我排忧解闷，要是没有他的话，我可能离开妻子跑掉了……有时候只要那些伪君子来找她，我立刻去找神甫。我就这样过了约莫一年半，由于无聊开始和神甫一块儿去教堂做事。有时我念《使徒行传》，有时站在唱诗班里唱'在我青春年少时，心中就已经充满了激情'[1]。

"那段时间我忍了又忍，到了末日审判时我可以用那时的忍耐来洗刷自己的许多罪过。不过后来我这位神甫的外甥女上他这儿来了。她来的原因，一是因为他鳏居，二是因为猪把他给吃了，不是全吃了，而是毁了他的相。您知道，他喝醉了倒在院子里睡着了，猪进了院子，把他的一只耳朵给吃了，还吃了些别的。猪是什么烂东西都吃的。我那位神甫由于这次倒霉的事儿病倒了，他把外甥女叫来，让她照顾他。可我呢，就照顾她。于是，我和她都非常起劲地干了起来，并且成绩显著。可是被我的妻子知道了，当然，她骂了起来。我怎么办呢？我也骂了起来。她对我说：'从我房子里滚出去！'我想了想、想了想就安静

---

[1] 教堂星期天做礼拜时唱的赞美诗中的诗句。

地走了——永远离开了那个城市。我的婚姻枷锁就这样解除了……要是她,我的妻子还活着的话,可能认为我早就一命归阴了。我从来没有过丝毫再见她的愿望……我想,她如果活在世上,也把我忘得一干二净了!

"于是我又成了自由的人。我到了平扎城。想找门路进警察局做事,没有位置;东奔西找,也没找到工作!我当了诵经士,又唱又念。在教堂里又有了观众,我又产生了对他们的厌恶之情。薪金少得可怜,处境是仰人鼻息。我感到不好受,可是一位商人的妻子救了我。她是一个胖胖的、敬畏上帝的女人,日子过得百无聊赖。她选中了我去帮她抄写宗教训言。我开始上她那儿去,她养活我。她的丈夫住在疯人院里,她独自一人经营规模庞大的面粉生意……于是我小心翼翼地讨她欢心:'困难吗?我说,谢克列捷娅·基里洛芙娜?'——'困难呀,'她说。'录用我当你的助手好吗?'——'你会欺骗我的,'她说。当然,后来还是录用了我。我在那儿生活过得富裕起来了;可是那个小城糟透了!既没有剧院和像样的旅馆,也没有有趣的人物……我感到烦闷无聊,就给叔叔写了一封信:说在离开彼得堡的五年中,我变得非常明白事理了。我请求他原谅我过去所做的一切,以后我永远再也不那么干了,顺便,我请问,能不能让我在彼得堡住?叔叔回信说:可以,但必须谨言慎行。我和商人的妻子分手了。

"您要知道,她是一个愚蠢、肥胖、其貌不扬的女人。以前我的情妇都是非常美丽的,都是一些优雅、聪明的少妇……嗯—是的。可是我跟她们分手时都闹翻了:不是我怒气冲天地、蔑视地将她们赶走,就是她们对我使出卑鄙下流的手段。可是这位谢克列捷娅却以她的纯朴引起了我对她的敬意。我对她说:'别了!'——'别了,'她说,'我的心肝!愿上帝赐福给你……'——'难道,'我说,'你不为分手难过吗?''我怎么能,'她说,'不为跟这么一个又漂亮、又聪明的人分手而难过呢?'她说,'我但愿跟你白头到老,但是无可奈何……我,'她说,'理解你,你是一只自由的鸟儿;嗯,你就飞吧,上帝保佑你!'她伤心地哭着……'嗯,'我说,'谢克列捷娅,请你原谅我!'——'你怎么啦,'她说,'我应该向你道谢,而不是原谅你。'——'怎么道谢,为什么要道谢呢?'——'怎么不道谢?'她说,'你是个这么好的人,要知道你不用吹灰之力就可以让我变成叫花子,我完全攥在你的手心里,你只要愿意,就能把我掠夺得一干二净,我兴许也听你的便,你知道这个!可是你却规规矩矩地走了!我知道你在这期间在我这儿赚了多少钱,一共才四千来个卢布。换个别人,'她说,'处在你的地位上,得把我吃尽剥光……'嗯—是—是—的……她就是这么说的……嗳,可爱的女人!……

"我满怀对她的敬意,和她互相热烈地接了吻,带着轻松的心情,口袋里装着五千卢布(她算错了)来到了彼得堡。我过着阔佬的生活,经常上戏院,结识了一些人,因为无聊,偶尔登台演演戏,可是更多的时间用在玩牌上。玩牌最有意思了:坐在桌子旁边,一夜之间,有十次死去活来。当你知道,下一分钟,你将输掉最后一个卢布,你将成为一个叫花子,你得上大街上去当小偷或者去自杀的时候,真够叫人心惊胆战。同样,当你知道坐在你旁边的那个人,或者你的对手也在为着最后一个卢布,经历着刚才你所经历的那种微妙的、可怖的感觉时,也是有趣的。瞧着那一张张面红耳赤或者苍白失色的、由于害怕输光或者由于嗜财如命而哆哆嗦嗦的、兴奋欲狂的嘴脸,——一边瞧着他们,一边一次又一次地赢牌——嗳,这够多么叫人热血沸腾呀!……每赢一次牌,就跟从别人心里抢出一块带着神经和鲜血的热乎乎的肉一样……鲜血淋淋!这种使人堕落的永恒的冒险是人生最美好的东西。最好的思想是这样表达的:

> 在战斗里、在黑暗的深渊旁边,
> 都有极大的乐趣涌上心间。[①]

[①] 引自普希金的悲剧《瘟疫流行期间的盛宴》。

"这里有极大的乐趣……而且一般说来，只有在冒什么危险时才会令人心情舒畅。冒的险越大，生活也就越有意义……您挨过饿吗？我有一回连着两昼夜没吃到一点东西……您知道，当胃开始自己消化自己，当你感觉到，马上就要饿死了，你的五脏六腑都在干瘪下去的时候，你就会为了一块面包去杀人，杀死婴儿……什么事都干得出来。这种甘冒不韪精神有它特殊的诗意……这是一种很可贵的精神，当你体验过这种精神之后，你会越发尊重自己！

"不过，还是往下谈咱们这个情节复杂的故事吧，这故事就这样已经拖得够长的了，像个送葬的行列，我是行列中的死人。呸！瞧，我想出了这么一个笨拙的比喻。可是，这个比喻是对的……不过，就是对的，它也不会变得更聪明一些……巴尔扎克先生在什么地方写过一句非常准确、精辟的话：'这像事实一样愚蠢。'①愚蠢？嗯，随它去吧！就这样，我在彼得堡住下了。这是一个很好的城市，不过要是把它的一半居民淹死在它旁边那个令人生厌的、波动着的大海里的话，这个城市会加倍美好。我像人人该做的那样，生活着，作出各种行为。有一位太太看中了我，她出钱供养我……您没有被女人供养过吗？可以试试，因为这种生活挺有意思，在同一时间内，您既是您情妇的玩物，又是她的主宰，她把您当作玩具买来，可是玩弄买主的又是您。这个买主攥在您的手心里，而且处境非常可笑，因为您随时都可以在她面前扮演一只想当帽子的长靴，并且要求她把这只长靴戴在头上。我就这样，住了一年、两年、三年，万事称心如意，也就是说乐趣横生。可是后来发生了一桩像滑稽歌剧似的故事。有一天一个非常好的人来找我，他这人干的是蠢事——搞政治。不过，他为此已经吃够了苦头。他来找我说：'给我弄张身份证吧！'——'什么身份证？''是这样：'他说，'黑发青年女子，二十来岁，中等身材，其余各项普普通通。'——'做什么用？'——'是这样，'他说，'有一位这个模样的女郎，但是需

---

① 出自巴尔扎克的长篇小说《驴皮记》，原话是："虽然愚蠢，却是事实。"

要让她隐匿起来,我就想用别人的证件把她嫁出去。'那怎么样呢?这是一桩令人开心的小事,我那位太太刚好有一个符合这个要求的侍女……我拿了她的身份证,把它给了那个招摇撞骗的家伙。不错吧,先生。过了好长一段时间。

"突然,晴天霹雳!来了两个宪兵,他们说,'您请,'我也说,'您请。'其中一个头发苍白、异常凶狠的宪兵问我:'你,'他说,'给一位青年女子弄过一张身份证吗?'——'是的,大人,只是我不知道是不是给这位青年女子弄的。'——'这是怎么回事?'可是真的,我的朋友忘记告诉我那青年女子的姓名。那个凶狠的家伙不相信我。'你,'他说,'不认识她,可是怎么给她身份证呢?'——'我没给她……'——'那给谁了?'——'是给了这么个人……'——'啊,'他说,'这回他落网了,感谢你提供的情况!'他立即下令逮捕我的朋友,把我暂时锁在一个舒适的地方。过了两天左右让我和朋友当面对质。自然,他证实了我的话……他们问我,我愿意离开彼得堡上哪儿去?我说:'能不能上皇村去?'——'不行,'他们说,'得远点。'——'到鲁萨去呢?'——'得再远点。'我们讲妥了去图拉。去图拉,那就去图拉吧!'您如果愿意的话,'他说,'可以再走远一些,不过三年之内不许回到这儿来。您的证件我们暂时留下来作为对您的纪念,这儿是给您去图拉的通行证。请您收下来,务必尽量在二十四小时之内离开……'——'嗯,这有什么?'我心里头捉摸。'应该服从当局,怎么能不服从当局呢?'

"于是,就这样,我把自己的全部财产三钱不值两钱地贱卖给了女房东,就去找我的那位太太去了。她吩咐下人不见我,狗东西。我还找了两三个熟人,他们会见我就跟会见麻风病人一样。我对他们所有的人都嗤之以鼻,自己到上帝喜欢的那个地方去,好在那里度过我在彼得堡生活的最后几个小时。将近清晨六点钟,我从那里面出来,兜里已经一文不名了。玩牌输了个一干二净!一个当检察官的朋友把我赢得囊空如洗,他的天才甚至使我大为感动,他毫不留情地把我的钱全赢光了……是的!……嗯,我上哪儿去呢?我也不知道为什么竟

117

往莫斯科车站走去,进了站,在那边逛了一阵子,一看,有一列开往莫斯科的火车。我走进车厢坐了下来。过了两站,他们气势汹汹地把我赶下火车。他们本来还想立个案,就问我是什么人,我向他们出示了自己的证件,他们就不再麻烦我了。'你继续,'他们说,'往前走吧。'我就走了。走了十来俄里,我累了,感到应该吃点东西。看到一个岗棚。那里有一个铁路线上的看守。我走到他面前说:'朋友,给块面包吧?!'他看了看我,不仅给了我面包,还给了我一大杯牛奶。我在他那里,平生第一回像流浪汉一样,在新鲜空气里,在干草堆上,在田野之中,在岗棚后面过了一夜。第二天醒来时,阳光明媚,空气像香槟酒一样醉人。四周一片苍翠,鸟儿在唱歌。我从看守那儿又拿了一些面包,继续赶路了。

"您应当明白这个:在流浪汉的生涯里有一种吸引人的、令人向往的东西。您会高兴地感到自己无牵无挂,挣脱了千丝万缕的束缚,超然世外……摆脱一切琐事,这些琐事充斥在你的生活中,使你的生活不仅不能如意,而且成为一种无聊的负担……一种沉甸甸的例行公事的包袱,……比方说穿着必须整整齐齐,谈吐必须规规矩矩……一切都必须按部就班,循规蹈矩,不得随心所欲。碰熟人时,必须照规矩对他说声'你好!'而不能像有时候心里想说的那样说:'你去死吧!'

"总之,说句实话,城里头正派人之间所有的这些堂而皇之的愚蠢的关系,是一种无聊的喜剧!甚至是卑鄙的喜剧,因为谁也不当面管谁叫傻瓜或者恶棍……万一有时这么叫了,也不过是出于一时真诚心的流露,这种真诚却被人们称之为恶毒……

"可是过流浪汉的生活就没有这些麻烦……你毅然决然地舍弃了生活中的各种安逸,没有这些你也能够生活下去,就这一点你也会心情舒畅,更加看重自己。你可以对自己采取毫不懊悔的宽厚态度。话又说回来,我从来没有对自己苛求过,从来没有强制过自己,我从来没有受到过良心的谴责。我的理智也从来没有给我带来苦恼。您知道,我早已不知不觉地牢固地掌握了一种最简单、最明智的哲理:人不管怎么生活,终归一死;干吗自己跟自己过不去,你的天性拼命让你向右转,你干吗非要拽着自己的尾巴往左去呢?而且我也看不惯那些搞自我剖析的人……他们费这些劲儿干什么?有时候,我跟这些怪人聊天。我问他:'朋友,你埋怨些啥呀,老兄,干吗折腾呀?'——'我在努力',他说,'自我完善……'——'这是,'我说,'为了什么呢?'——'怎么为了什么?人生的意义就在于人的自我完善……'——'嗯,我不懂这个;如果让木材完善,那意义我倒懂:木材自我完善是为了派用场,用它做车辕、棺材或者其他对人有用的东西……嗯,好!你去自我完善吧,这是你的事情;可是,你跟我说说,干吗你老缠着我,想让我信你的信仰呢?'——'那是因为,'他说,'你是个畜生,你不探求生活的意义。'——'如果我意识到自己的兽性而它并没有使我感到为难的话,就说明我已经寻到了生活的意义。'——'撒谎,'他说,'如果你意识到了,你必会改正。'——'怎么改正?要知道我过得心安理得,我的理智和感情是和谐的,言行是完全一致的!'——'这真是,'他说,'卑鄙无耻……'他们那些人常常就是这么大发议论的。我感到他们这些人既爱说谎,又愚不可及;我感到了这一点,就不能不鄙视他们。因为(我很了解人们!)如果明天能把今天的一切卑鄙、龌龊和凶恶的东西说成是诚实、纯洁和善良的东西,那么所有这些人,明天也可以不费吹灰之力变成非常诚实、纯洁和善良的人。为此他们只消去掉自身的胆怯就成……就是这样。

"您说,这太尖刻了吗?没有什么,事情本来就是这样。就算是尖刻吧,但是说得正确……您知道,我的看法是:要么相信上帝,要么相信魔鬼,就是别又信上帝又信魔鬼。一个好的坏蛋总比一个坏的正人君子强。有黑有白,把黑白混在一起,就成了龌龊的了。我这一生中只见过坏的正人君子。您知道,这些人呀,他们的诚实是一块块拼凑起来的,就仿佛是这些人像乞丐一样在人家窗子底下收集来的。这是一种五颜六色的诚实,没有粘牢的、有缝隙的诚实……另外还有书上描写的、读来的,以及供人在喜庆节时穿的最漂亮的长裤一样的诚实……总而言之，在大多数好人身上的一切好品质，都是节日用的、做作的。这些品质不是生在他们性格之中，而是装上去做样子，彼此摆架势用的……我也曾碰见过一些秉性好的人……但是这样的人是凤毛麟角，而且几乎只在普通人当中，在城外有……这种人你一下子就能感到他是好人！你一眼就看得出他生来就是好人！……是的！

"不过，让他们所有的人，连好的带坏的都统统见鬼去吧！我根本不想知道赫卡柏①！

"我对您讲述我生活中的一些事实讲得简短而肤浅，所以您很难理解其中的原因……是的，本质不在于事实，而在于情绪。事实只不过是一些丑行秽闻。只要我乐意，我就能干出许多事实来……瞧我拿着这把刀，要是捅进您的喉咙——这就是一件刑事案的事实。要是把它戳到我自己身上，也是个事实……一般说来，要是情绪乐意的话，可以做出截然不同的各种事实！一切都在于情绪：它们产生事实，它们创造思想、理想……可是您知道吗，什么是理想？它不过是当人变成了坏畜生，开始只用后肢走路时臆想出来的一根拐杖。当他从地上抬起头来时，看见了上面的蓝天，被天空灿烂的阳光照得眼花缭乱。那时候他由于愚蠢，对自己说：'我会上天去的！'从那时起他就挂着这根拐杖在地上游荡，用它支撑着，直到今天他仍然站在后肢上。

"您不要以为我也想上天，我从来没有这种奢望……我这样讲，是为了说说漂亮话。

"不过我讲的故事又乱成一团了。没关系！要知道，只有在小说里头，事件的线团才能正确地解开，我们的实际生活是一团乱麻。再说，写小说有稿费，我可是白出力气啊，鬼知道这是为什么！……

"嗯，先生，就是这样，我喜欢上了这种流浪生活，更加喜欢的是我

---

① 赫卡柏，荷马史诗《伊利亚特》中特洛伊王之后。此处"我根本不想知道赫卡柏"一语，是从莎士比亚名剧《哈姆莱特》中哈姆莱特下述一段独白衍变而来："为了赫卡柏！赫卡柏对他有什么相干，他对赫卡柏又有什么相干，他却要为她流泪？"（朱生豪译本）

很快就找到了谋生的方法。有一回我走路时看见远处有一所漂亮的庄园,三个仪态优雅的人——一男二女在麦子长得高高的田地里向我迎面走来。那个男人的胡须已经花白,戴着眼镜,仪表非凡,两位女士的模样相当憔悴,但也文文雅雅。我装出一副殉教徒的苦相,和他们走到一起时,请求他们允许我到庄园里去过夜。他们应允了,还彼此那么会意地望了一眼。我彬彬有礼地向他们鞠躬道谢,并且不慌不忙地走了。他们回转身来追我。我们攀谈起来——是什么人,从哪儿来的,谁家的?他们是一些性情仁厚、有自由主义思想的人,他们自己向我提示该怎样回答。因此,当我走到庄园的时候已经对他们说了一大堆瞎话——鬼知道瞎说了多少!似乎我是在研究并教育人民,似乎我的心被各种思想所迷惑,还扯了些别的瞎话……说老实话,所有这些话只不过是照他们的愿望说的罢了,我只不过是没有阻止他们愿意把我当成何等样的人而已。当我意识到我必须为他们扮演的角色是多么难演时,我开始有点不自在了。不过晚饭后我明白了,扮演这个角色是有意思的,因为他们吃得津津有味!带着感情吃着,像有教养的人那么吃着。后来他们让我在一个小房间里住下,那个男人还给了我长裤和别的东西,总之待我很仁慈。嗯,我呢,为了回报他们的好意,也解开了我的想象的缰绳。

"圣母啊,我是怎样撒谎的呀!赫列斯塔科夫①算得了什么?赫列斯塔科夫是一个白痴!我撒谎,虽然我撒起谎来其乐无穷,但是我从来也没有忘记自己是在撒谎。我撒谎,告诉您吧,撒得要是黑海听了我的谎话也会羞成红色的!那几位善良的人兴致勃勃地听着、听着,给我吃喝,像照料亲生的、患了病的婴儿一样照料我。我为了报答这番好意,就向他们胡诌。我以前读过的书,我妻子的那群伪君子朋友们的争论,这时对我都有了用处。

"善于扯谎是一种高级的享受,我跟您说。当你扯谎并且看见人

---

① 果戈理名剧《钦差大臣》中的男主人公。

家相信了你的话时,你会感到自己高于别人,而感到自己高于别人终归是一种愉快。吸引了别人的注意力,心里却想:'大傻瓜!'愚弄旁人总是件乐事。再说,那个听着顺他心意的美好的谎言的人也是愉快的。也许一切谎言都是美好的,或者反过来,一切美好的东西都是谎言。世界上难得有什么东西比人们的臆想、梦想和幻想等等更值得注意的了。比方拿爱情来说吧:我在女人身上喜欢的刚好总是她们从来没有、通常是我自己赋予她们的东西。这是她们身上最好的东西。有时候看见一个艳丽的年轻女人,我马上就会想象她一定会那么拥抱我,那么亲吻我,她脱了衣裳一定是这么个样儿,流泪时是那么个样儿,高兴起来是这么个样子。后来就不知不觉地使自己相信这一切都是她本来就具备的——正如你想象的那样……不消说,当你认识了她,了解了她的实际情况后,你就会大失所望。不过这无关紧要。要知道,不能仅仅因为火有时候能灼伤人就把火当敌人呀,应该记着,火总是使人温暖的,不是这样吗?嗯,是这样……根据这个理由,也不能说谎言是有害的,去竭力痛骂它,认为真理比它好……要知道,还不清楚真理是什么,这个真理,谁也没看过它的身份证……而且,也许真理出示证件的时候,鬼知道它是个什么样儿……

"唉,我竟像苏格拉底一样,不干正经事,谈起哲学来了。

"我对那几位善良的人扯谎,扯得连想象力也枯竭了。我意识到有被他们厌烦的危险时,住满三个星期以后,就告辞走了。我走时,带足了盘缠。我步行到了最近的一个火车站,从那里乘火车去莫斯科。从莫斯科乘火车到图拉,我利用列车员的疏忽,一个钱也没花。

"就这样我来到图拉警察局局长面前。他看着我问道:'您打算在这儿干什么?'——'不知道,'——我说。'为什么叫您离开彼得堡?'——'这我也不知道。'——'大概是,'他说,'您干了一些刑法上还没规定该如何处分的荒唐事吧?'他把我追根究底地盘诘了一番。但他仍然捉摸不透我。'你是个给人添麻烦的人,'他说。'人人,'我说,'都有一技之长,好先生!'他想着想着,蓦地向我建议:'因为您是自己挑选的,'他说,'居住地点,因此,如果您不喜欢我们这儿,您可以再到别的地方去。还有其他的城市,譬如,奥廖尔、库尔斯克、斯摩棱斯克……对您说来,在哪儿住不都一样吗?要不要我给您开一张再往前面走的通行证呢?……我们将很高兴不为您的健康操心。我们这儿有一大堆麻烦事儿……您呢,'他说,'恕我直言,您似乎是一位完全有能耐给警察局添麻烦的人……您甚至就像专为这个目的才生到世上来的。'——'是这样的,先生,'我说,'但是我喜欢这个地方……'——'嗯,'他说,'我给您三个卢布做路费,您愿意吗?'——'您把自己的劳动,'我说,'看得太不值钱了……您最好还是把我留下来受图拉城法律的保护吧。'可是他坚决不想留我……那人真精明能干!这样,我从他那儿得了十五个卢布,就向斯摩棱斯克进发了。您看出了吗?人所遇到的任何逆境都蕴藏着交好运的可能性。我之所以这么说是因为我经验丰富,是因为我对人的随机应变的才能有着深刻的信念,智慧是巨大的力量啊!您还年轻;所以我对您说:相信智慧,那您就会永远立于不败之地!您要知道,每个人身上都有一个傻子和一个骗子:傻子就是人的情感,骗子就是人的智慧。情感之所以愚蠢是由于它直率、真实、不会装模作样;可是不装模作样又怎能生活下去呢?必需装模作样;甚至出于对人们的怜悯心也需要这样做,因为人们永远是值得怜悯的……特别是当他们怜悯旁人时,更值得如此……

"就这样,我上斯摩棱斯克去了,我感到我的脚是站在坚实的地上的,因为我知道,一方面我可以随时指望别人的周济,另一方面还有警察局的帮助。前者需要我,是为了表达他们的感情,而后者是由于他们不需要我;所以两者都必须从他们的余钱中分些给我。

"我到了斯摩棱斯克,因为天已经冷了,所以决定在那儿过冬。我迅速地找到了好心人,就在他们那儿安顿了下来。还不错,冬天过得不寂寞。但是春天降临了,于是,您相信吗?我又待不住了!想过流浪生活……谁会阻拦我呢?我走了,又游荡了一个夏天。冬天我到了伊丽莎白城。到了那儿怎么也找不到个工作,挣扎来挣扎去,终于找到了一条生路！应聘当了个地方报纸的采访员,事情虽小,可是个自由职业,有口饭吃。后来我结识了一些士官生。那个城里有一个骑兵学校。和他们结识后,我就请他们玩牌。牌运甚佳:一冬天我赢了近一千卢布。春天又来了。那年春天我有钱,打扮得像个绅士。

"上哪儿去呢？上斯拉维扬斯克去饮矿泉水。在那儿一直赌到八月,赢了不少钱,可是八月里我不得不离开。我和一个女人在日托米尔过冬。她是一个相当坏的女人,但却是个罕见的美人！

'我就这样度过了我被驱逐出彼得堡后的岁月,又重新回到那儿。鬼才知道是什么原因,它老是吸引我回去。我回去的时候是一个有钱的绅士。我遍访旧交时,您说我发现了什么？我在莫斯科省那几位自由主义者中间的奇遇,他们全都知道。他们什么都知道:我怎样在伊凡诺夫的庄园里住了三个星期,用我幻想的果实去喂养他们饥饿的心灵；我跟彼得罗夫家的来来往往,以及我怎样大大地得罪了瓦西里耶娃夫人。嗯,那又怎样呢？因为需要那样嘛。如果有七家给你吃闭门羹,那你就去敲开其他十家的门……不过,我不走运！我竭力想在社会上建立一个稳固的地位,但没有办到！不知道是我自己在这些年里丧失了与人们和睦相处的能力呢,还是他们这些年来变得更狡猾了。就这样,当我实在没法子的时候,真是多此一举,我竟投奔侦察科去自荐为他们效劳。我自荐当检查赌窟的侦探。他们录用了我。条件挺优厚。为了掩护这个秘密职业,我还有一个公开的职业:担任一家小报的采访工作。我给它写马路新闻,有时候也写一些小品文。可是后来我赌上了。赌上了瘾,连向上级报告赌场情况的工作也忘得一干二净了。您知道,这是我的职责,我全忘了。每当我赌输了时我就想起来:应该去报告！可是不,我心里想,等捞回老本再去报告吧。就这样我迟迟没有执行自己的任务,直到有一回警察们无意中在赌桌上当场将我捉获。警察们认出了我是自己人,当众将我羞辱了一番。到了第二天,把我叫到该去的地方,非常凶恶地训诫了我一顿,对我说,我没有一点良心,把我从京城驱逐了出来……又一次被驱逐出境了！十年之内我没有资格再去那里。

"我现在又流浪了六年,没什么,我也不向上帝抱怨自己的命运。关于这段时间我就不讲了,因为它太单调了……也太复杂了。总而言之,这是一种愉快的、鸟儿一样自由自在的生活。不过有时候吃不饱……但是不应该要求太高,要时刻记着,就是坐在皇帝宝座上的人也不见得事事如意。在我过的这样的生活里,无事一身轻,这是第一个好处,而且除了大自然的法则外,没有其他法则——这是第二个好处。不错,有时候巡警老爷们会来找麻烦,可是,就是在上等旅馆里也有跳蚤嘛……再说,东南西北,你想到哪儿就可以到哪儿去,要是哪儿都不想去,那你就跟农民要些面包,农民心肠好,总会给的,要到了面包就躺下来,直躺到你又想到别的什么地方的时候……

"我哪儿没到过?我到过托尔斯泰的领地,在莫斯科商人妻子的厨房里吃过饭,在基辅-佩乔尔和新阿丰大寺院里待过。到过琴斯托霍瓦和穆罗姆。有时我觉得俄罗斯帝国的每条小道我都是第二次涉足了。只要有机会修修我的边幅,我就出国去!去趟罗马尼亚,从那儿往哪儿去都行。因为我在俄罗斯已经感到无聊。因为在这儿'凡是我能做的,我已经都做了'。①

"我想,事实上这六年来我做了许多事。我说过许多漂亮话,讲过许多奇事!您知道吧,我进村要求住宿,把我喂饱后,我就摇起我的幻想的乐箱!也许,我甚至创建了几个新的教派,因为我讲了许多许多《圣经》上的事。农民对《圣经》是敏感的,只消三言两语就可以建立这样一个最新的信仰,这真让人惊叹不已!……我编造出多少关于土地分配和再分配的法律!……是的,我往现实生活里灌注了许多幻想。

"对了,我就这样生活着……生活着并且相信着:只要我愿意定居,就能定居!因为我有智慧,而且女人们都赏识我。举个例子来说吧。我到了尼古拉耶夫城的尼古拉耶夫村,那儿住着一个尼古拉陛下

---

① 出自涅克拉索夫长诗《在大门旁沉思》,原诗是:"凡是你能做的,你已经都做了。"

的士兵的女儿。她是一个满标致的富孀,我到达后对她说:'卡波奇卡!喂,替我烧洗澡水!给我洗个澡,我就不分昼夜地留在你身边!'她马上什么都给我做……要是我不在的时候,她弄了个情夫,我一来她就会把那人赶走。于是我就在她那儿住上一个月或者更久一些,随我的便!我已经在她那儿过了三个冬天,每次住两个月,去年我甚至住了三个月……要是她聪明一点,我也许会住一冬天的,可是跟她在一起太无聊了。除了关心每年带给她两千卢布收入的菜园子之外,这娘们儿什么事都不闻不问。

"要不我就上库班,到拉宾镇去。那儿住着一个叫彼得·乔尔内的哥萨克,他把我当作圣人,——许多人把我当作遵守正教生活准则的人。好些纯朴的信徒对我说:'拿去吧,兄弟,您到了圣徒那儿,拿这钱给他点支蜡烛……'我收了钱。我尊重那些信教的人,不愿用丑恶的真情侮辱他们,因此我不告诉他们,我没用他们诚心诚意捐的钱给圣徒买蜡烛,而是给自己买了烟草……

"当你感到自己与世人疏远,清楚地看到自己随心所欲地砌下的与世人为敌的罪孽之墙的高大坚固时,你也会感到有许多魅力。在随时可能被揭穿的危险中也自有其甜酸苦辣。生活就是赌博!我把一切(其实等于零)都当赌注下在自己的牌上,而且老是赌赢……除了我的生命之外,没有输掉其他东西的危险。不过我相信,如果有一天人们要打我,他们不会把我打残废,而会把我打死。不应该为这感到委屈,要是为这担惊受怕,那就太愚蠢。

"嗯,先生,就讲这些,年轻人,我把自己的经历讲给您听了。因为我的经历中包含着哲理,所以讲得有一丁点儿过分。还有,您知道吗?我喜欢我所讲的。我觉得,我讲得相当不错。再说下去,很可能,这里有好些是我编出来的,不过,说老实话,如果我说了一些瞎话,那我也是有事实根据才瞎说的。您不要看那些事实,要看我表达的方式。请您相信这方式是忠于我的真正的灵魂的。我用幻想为您烹制了一份热菜,还浇上了用最纯粹的真实调制的佐料……

"不过，我干吗要对您讲这些呢？……因为，亲爱的，我感到您不大相信我的话……我为您高兴。是这样！您别相信人！因为人在讲到自己时，他总要扯谎！他在不幸时扯谎，是为了引起别人对他更多的同情；在幸福时撒谎，是为了使别人对他更加羡慕；在一切情况下都是为了使别人对他更加重视。"

孙新世　译

老　搭　档[*]

他们俩，一个叫做"拐子"①，一个叫做"想得开"②。两人都是贼。

他们住在城郊一个村子里。这村子奇怪地错落在山洼子里。他们住的是用黏土和旧木料搭成的简陋的小屋。这一座座破屋子活像被扔在山洼里的垃圾堆。伙伴俩在近郊村子里偷东西，因为要想在城里干这行当并不么容易，本村的邻里街坊呢，又没啥可偷的。

他们俩都很识趣：只要两人在哪个村子里偷得一块布、一件农民的粗呢上衣，或是一把斧头、一套挽具、一件衬衣，或是一只老母鸡之后，他们就往往很久都不再去"光顾"。尽管这么做很知情达理，郊区的庄稼人也都很了解他们，但扬言说，等到把他们逮住了，非活活打死不可。但是，庄稼人却没碰上这样的机会，所以别看这两个朋友听到庄稼人的威吓已经六年了，可是他俩的骨头架依旧完整无缺。

"拐子"是个四十来岁的汉子，高高的个头儿、驼着背、骨瘦如柴。他走起路来老是头朝着地，背抄着两条长臂，不慌不忙地迈着大步；他一面走，一面总是觑细着锐利的眼睛，提心吊胆地四下张望。他的头发

---

[*] 本篇写于一八九八年春，最初发表于同年十月《人人杂志》第十期。译自《高尔基三十卷集》第三卷。

① ② 高尔基在一八九五年发表的《朋友》（译文见本文集第二卷），其主人公的绰号与本篇主人公的绰号完全相同，但两篇小说的内容很不一样，而且这两个绰号，尤其是"想得开"（уповающий）这个绰号，与本文描写的人物行状更是不尽贴切。为了忠实于原著，我们作了同一译法的处理。

理得短短的,络腮胡子刮得溜光,浓密、斑白的士兵式的唇髭遮住了他的嘴,给他的面容增添了凶悍和严峻的神情。他的左腿大概是脱过臼,或者是骨折过,治好之后比右腿长了一截子。他迈左腿的时候,左腿就着空往上蹿两蹿,再往旁边晃几晃;由于他的步态特别,所以得了这么个外号。

"想得开"比他的伙伴大四五岁,没有他高,可是肩膀比他的宽。"想得开"常常闷声闷气地咳嗽,他那颧骨突出、长着花白的连鬓胡子的面孔显出一副焦黄的病容。他的眼睛又黑又大,目光里带着愧疚和温存的神色。他走路时,努着嘴唇,总是轻轻地吹着同一支悲伤的曲调。一件打着杂色补丁的破烂短上衣,像是短棉袄,在他的肩膀上晃来荡去,"拐子"呢,却穿着一件灰长衫,系着一根宽腰带。

"想得开"本是农民,他的伙伴是个教堂庶务的儿子,当过听差和台球看台人。他俩老摽在一起。庄稼人一见到他们就说:

"老搭档又来啦,瞧这一对!"

他们俩在村道上溜达,机灵地东张张西望望,躲着人们的眼睛。"想得开"咳嗽着,嘴里吹着他那支曲调;他的伙伴却抬起左腿着空舞动,仿佛想挣脱主人的危险道路,逃到一旁去似的。他们有时躺在林边某个地方,有时躺在黑麦地里,也有时躺在山沟里,悄悄地掂掇着怎么去偷点儿东西来充饥。

十冬腊月,即便是那些比这两个朋友更善于为生存而猎食的狼也难以度日。当凶残成性、饥肠辘辘的饿狼在路边寻找食物的时候,尽管人们想把它们打死,但也总不免感到害怕。因为狼有自卫用的爪牙,它们无论如何是不会大发慈悲的。这一点至关重要,因为一个人想要在生存斗争中取胜,要么得有智慧,要么得有野兽一样的心肠。

严冬季节,这两个老搭档的生活是艰难的。每天晚上,他们来到城里,沿街讨乞,乞讨时得尽量不让警察发现。他们难得偷到点儿什么东西。走村串庄吧,天气又冷又不方便,在雪地里会留下足迹,再说去了也是白搭,因为村子里所有的东西不是被锁了起来就是被大雪覆盖住了。冬季里,朋友两个在饥饿中挣扎要费很大气力。看来,恐怕没有一个人像他们那样急不可待地盼望着春天的到来……

春天终于来到了。两个虚弱不堪的病病歪歪的伙伴从山沟里爬出来,喜洋洋地望着那一天比一天融化得快的积雪;到处露出了一块块栗色的土地,一汪汪的水洼像镜子一样闪闪放光,溪水欢快地潺潺奔流。温暖的阳光普照大地,两个伙伴晒着太阳,一面谈论着啥时土地干了就可以挨村"打游击"去了。害失眠症的"想得开"常常在一大早把朋友唤醒,兴冲冲地告诉他说:

"喂,起床喽,白嘴鸦飞来啦!"

"飞来了吗?"

"可不!你听见它们的叫声吗?"

于是他们从破屋里钻出来,久久地仔细观察着那黑色的报春鸦营造新窝、修葺旧窝。空中响彻着它们响亮、操劳的叫声……

"这会儿百灵鸟也该飞来了。""想得开"说,一面动手修补他那破旧的鸟网。

百灵鸟也飞来了。两个伙伴来到田野里,在一块融化了雪的土地上拉开鸟网。他们满身泥水,在田野里奔忙,把那些饥肠辘辘的、经过长途迁徙疲劳不堪的候鸟轰进网里去;这些鸟儿正在冰雪刚刚消融的湿地上寻找食物。他们捕捉到许多鸟之后,就拿去卖钱,一只卖五戈比,有时卖十戈比。等到荨麻长出来的时候,他们就采集荨麻,拉到集市上去卖给女菜贩。春季里,他们几乎天天都能得到一样应时货,借以换取哪怕是微薄的新进款。他们善于利用每一样东西,什么柳枝啦、酸模啦、伞菌啦、草莓啦、蘑菇啦,统统逃不过他们的手掌。士兵们出来打靶,这两个朋友等到打靶结束之后就上堤去刨弹壳,拣来卖钱,十二戈比一俄磅。虽说从事这些门路使两个朋友得以免于一死,但也难得混上一顿饱餐,享受享受肠胃消化食物时的饱足之感。

四月间的一天,树木刚刚抽芽,树林蒙着一层蓝灰色的薄雾,洒满阳光的肥沃的栗色田野里草芽刚刚冒头儿,朋友俩走在大路上,一边抽着自卷的马合烟,一边说着话:

"你咳得可比从前厉害多啦!……""拐子"心平气和地提醒伙伴说。

"管它呢!……赶明儿太阳把我烤暖了,我也就能缓过劲儿来啦。……"

"唔……要不然你还是上医院去瞧瞧吧。……"

"嗳!我去医院干什么?该死就死呗。"

"这也是的……"

他们顺着两旁种着白桦树的大路走去,白桦的细枝在他们身上投下了斑驳的阴影。麻雀在路上蹦蹦跳跳,起劲儿地唧唧喳喳叫着。

"你走路不利落了。""拐子"沉默了一会儿说。

"这是因为我气短的缘故,""想得开"解释道,"现在这空气又闷又潮,我觉得呼吸困难。"

他停下脚步,不住地咳嗽。

"拐子"站在他身边,抽着烟,面无表情地看着他。"想得开"一阵咳嗽,震得全身发颤。他两手揉着胸口,脸色发青。

"肺都要咳炸了。"他停止了咳嗽,说道。

他们继续赶路,一路上惊跑了许多麻雀。

"咱们前面就是穆希纳村!……""拐子"扔掉烟头,啐了一口唾沫说,"从房后绕过去,兴许还能捡着点什么。……然后穿过锡夫措瓦亚树林往库兹涅奇哈村去……再从库兹涅奇哈拐到马尔科夫卡……打那儿就回家……"

"还得走三十来里地呢!""想得开"说。

"只要不扑空就成。……"

道路左边是一溜黑森森的树林,它给人以不舒服的感觉。光秃秃的枝丫上还看不到一个悦目的绿芽。一匹毛蓬蓬的劣种马在林边溜达,它的肚皮瘪了进去,肋骨像桶箍一样突露出来。伙伴俩停下来,久久地看着它把嘴凑在地上,慢慢地、朝前一步一迈地去啃那枯黄的干草,用它那磨损了的牙齿细嚼着。

"它也瘦成皮包骨了!……""想得开"说。

"咴儿,咴儿!""拐子"呼唤着。

马瞧了他一眼,摇摇头,又低下脑袋去吃草了。

"它不肯过来,""想得开"解释着那匹马的没精打采的动作。

"走!……要是把它牵到鞑靼人那儿去,还不给七八个卢布。……""拐子"估摸着说。

"不会给这么多。这马有什么用处!"

"马皮呢?"

"马皮?一张马皮,人家肯给这么多钱吗?一张马皮值三卢布。"

"得—得了吧!"

"怎么?你说,这是什么皮?是烂缠脚布,哪儿是什么皮。……"

"拐子"瞥了朋友一眼,停了下来,说:

"那么,你说怎么着吧?"

"够麻烦的!……""想得开"犹豫不决地回答。

"有什么麻烦的呢?"

"会留下脚印。……地是湿的……看得出来是往哪儿牵走的……"

"咱们给它裹上树皮鞋……"

"随你的便吧……"

"走!把它赶到林子里去,藏在山沟里,等到天黑。……天一黑就把它牵出来,赶到鞑靼人那儿去。离这儿没有多远,只有两三俄里地……"

"行呀!""想得开"点了点头,"走!就要到手啦!……可千万别出岔子……"

"出不了!""拐子"蛮有把握地说。

他们往四下里瞧瞧,就离开大路拐到树林子那边去了。马瞅了他们一眼,打了个响鼻儿,甩了甩尾巴,又继续啃起枯草来。

树木稠密的峡谷谷底是一片潮湿、幽静、晦暗。淙淙溪水冲破了沉寂,如诉如泣。榛树、荬蓬和金银花光秃秃的枝丫从峡谷的陡坡上垂下来;这儿那儿,被春雨冲刷的树根无可奈何地露出了地面。树林依然在沉睡;暮色使林中单调的色彩更加死气沉沉,隐伏在林中的忧郁的沉默使树林充满了墓园里那种异常阴森的静穆。

两个伙伴在岑寂和潮湿的晦暗中,在那连同一堆大土块滑到峡谷谷底的一丛白杨树下坐了很久。一小堆篝火在他们跟前熊熊燃烧。他们伸出手去烤火,不时往火里扔些干树枝,使火苗保持稳定,不冒出烟来。马伫立在离他们不远的地方。他们用"想得开"的破衣上扯下的袖筒来蒙住马脸,拿缰绳把它拴在树干上。

"想得开"蹲在那里,心事重重地凝视着篝火,嘴里吹着他那支悲哀的曲调;他的伙伴折了一把柳条,闷声不响地只顾编他的篮子。

溪水忧伤的旋律和这位不幸者轻轻的口哨声在傍晚沉寂的树林里如怨如诉地飘荡;干树枝不时地在火中发出毕剥毕剥、丝丝吱吱的声音,仿佛在悲叹,在怜悯这两人的遭遇,因为他们的命运比在火中化成灰烬的干树枝更加凄惨。

"咱们这就走吗?""想得开"问道。

"还早着呢。……等天全黑了再走吧!……""拐子"一面闷头编织篮子,一面回答说。

"想得开"喘了口气,又咳了起来。

"你怎么,冻着了吧?"过了好大一会儿之后,他的朋友问他。

"不—不……我觉着闷得慌……胸口痛……"

"犯病了……"

"是犯病了……要不就是别的什么。"

"拐子"说:

"你可别想……"

"别想什么?"

"别想这想那的……"

"你可知道,""想得开"忽而来了兴头,"我哪能不想呵。我瞧着它,"他用手朝马一挥,"我先头也有过一匹马来着,……精瘦精瘦的,可干起活来再利落不过了!我还有过两匹马呢……那个时候,我干得正经不错呢。"

"那你干出什么名堂啦?""拐子"冷冷地问道。"我不喜欢你念叨这些……叨唠起来没个完,又该伤心了!犯得着吗?"

"想得开"闷声不响地拿起一把撅短了的干树枝扔进火里,望着火星飞起来又在潮乎乎的空气里熄灭。他沉下了脸,不住地眨巴着眼睛。后来,他又掉过头去看着马,看了很久。

马一动不动地伫立在那里,像是在地里生了根;它那被袖筒裹得不成样子的嘴脸沮丧地耷拉着。

"干脆说吧,""拐子"严肃而又颇有道理地说,"咱们的日子就是:白天加黑夜,打发掉二十四个钟点就行!有吃的,当然好;没吃的,发一阵牢骚,发过就完事了……你发起牢骚来真够呛。那是因为你有病。"

"八成是因为有病。""想得开"应和道,但他沉默了一会儿,又加了一句:"兴许是心脏衰弱。"

"心脏衰弱还不就是有病嘛!""拐子"断言道。

他咬断一根柳条,用手一甩,柳条呼地一声划破了空气。这时,他一本正经地说:

"你瞧,我没病没痛,所以一点儿都不像你那样!"

马倒腾了一下蹄子;一根树枝咔吧一声折断了;一团土疙瘩掉进溪涧,给悄悄的流水声增添了新的曲调。接而,扑棱一声,不知从哪儿飞出两只小鸟。它们顺着峡谷飞去,惊慌地唧唧直叫。"想得开"目送着飞去的小鸟,小声说:

"这是什么鸟?椋鸟不会到林子里来。……大概是太平鸟[①]……"

[①] 苏联针叶树林区特有的一种鸟。

"没准是交喙鸟①。""拐子"说。

"交喙鸟还不到时候。再说,交喙鸟喜欢在松树林子里待着。它到这儿来干什么。……准是太平鸟……"

"得啦,别去管它了!"

"也是的。""想得开"附和道,不知为什么他深深地叹了一口气。

"拐子"手里的活儿进展很快,他已经编好篮底,这会儿在灵巧地织篮边儿了。他用刀割柳条,用牙齿咬,把它撅弯,熟练地用手指头编织着。他的胡髭翘了起来,鼻子呼哧呼哧响。

"想得开"时而瞧瞧他,时而瞅瞅马(它像化成了一只垂头丧气的石马),时而望望天空。已是黄昏时分,但没有星光。

"要是庄稼汉找起这匹马来,"他忽然用一种奇怪的声音说,"可是马却不见了。……到处找也找不着了!"

"想得开"两手一摊。他的神色发呆,两只眼睛不住地眨巴着,像是跟前有一样晃眼的东西。

"你这是怎么啦?……""拐子"厉声问道。

"我想起了一件事……""想得开"抱歉似的说。

"什么事?"

"喏,就跟这档子事一个样,也是有人把马给牵走了。……那是我邻居的一匹马。那个邻居叫米哈伊拉……是个大块头庄稼汉……满脸麻子。"

"怎么?"

"喏,马被牵走了呗。……马在秋播地里吃草,结果不见了!米哈伊拉呢,等到明白过来,知道自己丢了马,就咕咚一声栽倒在地上,号了起来!唉,我的老弟,那个伤心劲儿就甭提啦!……他像断了腿似的栽倒了……"

"后来呢?"

---

① 一种嘴前端互相交叉的雀科鸟,栖息于北半球森林内。

"后来……一直倒在地上号个没完……"

"你说这些干什么?"

"想得开"听着伙伴严厉的责问,连忙闪到一旁,怯生生地回答说:

"没什么,想起来了随便说说……庄稼人没有马,可也就没有活路了。"

"我说,""拐子"把脸一沉,两眼瞪着"想得开"说,"够啦!叨唠这些没意思……懂吗?又是邻居!又是米哈伊拉!"

"我觉得怪可怜的。""想得开"耸了耸肩膀,辩解道。

"怪可怜的?有谁可怜咱们吗?"

"说的是!……"

"那你就别再叨叨啦。……咱们得赶快走。"

"赶快走?"

"嗯……"

"想得开"走近火堆,用一根棍子挑挑火,斜眼瞟了瞟继续闷头编篮子的"拐子",小声央求道:

"还是把马扔下吧……"

"你这人真讨厌!……""拐子"难过地叫道。

"我讲的可是实话呀!""想得开"放低声音,恳切地说,"你想吧,这有多危险!得牵着它走三四俄里地。……要是鞑靼人不肯收下呢?"

"我自有办法!"

"那就随你的便吧!不过我看还是把它放了的好。……瞧它那瘦样儿!"

"拐子"一声不吭,只是他的手指头动得更快了。

"他们肯出多少钱?""想得开"执拗地拉着调门小声说,"这会儿倒是个好机会。……天就要黑了。要是咱们沿着山沟去杜比奥基村……你瞧吧,准能顺手牵羊呢。"

"想得开"那枯燥乏味的话语和潺潺的溪水声交织在一起,勤快的

"拐子"听了很不高兴。

他闷声不响,咬着牙,气得把手里的柳条都折断了。

"这会女人们正在漂白她们的麻布……"

马大声喘了口粗气,折腾了起来。它在一片黑暗中显得更丑、更可怜了。"拐子"瞅了它一眼,往篝火里啐了一口唾沫。……

"这会儿鸡鸭什么的也还没归窝呢……还有鹅……"

"唠唠叨叨,你倒是有完没完呀?""拐子"恶狠狠地问道。

"说真的!……斯捷潘,你别生我的气,……丢下它算了!真的!"

"你今天吃上东西了吗?""拐子"大声喝道。

"没有……"被朋友的喝问声吓住了的"想得开"不好意思地回答。

"见你的鬼!那你就饿瘪得啦!……我可再也不管了。……"

"想得开"默默地看了看他,只见他气呼呼地把柳条拾掇起来,扎成了一小捆。火光映在他的脸上,他那张留着小胡子的脸气得通红。

"想得开"转过脸去,深深地叹了一口气。

"反正我不管了,你爱怎么着就怎么着吧,""拐子"用嘶哑的声音怒气冲冲地说。"我可得把话说在头里,往后你要是再这么三心二意,咱们就散伙!好了,就这么着吧!我总算……知道你了。……"

"你这个人可真怪。……"

"说话算话!"

"想得开"缩成一团,咳了起来。接着,他吃力地喘着气,说:

"你明白我的意思吗?我是说,牵着马走怪危险的。……"

"得了吧!""拐子"气呼呼地嚷了一声。

他拾起那捆柳枝,搭在肩膀上,把没编好的篮子夹在胳肢窝里,站了起来。

"想得开"也站了起来,瞧了瞧伙伴,蹽着脚朝马走去。

"吁!……上帝保佑你……别害怕!……"他喑哑的声音在峡谷里响了起来,"慢着!……好嘞,走吧!驾,蠢货—货!"

"拐子"瞧着他的伙伴在马跟前张罗,解开了蒙在马嘴上的破布片,他的小胡子直哆嗦。

　　"你到底走不走?"他说完,便朝前走去。

　　"我走。""想得开"回答说。

　　于是,他们穿过树丛,顺着夜色笼罩的峡谷默默走去。

　　马也跟随在他们后面。

　　接着,他们背后传来了溅水声,淹没了潺潺的溪水声。

　　"瞧你这蠢货,踩进水里去啦!……""想得开"说。

　　"拐子"气得鼻子直呼哧。

　　在黑暗的阴郁沉寂的峡谷里,树丛不断发出窸窸窣窣的声音,这声音从篝火堆那边渐渐由近及远;篝火通红的余烬在地上闪光发亮,恰似怪物的一只凶恶的、嘲讽的眼睛。……

　　月亮出来了。

　　皎皎的月光有如一片烟雾缭绕的暮霭,充溢着峡谷;处处是阴影;树林显得格外稠密,林中更是一片死寂。洁白的桦树干蒙上了一层银色月光,在橡树、榆树和灌木丛昏暗的背景衬托下俨如挺立的蜡烛。

　　两个伙伴在峡谷里一声不响地走着。路很难走,他们的脚底时而打滑,时而深深陷进烂泥里。"想得开"上气不接下气,他的胸膛里发出嘶哑的尖啸声。"拐子"走在前面,他那高高的身影落在"想得开"的身上。

　　"瞧,一个劲儿地走!"他忽而委屈地抱怨起来,"可是去哪儿呢?奔什么去呢?"

　　"想得开"叹了口气,不言声了。

　　"眼下,夜晚比麻雀的嘴还短……等咱们走到村子,天也就亮了。……再说,咱们是怎么走的呢?像太太们……溜达似的……"

　　"我觉得不舒服,老弟!""想得开"小声说道。

　　"不舒服吗?""拐子"用讥讽的口吻喊了一声。"怎么啦?"

　　"我出不来气了……"害病的那个贼答道。

"出不来气啦？怎么回事？……"

"犯病了……"

"瞎扯！你这是自作自受。"

"拐子"停了下来，朝伙伴转过脸去，用一个手指头在他鼻子底下晃了几晃，加上一句：

"出不来气，是你自作自受，……就是这个！明白吗？"

"想得开"低下头来，认着不是：

"说的也是……"

他本来还想说些什么，可是又咳了起来。他用两只颤抖的手扶在一棵树干上，咳了好一阵子。他一面咳，一面在原地跺着脚，晃着脑袋，张大着嘴。

"拐子"一动不动地凝视着他的脸。在月光下他那像土一样的面色有些发青，显得瘦削了好多。

"林子里的妖怪统统都要叫你给吵醒啦！……""拐子"终于阴沉沉地说。

等到"想得开"咳够了，仰起头来，喘了口气之后，"拐子"用命令的口气对他说：

"你歇一会儿！"

他们在灌木丛的阴影里的湿地上坐了下来。"拐子"卷好一支烟，抽了起来，他看了看点燃的烟火，慢声慢气地说：

"要是家里有点吃的……咱们也就可以回去了。……"

"可倒是真的！……""想得开"应和道。

"拐子"斜着眼睛瞟了瞟他，接着说：

"既然咱家里啥也没有，咱们就得出去闯荡……"

"得出去……""想得开"叹了一声。

"尽管咱们没地方去，尽管去了也白搭。……千怪万怪只怪咱们蠢呀！好蠢哪……"

"拐子"干巴巴的声音划破了夜空，显然，也使"想得开"的心情很不平静:他一直在地上蠕动着,叹息着,发出古怪的呼噜呼噜声。

"我真想吃点什么,实在熬不住了!""拐子"大声抱怨说。

这时,"想得开"坚定地站了起来。……

"上哪儿去?""拐子"问。

"咱们走。"

"你这是怎么啦? 腾地跳了起来。……"

"咱们走!"

"走就走……""拐子"也站了起来。"可这不济事呀……"

"得啦,管它哩!""想得开"把手一甩。

"好大的胆子呀!"

"要不叫我怎么办呢? 你一个劲儿地埋怨我,数落我,天哪!"

"你干吗要去管那个闲事呢?"

"干吗?"

"嗯!"

"唉,你不知道,我觉得怪可怜的!"

"可怜什么? 可怜谁?"

"可怜谁! 还不是可怜人嘛……"

"可怜人?""拐子"拉长声调说。"'喏,给您,拿去闻闻,闻完就扔掉吧!……'唉,你呀,瞧你这慈悲心肠! 他是你的什么人? 我说这话你懂吗? 他会一把抓住你的脖领,拿你当跳蚤,用手指甲把你掐死,到那个时候你再去可怜他吧……哼! 到那个时候你再给他显显你的蠢相吧。他对你的慈悲心肠可就要下毒手了。他会把你的肚肠给挖出来,缠在他的手上,……把你的筋骨一根根都抽出来,一个钟头抽一俄寸①,就这样来折磨你……咳,你就可怜去吧! 你还不如求求上帝狠着心叫你一命归天呢! 咳,你这个人哪! 得让你到雨地里去淋淋才行! 可怜,……呸!"

---

① 一俄寸等于4.4厘米。

"拐子"动怒了。他那刺耳的、充满了对伙伴的挖苦和蔑视的声音在树林里回响,响得连树枝都带着轻微的沙沙声在摇曳,仿佛对他那逆耳忠言唯唯称是。

"想得开"慢慢地挪动着两条颤抖的腿,两手抄在短上衣的袖筒里,脑袋低低地耷拉在胸前。

"你等着瞧吧!"他终于开了口。"干吗要这样呢?我改就是了。……等咱们到了村子里……我就进去……我一个人进去……你干脆甭进去了。我逮着什么就拿什么……拿到了手,咱们就回家!……一回到家里,我就得趴下了!我不行了。……"

他喘吁吁地说着,声音嘶哑,胸口呼哧呼哧地作响。"拐子"疑心地看了他一眼,停了下来,想说些什么,可他把手一甩,什么话也没说,继续往前走去……

他俩默默地走了好半天。

附近什么地方有鸡鸣犬吠声。接着从远处的乡村教堂传来了报时的凄凉的钟声,钟声随即消逝在沉静的树林中。……在朦胧的月光下一只大鸟像一团黑乎乎的东西不知从哪儿飕地飞了出来,峡谷里响起一阵不祥的扑棱声。

"是大乌鸦……要不就是白嘴鸦。""拐子"说。

"我说……""想得开"说,一面沉沉地往地上一坐,"你走吧,别管我了……我再也走不动啦,憋得慌,脑袋晕沉沉的……"

"咳,真是的!""拐子"不满地说,"你真的走不动了吗?"

"走不动了。……"

"他娘的!真倒霉!"

"我一点劲儿也没有了。……"

"可不是吗!咱俩从昨儿早上就出来逛荡,一直没吃上东西。"

"不,我要死了!你瞧这血,一个劲儿往外涌呢!"

"想得开"把他那只沾着黑乎乎的东西的手伸到"拐子"面前。"拐子"斜眼看了看,压低声音说:

"咱们怎么办呢?"

"你走吧,别管我了……就让我躺在这儿好好歇歇,没准还……"

"叫我上哪儿去呀?要不我进村去,就说有一个人不行了。……"

"你可得小心点,他们会把你给打死的。……"

"那可不……只要落在他们手里!……"

"想得开"朝地上一仰,闷声咳了起来,一块一块的淤血从嘴里吐出来。……

"还在吐吗?""拐子"站在他的身边,可是眼睛瞧着别处,问道。

"吐得可多呢!""想得开"的声音低得几乎听不见了。说完,他又咳了起来。

"拐子"嘴里骂骂咧咧地发了一通牢骚。

"哪怕叫个人来也好呀!"

"叫谁!""想得开"追问了一声,像是忧伤的回音。

"要是你还能爬起来,慢慢儿地试着走走呢?"

"哦,不成呀。……"

"拐子"挨着伙伴的脑袋坐了下来,两手抱住膝盖,两眼望着他的脸。伙伴的胸脯忽而急促忽而缓慢地起伏着,发出低闷的嘶哑声,眼睛凹陷了进去,嘴唇咧得有点古怪,好像贴在牙齿上一样。一股暗红的鲜血从左边嘴角上顺着面颊直往下淌。

"还流吗?""拐子"小声问。在他的问话里带有一种近乎敬意的口吻。

"想得开"的脸颤动了一下。

"还流呢……"发出微弱的嘶哑声。

"拐子"把头垂到膝上,沉默不语了。

在他们的顶空悬着峡谷的绝壁。绝壁上有被春水的湍流冲成的一道道深深的、坎坷不平的痕迹。绝壁顶上一排被月光映照着的参差不齐的密密匝匝的树丛向峡谷里张望。峡谷的另一侧是缓坡,坡上灌木丛生;一些地方,灰色的树干从一片黑魆魆的灌木丛里显露出来,在那光秃秃的树枝上,白嘴鸦的巢穴清晰可辨。……洒满月光的峡谷犹如沉闷的梦境,没有一丝生命的色彩;溪水静静的淙淙声使峡谷显得更加死气沉沉,分外凄凉。

"我要死了!……""想得开"用低得几乎听不见的声音说,然后又大声地、清晰地重复道:"我要死了,斯捷潘!"

"拐子"全身打了个哆嗦;他忙乱起来,鼻子里发出呼哧呼哧的声音。他从膝盖上抬起了头,焦急地、小声地说,好像生怕碍着什么似的:

"你不会那个的,别害怕!兴许不碍事,没事儿呀,大哥!"

"主耶稣基督啊!……""想得开"一声长叹。

"不碍事的!""拐子"凑近他的脸,悄声说。"你再忍一会儿……兴许就会好起来……"

"想得开"又咳嗽了。他胸膛里发出了另外一种声音:像是一块湿抹布在啪啪地拍打着他的肋骨。"拐子"瞧着他,微微颤动着小胡子。"想得开"一阵咳嗽之后,开始断断续续地哼哧哼哧地喘粗气,好像在拼命往什么地方跑去似的。就这样他喘了好久,然后说:

"原谅我吧,斯捷潘,为那匹马的事,……要是我有个长短……就原谅我吧,老弟!……"

"你原谅我吧!……""拐子"打断他的话头说。他沉默片刻之后,继续说道:"叫—叫我现在到哪儿去呢?叫我咋办呢?"

"不要紧的!愿上帝保佑你。……"

"想得开"没把话说完,哼了一声就再也不能说话了。

随后他开始发出呼噜呼噜的声音……两条腿一蹬……其中一条腿蹬到了一旁。……

"拐子"的眼睛一眨不眨地望着他。几分钟时间过得像几个钟头那么漫长。

"想得开"忽地把头抬了起来,可是它立刻又无力地落到了地上。

"大哥,你怎么啦?""拐子"俯在他的身上。可他再也不能回答了,只是静静地躺在那里,一动也不动。

"拐子"在伙伴身边又坐了片刻。然后他站起来,摘下帽子,画了个十字,慢慢地沿着峡谷走去。他拉长着脸,眉毛和上髭都支棱了起来;他死劲儿踏着步子,好像在用脚鞭打土地,要把它痛打一通似的。

天已破晓。灰蒙蒙的天空没有一点喜气,峡谷里一片沉寂,只有溪涧发出单调、凄凉的声音。

这时,传来了一阵簌簌声……想必是土块滚进了峡谷。白嘴鸦醒来了,惊恐地叫了一声,飞走了。接着一只山雀喳喳地叫了一阵。在峡谷潮湿寒冷的空气里,声响是短暂的,它刚响起,霎时又消失了……

蒋望明　译

饥 民[*]

素 描

不久前,我沿着伏尔加河下游乘船航行约有一百俄里,在回来的路上见到许多饥民。他们从一个码头拥上我们的轮船。有百来人,大部分是老头子,老太婆,抱着婴儿的妇女和孩子。那么多孩子!年龄大小不一,有刚生下几天的婴儿,有十多岁的、黄头发、面无血色、皮包骨、尖瘦脸的肮脏的小男孩。他们拉着妈妈或奶奶的衣襟,一声不响地踏着跳板跑到轮船的宽敞干净的甲板上来,他们不时停住,严肃地瞪着小眼睛东张西望。大人们画着十字。

从清晨到傍晚一直下着雨。大人和孩子都十分虚弱,他们两脚泥巴,破烂的衣衫和空空的背囊上都溅满了泥浆。

"到船尾去!到四等舱去!"船员命令他们。

他们吃力地向指定的方向移动,默默无言,心中充满了悲伤。

"你们从哪儿来?"一个乘客问。

"从皮亚纳[①]来……"

"到哪儿去?"

"打算……"

"讨饭去……"

---

[*] 本篇写于一八九八年春,最初发表于一八九九年《信使报》的《援救灾民》文艺汇编。译自《高尔基三十卷集》第三卷。

① 河名,苏拉河支流。

"我们家乡讨不到饭吃……"

"我们已经走了三天三夜了……"

"有人打算到城里去,有人打算到雷斯科沃①去……"

声音是悲伤的、低沉的。有些人显得害羞和难为情,大多数人都很冷淡,脸上毫无表情。只有两三个人脸上带着令人厌恶的伪善的神色。他们是这群精疲力尽、瘦骨嶙峋、腹中空空、神态慌张的人们中吃得最饱、显得最壮实的几个人。

四等舱的铺板上一个空位置也没有了。那些与饥民一样也是腹中缺少食物的乘客,探着头默默地望着停留在甲板上的新旅伴。一个身穿破旧粗呢上衣、脚蹬草鞋、高个子、大胡子、愁眉苦脸的农民在篮子里翻来翻去,翻出一大块又干又硬的面包,递给下边一个抱着正在啼哭的婴孩的妇女:

"嚼一嚼喂孩子吧……"

"基督保佑您!"

她贪婪地用牙齿啃着干面包,急急地嚼着……吞了下去。

"你该先喂孩子。"老人责备地说。

"哎,亲爱的,我喂孩子,喂。"妇女不好意思地说。她又嚼了一口,用手指把嚼好的面包从自己口里取出来喂进婴儿的嘴里。

婴儿吸吮着妈妈的手指,小眼睛睁了一下,马上又闭上了,小嘴里发出哼哼唧唧的声音……这是一个小小的动物发出的奇怪的表示饥饿的声音,他早就饿了,现在终于吃到了,吃到了,他整个身心都感到高兴。

妇女的身边有一个因害眼病而双目通红的小老头,盘腿坐在甲板上。他抬起头,指着这个妇女对施舍面包的老人说:

"这是我的女儿……她抱的是我的外孙。"

"啊。"老人从上铺回答。

---

① 伏尔加河右岸的一个村镇,当时是尼日戈罗德省的一个县城。

饥　民

"你们是干什么活的?"老爷爷亲热地眨巴着眼睛询问。

"干木匠活的……"

"从远道来的吗?"

"从瓦西利苏尔斯克①来……"

"那儿怎么样?"

从上铺传来了沉重的叹息声。

"咳!到处都一样,地里颗粒不收。"

……在另一边,船员们围着饥民,忧心忡忡地听着一个动作麻利的村妇的叙述。这个妇女背上背着、怀里抱着、手里牵着一个比一个小的四个孩子。

"是这样,老爷们,我们那儿实在过不下去了,我们全村的人都拿定主意出来找口饭吃……大人四处去找活干,我们带上孩子也出来了。心想,上帝和好心的人们也许能给口饭吃……"

一个船员问:"这都是你的孩子吗?"

"不,这两个是我的……这两个是我妹妹的……她到我们村里的锯木厂给人家做饭,把孩子交给我了……我带着他们出来了……也许上帝会大发慈悲吧?"

"带四个孩子很不容易吧?"

"可有什么办法呢!只好忍着……"

……机房周围聚集着一群孩子。他们踮着脚从玻璃窗往里看着,说着。

"瞧,人家开得多棒!"一个孩子说。

"嘿,还一个劲儿地滴着油!"

一个男孩看着机器的转动有些入迷了。他鼓着腮帮子,一副严肃认真的神情,两个瘦小的拳头在空中上下摇动,一定是在情不自禁地模仿着活塞的动作。另一个光着脚,穿着破印花布衬衣的、肮脏的小

---

① 尼日戈罗德省的一个县城,位于伏尔加河畔。

男孩匆匆地走过来。他眼睛闪闪放光,拉着伙伴的衣襟,小声地、急切地说:

"兄弟们,厨子在那边做饭,有三个人呢……都穿着白大褂……他们在烧牛肉,多得不得了!"

"咱们去看看……"

"会把咱们赶开的。"孩子们犹豫不决地对他说。

"没关系,走吧!"

他们拖着沾满了厚厚一层泥浆的小脚离开机房,踏着沉重的脚步沿甲板走去,去看看"多得不得了的"牛肉!

……一个高个子、瘦瘦的、穿一件敞胸女上衣、戴一顶长毛皮帽子的农民站在乘客中间,机灵地、腼腆地微笑着,说:

"我们打定了主意……因为,除了讨饭我们再也没有别的活路了。为了让人家可怜我们,我们穿上最坏的衣裳就出来了……"

"村子里实在待不下去了,走就走吧!"

"我们心想,走就走吧,反正好歹会有人帮帮的!"

"说的是……人总是该你帮我我帮你呀……"

三等舱乘客中有人把面包分给孩子们。一个穿红裙衫、脸上带着一副满不在乎的神情的女人,抱起一个两岁左右的浅发的小女孩,用奶瓶给她喂牛奶。另一个穿着黑色长上衣、戴着礼帽、披着长头发、愁眉苦脸的男人,显然是个旧教徒,他正在把小圆面包撕成大小一样的小块。孩子们围着他,用贪婪的目光打量着分好的一份份面包。

……轮船上发出呻吟声……饥饿的婴儿在饥饿的妈妈怀里哭叫着;妈妈哼唱着,声音嘶哑地絮叨着,哄着孩子。四处传来时而被叹息打断的、慢吞吞的、不连贯的话语。这一切和喑哑的机器声交织在一起,组成了悲伤的噪音,使人心中感到无比沉重和痛苦……

"船员端着菜盘走过来了,厨子从锅里舀出牛肉来,用大极了的大勺子!倒在船员的盘里了,"响起了孩子的激动得上气不接下气的声音。

"很多吗?"

"多极了!"

"五俄磅①?"

"比五磅还多!"

"给咱们点儿多好……"

这是孩子们的幻想。

……唉!"地里颗粒不收!……"

孙静云　译

---

① 一俄磅约等于我国一市斤。

万卡过了一天好日子*

速 写

……万卡醒来以后,把双手伸进自己波浪式的褐色鬈发里,精心地拢着它,他那圆圆的脸上露出一副喜悦的笑容。他笑得嘴角朝上,两颊显得更圆,像两只绯红的苹果;眼角上堆着笑纹,蓝眼睛动人地眯缝着,从两条窄缝里闪出的自豪和幸福的光芒,使他整个年轻健壮的身体显得精神焕发……

有了出息啦!

万卡从乡下出来的第三天被油漆匠菲利蒙诺夫雇去当下手,以前他曾给他当过四年学徒。他受雇后,一年有整整三十个卢布的工钱!昨天他拿到三分之一的工钱作为定金,寄了六个卢布回家,用一个卢布八十个戈比买了一架手风琴,当师傅的人怎么好没有手风琴呢?用七十五个戈比买了一件坎肩,剩下的钱他打算把它"逛"掉。今天是节日,因此万卡决定好好地庆祝一下自己的高升。

他从铺上爬起来,开始穿靴子。昨天晚上他兴致勃勃地在靴子上抹了一层焦油,到现在它们还发出一股刺鼻的气味;嗅到这种气味,鼻子里都感到烧得慌。靴子变得又软又轻,似乎是自动套到万卡的脚上似的。穿好靴子以后,他瞧了瞧铺板上摆着各种姿势躺着的六个人,

---

* 本篇最初发表于一八九八年五月十二日《尼日戈罗德报》。译自《高尔基三十卷集》第三卷。

在最边上的角落里,蜷伏着已经做满两年学徒的格里沙。万卡摆出一副严肃的面孔,走近他,扯了扯他的腿。

"你这个小鬼!还贪睡!"

"什么?"格里沙睡意蒙眬地问。

"快去把水倒到悬壶里……睡过头了……"

"这就去……"格里什卡答应了一声,蜷起腿又睡着了。

新师傅更严厉地皱起眉毛,又要把手伸到学徒的脚边……可是突然扑哧一笑,摆摆手,走到作坊的屋角里去了。那儿,在肮脏的木盆上空挂着一只瓦悬壶,它像个两只耳朵被挂起来的人头。悬壶里有许多水,于是万卡称心如意地嗤着鼻子,大声喘息着,满捧满捧地往脸上撩着水。然后,他打开他那只放在铺底下的破箱子,从里面拿出了面巾、新布衬衫、坎肩和手风琴。他擦干了脸和手,梳好头,穿上衬衫、坎肩以后,很想看看他现在是个什么模样?可是他没有镜子。万卡站在作坊中央沉思了一会儿,终于想出了一个办法:他走到过道里,掀开那儿的一只水桶的盖子,对着水里的影子好好地欣赏了一番他那副圆圆的、十分得意的面容。他发现还得再梳一下头。梳完以后,又出了神:现在该做什么呢?到小酒馆去吗?可是还早,而且过节的时候小酒馆是不开门的……他在窗前的长凳上坐下来,往院子里瞧了一眼。

院子里很脏,到处都堆满了各种废物,但是所有这一切在春天明媚的阳光照耀下并不显得难看,而且一切都在一个劲儿地招引他离开那座墙壁由于潮湿变成灰色的矮房子,到户外的阳光和新鲜空气里去。万卡把手风琴夹在腋下,戴上便帽,走出作坊,决定在大门口等伙伴们醒来,同他们一起去喝茶……

万卡端端正正地坐在大门口的长凳上,把手风琴放到自己的双膝上,这时手风琴不知怎的,央求似的尖叫了一声,仿佛说:

"拉拉吧!"

万卡没有理由拒绝手风琴的要求,善良而活泼的欢乐情绪像汹涌的波浪一样在他的心中翻腾,他愿意拉琴唱歌,让整条街上的人都听见；他把手风琴拿在手里,非常利落地拉出了一个婉转动听的和弦。

好极了！

他用手指按着琴键,乐滋滋地听着那热情奔放的琴声,并随着它小声唱道：

在遥远的他乡异地
在遥远的他乡异地
给小伙子娶了个妻

"没管教的东西！"突然听见一声刺耳的呵斥。"还在作晨祷,你就同魔鬼寻起开心来了……你这个没受洗礼的异教徒！"

这是厨娘季莫费耶芙娜在骂人,她从万卡头顶上面的窗口伸出那红胖胖的脸来。

在别的时候,他会同季莫费耶芙娜一句不饶地对骂起来,但是今天他不愿这样做,尽管这个娘们儿在他还是学徒的时候就使他受过多次痛苦的凌辱。

他抬起带着笑容、有点发窘的脸,惊奇地问道："你还没走呐？"

"没走！瞧,天还没亮你就钻出来了……哪儿有这么早去教堂的……"

窗户关上了……

万卡惋惜地瞧了一下手风琴,猛然想到：假使他到街道的尽头,坐在弗洛罗夫斯基旷野上,就可以随心所欲地拉琴,没有任何人会干涉他了。他正了正头上的便帽,把手风琴往腋下一夹,迈着悠闲的、不慌不忙的步子,顺着街道走去。他骄傲地昂着头,不时向两旁大模大样地看看,可是他内心里却并不平静,心因为切望用歌声、笑声、舞蹈或别的任何方式把喜悦表现出来而颤抖着。

一个讨饭的老太婆橐橐地拄着拐杖,沿着人行道向他迎面走来,

她弯腰驼背,衣衫褴褛。万卡走到她身边时,把手伸到自己的裤袋里,问她:

"老奶奶,你有一个戈比吗?"

"有,亲爱的,有。"老太婆急忙回答说。

"好吧,把它给我……这个给你过节,两戈比铜币……"

说罢,他给了她两个戈比,并带着满意和快乐的心情听着老太婆频频地为他祝福。

在一座房子的台阶上躺着一条长脸的大灰狗,万卡起了非要抚爱它一下不可的念头……他把嘴唇努成喇叭形,向狗伸出手去,弹着手指,吹着口哨:

"嘘,嘘!来!过来……大狗!好朋友!多漂亮的狗……喂——嘘,嘘!"

可是狗不愿意同万卡讲客气;它斜眼看着他,龇着牙,呜噜呜噜地叫着。

"不识好歹!"万卡对狗说,从它身边走了过去,但是狗的举动一点儿也没有使他生气。

一辆装满了木桶的运货大车从胡同里拐出来,一个车轮绊在一根短木桩上。坐在木桶上的车夫用缰绳抽打着马,无可奈何地骂着。尽管情况要求他下车,但他懒得下来。万卡今天乐于帮助世界上所有的人:在这个明朗的日子里,他感到很愉快,不假思索地希望博得所有人的好感……

"大叔,往左边拐一下!"他向车夫建议说,把手风琴放到短桩上,抓住大车,使尽全身力气把车推向一边。

"谢谢!"车夫龇着牙说,"你是好样的,小伙子!"

"快走吧!"万卡由于使了大劲,气喘吁吁地说。

他来到了旷野。那儿有一群孩子在玩羊拐子游戏。万卡看见他们很高兴,但同时感到,在小男孩面前就这样坐下来拉琴不好意思。哪怕先和他们拉拉话也好……于是,他细心地观看了一会儿游戏之

后,就指挥起男孩们来了:

"你,戴帽子的,不要举起手来打,这样不行!要横着打,就是说,要往圈子里打,让羊拐子散开……对,就这样……红头发,该你了,好好地瞄准……嘿!真不坏!打出了两颗羊拐子……躲开,红头发!现在该你了,快……你不要多走,步子要跨得正好,干吗跳啊?你看打歪了不是!"

孩子们喜欢万卡参加他们的游戏,他们认为他很内行,就很用心地听他的意见,其中的一个甚至决定步步都听他指挥,因此问他:

"我该往哪儿打?还在圈旁边吗?"

万卡认真地看了看他的羊拐子,发现太轻,选了另一个。随后,教他怎样瞄准圈子。

"你把左眼眯起来,手顺着右眼看的目标伸出去,随后把手抬起来,当手和眼睛停在一条线上的时候,把羊拐子打出去!明白吗?"

他的指点使其他的孩子也感到了兴趣,他们围着他,争先恐后地向他请教。他谁都不拒绝,感到自己处于说话算数的主人的地位,就变得更加认真了。但是一想起作坊里头的人大概已经都起床了,是去酒馆喝茶的时候了,他便撇下孩子们,又往街上走去,他沉思地设想着他将怎样坐在酒馆里听八音盒奏乐。那八音盒总是奏着一支非常悦耳、可是难度很大的曲子,要是能学会用手风琴演奏这支曲子该多好啊!……

下午万卡又出现在街头。他把便帽歪戴在后脑勺上,由于兴奋,加上刚才在酒馆里喝了几小杯烧酒,脸上红通通的,他手里拿着手风琴,心里怀着一种无比强烈的喜悦,一种因为找不到出路、无处抒发而必须加以抑制的喜悦,一面大步走着,一面模模糊糊地期待着既来自他本人又来自别人的某种美好的东西。他并没有喝醉,但是他觉得应该让别人以为他有些"醉醺醺的",这会使他显得更神气、更洒脱些。他摇摇晃晃地走着,眯缝着双眼,不时举手扶一扶头上的便帽,把它戴

得越来越靠后。他想唱歌,于是便用假嗓子高声唱了起来:

你啊,花园呀,我的花园!
绿呀,绿茵茵的花园……

但是站在街道中央的严肃的警察却反对这种消遣。
"喂,你!……"他对万卡说,并且气势汹汹地点着指头威吓他……
万卡唱到半截儿就停住了,他和颜悦色地走到警察身边,问道:
"难道不行吗?"
这个一心想过个好节日的年轻人的兴冲冲的模样博得了警察的同情,于是他像父亲似的教训他说:
"大街上是不准唱歌的……"
"不准吗?"万卡追问着。
"绝对不准……回家去……或者到城外去吧,在那儿你可以……"
"在城外?"
"对……你到坟地后边去唱吧……"
"在那儿一定可以唱吗?"
"愿唱多少就唱多少……"
"好吧……感谢您!谢谢……我请您抽支烟?您要抽吗?"
"我们站岗的时候……不能抽烟……"
"管它呢,您就来一支吧……"
"不行……你乖乖地走吧……走吧。"
"走就走……我懂,这是规矩!"万卡皱着眉头说,老老实实地离开了警察。
可是他怎么样、用什么方式才能表达他那汹涌澎湃的生活情趣呢?走出几俄丈远,他又低声唱了起来:

在那银色的田野上
　　月下站着一位姑娘
　　她当天发出誓言——
　　至死也要保持纯真。

　　他想到了警察,不禁回头看了一眼,只见岗警正在责备地对他点着头。于是万卡便把手卷成个喇叭放到嘴边对他喊道:
　　"我再不唱了……不唱了!"
　　他手一摆,默默地走了一会儿,感到一阵羞赧,却又期望着一点什么。
　　万卡来到了一家小食品店。他双手叉着腰走进这家铺子,很有礼貌地说:
　　"请拿些香烟来……"
　　"您要什么样的?……"
　　"什么样的?五个戈比十支的!"
　　"请吧!'燕'牌的!!"
　　"'燕'牌的?好吗?"
　　"最好的……"
　　"好吧……再给拿半磅山果。"
　　"要什么样的——松子,核桃,还是榛子?"
　　"哪一种最好……最好吃……"
　　"核桃最好。"小铺老板这样认为。
　　"那就请给拿半磅核桃吧……"
　　他买了烟卷,再说根本不想吃核桃,可是总得找点儿事情做呀!
　　在这儿买买东西,至少还可以和人说说话……
　　出于同样的动机,万卡走进啤酒馆,在那儿喝了一瓶啤酒。但是啤酒馆里空无一人,既寂寞又气闷。他喝了啤酒以后便有些神志不清了,他又在街上走着,同时感觉到,现在可以不需要装醉了——不用装已经摇晃得够厉害了!他头脑里昏昏沉沉的,心里已经不大清楚……

但还是很想唱歌。

他把手风琴摆平,拉起了他所熟悉的曲子,往往把一支曲子和另一支曲子完全混淆起来。但这也不能使他满足……因此他就开始用双唇伴奏:

几—尔利—尔留—嗒,嘟—嗒—嘟—特……

这使他很满意,他得意扬扬地环顾着周围。但是他现在是在一条僻静的街上,街上只有两三个行人……临街连房屋也没有,只有一些围墙……喏,那边是一道铁栅栏,铁栅栏后面是草地,草地和树木后面是一座高大的、有许多窗户的白色建筑物……万卡一下子想了起来,这座大厦是一个学院,两年前他在这个学院里漆过地板……

他继续朝前走着……恼人的寂寞像蛇一样爬进他的心里……他觉察到这一点,便努力地驱赶它。他把手风琴的风箱完全拉开,奏出几声尖厉刺耳的强烈的和弦,万卡疯狂地唱着:

几—尔利—尔留—嗒,嘟—嗒—嘟—特—
我从这学院旁边走过啦!

这些词完全是即兴之作,因此他起初自己也感到吃惊……可是稍停了一会儿,万卡却兴奋地放开嗓子叫着:

几—尔利—尔留,嗒—嘟—嗒—嘟—特—
学院盖得结结实实的!

万卡认为这非常好笑,他张着嘴,把手风琴紧贴在肚子上,拼命地大笑起来,他嘲笑自己的创作,他靠在栅栏上,笑了好一会儿,笑得前仰后合……

太阳落山了，粉红色的余晖映在房子的白泥墙上，房子的阴影顺着街道静静地伸展开来……

散步的人成双成对地走着，手杖把人行道敲得橐橐作响，在春天的潮湿的空气里传来一阵阵笑声和谈话声……也传来了万卡带着哭音的大声嚷叫：

"我自己是师傅……你还打我……你能这样做吗……嗯？"

万卡摇摇晃晃地从一条窄胡同里走到街上来，他头发蓬乱，一副受了很大委屈的样子。远远看去，他似乎每走一步都要克服某些只有他一个人能看见的障碍，他把脚抬得那么高，那样频繁地从直路上走到一边去……从他的嘴里慢吞吞地吐出不知对谁而发的痛苦的怨言，而他的话语也像他的脚步一样凌乱……

　　严寒刺骨，风雪怒吼，
　　三匹马驾着车；在门口等候——
　　明月当空，银光幽幽……

有一个高个子，戴着有红色帽圈制帽的老爷责问万卡："你号什么？"

万卡睁大双眼看着他，解释道：

"我唱歌，您老人家……是因为赶上过节……加上我现在又当上了师—师傅……嘘！行了！够了！现在—我自己是师傅了！"

万卡自豪地用拳头捶着胸膛，可是突然含泪喊道：

"可是他还揪我的头发……"

"我还要把你送到警察局去呢！"老爷厉声吆喝道。

"可别这样呀！"万卡摇着头说，"我再也不了……我明白，这是规矩！我……这就走。这是怎么回事？难道我能干坏事么？……"

陆桂荣 译

"吊　刑"[*]

米什卡生活中的一页

……一个节日的夜晚，他站在杂技场的楼廊上，胸脯紧贴着木栏杆，两眼入迷地看着舞台上的表演，由于注意力过分集中，脸都涨白了。舞台上有一个衣着鲜艳的小丑、杂技观众非常喜欢的演员正在表演翻筋斗。

小丑穿着带有蓬松褶子的粉、黄两色的缎子服装。他的身躯像蛇那样柔韧，在舞台昏暗的背景上时隐时现，做出各种各样的姿势：时而轻盈优美，时而出乖露丑，逗人发笑；他像皮球一样在空中蹦跳，灵巧地翻着筋斗，一落到场地的沙土上，便就地滚几滚。随后，小丑跳起身来，大胆而又悠然自得，他快活地望着观众，等待他们的掌声。观众反应非常热烈，对他的技艺一致报以响亮的笑声、喝彩声和赞许的微笑。于是他就再次弯腰折背，翻滚跳跃并且耍起自己的尖顶帽子来；随着每一个动作，缝在缎子衣服上的金片，就像火花一样熠熠闪光，米什卡从楼上眼巴巴地看着小丑柔软的身体的动作，快乐地眯着黑色的小眼睛，脸上流露出难以形容的满意的微笑。

小丑表演跳椅子时，用尖细的嗓音喊着，故意把字音念错："福特

---

[*] 本篇最初发表于一八九八年八月三十日《尼日戈罗德报》。译自《高尔基三十卷集》第三卷。

佳克！"①

"福特佳克……"他跳到椅子背上，在上面保持了几秒钟的平衡，他的身子忽然不自然地弯了一弯，掉了下来，接着又同椅子抱成一团，一闪一闪地翻滚了起来，给人一种印象，好像椅子也活了起来并且在追赶他似的。米什卡注视着小丑所有的动作，完全被他的灵敏迷住了，他情不自禁地在自己的小脸上模仿着小丑在他抹白的脸上做出的种种变化无穷的滑稽表情。要是可能的话，他还会学做小丑的各种手势的，可是身边的人们将他挤得连手都动弹不得。背后一个留着大胡子，马车夫打扮的人整个趴在他身上，两旁的人也使劲挤他。楼廊上十分闷热，紧贴木栏的胸脯在发痛，两条腿也由于疲劳和被碰来碰去而感到一阵阵酸软。但这个小丑是多么机灵和漂亮，又是多么讨人喜欢呀！演员的干净利落的表演使米什卡着迷到了虔敬、崇拜的程度，当观众们对小丑高声赞扬时，他一声也不响。他之所以沉默并且有时浑身哆嗦是由于他非常希望自己也能穿着亮闪闪的服装，在杂技场上翻筋斗，逗人发笑，听观众的赞许，欣赏几百张笑脸和几百双眼睛聚精会神地盯住他的神情。总之，他完全为一种强烈的但又模糊不清的感情控制住了。这是一种抑郁的感情，它没有使他振奋起来，反是使劲地压制着他。这种感情里有许多忧郁和嫉妒的成分，每当这孩子隐隐约约意识到，这美丽而愉快的一切，会像梦一样迅速消逝，而他不得不回家，也就是回到黑暗而龌龊的作坊里去的时候，这种忧郁和嫉妒的感情就变得更加强烈了……

这时小丑四肢着地，伸起一条腿，靠另一条腿和双手支撑，蹦着跳着，尖声叫着，像猪一般哼哼着顺舞台跑下场去，逗得观众哄堂大笑。接下去是两个竞技家搏斗的节目。随后，是一个女郎身穿黑色长裙衫，头戴一顶小水桶似的帽子，骑着马上场，后面跟着三个杂技演员……还有花样繁多的各种"节目"，但是在这些节目中，只有两个比

---

① 即故意把 вот так（就是这样）错念成 фот тяк，以娱乐观众。

米什卡还小的演员的表演吸引了他的注意。他们在单杠上表演了难度极大的动作之后就退下场去,但即使是他们也没能抹掉那个丑角给米什卡留下的印象。

当演出结束,观众闹哄哄地散去时,米什卡在楼廊上,留恋地望着灯光已经熄灭的舞台。忽然,那儿出现了一位手持拐杖、嘴叼雪茄的矮个儿先生。

"这就是他……那个小丑。"一个留着大胡子的人说,接着又满脸带笑地补充了一句:"我可认得他……虽然现在他这副打扮……"

米什卡听见他这么说,便紧盯着这个叼雪茄的人,只见他站在舞台正中,对正在舞台上忙着的穿红制服的人们吩咐着什么。"这就是那个出色的、灵巧的小丑吗?"米什卡失望地摇了摇头,这种神妙的人物竟穿得像个最普通的时髦老爷一样,这使他很不喜欢。假如他米什卡,是个小丑的话,那他就会穿着肥大的、鲜艳的、镶金的缎子衣服,戴着白色的尖顶高帽在大街上走来走去。他就这样怀着对演员变成普通人而感到十分不快和不满的心情离开了杂技场。

在米什卡面前伸展着一条长长的街道,街道两旁的路灯拉得远远的,活像两串巨大的火珠。它们生气勃勃、默默无声地与充满嘈杂的人声和马车的叮当声的黑夜展开搏斗。米什卡一想起小丑的滑稽动作,就笑了起来,有时在他跳过便道上的坑洼或跳上门廊的台阶时,还低声地喊着:

"福特佳克!福特佳克!……"

米什卡不时地停留在商店的橱窗前,模仿小丑逗引观众开心的怪相和装腔作势的动作,久久地认真地察看着橱窗玻璃上映出的他的影子。

他对自己那张长着活泼的小黑眼睛、颧骨突出的小脸做出的怪模样儿非常满意,他高兴地跳着,吹着口哨。但是在他的心里却已经出现了一种使他扫兴的情绪,这就是生怕受到处罚的心理所唤醒的记忆、经常活跃在他幼小心灵中的感情所唤起的记忆,它一个劲地提醒他,明天又将是一个沉重而忙碌的日子!

　　明天早晨他会被厨娘愤怒的呵斥声叫醒,他得为师傅们生茶炊,然后,在作坊房子中央的长桌上摆好茶具唤师傅们起床,他们会骂他,用脚踹他……在师傅喝茶的时候,他得为他们铺床叠被,打扫作坊,然后,喝一杯别人喝淡了的凉茶,从作坊的屋角里拖出一块大石板放在凳子上,坐下来两手攥着一块圆锥形的石头把颜料磨成粉末。由于拿着沉重的石头在石板上磨来磨去,他的双手、双肩和脊背都阵阵酸痛起来。饭后有一小时左右的休息时间,他收拾完桌子,就蜷曲在某个角落里像小猫一样地睡着了……可是一顿拳打脚踢又使他醒来了。也许会让他用水漂石把腻着圣像油彩的木板擦净,那么他就要长时间地呼吸着颜料细细的粉末,弄得喷嚏连天,咳个不止。就这样一直干到吃晚饭……

　　惟一使米什卡感到高兴的,也就是他所急切盼望着的,是派他外出跑腿:到木匠那儿去取做圣像用的木板啦,去颜料店买东西啦,或者去酒店打酒啦……对他说来最不愉快,甚至可怕的是非常费事并且须要特别谨慎从事的差事:准备调颜料用的蛋黄①。得很小心地打开鸡蛋,把蛋黄倒进一个碗里,把蛋清倒进另一个碗里,但他往往会把鸡蛋碰破,把壳里的蛋黄弄散或把蛋清倒进了盛蛋黄的碗里,以至于把已经分好的蛋黄也都弄坏了。为此他常常挨打。

　　他就是这样一天又一天地挨过这种枯燥而又艰辛的日子的……

　　……米什卡已走到了一幢阴沉沉的,粉刷着一层类似火红颜色的两层楼房的门前,他推了推围墙门,发现已经关上,便立即下定决心,像猫一样悄悄地翻过围墙。他所以采用这种不同寻常的办法钻进院子,是免得挨看门人的打,因为麻烦他开门,他一定会打他的后脑勺。要知道,后脑勺上少挨一下注定要挨的拳头总是愉快的。此外,要是看门人发现他睡觉的地方,这对他也是不利的。这个机灵的孩子总是

---

① 大部分的圣像是用蛋黄调的颜料画成的。——作者注

在院子里选个最僻静的角落睡觉,这样他就可以避开主人,多睡几分钟:为了一大早把米什卡叫起来,首先就得找到他。现在他也正是悄悄地溜到院子的一个角落里,钻进了木柴垛和地窖墙壁间的夹缝中放着的干草和蒲席堆里,他美滋滋地挺直了身子,仰面躺在那儿,望了一会儿天空。天上星光闪闪……米什卡觉得,这星光活像小丑那身缎子衣服上发光的金片,他眯着蒙眬的睡眼笑了笑,无声地嚅动着嘴唇,重复了一句"福特佳克",便沉入儿童的甜梦里了。

……一种莫名其妙的感觉使他醒来:他似乎觉得他的左腿拖着整个身子很快地往什么地方跑着。他恐惧地睁开了眼睛。

"小鬼头!"厨娘一面扯他的腿,一面责备地说:"你又躲起来了?瞧着吧!我马上就去告诉老板娘……"

"帕拉格娅大婶,我没有躲。真的,没有躲!"米什卡立即爬了起来,虔诚地画着十字。

"是鬼把你藏起来的吗?"

"我回来的时候,到处都上锁了……尼古拉大叔知道了要骂的,所以我就跳过来了……"米什卡急忙解释着,同时警惕地注视着帕拉格娅大婶的那双手。

"去,去,鬼东西,把茶炊生好,已经快到六点了……"

"我这就去!"米什卡殷勤地应了一声,飞快地跑进了厨房,他非常庆幸,就这样轻易地没事了。

在厨房里米什卡一面兴致勃勃地在一把旧得发绿、壶身坑坑洼洼的大肚子茶炊旁忙碌着,一面同厨娘聊着天。

"嘿,昨晚我看了杂技,哎哟,大婶啊!演得真棒!"他高兴得眯缝着眼睛说。

"我本来也想去的。"厨娘闷闷不乐地回答,并且悻悻地叹口气,加了一句:"我们这儿哪里脱得开身!"

"您的确脱不开身。"米什卡一本正经地说,他颇有一些外交手腕,所以先对厨娘同情地叹了口气,然后才解释道:"因为您就等于是在做劳役,辛苦得很……"

"确实是这么回事……"

"那儿有个小丑……哎哟,真是个大活宝!"

"滑稽吗?"厨娘看米什卡说得这样带劲,也发生了兴趣。

"简直滑稽极了!只要他弯弯腰,所有的人就会把肚子笑痛!"米什卡手里拿着一小把点着的细劈柴,活灵活现地比画着。

"瞧你这副样子……我也喜欢这些小丑……快把劈柴放进去,快要烧着手了。"

"真干净利落!……他脸上就像装了弹簧……他呀,可以把脸这么扭,那么歪……"米什卡模仿小丑是怎样挤眉弄眼做鬼脸的。

厨娘瞧着他哈哈大笑起来。

"哎哟,你呀……你这只蟑螂……这么快就学会了!快去打扫作坊吧,小乖乖。"

"福特佳克!"在帕拉格娅善意的笑声中,米什卡尖叫了一声,跑出了厨房。在进作坊以前,他跑到过道里盛着水的大桶跟前,对着水面做了几个鬼脸。做得这样成功,连他自己都笑了起来。

……这一天对他说来既是得意又是遭殃的日子。从早晨起他就在作坊里讲小丑,模仿小丑滑稽的面部表情、歪歪扭扭的身段、尖声尖气的说白,以及深深地印入他脑海中的一切。师傅们无聊得要命,连入了迷的米什卡给他们表演的这一套不甚出奇的把戏也深受他们的欢迎,他们对他耍的这一套玩意儿表示赞许,到了晚上大家都管他叫小丑了。

"小丑!把排笔拿去洗洗!"

"小丑!拿点浅蓝色的颜料来!"

米什卡觉得自己是这一天的主角,像松鼠一样在作坊里活蹦乱跳,挤眉弄眼、扭来扭去,越来越热衷扮演滑稽家的角色。这个角色取得了师傅们的一致好感,使他小小的自尊心得到了满足,并且整整一天都没有人弹他的脑门子,打他踢他,也没有人赏给他在他生活中通常受到的其他"奖赏"。可是爬得越高,摔得越惨,这是众所周知的……

晚上,收工以前,一个绘制伟大殉教士潘捷雷蒙先知半身像的师傅把米什卡叫到跟前,吩咐他把刚画好的圣像放到窗台上去;米什卡拿起圣像扭呀扭地……一下子用手指把圣医手中小药箱的颜色抹掉了……他吓得脸色煞白,默默地用探询的眼光瞧着师傅。

"怎么样?闹出名堂来了吧?"那个师傅挖苦地问道。

"我不是故意地……"米什卡小声嗫嚅着。

"拿过来……"

米什卡顺从地把圣像递给他,并垂下了头。

"把头伸过来!"

"主啊!"米什卡哀求地哭了。

"怎么?!"

"好叔叔!我……"

可是师傅一把抓住他的肩膀,把他拉到自己身边。然后,不慌不忙地把左手的手指自下而上地插进他后脑勺的头发里,抓住头发慢慢地把这孩子腾空拎了起来。米什卡蜷起双腿,夹紧双臂,他似乎以为,这样就会大大减轻身体的重量。他悬在空中痛得脸都变了形,张着嘴,断断续续地喘着气。师傅用左手把他提到离地半俄尺①的高度,抡起右手,使劲地从上到下打着这孩子的屁股。这叫做"吊刑",它会把头发连根拔掉,从而使后脑勺上肿起一个大包,疼起来没完没了。

米什卡双手抱头,哼哼着摔在地上,倒在师傅脚边,他听见作坊里的人在嘲笑他。

"筋斗翻得真利落呀,小丑!"

"伙计们,这就叫空中飞人。"

"哈哈哈!米什卡,再来一个!"

---

① 约合我国一市尺多一点。

这种嘲笑刺痛了米什卡的心,它比"吊刑"给他带来的疼痛要剧烈得多。人们命令他从地上爬起来,收拾桌子准备开晚饭。而在厨房里还有一桩倒霉的事儿在等待着他。老板娘正在那儿,她抓住米什卡,一面来回扯着他的耳朵,一面数落着:

　　"你这个鬼东西,要你睡在哪儿就睡在哪儿,不许你躲起来,不许躲起来,不许躲起来!"

　　米什卡摇晃着脑袋,极力使它同老板娘那只手的动作合拍,并且禁不住想咬它一口。

　　……一个小时以后,米什卡躺在铺在作坊桌子下面的他的铺位上,紧紧缩成一个小团团,仿佛想以此来抑制他所遭受的身心创伤。月亮照进窗户,给排列在墙边的、立在圣幛下的众圣徒的巨大身形抹上了一层浅蓝色的光辉。他们那种焕发着荣光的庄重而安详的深色面容显得严峻而又威风凛凛。月光赋予他们一种幽灵般的神态,使那刺眼的颜色变得柔和起来,使披在他们肩上的沉重的法衣的褶纹更加清晰。

　　米什卡什么也不想,完全沉湎在委屈难过的感情中了。他听天由命地等待着这种感情自生自灭……可是圣像上闪闪发光的色彩却渐渐地唤起他对昨晚的回忆,他又想起了那些衣着华美、动作敏捷而矫健的人们,他们是那样自由地跳跃着,又是那样美丽和快活……

　　……他仿佛又看到了杂技团的演艺场,并且看到自己也在场上,非常轻盈地做着难度极大的动作,他的身体并未因此感到劳累,反而有一种舒服的快感……雷鸣般的掌声鼓励着他……他十分赞赏自己的灵巧,他既高兴又骄傲,他高高地向空中跳去,在喧闹的赞扬声中,平稳地飞向一方,带着一颗甜蜜、陶醉的心飞呀飞呀……直到明天在现实生活中他又被一顿拳打脚踢所唤醒。

陆桂荣　译

该隐和阿尔乔姆*

该隐是一个身材矮小动作灵敏的犹太人,尖尖的脑袋,黄黄的瘦脸,颧骨和下巴上长着一绺绺坚硬的红毛;他的面孔从一撮撮胡须中露出来,活像镶嵌在一个破旧不堪的藤编镜框里,上半部被肮脏的帽檐遮掩着。

一双灰色的小眼睛在帽檐和稀疏的红眉毛下面滴溜溜转来转去。这双眼睛很少长时间停留在一个地方,而是不停地左顾右盼,向四周的人们传送着怯懦、讨好的媚笑。

一看到这种笑容你马上就会意识到,这种人见了谁都胆怯,他那种胆怯瞬息之间会达到恐惧的程度。犹太人经常处于胆战心惊的状态,因此,不论什么人,只要愿意,都可以很随便地用一些恶毒的嘲讽和揶揄来加剧他的恐惧。这种恐惧感不仅浸透了他的神经,而且似乎充满了他那帆布衣服的每条皱褶,这件从肩膀到脚后跟裹着他那瘦骨嶙峋的身躯的衣裳,也仿佛永不停息地颤抖着。

这犹太人的名字叫哈伊姆,可是人们都叫他该隐①。这比哈伊姆叫起来便当,再说,大家更熟悉这个名字。该隐包含着不少侮辱

---

* 本篇写于一八九八年秋,最初发表于一八九九年《天下》杂志第一期。译自《高尔基三十卷集》第三卷。本文是介绍到我国的第一篇高尔基的小说,由吴梼根据长谷川二叶亭的日译文转译,发表在一九〇七年的《东方杂志》上,题名译为《忧患余生》。

① 该隐是《圣经》故事中人类始祖亚当的儿子。据《创世记》记载,该隐因嫉妒将其弟亚伯杀死。西方文学作品常用为骨肉相残的比喻。

167

性的成分。这个名字对于矮小、胆怯、懦弱的犹太人并不合适,但大家认为,它十分贴切地勾画出这犹太人的外形和心灵,同时,又能贬低他。

他生活在命运坎坷的人们中间,而这些人却常常以欺侮他人为快,他们都是些恃强凌弱的行家,因为,眼下,他们只能用这种办法来发泄胸中的闷气。欺侮该隐是再容易不过的了:每当他被嘲弄的时候,他只是负疚地笑笑,有时甚至帮助欺侮他的人来嘲弄自己,仿佛想以此来换取在他们中间生存的权利似的。

是的,他靠做小买卖糊口,胸前挂个木箱,走街串巷,尖声叫卖着:

"鞋油!火柴!大别针儿!针头线脑纽扣子儿!小刷子儿!小镜子儿……头发簪子杂货儿!"

他还有一个特点,那就是他的两只扇风大耳朵像受惊的马一样总是支棱着摆来摆去。

他常在一个叫希汉的地方卖货,城里的乞丐和衣不蔽体的穷人,以及各式各样的"废物"都聚集在那里。希汉是一条狭窄的街道,布满了破旧、高大的房屋。街上开设着夜店、小饭馆、面包房、杂货铺、旧铁器店、估衣铺;居住着小偷、窝主、卖杂货以及各种吃食的小贩。这条街上,阴暗的角落多,污泥浊水多,醉汉多。夏日里,到处散发着腐烂食物和酿坏了的酒发出的浓重气味。太阳,似乎生怕被这污秽所玷辱,只有清晨时才小心翼翼地、短暂地向这条街道瞥上几眼。

这条街坐落在山坡上离大河岸边不远的地方,因而,街上经常挤满了过往轮船上的船工、水手和装卸工人。他们在这里喝得酩酊大醉,按自己的喜好游玩取乐,在僻静的角落里,偷儿们窥伺时机,待他们吃醉酒后便动手扒窃。马路两旁摆满了坛坛罐罐,尽是些女贩子们卖饺子、卖点心、卖杂碎的小摊子。这些来自水上的苦力们贪婪地吞咽着热食,醉汉们粗野地哼着小曲,骂着街;小贩高声招徕顾客,对自己的货物赞不绝口;四轮马车轰隆隆地走过来,好不容易才穿过街上密密麻麻的人群。这里有顾客,有商贩,有找工作的,还有碰运气的。

嘈杂声撞击到房屋肮脏的墙壁上,像旋风一样在这窄水沟似的街道上空回响着。

在这到处污泥、垃圾遍地的狭窄街道上,嘈杂声和下流话震耳欲聋,年龄不一但却同样肮脏、饥饿、一身坏习气的孩子们常常在这里钻来钻去,玩耍打闹。他们从早到晚在这一带东窜西窜,全靠女贩子们的施舍和自己灵活的双手混日子。夜里,他们随便找个地方安身:睡在门楼里,卖点心的货摊下面,或是地下室那凹进去的窗洞里。天一亮,这些骨瘦如柴、被佝偻病和瘰疬折磨得不成样子的受难者们就赶忙爬起来,再去偷点好吃的东西,讨些废物去变卖。这都是谁家的孩子呢? 所有穷人家的……

该隐整天在这条街上慢腾腾地走来走去,吆喝着,把他的货物卖给街面儿上的女人们。她们赊欠他二十戈比的货物,答应几个小时以后还给他二十二个戈比,而且向来都是如数付清的。总之,该隐在这条街上买卖做得很红火:他向那些纵情玩乐的工人收买衬衫、帽子、皮靴和手风琴,向女人们买裙子、女上衣、便宜的首饰,然后,把这些东西换出去,或者每件获利十个戈比卖掉。他时时遭到嘲笑,毒打,有时甚至被洗劫一空。他对这一切毫无怨言,只是悲切而温顺地付之一笑。

在这条街的某个阴暗角落里,这个犹太人常被两三个拦路行凶的饿鬼或醉汉抓住,一拳打倒,或吓得瘫倒在地,他浑身打战,坐在这伙强盗脚边,战战兢兢地翻寻着一只只衣兜,不断地央求他们:

"先生们! 好心肠的先生们! 求你们不要全拿走……我可怎么做生意啊?"

他那瘦削的面孔由于不停地强作笑颜一直在抖动着。

"得啦,别叫唤啦! 你就给三十个戈比吧……"

这帮好心肠的先生们很懂得:不能杀鸡取卵。

该隐总是从地上爬起来,同他们肩并肩地走在街上,打诨逗趣,谈笑风生;他们也和和气气地同他聊天,开他的玩笑,大家的举止朴实、直率。只不过,发生这样的事以后,该隐显得更加瘦弱了。

他和犹太人长老会议显然合不来。很少见他同教友们在一起,人们始终觉得,教友们对他既傲慢又蔑视。外面曾经传说,该隐似乎已经被"革除教门",所以,有一阵子,女贩子们骂他是个叛教的人。

虽说该隐有无可置疑的异端行为:他不常做礼拜,还吃"教规禁止的"肉食,但这些传闻未必是真实的。人们缠住他,要他说清楚,他怎么敢吃他的宗教禁食的东西?他瑟缩成一团,微笑着,说句笑话敷衍过去,或者干脆一跑了事。他从来也没有谈过一句关于犹太人的信仰和习俗的话。

连这条街上的那些不幸的孩子们也都追着欺负他,把泥巴、西瓜皮和各种脏东西扔到他的木箱里,打在他的脊梁上。他却常常以好言相劝,不过,多半是甩开那些孩子们钻到人群里去,孩子们不去追赶他,他们怕在人群里给踩坏了。

该隐就这样一天挨一天地过日子。大家都认识他,大家都欺辱他,他整天沿街叫卖,老是吓得发抖,老是装出一副笑脸。真没想到,有一次,命运竟向他露出了笑脸……

生活的每个角落里都有横行一方的霸王。在希汉街上,那个高大粗壮、一头黑鬈发的美男子阿尔乔姆就扮演了这种角色。他那美妙地鬈成一个个小环的柔软的黑发散落在额头上,飘洒在美丽的天鹅绒般的双眉和长圆形的、深褐色的总是水汪汪闪亮的大眼睛上。他生着一个古希腊式的端正的直鼻子,红润丰满的嘴唇上面长满了浓密的黑髭须;洁净黝黑的圆脸庞异常端庄、美丽,那双蒙着一层薄雾似的眼睛十分迷人,使他显得更加俊俏。宽胸脯,高个子,身段匀称,嘴角上总是带着微笑。在希汉街上,他使男人们望而生畏,却让女人们一见钟情。一天里的大部分时间他是躺在什么地方晒太阳度过的。他那沉甸甸的身躯懒洋洋地躺在那里,慢吞吞地呼吸着饱含阳光的空气,壮实的胸脯高高地、均匀地起伏着。

他二十五岁左右。大约三年前,他跟随普罗姆济诺①的装卸工包工队一起来到这座城市,通航期过后他就留下来过冬。他悟到光凭自己的一身力气和美貌不用干活也能过得很快活。从那时起,他就由一个农村青年和装卸工变成了希汉街上卖饺子的女贩子、小货摊的女掌柜和别的女人们的宠儿。这种行当使他有饭吃,有酒喝,有烟抽,要啥有啥;他除此之外,别无他求了,就这么过活着。

女人们为他争风吃醋,打骂不休,闹得难解难分;她们相互向对方的丈夫告密,暗进谗言,结果一个个遭到丈夫和情夫的毒打。阿尔乔姆对这一切都无动于衷,他像只公猫似的伸伸懒腰,照样晒他的太阳,躺在那里,直到那要求不多而又易于实现的某种享乐的欲望在他的心中再现的时候才起身离去。

街道紧靠山麓,他常常躺在山顶上。眼前是一条大河,对岸的草原辽阔地伸展到天边,在那平坦的绿毯上散落着点点灰斑——这是一些村落。那里总是一片寂静,晴空万里,绿树成荫……向左望去,他居住的这条街道从头到尾尽收眼底,喧闹的生活沸腾着;仔细观看那街头浑浑噩噩、熙熙攘攘的人群,他认出了熟人的身影,听到了饿狼般的嗥叫,或许,他在想着什么心事。周围的山上长满了茂密的蒿草,几棵枯萎了的孤单单的白桦和折断了的接骨木呆呆地伫立在那里。流浪汉们酒醉之后常在这里倒头酣睡,在这里玩牌,补衣裳,干完活或打完架也在这儿歇歇脚,养养神。

在他们中间,阿尔乔姆的名声很坏。他力大无比,常常寻衅闹事,胡作非为,加之,吃的喝的唾手可得,不费吹灰之力。这一切使流浪汉们看着直眼红;再说,他很少把猎物分给别人同享。他根本不懂得什么是哥儿们的交情,也不愿意跟人交往。当别人找上门来跟他闲聊时,他倒还乐意答理,可自己从不先开腔;每当有人向他要

---

① 昔罗姆济诺是西伯利亚省的一个村庄,一些身强力壮的装卸工人纷纷从那里来到伏尔加河流域混饭吃。——原注

钱买酒喝,他总是有求必应,但他一次也没有主动请人吃喝过。而在流浪汉中间,把弄来的每个戈比一块儿吃光喝净却早已成为惯例。

街上的那些衣衫褴褛、肮脏不堪的小女孩或小男孩是为阿尔乔姆传情的小信使。他们常常到这儿来,到小树丛里来找阿尔乔姆。这些孩子年纪幼小,只有七八岁,十来岁的都很少见,可他们却深深地意识到委托给他们的事情极端重要,小声讲话,脸上流露出神秘的表情……

"阿尔乔姆叔叔,玛丽娅婶婶让我告诉你,她男人出门去了,让你今儿租条船跟她一块儿到草地去……"

"噢——噢,"阿尔乔姆拖长声音懒洋洋地说,他那非常好看的眼睛含糊地微笑着。

"让你一定……"

"行……啊……我说……你说的是哪个玛丽娅婶婶?"

"大概是小铺的女掌柜吧!"小信使挖苦地说。

"女掌柜……是吗?是铁铺旁边的那个吗?"

"噢,铁铺旁边的女掌柜不是阿妮西娅·尼古拉耶芙娜吗……你怎么啦!"

"好啦,好啦,小兄弟,这我知道……我只不过是……说着玩的!……好像忘了……可玛丽娅我是记得的呀!"

小信使却不相信这些话,他很想把委托给他的这件事情办好,就一再向阿尔乔姆解释:

"玛丽娅——就是那个小个儿,红红的脸,鱼摊儿旁边的那个……"

"好啦,好啦!……鱼摊儿旁边的那个。没错儿!你这个小鬼头!……我才不会弄错呢!得啦,告诉她,告诉玛丽娅,我去,就说:他去。你走吧!"

小信使做了个最最谄媚的鬼脸,慢声慢气地说:

"阿尔乔姆叔叔,给一个戈比吧!"

"一戈比？要是没有呢？"阿尔乔姆说着，把两只手同时伸到肥大的灯笼裤的口袋里。他总能找到个把硬币的。小信使高兴地笑着飞奔而去，告诉热恋着的卖肝的女贩子，事情已经办妥，并从她那儿再讨得一份赏钱。他知道钱的用处，不仅仅为了填饱饥饿的肚肠，还因为他要抽香烟，喝烧酒，还要干一些孩子们心爱的事情。事后的第二天，阿尔乔姆越发觉得，人世间的生活真是令人眼花缭乱，莫名其妙。但他阿尔乔姆却变得更美了，这种美是强壮的、已被驯服的野兽所特有的罕见的美。他就这样饱食终日，无所用心，几乎是麻木不仁地、平静地过活着，虽然他有不少情敌，有许多人嫉妒他，但他却生活得很平静，因为他阿尔乔姆有一双令人望而生畏的铁拳头。

然而，在这个美男子的深褐色的眼神中，有时却布满了可怕的阴云；天鹅绒般的双眉紧蹙着，严峻而冷酷，黝黑的前额上显露出一道深深的皱纹。他站起身，从自己的巢穴里钻出来，向街上走去，越接近闹市，他的两个眼珠瞪得越圆，薄薄的鼻翼抖动得越厉害。他的左肩上披一件黄色的家织粗呢短上衣，衬衣遮盖着右肩，透过衬衣可以看见，这肩膀多么强壮，多么浑圆。他不喜欢穿皮靴，常常脚蹬草鞋；用绳子捆得很好看的白色包脚布把小腿肚的线条清晰地勾勒出来。他走得很慢，像一大团孕育着暴风雨的乌云……

全街的人都知道阿尔乔姆脾气大，不好惹，看脸色就知道他会给他们带来什么，有人悄声警告着：

"阿尔乔姆来了！……"

人们赶快把货摊和盛着热饮的坛坛罐罐移到一旁给这位美男子让路，讨好地向他微笑，鞠躬……他在这群既怕他又要向他献殷勤的人们中间走着，像一头凶猛而美丽的巨兽，面色阴沉，默默无语。

他的脚一碰上卖肚、肝、肺的地摊，这些东西立刻全都飞上了满是污泥的马路。小贩绝望地叫骂起来。

"谁让你摆在当道的？"阿尔乔姆平静地责问，语调却是凶狠的。

"你这头公牛,这儿哪是你走的道呀?"小贩哭丧着脸数落着。

"老子就想打这儿走,怎么样?"

阿尔乔姆咬牙切齿,腮帮子鼓得老高,两只眼睛像烧红了的铁钉子。小贩看到这般光景,小声嘟哝说:

"你总嫌道儿窄……"

阿尔乔姆从容地扬长而去。小贩到小饭馆里取来开水,把货物冲洗一下,几分钟之后又满街叫卖起来:

"心肝肺,炒心尖!水手!先来尝尝——我给你来条舌头!大婶,买个脖子吧!谁要炒心尖?心,肝,肺!"

人声嘈杂,叫嚷连天,弥漫着腐烂的食物、烧酒、臭汗、鱼虾、煤焦油和洋葱的浓浊气味。

人们在马路上踱来踱去,弄得马车寸步难行,他们喊叫着,讲着价钱,笑着。头顶上空,一抹蓝天也由于街上扬起的尘土而呈现出一片浑浊,连房屋的影子也仿佛浸透了潮湿的污秽……

"卖杂货咧!丝线绒线咧!绣花针咧!"该隐注视着阿尔乔姆的一举一动,有板有眼地吆喝着。他比别人更加害怕这个霸王。

"梨酱馅饼香又甜,吃上一口想一年!"卖馅饼的年轻女人有韵有味地高喊。

"洋葱,又鲜又绿的洋葱!……"另一个女贩子应和着。

"克瓦—瓦斯!克瓦—瓦斯!"一个矮个子、红脸膛的小老头儿坐在大木桶的阴影里声嘶力竭地呱呱叫着。

街上还有一位名人,有个奇怪的外号"破衣新郎",他正从身上扒下一件脏乎乎但质地结实的衬衫向船工兜售,吆喝得头头是道:

"楠木脑袋!花二十戈比你上哪儿去买这么讲究的衣裳?穿上这样的衣裳可以向女老板求婚!家有万贯,怪——物!"

突然,清脆的童音冲破了众人虽说粗野却显得和谐的吼叫声:

"行行好吧!看在基督的面上,给个小钱吧……可怜可怜我这个孤苦伶仃的……没爹没娘的孩子吧……"

基督的名字在这条街上听起来既古怪又生疏。

"阿尔秋沙①！过来！"士兵的妻子、活泼的卖饺子的达丽娅·格罗莫娃亲昵地呼唤着，"你到哪儿去啦？怎么把我们都给忘啦？"

"卖了不少了吧？"阿尔乔姆不动声色地问，轻轻一脚把她的货物踢了个底朝天。黄黄的、滑溜溜的饺子在马路的石板上滚动，冒着热气。达丽娅摆出一副打架的姿态，狂怒地叫喊：

"你这个不要脸的东西！强盗！阿斯特拉罕的骆驼！该死的！"

人们冲着她哈哈大笑，都知道，她会饶恕阿尔乔姆的。

他还是不慌不忙地朝前走着，东推西搡，挺着胸脯向人群冲撞，往人家的脚上踩。低声的警告像蛇一样在他的前头游动着：

"阿尔乔姆来了！"

连第一次听到这句话的人都会感到恐惧，赶忙给阿尔乔姆让路，偷偷地打量着这位体格健壮的美男子。

阿尔乔姆遇上了一个他认识的流浪汉。他们打了招呼，阿尔乔姆用铁掌握了握熟人的手，对方疼得叫骂起来。这时，阿尔乔姆掐住他的肩膀或者用别的办法给他制造痛苦，默默地、平静地瞧着对方在自己的手下哼哼唧唧，疼得喘不上气来，低声哀求：

"放开，刽子手！……"

但是，刽子手像法官一样无动于衷，铁面无情。

该隐也不止一次落入阿尔乔姆的魔掌，后者像小孩子玩一只小虫儿似的把他耍来耍去。

在希汉街上，大力士的这种独特的举动被称之为"阿尔秋沙出巡"。"出巡"给他树了众多的敌人。对手们尽管做过多次尝试，总是难以摧毁他那可怕的力量。有一次，全街人一致推选了七名棒小伙子，想教训教训阿尔乔姆，制服这个家伙。其中的两个人为这次尝试付出了极大的代价，其余的都望风而逃了。另一次，受辱的丈夫——

---

① 阿尔乔姆的别称。

175

小铺老板们雇了一个卖肉的,那是城里有名的大力士,曾同马戏团的摔跤能手们比赛过,而且屡次获胜。卖肉的得了一大笔钱,答应把阿尔乔姆揍个半死。阿尔乔姆从不拒绝"自愿"跟他较量的人。他们被召到一块儿以后,阿尔乔姆一拳把他的一只胳膊从锁骨处打脱了臼,再朝他的胸口给了一下子,卖肉的当场被撂倒在地,人事不省。从此,阿尔乔姆力大无比的名声传得更响了,自然,这也给他增添了更多的仇人。

他像从前一样,照旧"出巡",捣毁前进道路上的一切东西,欺负所有遇上的人。他做出这样的举动究竟是想发泄什么情绪呢?也许这是一个脱离了故土的乡下人对城市和城市的陈规陋习的报复;也许,他模糊地感觉到,城市毁了他,毒害了他的身心,从而便这样地来同那使他沉沦的恶势力搏斗。有时,他的"出巡"是在警察局里结束的。不过,警察局对他要比对希汉街上的芸芸众生客气一些,他那传奇般的力量使他们惊奇、开心,他们知道,他不是小偷,他也不可能做一个小偷,因为干这行他不够精明。"出巡"之后,他更多的是跑到一个不三不四的地方去,爱上他的一个女人就挑起了照料他生活的担子。建树"丰功伟绩"之后,他常常郁郁不乐,好发脾气,眼里布满一种粗野的神情,面孔变得呆板僵硬,活像一个白痴。一个骨头里都浸透了油污的女贩子,壮实的巴尔扎克小说中女主人公那般年龄的①婆娘,俨然以这头野兽的主人的身份而又深怀对他恐惧的感情殷勤地服侍着他:

"要不要再来两瓶啤酒,阿尔秋沙?还是要瓶甜酒?你不想吃点什么吗?你今天在我这儿怎么这么无精打采呀……"

"别缠人啦!……"阿尔乔姆闷声闷气地说。她不在他身旁忙来忙去了,可过不一会儿,又来给这位美男子灌酒,她知道,阿尔乔姆清醒的时候是不轻易动感情的。

---

① 一般是三十到四十岁。

总是任意捉弄人的命运之神竟让这个人同该隐相遇了。

事情是这样发生的。

一次"出巡"之后,阿尔乔姆照例痛饮了一番,一个女人领着他到家里去做客。阿尔乔姆摇摇晃晃、跌跌撞撞地顺着城关的一条狭窄偏僻的小巷走着。仇人早已守候在这里。几个人一拥而上,把他掼倒在地。他酒后无力,抵挡不住。受尽他凌辱的这帮人差不多拿他出了一个钟头的气。阿尔乔姆的女伴一溜烟跑掉了。夜沉沉,巷子里空荡荡的,这真是他们同阿尔乔姆算总账的好时机呀,于是,他们便狠命地揍了起来。当他们精疲力尽,结束了这场毒打之后,两个人一动不动地躺在地上:一个是美男子阿尔乔姆,另一个是名叫"红山羊"的人。

这群好汉商量之后,决定把阿尔乔姆藏到被破冰船撞坏的底朝上放在岸边的驳船里,把"红山羊"带走。

当他们在地上拖着阿尔乔姆往岸边走去的时候,他疼得醒了过来,可是,他料到,眼下作一个死人对他更有利些,于是,他强忍着疼痛,一声没吭。他们拖着他,边走边骂。争着夸耀自己毒打大力士打得多么切中要害。阿尔乔姆听见米什卡·瓦维洛夫对伙伴说,他一个劲儿挥拳往左胸口上打,好打碎阿尔乔姆的心脏。苏霍普柳耶夫却说,他尽打肚子,因为,把肠子打坏了,吃东西也不管用了,不论吃多少也不会再有气力了。洛马金也声称,他朝阿尔乔姆的肚皮踢了两脚。其余的人个个成果辉煌,战绩赫赫,他们一路上不住口地夸耀,直到走近驳船把阿尔乔姆塞到下面之后才算罢休。他们的谈话他全听见了,他还听到,他们临走时一致认为,现在,他阿尔乔姆再也起不来啦。

就这样,剩下他一个人,留在黑暗里,留在河水泛滥时冲进驳船的一堆湿漉漉的垃圾堆上。那是一个清爽的五月的夜晚,清新的空气时而使阿尔乔姆苏醒过来。可是,当他试着往河边爬去时,由于全身剧疼又昏迷过去。他又一次恢复了知觉,浑身疼痛,口干难忍。河水就在跟前,离他很近的地方,像是在嘲弄他的无能,哗啦哗啦拍击着河岸。他就这样度过了一夜,不敢哼一声,不敢动一动。

但是,有一次,他苏醒过来,觉得好了一些,疼痛也减轻了许多。他艰难地睁开一只眼睛,费力地动了动被打破的肿得鼓鼓的嘴唇。这是白天,因为透过驳船的缝隙从下面射进缕缕阳光,使得阿尔乔姆的周围变得更加昏暗。随后,他费了好大的劲儿才举起一只手,摸到脸上有一些湿布。他的胸部和肚子上也放着湿布。他被脱得浑身赤条条的,寒冷减轻了他的疼痛。

"水!"他吃力地说,心中模糊地猜度,身边准有个什么人在场。一只颤抖的手从他的头顶把瓶嘴伸到他的嘴里。瓶子在给他喂水的人的手里跳动着,直碰阿尔乔姆的牙齿。喝完水,阿尔乔姆想知道身旁的人是谁,他想转过头去看看,但却动弹不了,反而引起颈上一阵疼痛。于是,他哑着嗓子,结结巴巴地说:

"能喝上……几口酒……身上再用烧酒擦一擦……我大概……就能起来了……"

"起—来?您不能起来。您浑身青紫,肿得像个落水的人……烧酒嘛,行,有烧酒……我有满满一瓶烧酒呢……"

话音很轻,怯生生的,说得又很快。阿尔乔姆熟悉这个声音,可又想不起来这是哪个女人的声音。

"拿来!"他说。

不知是谁,显然想避开他的目光,从他头顶那边把瓶子递了过来。阿尔乔姆吃力地喝着烧酒,用一只眼睛瞧着长满了菌子的潮湿漆黑的船底。

他一口气喝了足足有二三两,深深地舒了口气,胸口发出呼噜呼噜的响声,然后,有气无力地说:

"这帮家伙真往死里打呀……等着吧,等老子好了,再算账……"

没有答话,他听到噌的一声——似乎有人从他身旁跳开了。又静了下来,只剩下波浪的拍岸声,远处有人在唱《船夫曲》,随后,歌声消失了。轮船突然发出刺耳的一声尖叫,尖叫一声又中断了,过了几秒钟,阴郁地呜呜呜地叫起来,好像要同大地永别……阿尔乔姆一直等着答话,等了很久,可是,驳船下面悄然无声,浸满绿霉的沉重的船底不时起伏着,仿佛就要哗啦一声落下来把他压死似的。

阿尔乔姆可怜起自己来了。他感到自己目前简直像孩子一样软弱无力,束手无策,同时,又觉着冤得很。像他这样强壮漂亮的小伙子竟让人家狠揍了一顿,打得不成样子!……他用两只虚弱无力的手摸了摸脸上和胸部的伤口和肿块,伤心地诅咒了一句,便哭了起来。他呜咽着,抽泣着,咒骂着,吃力地掀动着眼皮,把眼睛里饱含的泪水挤了出来,滚烫的泪水像断了线的珠子扑簌扑簌地落到面颊上,淌到耳朵里,他觉得,泪水似乎在洗刷着他的心灵。

"好哇!……等着吧!……"他号啕大哭,嘴里嘟囔着。

忽然,他听到近处也传来压低的哭声和喃喃声,像是在故意学他,取笑他。

"谁呀?"他厉声问,虽则有些胆怯。

没有人回答他。

这时,阿尔乔姆使出全身的力气侧过身去,这一转身使他疼得像野兽一样嗥叫起来,他用两肘支撑着欠起身子,看见一个矮小的身影蜷缩在昏暗的船尾。那个人用细长的手臂抱着双膝,脑袋紧靠在膝头上,双肩不住地颤抖。阿尔乔姆以为他是一个十多岁的男孩子……

"过来!"

对方没有动窝,依旧像打摆子似的哆嗦着。阿尔乔姆由于伤口疼痛又由于摸不清眼前这个人的底细感到两眼发黑,头昏脑涨,他吼叫起来:

"过—来!"

回答他的是战战兢兢、匆匆忙忙的语句:

"我怎么对不起您啦?您干吗对我这么大喊大叫呀?我把您身上

全给洗干净啦,我又喂水又拿酒的,您还要怎么着?您哭的时候我能不落泪吗?您哼哼的时候我能不难过吗?唉,我的上帝啊,上帝!我真是好心不得好报啊!侍候您,有什么对不起您呀?我对您是一片好心啊——我!我!我!"

他号哭着连连说了三个"我"字,不再言语了,默默地用双手捂住脑袋,坐在地上摇晃起来。

"该隐?哎呀……原来是你!"

"是我呀,怎么?"

"是你?噢,原来是你在照料我呀,喂,过来,你可真怪!"

阿尔乔姆大吃一惊,这完全出乎他的意料之外,他打心眼里感到高兴。当他看到犹太人四肢着地怯生生地向他爬过来,那张熟悉的滑稽可笑的脸上两只小眼睛恐惧地眨巴着,他忍不住笑了起来。

"过来,别害怕!我决不会碰你一下的!"阿尔乔姆说,他觉得应该给这犹太人壮壮胆。

该隐爬到他的脚边,停下来,带着恐惧和乞求的笑脸望着阿尔乔姆的脚,好像这双脚就要把他那惊吓得虚弱不堪的身体踩得粉碎似的。

"好啊!……原来是你干的呀!是你在照料我?谁派你来的?是安菲莎吗?"阿尔乔姆费力地转动着舌头盘问。

"我自个儿来的!"

"自个儿?撒谎!"

"我没撒谎,是真的!"该隐急速地低声说了起来,"我自个儿来的,请您相信我!我是怎么来的,全都告诉您。您听着!我是在格拉比洛弗卡听说这件事的……我喝茶的时候听说,昨儿个夜里把阿尔乔姆给打死了。我才不信呢,去他的吧!怎么能把您给打死呢?我觉得他们真可笑。我想:'噢,你们这些蠢货!这个人像参孙[①]一样,你们

---

① 《圣经》中的神话英雄,力大无比,曾徒手撕裂狮子,并以一块驴腮骨击杀一千敌人。西方文学常用以喻大力士。

谁能打得过他呢?'可是一拨儿又一拨儿的来人还是一个劲儿地说:打死了,打死了!他们还咒骂您,笑话您……他们都很高兴……我也就相信了。我打听到您在这儿……他们到这儿来看过,都说您死了呢……我到这儿来看您……您正在哼哼。我看到您,心里想,世上头号的大力士给毁了!大力士,大力士呀!我,请原谅,可怜起您来了!我想,要用水给您洗一洗……我就洗了,这么一洗,您就慢慢活过来了……我心里可高兴了,喔,可把我高兴死啦……您不相信我,是吗?因为我是个犹太人,是吗?不,请您相信我……我要告诉您,为什么我那么高兴,我心里是怎么想的……我说实话……您不会生我的气吧?"

"我发誓!……天打五雷轰!"被打得遍体鳞伤的美男子语气坚定,对天发誓。

该隐向他身边挪近些,声音压得更低。

"您知道我过的是什么日子吗?您知道,对吧?请原谅,我挨您的打也挨得够受的了,是吧?您总是笑我这个犹太癞子,是不是?我说的对吧?请您原谅我讲了老实话,您发过誓啦,千万别生气!我只是说,您和大家一样,都祸害犹太人……为什么,啊?犹太人不也是你们的上帝的儿子吗?不也是同一个上帝给了您也给了他灵魂吗?"

该隐急匆匆地说,他不等回答,发出一个又一个问题;人们对他的凌辱他总是忍气吞声,这些话他一直深藏在心里,此刻,却突然在他的心中翻滚起来;它们苏醒了,像一股滚烫的泉水从他的心里倾泻出来。阿尔乔姆在他面前感到十分尴尬。

"听我说,该隐,"他闷声闷气地说,"别提这些啦!我……我要是再动一动你……有谁敢碰你一根毫毛,我就把他撕成碎片!明白啦?"

"啊哈!"该隐高兴得喊了起来,甚至咂了咂嘴,"可不嘛!您在我面前是有罪的……请原谅!您知道了您在我面前有过错,您千万别为这个生我的气!我说您有罪,可我知道,噢,我知道,您没有别人的罪过大!……这个我明白!他们只是用他们的脏唾沫来吐我,您呢,吐我,也吐他们大伙儿!您欺负他们很多人,比欺负我还厉害……我当时想:'这个大力士打我,骂我,不是因为我是个犹太人,倒是由于我不比他们强,我也在他们当中混日子……' 我……一直是又怕您又喜欢您。我看见您就想,您能把一头狮子的嘴巴一扯两半,您能一下子打死那么多腓力斯人①……您揍他们……我爱看您揍他们……我也想当大力士……可我——像一只跳蚤……"

阿尔乔姆嘶声笑了。

"真的,像一只跳蚤!……"

该隐讲的话他几乎没有听懂,但是,看见这个矮小的犹太人待在自己的身边,他感到惬意。听着该隐激动的低语声,他心中慢慢地形成了这样的想法:

"现在几点钟了?等等,大概,快到中午了。怕是连一个女人也不会来看看她们的情人……可是,犹太人来了……救了我,他说,他喜欢我,可我呢,过去总是欺负他……仗着自己有力气……这力气还能恢复过来吗?上帝啊,要是能够恢复就好啦!"

阿尔乔姆深深地叹着气,心里想着那些被他毒打得也像他现在一样浑身青肿的对手们。他们也像他一样软瘫瘫地躺在哪个角落……但是,他们的伙伴会去看望他们,而不是一个犹太人……

阿尔乔姆瞧了瞧该隐,他觉得喉头和口中发苦,啐了一口唾沫,长叹一声。

该隐滔滔不绝地说着,激动得面孔抽搐,浑身颤抖。

"您哭的时候,我也哭啦……我可怜您那身力气呀……"

"我还以为有人在耍弄我呢!"

"我可喜欢您那身力气啦……我常常祈祷上帝:我们天上的、地上的、遥远的天空里的永恒的上帝呀!让我作这个大力士的奴仆吧!我给他当奴仆,他凭力气保护我!让我少遭灾免受难,让害我的人都死在大力士的拳下!我就是这样祈祷的,老长老长时间我就这么向我的

---

① 地中海东南沿岸的古代民族。

上帝祷告,让他在我的对手当中选一个最有力气的来保护我,就像他让天下无敌的国王给末底改①作保护人那样。……您哭,我也跟着哭了……可您突然对我大叫起来,把我的祈祷给吓没了……"

"看你说的,我不知道你在祈祷呀!"阿尔乔姆抱歉地喃喃说。

该隐大概没有听见阿尔乔姆说的什么。他摇晃着身子,挥舞着手臂,依旧激动地说个不停,话中充满了快乐、希望以及对大力士的崇拜和恐惧。

"我的好日子到了,只有我一个人在您身边……大家把您扔了,我来了……您会好的吧,阿尔乔姆?您的伤不碍事吧?您还会有力气吧?"

"我会好起来的……别难过!……为了报答你的一片好心,我要像保护小孩子那样保护你……"

阿尔乔姆感到,他稍有好转,浑身不那么痛了,头脑也清醒了一些。应该在人前替该隐打抱不平,撑撑腰,实在是该这么做!他的心眼儿真好,真爽直,对人诚恳。想到这儿,阿尔乔姆突然笑了笑,现在他明白了,那折磨了他许久的模糊的欲望究竟是什么。

"我这是想吃点东西!该隐,你能给我弄点吃的吗?"

该隐嗖地跳起身,由于动作太快,差一点儿撞到船底的圆木上,他的脸真的变了样子:出现了一种坚强的、孩童般明朗的表情。阿尔乔姆,这个神奇的大力士,竟然向他,该隐,要吃的!

"我什么都能给您办到!什么都办得到!吃的早准备好了,就在这儿,在船尾!……我存在那儿的,我知道,病人得吃东西呀……是

---

① 《圣经》故事:波斯国王亚哈随鲁的宰相哈曼心毒手狠,沽名钓誉,他仇视犹太人。奏准国王后,他要把犹太人全部杀死。在杀害犹太人的前一天,国王偶然得知,犹太人末底改不久前揭露了一桩谋杀案,救了他的命。国王命宰相哈曼给末底改穿上国王的朝服,骑上御马,走遍全城,宣告末底改是国王最宠爱的人。受辱的哈曼在这之后更加愤懑,他想出了新的诡计来加害末底改。王后以斯帖是末底改的养女,她把哈曼的罪恶阴谋告诉给国王,国王查实后,命令哈曼吊死在他给末底改准备的绞架上,末底改当了国王的宰相(见《旧约·以斯帖记》第二至第九章)。

嘛! 往这儿来的路上,我整整花了一个卢布。"

"我会给你的! 我还你十个卢布! ……我还得起……钱,不是我自己的,我只要说一声'给我!'她就给……"

他温和地笑了,该隐看到这样的笑容越发高兴,眉开眼笑地说:

"我知道……您要什么尽管吩咐好了! 我都照办,一切照办!"

"啊……要是能这样……你就用酒给我擦擦身子吧! 先不用拿吃的,先擦擦……你会擦吗?"

"怎么不会? 我能赶得上一个好大夫!"

"来吧! 给我擦擦,我就会起来的……"

"会起来? 啊呀,不,您起不来啦!"

"我要叫你看看起得来起不来! 我能在这儿住下吗? 你可真怪……你给我擦擦,再到镇子上跑一趟,去找找那个卖馅饼的玛克弗娜……告诉她,我到她的板棚去住……让她铺好稻草,准备一下。我在她那儿躺几天……就这么办! 一切花销我都付给你……别担心!"

"我相信您,"该隐把烧酒倒在阿尔乔姆的胸口上,说,"我比相信自己还相信您……啊呀,我了解您!"

"哎哟! 擦吧,擦吧……没关系,我不怕疼……擦吧,别怕! 嗳—嗳—嗳! ……就这样,对,对! ……"阿尔乔姆咆哮着。

"我去给您找人,再给您煮些牛奶……"该隐解释说。

"好,好,好……肩膀,擦擦肩膀……啊哈,鬼东西! 都怪娘儿们。要不是她,我还醉不了呢……我不喝酒的时候,谁敢来碰我!"

该隐已经进入了奴仆的角色,郑重其事地说:

"啊,娘儿们! 这是世上罪恶的根源……我们,犹太人,早祷的时候说:'感谢你,永恒的上帝,万物的主宰,感谢你没让我脱生一个女人……'"

"噢? 这可是真的吗?"阿尔乔姆惊讶地说,"就那么向上帝祷告的? 唉,你们也真是……娘儿们又怎么啦? 只不过傻一点……没有她还不行呢! ……可是,向上帝那么祷告……这可不好……娘儿们会见怪的！她也是人呀……"

他躺在那里，一动不动，身材粗壮高大，满身红肿使得他的块头显得更大，该隐却瘦小、脆弱，累得喘着粗气，在他身旁忙着，拼出全身的力气给他擦胸脯，擦肚皮，忙个不停，烧酒呛得他直咳嗽。

不断有人从岸边走过，传来谈话声，脚步声。驳船放在约有一俄丈高的陡沙岸下面，因而，只有走到悬崖边上才能从上面看到它。一条布满垃圾的沙土带把它同河水隔开。它的下面就更脏了。但是，今天，这条破船却引起了人们极大的兴趣。该隐和阿尔乔姆发现，时常有人从船边走过，坐在船底上，用脚敲打着船帮……这可把该隐吓坏了。他不再出声，默默地坐在阿尔乔姆的身边，惊惶不安，胆怯地苦笑着。

"您听见了吗？……"

"听见了，"大力士满意地笑了笑，"我明白……他们是想知道，我是不是很快就会好起来……他们需要知道这个……好事先准备好他们的肋条骨……这群魔鬼！我没有死，他们可不好受呀……他们算白干了一场……"

"您知道吗？"该隐脸上带着恐惧和警告的表情对着他的耳朵悄声说，"您知道吗？我一走，就只剩下您一个人了……那时候，他们就会来……把您……"

阿尔乔姆张大了嘴，从胸膛里发出一长串嘶哑的笑声。

"啊哈，你呀，真是个人物！你以为他们怕你是怎么的？啊哈，你呀！……"

"嗳，可我能当个证人呀！"

"他们敲你一下子……你就成了证人啦！……到那个世界上去当证人吧！"

该隐的恐惧被阿尔乔姆一扫而光，坚定而愉快的信心取代了犹太人狭小胸膛里的恐惧。如今，他，该隐的生活全然走上了另一条轨道，现在，他有一只强有力的手，可以随时给那些肆无忌惮地折磨他的人们以有力的回击……

过了大约一个月。

有一天中午,正当希汉街上最热闹的时候,熙熙攘攘,摩肩接踵,人声沸腾,一群群码头工人和船工带着空肚子围住卖吃食的小贩,整条街弥漫着不新鲜的煮肉发出的热乎乎的气味,这当儿,有人低声喊道:

"阿尔乔姆来了!……"

几个流浪汉在街上游来荡去,伺机捞上一把,听到这喊声,他们一溜烟不见了。希汉街上的居民带着惊慌和好奇的表情,斜着眼皱着眉头盯着发出警告的那个方向。

人们早已怀着极大的兴趣等着阿尔乔姆的出现,热烈地议论着:阿尔乔姆再次露面时会是个什么样子。

像从前一样,阿尔乔姆走在街道的中央,慢悠悠地移动着步子,如同一个饱食终日无所事事的人在闲逛。他的外表没有增添什么新鲜东西。上衣还是搭在肩膀上,歪戴着帽子……乌黑的鬈发和往常一样,还是散落在额头上。右手的大拇指插在腰带里,左手揣在肥大的灯笼裤兜里,胸脯宽阔强壮,挺得老高老高的。只是他那张漂亮的面孔变得通情达理一些——病后常常是这样的。他走着,懒洋洋地点着头,回答人们的问候和致意。

全街的人目送着他,在这个经受了致命的毒打而安然无恙的大力士面前,他们低声议论着,惊叹不已。不少人谈到他恢复了健康却心怀愤恨:他们责怪那些打手,当时为什么不往阿尔乔姆的肺上猛打。要知道,根本就没有打不死的人!……另一些人津津有味地猜测,大力士会怎样去找"红山羊"和他的同伙算账。但是,力气越大越富有魅力,大多数人都拜服在阿尔乔姆的威力之下了。

阿尔乔姆走进了格拉比洛弗卡——希汉街上人们聚会的地方。

当他那高大强壮的身影出现在酒馆的门口时,那间有石砌拱形顶棚的狭长、低矮的房子里，还没有几个顾客。看见阿尔乔姆，他们中间发出两三声惊叫，出现了一阵慌乱，有人急忙钻到这间巢穴最里边的角落，那里潮湿，被马合烟熏得黑糊糊的，充满了污秽和腐霉的气味。

阿尔乔姆慢吞吞地扫了一眼酒馆，掌柜的萨夫卡·赫列布尼科夫迎上前来，亲热地同他打招呼，他却问：

"该隐没来吗？"

"一会儿就该来了……他快来了……"

阿尔乔姆来到一扇窗子前面的桌旁坐下，要了一杯茶，把一双大手放在桌子上，冷漠地瞧着周围的人。酒馆里有十来个人；他们挤在两张桌子旁边，察看着阿尔乔姆的一举一动。当他们的目光同阿尔乔姆的目光相遇时，他们谄媚地朝他笑笑，显然是想跟他搭上话，可阿尔乔姆却沉着脸冷冷地望着他们。大家沉默不语，没敢吱声。赫列布尼科夫在柜台后面忙着，哼着小曲，一双狐狸眼睛朝四下里张望。

窗外传来了街上回声震天的嘈杂声，刺耳的咒骂声，指天发誓声，小贩的叫卖声。附近，瓶子哗啦啦滚落下来，碰到石头路面上打得粉碎。坐在这闷热的地窖里，阿尔乔姆感到厌烦……

"喂，你们这群恶狼，"他突然扯着嗓门说，"你们怎么这么老实起来啦？眼睛瞪得老圆，一声不吭……"

"我们也能说说，大力士先生！""破衣新郎"站起来，走到阿尔乔姆面前说。

这是个瘦子，身穿帆布上衣和一条士兵裤子，秃头顶，山羊胡，一双血红的小眼睛阴险地眯缝着。

"都说你病了？"他坐在阿尔乔姆对面，问道。

"怎么样？"

"没什么……好久没见啦……都在问：阿尔乔姆在哪儿？说是病了……"

"噢……怎么样？"

"又是怎么样？你倒是说说……害的是什么病呀？"

187

"你还不知道吗？"

"我又不是大夫，我怎么会知道?!"

"你一直在说谎，狗东西，"阿尔乔姆冷笑一声，"你干吗要说谎呢？你还能不知道是怎么回事？"

"知道。""新郎"也笑着说。

"知道干吗还要说谎？"

"这么说好听呗……"

"好听呗，你这个家伙！……无赖！"

"实话实说，你还不发火……"

"我才不会理你呢！"

"那我可要谢谢啦！这会儿你全好啦，还不请我喝一杯呀？"

"你要吧……"

"新郎"要了半瓶烧酒，兴致也来了。

"你过的日子可真轻松呀，阿尔乔姆！……总有钱花……"

"噢，怎么样？"

"没什么……反正有该死的娘儿们接济你！"

"可人家看都不看你一眼呢！"

"咱们没那个本事！咱们没长那双走你那条道儿的腿，""新郎"叹了口气。

"娘儿们喜欢有劲儿的。你算个什么玩意儿?! 你看我——这才叫真正的男子汉大丈夫……"

阿尔乔姆总是用这种语气跟流浪汉们交谈。他那漫不经心的、懒洋洋的、浑厚的声音给他的话增添了特殊的分量，他说起话来总是那么粗鲁、伤人。也许，他觉得这些人在许多地方都比不上他，可事实上，他们在各个方面都比他精明……

这时候，该隐出现了，胸前挂着一个货箱，左肩上搭一件黄色印花布连衣裙。总是心惊胆战的他，站在门口，伸长脖子，不安地微笑着，向酒馆里环顾了一周，看见阿尔乔姆之后，喜出望外，满面生辉。阿尔乔姆望着他,嘴唇一动一动地笑得合不拢来。

"快到我这儿来!"他朝该隐喊了一声,又转向"新郎",嘲讽地命令他:

"你快给我滚开!让个座……"

"新郎"那副长满了又红又硬的连鬓胡子的丑脸一下子愣住了,他慢慢站起身,望了望那些惊诧得不亚于他的伙伴们,又瞧了瞧那个悄悄地、小心翼翼地朝桌旁走来的该隐……突然,恶狠狠地朝地上啐了一口:

"呸!"

然后,他不紧不慢地、默默地回到原来的座位,霎时间,从他那里传出了喊喊喳喳的嘲笑声和咒骂声。该隐还是不知所措地、快乐地笑着,同时,惊慌地斜眼朝受了委屈的"新郎"和他的伙伴们那边偷偷瞧着。

阿尔乔姆和气地对他说:

"来,咱们喝点茶好吗,买卖人……来点馅饼,你喜欢吃馅饼吗?你往他们那边看什么……你别把他们放在眼里,别怕……好吧,让我来开导开导他们……"

他站起身来,肩膀一抖把上衣甩在地上,走到那帮愤愤不平的人们的桌前。这位身强力壮的大力士挺着胸脯,耸耸肩膀,想方设法显示自己有力气,他站在他们面前,嘴角挂着冷笑,他们呢,个个吓得呆若木鸡,战战兢兢,不敢动一动,不敢吭一声,准备随时逃跑。

"喂,"阿尔乔姆说,"你们嘀咕什么?"

他本想讲出点令人慑服的、刺耳的话,可是没有找到合适的词儿,就停下了……

"要说就快说!""破衣新郎"把嘴一撇,手一挥,"没说的,你就走开吧,让我们安静一会儿行不行,你这个死不开窍的榆木脑袋瓜儿!……"

"闭上你的臭嘴!"阿尔乔姆眉毛一动,"你有气是不是?我和犹太人交朋友,把你赶开,叫你丢脸啦……你们都给我听着:这个犹太人比你们强得多。他对人好,有良心……你们都是没良心的货……过去,他吃尽了苦头……你们听着,现在我要保护他……有哪个魔鬼敢来欺负他,哼!试试看!我对你们直说吧,要想叫我狠揍一顿就拉倒,那可太便宜了,我要来个钝刀子割肉,没完!……"

他怒目中凶光闪闪,脖颈上青筋暴起,两个鼻翼呼哧呼哧地扇动着。

"我酒后挨了一顿打,没什么了不起,我还是我,劲儿还是那么大,心可比过去还硬了……记住!谁敢欺负该隐,谁敢骂他一句,我就揍死谁。去吧,就这么对大伙说……"

他深深地吐了口气,好像从肩膀上甩掉了千斤重担似的,转过身去,走开了。

"好家伙,真厉害呀!""破衣新郎"小声说,像个泄了气的皮球,做了个鬼脸,紧盯着阿尔乔姆,看见他又在该隐的对面坐了下来。

该隐坐在桌旁,激动得脸色苍白,瞪大两只眼睛,眼里充满了难以用言语形容的表情,一直望着阿尔乔姆。

"听见啦?"美男子一本正经地问,"就这么办……你记住,谁要碰你一根毫毛,你就跑来告诉我,我马上就给他活动活动筋骨……"

犹太人嘴里嘟嘟囔囔地说些什么,也许是向上帝祈祷,也许是对阿尔乔姆讲感激话。这时,"破衣新郎"和他的伙伴们耳语了一阵子,就一个接一个地走出了酒馆。"破衣新郎"从阿尔乔姆桌旁走过的时候,低声唱道:

> 假如我不光是个聪明阿哥,
> 而且我有钱,钱又很多,
> 啊哈,那我该有多么快活,
> 终朝每日把酒喝……

他朝阿尔乔姆瞥了一眼,突然做了一个鬼脸,一只脚踏着拍子,信口唱道:

买来那些个傻家伙,

丢到黑海里喂鱼婆,

得！得！得！

唱完了这支歌,他飞也似的溜出了门。

阿尔乔姆骂了几句,看了看四周。在这光线昏暗、四壁污黑、气味难闻的巢穴里只剩下三个人——他,坐在对面的该隐和柜台后面的萨夫卡。

萨夫卡的一双小狐狸眼睛同阿尔乔姆阴沉的目光相遇了,他的一副长脸露出假惺惺的十分虔诚的表情。

"你的行为太高尚啦,太伟大啦,阿尔乔姆·米海雷奇!"他捋着胡子说,"完全合乎福音书上的训诫……像寓言里说的好心的撒玛利亚人①一样……该隐满身脓疮……你却不嫌弃他。"

阿尔乔姆没有听到他的话,只听到了回音。酒馆的拱形顶棚传出的回音在污浊的空气里飘动,低沉沉地钻入耳际。阿尔乔姆缄默不语,轻轻地摇着头,像是想把这些声音从身边驱散。但回音还是在耳边缭绕,惹得他发起火来。烦闷得很。一种莫名其妙的沉重感压在阿尔乔姆的心头。

阿尔乔姆直瞪瞪地望着该隐。茶很烫,犹太人呼呼地冲茶碟吹着,低着头喝茶,捧在手中的茶碟不停地抖动着。阿尔乔姆有时捕捉到该隐投向自己的一闪而过的目光,这目光使他更加烦躁。内心深处孕育着一种不满的情绪,两眼黯然无神,他气势汹汹地看了看四周,无言的思绪像磨盘似的在头脑里转来转去。以前,他从来也没有什么心

---

① 《圣经》故事:有一个人从耶路撒冷到耶利哥去,落在强盗手中,他们剥去他的衣裳,把他打个半死,就丢下他走了。偶然有一个祭司,从这条路下来,看见他就从那边过去了。又有一个利未人,来到这地方,看见他,也照样从那边过去了。惟有一个撒马利亚人,行路来到那里,看见他就动了慈心,上前用油和酒倒在他的伤处,包裹好了,扶他骑上自己的牲口,带到店里去照应他。第二天拿出二钱银子来,交给店主说,你且照应他,此外所费用的,我回来必还你(见《新约·路加福音》第十章)。

事,可是生病期间千头万绪涌上心头,赶不走也甩不掉……

　　震耳欲聋的喧嚣声从外面涌进了带铁栏杆的窗口。拱形顶棚的块块石头沉重地悬在头顶上;布满污泥和垃圾的黏糊糊的砖地……还有那个身材矮小、穿着破烂、胆小如鼠的人……坐在那里,默默地哆嗦着……乡下就要开镰割草了。城外,河对岸草场上的青草已经长到齐腰深。风儿带着诱人的香气从那边阵阵吹来……

　　"你怎么不说话,该隐?"阿尔乔姆不满地说,"你还怕我怎么的?哎,你真是吓破了胆啦!……"

　　该隐抬起头来,令人纳闷地摇着头,脸上显出尴尬和抱怨的表情。

　　"我说什么呢?我用什么样的舌头来同您讲话呢?就用这个嘛,"犹太人伸出舌头给阿尔乔姆看,"就用这个跟别人讲话的舌头?用这条舌头跟您讲话我觉得害羞!您以为我不知道怎么的,我知道,您跟我坐在一块儿也觉着难为情。我是什么人?您是什么人?您,阿尔乔姆,您是个大人物,您像犹大·马卡比[①]一样!……您要是知道,上帝为什么造出您来,那您一定会干出一番了不起的大事呢!啊!谁也不知道造物主的伟大的秘密,谁也猜不透上帝为什么给他生命。您不知道,有多少个白天黑夜我一直在想,干吗让我到这个世界上来?为什么让我有灵魂有思想?我对别人有什么用处?我是他们喷吐毒水的痰盂。人们对我呢?他们是咬伤我心灵的毒蛇……我干吗要活在世上?我为什么总是遭灾受难……连太阳也从来不对我露一露笑脸!"

　　他激动地低声说了这些话,整个脸颤抖着,他那苦难的灵魂兴奋起来的时候,面孔总是这样抖动的。

　　阿尔乔姆弄不清他说的是什么,但侧耳听着,他觉得该隐在发牢骚。该隐的抱怨使得阿尔乔姆的心情更加沉重。

　　"哎,你老是这一套!"他沮丧地摇了摇头,"我不是对你说过啦:有我给你撑腰!"

[①] 犹大·马卡比是公元前一六七年开始的犹太人起义的领袖。这次起义是犹太人反抗塞琉古王朝统治的斗争。

该隐冷冷地苦笑起来。

"在我的上帝面前你怎么能给我撑腰呢？是上帝在惩罚我……"

"是啊，可不是吗，我不能反抗上帝呀，"阿尔乔姆老老实实地同意了，他又带着怜悯的口气劝犹太人，"你忍一忍吧，上帝是谁也反抗不了的。"

该隐望了望自己的保护人，也笑了，可怜巴巴地笑了。开头，大力士同情机灵鬼，后来，机灵鬼又同情大力士，就这样，他们的心逐渐地接近起来。

"你成家啦？"阿尔乔姆问。

"嗯，一大家子要我养活呢！"该隐沉重地叹口气。

"真有你的！"大力士说。他真想象不出，有哪个女人会爱上该隐，因而，他怀着更大的好奇心看了看这个干瘪、软弱、肮脏的矮个子。

"我有五个孩子，现在剩下四个了。一个女孩，名叫哈娅，总是咳呀、咳呀，死了。我的上帝呀，上帝呀！……我的老婆也病着，老是咳嗽。"

"你的担子不轻啊！"阿尔乔姆说，沉思起来。

该隐也低下头想心事。

一些旧货商人走进酒馆，来到柜台跟前，同萨夫卡小声攀谈起来。他神秘地给他们讲述着，朝阿尔乔姆和该隐那边眨巴着眼睛。商人们带着惊讶和嘲讽的神情望着他们。该隐看出了这些人的眼色，全身颤抖了一下。阿尔乔姆却望着河对岸，望着草原……那里，镰刀嗖地一响，青草就带着悦耳的簌簌声躺倒在刈草人的脚边。

"阿尔乔姆……我走啦……您看，来了不少人，"该隐小声说，"他们在笑话您，都是我惹起来的……"

"谁在笑？"阿尔乔姆从凝思中清醒过来，恶狠狠地环视了一下四周，大声呵斥着。

但酒馆里的人个个摆出一副一本正经的样子，在各干各的事情。阿尔乔姆没有发现一个嘲讽的目光。他严厉地紧锁双眉，对犹太人说：

"你怎么总是胡说呢,瞎告状……小心点,这可不是闹着玩儿的!有人欺负你的时候你再来告状。也许你是想试探试探我,故意这么说的吧?"

该隐含着难言的隐痛朝他笑了笑,没有回答。有一会儿工夫,他们两个人就这么默默地坐着。后来,该隐站起身,把货箱挂在脖子上,就要走了。阿尔乔姆把手伸给他:

"要走?噢,去吧,卖货去吧……我在这儿再待一会儿……"

该隐用两只小手握住保护人的一只巨掌,摇了摇,快步走了出去。

到了街上,他在一个角落里停住脚步,远远地望着酒馆的门。没等多久,阿尔乔姆的身影就如同出现在相框里一样站立在酒馆的门口了。阿尔乔姆皱着眉头,从他脸上那副表情看来,好像是怕看到什么令人不快的东西。他仔细打量着聚集在街上的人们,看了好一会儿,随后又恢复了往常那副懒散的、漫不经心的神态,穿过人群,向街道尽头的山脚走去,到他心爱的地方去了。

该隐站在库房旁边,忧伤地目送着他,然后把额头抵在仓库的铁门上,用双手捂着脸……

阿尔乔姆有分量的警告发生了作用:人们一个个胆战心惊,不敢欺负该隐了。

该隐明显地感到,在他走向坟墓的荆棘丛生的道路上,刺儿不像从前那么多了。人们好像把他忘了似的。他还像从前那样在人群中钻来钻去,高声叫卖着,可是,人们再也不故意踩他的脚,或者往他那瘦骨嶙峋的腰上撞,也没人朝他的货箱啐唾沫了……然而,人们却用从前所没有的冰冷而仇视的目光望着他。

他向来对跟自己利害相关的一切都很敏感,因而,发现这些人的目光不同寻常,他问自己,这是什么意思,有什么可怕的事情在等待着他?他还记得,从前,人们偶尔也和和气气地跟他谈谈话,有时也问问他买卖做得怎么样,甚至也善意地跟他开开玩笑……

该隐反复地琢磨着,留心地倾听着,警惕地观察着。有一次,街上卖唱的"破衣新郎"新编的一首歌传到他的耳朵里来。这个人靠卖唱糊口;八个木汤匙就是他的乐器:他把木汤匙夹在指缝中间,用它们敲打自己鼓胀的双颊和肚皮,用手指拨弄着木汤匙,木汤匙相互敲打着,给自己编的说唱段子伴奏。这种音乐并不悦耳,但却要求演奏者像魔术师那样干净利索;凡是手疾眼快的玩意儿在这条街上都是受欢迎的。

　　有一次,该隐碰上一群人,"新郎"站在中间,手里握着木汤匙,快活地说:

　　"喂,诚实的先生们,未来的囚徒们!我给诸位唱一支新歌,刚刚出炉的,还烫嘴呢!有一个算一个,一个人头一戈比,长得丑的多给点!现在开始:

　　　　太阳从窗口爬进来,
　　　　人人见了笑颜开!
　　　　我要从窗口爬进来……"

　　"早听过!"观众中有人喊。

　　"我知道你们听过!我要先上面包后上馅饼,精彩的还在后头呢!""新郎"声明说,敲着木匙接着唱:"

　　　　噢咿,我的命运多悲惨!
　　　　我的日子多艰难。
　　　　爹爹兄弟被绞死,
　　　　我落得破衣又烂衫……"

　　"太没意思啦!"观众说。

　　不过人们还是把小钱扔给"新郎",都知道他是个老实人,只要他答应唱新歌,就一定会唱的。

"好,我现在唱个新编的,《傻瓜歌》!"说着,他用木汤匙敲起了急速而欢快的节奏:

> 蜘蛛喜欢大公牛,
> 傻瓜和犹太鬼是好朋友,
> 蜘蛛坐在公牛尾巴上,
> 犹太鬼把傻瓜卖到娘儿们的手,
> 哎咿,婶子大娘们……

"先停一停!这当头一棒是表示对该隐先生的敬意!您是买卖人,喜欢这首歌吗?这可不是给您编的,您还是请便吧!"

该隐感到兆头不妙,对这位歌手讨好地笑了笑,就走开了。

他很珍惜这样的好日子,却又担心好景不长。这些天,每当他来到街上的时候,觉得心里很踏实,他知道,这一天没有人敢抢他的小钱。他的眼睛比从前明亮了,神情也比从前安详了。他天天遇见阿尔乔姆,但是,阿尔乔姆如果不招呼他,他从来也不走近这位大力士身边。

阿尔乔姆很少招呼他过来,有时候,把他叫到跟前,问道:

"怎么样,过得不错吧?"

"噢,是的!不错……这得谢谢您啦!"该隐说,眼中闪耀着快乐的光芒。

"没人碰你?"

"他们怎么敢跟您作对呢?"犹太人战战兢兢地扬声说。

"这就对啦,好吧!……有什么事,就说一声。"

阿尔乔姆眼中充满了忧郁的表情,把犹太人上下打量一番,就放他走了。

"去吧,卖货去吧!"

该隐常常发现人群中有一种对自己不怀好意的、嘲笑的目光,这种目光使他感到恐惧,于是,他飞快地离开自己的保护人,走开了。

有一天傍晚,该隐正打算回家,却遇上了阿尔乔姆。这个美男子朝他点了一下头,勾勾食指招他过来。该隐赶忙跑上前去,他看到阿尔乔姆像秋天的乌云一样忧郁、阴沉。

"卖完货啦?"他问。

"正要回家呢……"

"等等,你等等,我要跟你谈谈!"阿尔乔姆声音喑哑地说。

这个面色阴沉的彪形大汉说完就迈步朝前走去,该隐跟在他的后头。

他们从街上走到河边,阿尔乔姆在紧靠水边的悬崖下面找到了一个僻静的角落。

"坐下。"他对该隐说。

该隐坐了下来,悄悄地、胆怯地望着自己的保护人。阿尔乔姆弯着身子,低着头,慢慢地卷着纸烟。该隐望着天空,望着岸边林立的船桅,望着那傍晚的寂静中一动不动的平静的水面,揣度着大力士要说些什么。

"怎么样,"阿尔乔姆问,"活着?"

"噢,活着!现在我不怕……"

"等等!"阿尔乔姆说。

他喷吐着烟雾,沉默了许久,显得很痛苦。犹太人怀着模糊的、令人恐惧的预感,在等待着他说下去。

"嗯……总算不错,他们不欺负你啦?"

"是啊,他们都怕您!他们像一群狗,您像一头狮子!我如今也……"

"等等!"

"怎么?您要对我说什么呀?"该隐担心地问。

"对你说什么?不好说呀!"

"到底是怎么回事呀?"

"啊！……好吧，我就直说啦，全都对你说了吧！"

"嗯！"

"我跟你说，我再也——不能……"

"什么？什么不能？"

"没什么！我干不了！我厌恶透了……我干不了这种事……"阿尔乔姆叹口气，说。

"怎么回事？什么事您干不了呀，什么事？"

"这都是……你，都是你！……我再也不想跟你来往了，因为，我干不了这种事。"

该隐缩成一团，像是挨了一顿打。

"再有人欺负你，你也别来找我告状啦……我不护着你啦，懂吗？我不能这么做……"

该隐像死了一样默默无言。

阿尔乔姆说完这些话，舒了口气，接下去说得清楚一些，也连贯一些：

"你上次帮了我的忙，我得报答你呀！你要多少钱吧？要多少给你多少。我可再也不心疼你啦！我不会……我只不过是假装的，装装样子。心里想着，我心疼你，可这是骗人的呀！我压根儿就不会心疼人。"

"是不是因为我是个犹太人？"该隐低声问。

阿尔乔姆从侧面看了看他，说：

"什么犹太人？在上帝面前咱们大家都是犹太人……"

"那到底是为了什么呢？"该隐低声问。

"我不会！懂吗，我不心疼你……我谁也不心疼……你要明白我的意思……要是别人呀，我才不跟他多噜苏呢，给他一撇子就完了！可我对你说……"

"'谁肯为我起来攻击作恶的？谁肯为我站起抵挡作孽的？'"①该

---

① 见《旧约·诗篇》第九十四篇。

隐用《诗篇》里的话发问。

"我不管了!"阿尔乔姆摇了摇头,"我不可怜你……为了你对我的好处,我最好还是用钱来报答你……"

"耶和华啊,你是申冤的神,申冤的神啊,求你发出光来。审判世界的主啊,求你挺身而立……"[①]该隐蜷缩成一个小团,祈祷说。

夏日的傍晚静悄悄的,散发着热气。河水温情而忧伤地映照着夕阳的余晖。阴影从悬崖上面落到该隐和阿尔乔姆的身上。

"你想想,"阿尔乔姆又恳切又伤心地说,"我现在应该干什么,你不懂……我,我要给自己出口气……我怎么挨了他们的打,你还记得吗?"

他咬牙切齿,在沙滩上烦躁地扭动着身体,然后仰面朝天躺了下来,两只脚伸到水里,双手枕在脑后。

"我现在可看透他们这帮人啦……"

"他们这帮人?"该隐绝望地问。

"对!现在我要跟他们算账……你碍我的事……"

"我怎么碍您的事啦?"犹太人吃惊地说。

"也说不上碍事,反正是,我恨所有的人,我要收拾他们,就是这么回事儿……你就成了我的包袱啦,懂吗?"

"不!"犹太人温和地说,摇了摇头。

"不懂?你真是的!要人可怜你,是吗?你看,我现在谁也不可怜……我不会发善心……"

他碰了碰犹太人的腰,又加上一句:

"我一点也不会发善心。懂吗?"

一阵长时间的沉默。在他们周围,波浪的拍岸声,从远方睡意蒙眬的黑沉沉的河上漂来的叹息声在温暖的、散发着强烈气味的空气中荡漾。

---

① 见《旧约·诗篇》第九十四篇。

"我现在可怎么办呢?"该隐终于开口问,可是,他没有得到答复。阿尔乔姆在打瞌睡,或许是在想心事。"没有您我可怎么活下去呀?"犹太人大声说。

阿尔乔姆望了望天空,回答他:

"这你自个儿想想吧……"

"我的上帝啊,我的上帝啊!"

"怎么活下去? 这可难说。"阿尔乔姆懒懒地说。

他把他要说的话全说出来以后,心里感到敞亮,平静。

"这我早知道!……您遭到毒打我去看您的时候,我就知道,您不会老袒护我……"

犹太人用祈求的目光看了看阿尔乔姆,可是,阿尔乔姆却闭着眼睛,连眼皮也没有掀一掀。

"也许,您是因为袒护我遭到他们笑话才这么做的?"该隐小心翼翼、几乎是耳语般地问。

"他们吗? 我才不把他们看在眼里呢?!"阿尔乔姆睁开眼睛冷笑一声,"我要是乐意,都能让你骑在我的肩膀上,带着你在街上逛。让他们笑话去吧……可为什么要这么做呢……应该做老实事……心里没这么想,就别这么干……兄弟,我直说吧,你这个样子,我真厌恶……就是这么回事。"

"哎呀!……说得对! 那我现在可怎么办呀?! 走开吗?"

"走吧! 趁着天还亮……他们这会儿还不会碰你! 谁也不知道咱们说的话……"

"您不要对任何人讲好吗,啊?"该隐请求说。

"嗯,当然不会的! 你别老往我的眼皮子底下钻就是了……"

"好吧。"犹太人伤心地低声说,随后站起身来。

"你最好换个地方去做买卖,"阿尔乔姆冷漠地说,"这儿规矩大,日子不好混……"

"可我到哪儿去呀?"

"这个嘛……随你的便吧……"

"再见了,阿尔乔姆!"

"再见,兄弟!"

他躺在那儿,把手伸给犹太人,紧紧握住那双骨瘦如柴的手。

"再见,别生我的气……"

"我不生气。"犹太人抑郁地叹了口气。

"噢,是这样……你自己想想看,这样是不是好一些……你跟我不是一路人……我不能为你活着!这不合适……"

"再见了!"

"走吧……"

该隐把脑袋耷拉在胸前,深深地躬着背,沿河岸走去。

美男子转过头去,目送着他,过了几秒钟又像原来那样躺了下来,仰面望着夜色临近的黑漆漆的天空……

模糊不清的声音在空中时隐时现。河水单调、忧伤、悲哀地拍击着河岸。

该隐走了五十来步,又返回来,走到伸开四肢躺在地上的强壮的阿尔乔姆身边,停在他面前,小声地、恭恭敬敬地问道:

"您也许改变了主意?"

阿尔乔姆默不作声。

"阿尔乔姆?"该隐呼唤他,等了很久,"阿尔乔姆,也许,您只不过是随便说说?"该隐声音颤抖,又说了一遍,"您想想,那一回我救您……啊?阿尔乔姆?!没有一个人,只有我去看您……"

回答他的是微弱的鼾声。

……该隐仍旧低着头久久地站在大力士身旁,端详着他那睡梦中变得温和了的、无神的漂亮面孔。美男子那强壮的胸脯均匀地、高高地起伏着,他呼呼地喘着气,黑髭须摆来摆去,露出了闪亮、粗大的牙齿。看起来,好像他在笑……

犹太人长叹一声,脑袋耷拉得更低了,他又沿着河岸走去。他战战兢兢,十分恐慌,真不知道以后的日子怎么过。他小心翼翼地走着,在洒满月光的开阔地上迈着缓慢沉重的步子,走进阴影里,慢慢地、偷偷地走着。

他很像一只小老鼠,一只胆怯的小兽,到处都有危险在威胁着它,它正东窜西躲,溜进自己的洞穴。

夜幕降临了,河岸上空荡荡的……

孙静云　译

瓷　猪*

……瓷猪站在壁炉架上,靠近古钟,被装饰得非常精致,她认为自己比书斋里所有的东西都漂亮。

她最亲近的邻人是青铜铸的墨丘利①像;他被安放在大理石的悬崖顶上,悬崖上镶着时钟的字盘。这儿还放着一个用纸浆板做成的小鬼,一个海涅的石膏半身像和两个插着枯萎花枝的花瓶。他们大家在壁炉架上都已经耽了很久了,彼此都很了解。当书斋里一个人也没有的时候,他们就互相交谈起来。今天晚上他们没有任何理由不遵守他们素常的习惯……

女用人刚熄了灯,走出去后,瓷猪就不满地说:

"呸,我最讨厌光!……"

"每一次您都是用这句话开头的。"用纸浆板做的小鬼说。

"这有什么关系呢?我毕竟不像那架钟一样,老是重复一句话呀,"猪反驳说。

"哎呀!钟!"海涅的半身像感叹地说,"诸位,你们要知道,他很快就要给人类标出一个世纪中最后的时刻和新的一年的来临!……"

"这有什么了不起呀!"猪轻蔑地回答,"好像每一年他都没有干这

---

* 本篇最初发表于一八九八年十二月十五日《尼日戈罗德报》。译自《高尔基三十卷集》第三卷。

① 古罗马神话中的商业神。

么一套似的……"

"每一年都是一百年的最后一年。"小鬼说。

"正是这样!"钟说。

"这是人们的一个可笑的习惯:每年十二月底都要想象一下,他们活在世界上的时候可能会有什么新的东西。"海涅的半身像说道。

"您这讲的什么呀?"猪问;她不是个善解人意的家伙。

"就是讲的这个,讲的新年呀……"

"呵,是的!"猪高声地说。

"但这个,您要知道,说来很简单,"小鬼说,"人们是不幸的、懒惰的,他们自己不能创造什么新的东西,而活着——又枯燥无味!于是他们就想象:不经过他们的努力,世界上就会出现什么新的东西……"

"人们是懒惰的,这是真的!"猪以教训的口吻肯定道,"他们因为懒,所以就不幸……而且除此之外,他们还是愚蠢的……其实,做个幸福的人是很简单的!什么是幸福呢?就是知足……别的没有什么……"

"哦?"海涅的半身像叫道,"您要知道,太太,我塑造的那个人,也许,不会同意您的意见……"

"唔,我真不知道,您在那里塑造的是个什么人……但是,我认为,任何一个人都应当是自然而然的,而且也只能是这样。我相信,假如夜莺想变成猪,那他们就会变得可笑,而不会变得更美。"

"嗯!"海涅的半身像说,"但是,假如我仅仅是自然而然的,那么我准不会有这样漂亮的外貌……要知道我只是一块普通的石膏而已……"

"这很好,您很谦虚,并且认识自己的缺点。"猪善意地赞同海涅的半身像的说法,"但是,是什么东西妨碍您去变成猪呢……假如您不满足您现有的一切的话。"

"说实话,我没有想到……变成猪就会更好些。"

"嗨,您这人真……蠢!做一个普通的猪就已经非常惬意了,假如谁能和我并驾齐驱的话,那他就会达到世界上至善至美的境地。我们是约克夏猪①,我就是约克夏的血统,您知道这个吗?"

"噢,是的!您常常给我们讲您的家谱……"

"正是这样!"钟说。

"我们,约克夏猪,早已为自己制定了……可以这么说,生活的蓝图……这虽然非常明智,但也非常简单。"

"这一点您还从未说过……"小鬼微笑地说。

"我们,约克夏猪,永远都是如此,就像你们现在看见我这个样子一样。"瓷猪傲慢地说,"这是因为我们首先相信精饲料的益处和必要性。各种汁液的代谢比思想的代谢更重要,——活跃而美好的思想是什么呢?你们去分析它吧……即使在我认为是完人的人身上,我也相信,你们总能在他的思想中找到一点美味的烤牛肉、两三滴红葡萄酒、芦笋、蘑菇、新鲜的野禽,最后还有使思想焕发和闪光的香槟酒……饮食之后,还必须给思想以地位……我们生活在这样的时代,如果我们参加社交活动而没有任何思想,就像没有打领带一样,是很不体面的……所以这是特别重要的,而且需要许多鉴别力和智慧——这就是善于选择合用的好思想……你们看见没有,问题在于有许多思想都是有毒的,它们毒害着身心的感觉。总之,一个人必须竭力地使自己外表有思想,但绝对不能让自己内心有思想,这是最妥当的,遗憾的是,这一点不是所有的人都懂得的。……为了在社交界厮混的需要,应当选择一些简单而健康的思想……比如:二二得四;饥饿的人必须吃东西;科学万能;个性应当自由,但要在理性的范围之内;捏死跳蚤固然残忍,但并非不讲道德……以及诸如此类的思想。其实,这算得是什么思想,而是……随便说说,可是,不管怎么说,这对于一个正派人来说是必需的,没有这套公式,谁也不会承认他是一个有学问有教养的人……讲到这些时还必须表现出……那样一种坚定性,就像除了您之

---

① 约克夏猪是猪的著名品种之一,原产英国约克夏,故名。

205

外谁也不懂得您所说的东西似的,虽然您讲的是高不可攀的天堂。……不过,最好还是根本不说天堂的事情吧……问题在于我们约克夏猪当中谁也没有见过天堂,真的,我不相信它存在。……不过,有一次,我们之中有谁看见水洼中有一种空空洞洞的影子……您知道——完全是空空洞洞的——也许,这就是天堂吧?……假如是这样的话,那么,它有什么好处呢?有什么谈头呢?为了在社交界和人们交谈,我所制定的话题,只需运用得妥帖,就是最适宜的话题……而它们在任何时候对任何人都绝对不会有什么责任……如果饮食和抱有端正的思想都是重要的,那么,这就立刻会使您的肉体和精神都得到平衡。幸福的根源正是在这种平衡之中……我讲的这些当然也适用于人们,因为我们约克夏猪,完全不需要思想……对我们来说有这个信念就足够了,这就是:我们是世上最优秀的分子和支柱……哎……总之,是支柱,是基础,可以这么说,或者,换句话说,是栋梁……这是不言而喻的,在这样的自我感觉中,我们不能让自己从事这样琐碎的事情,像期待什么新的东西之类……比如说期待什么新年……"

"太太,您有见解,正如常言所说,有两手。"小鬼微笑着说,"说真话,如果您不是个瓷猪,您倒是应该著书立说呢……"

猪疑心地哼了一声,说:

"我不知道书是什么东西?……我从来没有尝过!这是不是像酸白菜一样的东西?"

"不总是!"小鬼简短地说道。

"看吧!"海涅的半身像感叹地说,"看吧,今天有什么样的黑影从时针上落到字盘上了!这意味着什么呀?"

"噢!这在新年之前是常有的,"分针小声地回答,"这不是黑影……就是说,这不是普通的黑影,这是人们在一年期间没有做完的事情的反映……这反映集中起来了,跟在我们后边,拖延着我们的运动。"

"我一点儿也不明白。"猪叹息说。

"我是说,跟在我们后边反映出来的是,人们必须完成而他们没有完成的事情……"

"不错,不错。"时钟证实道。

"我不能忍受哲学、譬喻和其他胡言乱语。"猪声明说。

"早就已经,"时针说,"在世界上早就已经没有忠实于生活运动的钟了。所有的钟都走慢了,因为它们要跟时间之流并肩而行是太吃力太艰难了,而且时钟里装有太多的人,身后又拖着一些未完成的、未做出决定的事情……"

"正是这样。"时钟冷淡地承认道。

"生活要走向自己的目标,而且要求人们有所作为,但人们却当了自己懒惰的俘虏,使生活的前进速度受到阻碍……必须做的事情已经到了可以做完的时候,但却没有完成,因为缺乏从事共同的和神圣的事业的人手,缺乏从事扩大生活的事业的人手……人们落后于生活……"

"不,他们多么蠢呀!"猪说。

"太太,这是指谁呀?"小鬼问。

"唔,当然是人们啦!谁还会蠢呢?人们。……看吧,钟走慢了。虽然如此,但人们还是要在十二点钟来迎接新年!不是吗?怎么样?"

"但是,也许钟只慢了几分钟吧?"海涅的半身像说。

"我们,比如说,已经慢了一个多世……"分针安详地说。

"看见了吧?"猪高兴地提高声音说,"慢了一个世纪,而人们还信心十足地迎接新年,相信这是……他们等待的是哪一年呢?"

"一八九九年呗……"小鬼说。

"真是!我没有想到过,人们在世界上生活了这么久!也许,是因为他们这样老,才变蠢的吧?咳,他们的生活!多么枯燥无味的生活呀!多么……不幸的生活呀!"

"啊,埃拉多斯①!"墨丘利感叹地说。他虽然是青铜铸的,但他知

---

① 古希腊人对希腊的称呼。

道,他扮演的是神,所以,只有在这伙同伴们把他惹火了的时候,他才参加他们的谈话。"啊,埃拉多斯!生活堕落得多么卑下呵!世界上的生活是多么单调无味呵!甚至猪也来评判它了,而在它们的评判中,唉!我听到了真话……"

"但是,对不起!"猪傲慢地说,"什么叫做'甚至猪也'?您这个被淘汰的神竟敢说什么'甚至猪也'?!我能够使您确信,您是野种,我们可是约克夏种……"

这时,书斋的门打开了,走进来一个手持蜡烛的人。在有人和光的情况下,壁炉架上的小东西们就不说话了,它们认为这是不方便的,所以,墨丘利和瓷猪的争吵刚开始就猝然中断了。

走进书斋里的人是那么肥硕、红润,显然,他刚刚吃过东西,唱歌般地打着响嗝。他站在桌子面前,捏熄香烟,说道:

"我不喜—欢悲—悲观主义者!……这—这是什么呢?难—难道是生—生活?是讨—厌的?真不—值——一提!我们迎—迎接一个世纪的最后一年……可—可以这么说……带着科—科学一起,和—和科学的……火—炬一起,……X 光……射线,液体—空气,电影—院,什么片子呀!特别是当—当她,坏—坏蛋,坐在澡盆里……唔……嘻、嘻、嘻!据说,生活是龌—龌龊的?谁说的?这是谁—谁说的?……啊!我知道!……这是菲利普·费多罗维奇说的!……为什么菲利普·费多罗维奇说生活不好呢?因为,他的胃—胃不好,还有就是他没有……没有……在圣诞节前得到奖赏……明白啦!喂!杜—尼娅!杜—尼娅!给我拿矿泉……水来……"

章 其 译

基里尔卡*

……当雪车驶出树林走上空地时,伊赛从赶车的座位上欠起身,伸着脖子往远处张望了一下说:

"哎呀,真见鬼,流冰似乎已经过来啦!"

"是吗?"

"可不是嘛……好像在流动哪……"

"快点儿赶吧!"

"嘿,你这个窝囊废!"

那匹身架粗短,竖着一对驴耳朵,毛儿卷得像条狮子狗似的马,由于屁股上挨了一鞭,往路边一蹿,停了下来,一面在原地倒腾蹄子,一面委屈地摇晃起脑袋来了。

"驾,我让你撒娇!"伊赛拉紧缰绳吆喝了一声。

诵经士[①]伊赛·米亚金尼科夫是个四十来岁的丑汉子。他的左颊和下巴上长着红络腮胡子,右颊上鼓起偌大一个肉瘤,瘤子遮住他的一只眼,像个皱巴巴的口袋直垂到肩上。他是一个嗜酒如命的酒鬼,又是一个挺不坏的哲学家和喜欢冷嘲热讽的人。他正驱车送我到他的同胞兄弟,也是我的旧友那儿去,那是一位乡村教师,因为得了肺

---

* 本篇写于一八九八年底,最初发表于一八九九年《生活》杂志第一期。译自《高尔基三十卷集》第三卷。

① 东正教教会专司诵读圣经职务的下级神职人员。

病已不久于人世了。五个小时我们还没走出二十俄里,一来是路不好走,二来是拉着我们的这匹奇怪的畜生脾性极坏。伊赛给它取了"恶鬼"、"磨盘"、"石臼"等一大串稀奇古怪的名字,每个名字对这匹马都同样适用,都十分贴切地突出了它的外貌和性格上的某一特征。世人中间也不乏这种复杂的类型,你怎么称呼他们都可以,唯独人的名字不合适。

阴云密布的灰色苍穹低垂在我们的上方,四周是一片片开阔的草地,草地上尽是积雪溶化后留下的星罗棋布的暗色斑点。在前方约有三俄里的光景是青青的,岗峦起伏的伏尔加河岸,沉重的天幕就支撑在它们上面。河身已被岸旁密密层层的灌木丛遮得看不见了。风从南面吹来,在泥塘的水面上掠起一层层皱纹。阵阵枯燥而潮湿的声音在空中回荡,马蹄践踏着泥泞,发出扑哧扑哧的响声。

"这条河会耽搁我们赶路的。"伊赛在赶车的座位上一颠一颠地说,"亚科夫等不到我们去,就会死掉……果真如此,我们这一路就算白受颠簸了……不过,即使我们赶到那儿他还活着,又有什么用呢?也只会妨碍他而已……死者临终的时候,别人最好不要待在他面前,应该留下他一个人,免得把他的注意力从自我反省上引到其他不相干的方面去……人死的时候要作深刻的反省,而不该在一些无关紧要的事物上分神,因为活着的人对死者来说已经是无关紧要和多余的了……譬如,依照生活常规,要让即将脱离尘世的人的亲眷们守在他的榻前……可是如果用理智,而不是用我们的脚后跟想事论事的话,那么我认为,这种习俗,无论对死者或活人都没啥好处,它只不过是让人徒然再受一次心灵上的折磨罢了。活着的人根本不应当想着有死亡存在,以及死亡在守候着他等等……这对生者是有害的,因为这会使欢乐变得暗淡起来……哎,你这个鬼木头疙瘩,把蹄子倒腾得欢实些吧!……驾!"

伊赛用浑厚、暗哑的嗓音说着,单调而又沉闷。他的身躯又高又笨,裹着一件有好多窟窿的、肥肥大大的棕色外套,在赶车人的座位上笨拙地摇来摆去,被颠得东倒西歪,前仰后合。神甫赠给他的那顶黑色宽边帽,由一根带子系在下巴上,风儿一吹,带梢儿不时打在他的脸上。他晃一晃尖脑袋,帽子便滑到了他的眼睛上,外套的下摆也被吹得鼓胀了起来。伊赛来回扭动和缩着身子,嘴里骂骂咧咧的。我看着他,心想:一个人为了摆脱种种琐碎的烦恼,要花费多少精力啊!若没有这些日常的闲气像可憎的蛆虫一样恼人,我们一定会把个人的种种不幸,这些可怕的蛇蝎,轻而易举的踩死在脚下。

"冰在流哪!"伊赛忧郁地叹了一声。

"你看见啦?"

"我看见树丛里的马匹了,还有马旁边的人⋯⋯这就是说,河已经过不去啦!"

"或许能想个法子渡过去吧。"

"说得倒轻巧!当然可以渡啦⋯⋯可是得等浮冰过去。可没过去以前怎么办呢?真是⋯⋯再说,我多么想吃点东西呀!想得简直难以用一般的言语来形容。我跟你说过:咱们吃点东西吧⋯⋯可你不干,说:赶车走吧⋯⋯这可好啦,赶到了!⋯⋯"

"我也很饿,你什么都没带吗?"

"我不是忘了嘛!"伊赛没好气地回答说。

我从他身后望去,看见一辆三套轻便马车和一辆双马拉的带藤背的敞篷车。几匹马正在朝我们看,旁边站着几个人:一个是蓄着红胡髭的高个子,戴着一顶带红箍的制帽,另外一个人穿着一件下摆长大的黑色皮大氅。

"一个是地方官苏晓夫,另一个是磨坊主马马耶夫。"伊赛半转过身对我咕哝了一句,随即对他的那匹马客客气气地吆喝了一声:"吁⋯⋯我的恩人⋯⋯"接着便把帽子一推,从头上脱下来,冲着站在三套马车旁的胖车夫说:"咱们大概来晚了吧?"

车夫阴沉沉地打量了一下他那亮光光的、鸡蛋似的秃头顶,一声没吭就把身子扭了过去。

"没讨上好。"商人马马耶夫笑嘻嘻地搭了话:他是一个红脸膛的矮胖子,长着一双贼溜溜、笑眯眯的眼睛。

地方官臂肘支在马车的挡泥板上,一面吸着烟,捻着胡子,一面锁着眉头瞅着我们。这儿还有两个人:马马耶夫的车夫,一个身材魁梧、生着一头鬈发和一张大嘴的小伙子;另一个是穿着件腰部束得紧紧的破烂的半大皮袄,长着副罗圈腿的乡下老头儿。他向前哈着腰,像是给我们鞠躬时愣住了神儿。他那瘦小的布满皱纹的脸上长着稀稀拉拉的灰胡子,两只眼睛在下眼皮的鼓鼓囊囊的褶皱里躲着,薄薄的嘴唇上挂着一丝微笑,这笑容既含有敬意,又带着轻蔑,既愚钝而又狡狯。他蹲在一旁活像只猴子,慢慢地把头扭来扭去,仔细打量着每个人的一举一动,可同时又不让别人看到他的眼神。一绺绺肮脏的羊毛从他那件半大皮袄的无数个破洞里龇露出来,他的整个模样给人一种十分奇特的印象:就仿佛他被用牙嚼过,又像是刚刚从一个要把他吞噬掉的血盆大口里挣脱出来似的。……前面一道高高的沙岗替我们挡住风,同时也把我们同河隔开了。

"去看看,那边怎样了?"伊赛说着便往沙丘上爬去。地方官怏怏不乐地跟了上去,随后便是我和商人。那个乡下老头儿也四肢着地往沙岗上爬起来。登上沙丘以后,大家都坐在那儿,像老鸦一样阴郁。在眼前将近三米远,距脚下大约六七米的低处,伏尔加河宛如一条宽阔的蓝灰色带子横卧在那里,河面上裂纹纵横交错,百孔千疮,到处都是一堆堆冰碴。冰块像脓痂一样布满河上,并在慢慢地移动,而在这迂缓的动作里却蕴藏着不可摧毁的力量。寒冷而潮湿的空气里不断发出喀嚓嚓的响声。

"基里尔卡!"地方官唤了一声。

乡下老儿跳起身,摘下帽子,在地方官面前弯下腰,似乎要让对方砍他的脑袋。

"怎么样,快了吗?"

"耽搁不了,大人,马上就会停住……您没看见吗,挤挤攘攘的?

这么密密麻麻的,不会停不住……往上去一俄里有片浅滩。那儿只要一堆满就行了。全看有没大块的啦……只要有大块儿的把滩边的豁口堵上,就会把冰挡住!窄的地方一塞住,整个就都流不动了……"

"算了吧……"

老头儿吧嗒吧嗒嘴便不再作声了。

"哼,鬼才晓得呢!"地方官悻悻地说道,"我不是跟你这个白痴说过吗:送两条船过来,嗯,讲过没有?"

"您讲过,的确是这样!"老头儿抱歉地回答说。

"可—可你呢?"

"没来得及,因为,冰一下就流开了……"

"笨蛋!"地方官转身对着马马耶夫说道:"这些蠢驴简直不懂人话!"

"说得对,"马马耶夫赔着笑脸低声下气地说,"庄稼人都是些不开化的野蛮人——笨种。不过,眼下我们可以指望地方当局热心扶植,给他们办学,普及普及文化教育了……"

"学校,自然啰!图书馆、路灯,好得很!我懂得这个……不过,您知道,我虽然不反对教育,可我还是认为,用藤条狠狠地抽一顿,见效更快,也更便宜些……嗯,没错!庄稼人挨顿打,用不着花钱,可是要受教育,他们就得被扒下一层皮,比挨打更糟。目前,教育只能使庄稼人倾家荡产,懂吗……可我并不是说,不要办教育,而是说,要可怜可怜他们,等等再说……"

"完完全全是这么回事!"商人忙不迭地高声说道,"的确应该等一等,因为这年月庄稼人的日子很不好过……连年歉收,各式各样的疾病,加上好酒贪杯,凑在一起,可以说,已经大伤了他们的元气,还谈什么学校、图书馆……搞这些名堂,他出得起钱吗?根本出不起,您就相信我吧!"

"这些您都知道,尼基塔·巴甫洛维奇。"伊赛深信不疑而又谦恭地说了一句,随之又甚表敬服地叹了口气。

"当然啰！我同庄稼人一起相处十七年了。我对教育的看法是：要是好年景，它会给大家都带来好处……可是我的肚子，请原谅，要是空空如也，那么除了学偷，我什么也不想学……"

"您还用得着学吗？"伊赛恭敬而亲热地喊道。

马马耶夫瞥了他一眼，嘴唇歪扭了一下。

"喏，这就是个庄稼人。"地方官招呼了一声："基里尔卡！""这就是个庄稼人，"他带着颇为得意的神气和腔调对我们说，"我来介绍一下，这可不是一般的庄稼人，而是个少有的机灵鬼！'格里戈里号'着火的时候，他这个流浪汉……亲手救起了六名乘客。深秋季节，他舍着命，一连在水里泡了四个小时，大风大雨，又是在夜间……把人救起来以后，他自己就不见了……人们找他，想谢谢他，给他张罗个奖章戴戴……可他呢，这会儿却在偷窃公家的木材，而且当场就被抓住了！是个好当家的，吝啬得要命，把儿媳都逼进了棺材，他的老伴儿常用劈柴棒子揍他。他是个酒鬼，又是个虔诚的教徒，还在圣坛两厢唱诗……有一个挺不坏的养蜂场，可尽管如此，还要做贼！一艘驳船在卸货，他因为偷了三大包葡萄干而落了网——请看，这是个什么样的人物？"

我们大家都细细地打量着这个能干的乡下老儿。他站在我们面前，两眼望着别处，哧哧地抽着鼻子。他嘴角上的两条细纹在微微动着，但双唇紧闭，脸上没有一丝表情。

"现在让我们来问问他。基里尔卡，你说说看，上学读书有些什么好处？"

基里尔卡叹口气、嘬了嘬嘴唇，一言不发。

"喂，你是个识字的人，"地方官的口气更严厉了些，"你应该清楚，你是否因为识字就过得更好？"

"什么样情况都有。"基里尔卡说着把头垂得更低了。

"不，你还是讲讲：你读书识字，可这究竟对你有没有好处呢？"

"好处嘛，要是指可以直接到手的，那当然没有……不过细细琢磨起来,那么……教人念书,自然对他们是有好处的啰……"

"他们是指谁呀?"

"当然是指教书先生……指地方政府,也就是说,指当官儿的呗!……"

"你这个傻瓜!问的是你,对你有没好处?"

"这个嘛——看着办好啦,大人……"

"谁看着办?"

"您呀……就是说,您这当官儿的呀……"

"滚你的吧!"

地方官的胡子尖儿都在哆嗦,脸也涨得通红。

"看到了吧,他什么都没说,但是答案很清楚。所以,先生们,要教庄稼人识字,首先就得让他们懂些规矩!……他是个已经被惯坏了的孩子,是的!但他们又是基础!懂吗?……是金字塔式的国家体制的基础……它一旦有所动摇,你们懂得那种……嗳……嗳……混乱局面的严重性吗?"

"事情很清楚,"马马耶夫说,"的确要搞得牢靠些……"

由于我同样关心庄稼人的命运,所以也参与了谈话,于是我们四个人四张口,热烈而又煞费苦心地决定起庄稼人的命运来了。我们每个人都把为自己身边的人制定种种清规戒律看作真正的本分,那些责怪我们是利己主义的说教者未免太不公平了,因为在我们无私地希望别人好上加好的时候,从来没想到过自己。

我们在争论,伏尔加河却像一条巨蟒,用它那冰冷的灰色鳞甲蹭着河岸,在我们面前爬行着。

我们的谈话也像一条被激怒的蛇,曲曲弯弯,东蹿西跳,执意要捕捉住它所需要的,或是稍纵即逝的东西。我们谈论的对象,那个农夫,离开我们躲在了一边。他是个什么人呢?他坐在离我们不远的沙地上,一声不响,脸上完全是一副无动于衷的样子。

马马耶夫说:

"不—不,他并不蠢!他甚至一点儿都不傻……用什么花招都瞒哄不了他……"

地方官气恼地说:

"我并没有说他蠢!我是说,他被宠坏了!您懂吗!像个未成年的孩子,缺乏应有的管教,他的生活走不上正轨,原因就在这里……"

"请允许说一句,我认为,他这个人并不坏!是同大家一样的上帝的子孙……但是,诸原谅!他变呆了……由于生活没有着落,失去了希望……"

说话的是伊赛,他讲话的声调甜腻而恭敬,和悦地笑着而且叹着气,他那双小眼睛怯生生地眯缝着不愿正面看人,可是那个大瘤子却抖得非常厉害,似乎里面装满了笑声,笑声想冲出来,可又不敢。"我已经说过,庄稼人只不过是饿得慌,如果让他吃饱、吃好,那么,他就必定会改好……"

"您说他是饿得慌吗?"地方官恼火地喊道。"可是,真见鬼,这是因为什么呢?要搞清楚,他究竟为—什么挨饿?看在上帝的分上,您讲讲,为什么四五十年前他就不懂饥饿是个啥滋味?我说……我呀……我自己就在饿着哪!是的,真可恶,就在这会儿,承蒙他的关照,我本人就在挨饿!怎么!您高兴这样吗?我吩咐他弄几条船过来等我……可是我来了……这个基里尔卡却在那儿坐着。呸!我跟您说吧,这简直就是些白痴……"

"真的,吃点东西该有多美啊!"马马耶夫愁眉苦脸地说。

"是啊!"伊赛叹了口气……

我们大家争得面红耳赤,不止一次地彼此怒气冲冲地大叫大嚷,可是想吃东西的一致愿望使大家都沉默了。我们都看着基里尔卡,他在大家的注视下耸耸肩,慢慢地把帽子从头上拉了下来……

"船的事你到底是怎么搞的,老兄!……"伊赛以责备的口吻说。

"还提船干吗?……就是有了船,也不能拿它当饭吃呀……"基里尔卡颇带歉意地回答说。

我们四个人都转过身不再理他了。

"我在这儿已经坐了两个钟头,"马马耶夫看了看从衣袋里取出的金表说,"我还得掏自己的腰包添车钱。"

"您看,是不是!"地方官愤愤地喊一声,撅了撅胡子。"可这个骗子……却说:很快就会堵上……喂,你说,是不是快了呀?"

看来,地方官认为基里尔卡确有驾驭这条河和流冰的本领,而且显然,在这方面基里尔卡真的犯了过错,因为地方官的问话把这个乡下老儿的手脚全部开动了起来。基里尔卡跑到沙丘边上,手搭凉棚,皱着眉,开始向远方眺望,他不知怎的还抖动着左腿,嘴里念念有词,似乎在悄悄地向大河发出咒语。

冰大片大片地拥了过来,蓝莹莹的冰块带着低沉的喀嚓嚓的响声互相挤压和冲撞着,旋即裂开来散成细碎的冰末;混浊的河水时而在冰隙间露出,时而又被冰块遮没。我们面前仿佛躺着一个患有皮肤病,遍体疮痍的庞大身躯,同时又有一只无形的巨手在为它清除着污秽不堪的鳞伤,似乎再过几分钟,河身就将挣脱枷锁,把它那宽阔、雄伟、壮丽的容颜展现在我们面前,粼粼碧波将在冰雪之下闪烁,阳光将冲破乌云,明亮而欢快地照耀在河上。

"这一回可是不要多久了,大人!"基里尔卡兴奋地喊道,"看哪,喏,在那儿,就在浅滩旁边,冰块已经稀啦!"

他用拿着帽子的那只手往远处比画了一下,可我在他所指的那个地方,除了冰什么也没有看到……

"这儿离奥列霍瓦亚远吗?"

"照直走约莫有五俄里,大人……"

"哼,真——真倒霉!你或许有些吃的吧?土豆、面包之类的?"

"面包吗?面包倒是有……土豆可没有……这年景不长土豆……"

"你带了面包?"

"面包吗?在怀里揣着哪,就在这儿……"

"你揣在怀里是搞什么鬼呀?"

217

"因为不多,大人,约莫有两磅……再说呢,这样会热乎些……"

"哎,傻瓜……早该派个车夫到奥列霍瓦亚去一趟!喝点牛奶也好啊……可这家伙总说:快啦,快啦!……真是乌七八糟!"

地方官狠狠地揪起胡髭来了,马马耶夫却笑眯眯地盯着乡下老儿的怀里,老头儿正俯首站着,慢慢地往头上戴着帽子。伊赛冲基里尔卡打了几下手势,老头儿看了看他,脸朝着地方官的脊梁,不声不响地往伊赛那边一步步地挪了过去。

冰渐渐稀疏了,冰块之间出现许多缝隙,就如同呆板而又缺少血色的脸上横七竖八的皱纹一样,它们变幻无常,使河面不时改换着表情,时而悲伤,时而讥讽,时而又露出一副疼痛难忍的模样,但智慧与冷漠的神态却始终如一。湿漉漉的云层一动不动,冷淡地注视着冰块的嬉戏,流冰蹭着沙岸发出的窸窣声,像是有人在窃窃私语,令人产生一种忧郁和伤感的情绪。

"给我点面包吧,伙计!"我听见伊赛压低声音悄悄地说道。

正在这时候,马马耶夫重重地干咳了一声,地方官却怒气冲冲地大声喝道:

"基里尔卡,把面包拿到这边来……"

乡下老儿一只手摘下头上的帽子,另一只手从怀里取出面包放进帽子里,给地方官递了过去,还深深地鞠了一躬。地方官把面包拿在手里嫌弃地打量一眼,翘翘胡髭,苦笑了一下对我们说道:

"诸位先生,我看大家都想占有这块面包,我们也都有占用它的同等权利,也就是想吃东西的人应有的权利……怎么办?让我们来平分……这一丁点儿圣餐吗……活见鬼!多么滑稽的处境啊,不过,你们也许不信,因为急于赶路,我是这样匆忙……请原谅……"

他给自己掰了一块,把面包递给了马马耶夫。商人眯缝着一只眼,歪着脑袋把面包端详一番之后,也给自己豁豁牙牙地掰了一块。伊赛把剩下的拿来同我分了。我们再次坐成一排,不言不语地一齐嚼了起来,尽管面包像块黏土,又有一股老羊皮上的汗臭,以及酸白菜的气味和一种说不出的味道……

我一面吃,一面看着正在漂浮过来的伏尔加河的污秽、破烂的冬装。地方官责怪地看着手里那块面包说:

"哼,请看看这块面包吧!人家国外的农民有酒、有干酪和白面包,可咱们的庄稼人吃的却是这种难以下咽的玩意儿。黑面的谷糠酸得像醋一样……眼看就是二十世纪了,还吃这种东西!……这究竟是什么原因呢?"

由于问题是对马马耶夫提的,所以磨坊主重重地叹了口气,谦恭地回答道:

"这种吃食确实不怎么样……不讨人喜欢……"

"可请问,为—为—为什么呢?"

"据说是……土地贫瘠……"

"哼,算了吧!这种土地贫瘠的说法,纯粹是地方统计员们捏造出来的。"

基里尔卡叹口气,扶扶头上的帽子。

"喂,你来说说,这土地长不长东西?"地方官转过脸问他。

"是这么回事……这地没个准儿……赶上有劲儿,它要长多少都行!"

"别绕弯子!你直说,长不长?"

"就是说……当然,要是……"

"你胡—胡说!"

"要是有人手照顾,长得还不赖……"

"呵哈!你们听见了吗——人手!为什么不生不长,就因为没人动手照顾……我们现在看到的都是些什么?酗酒、放荡……懒惰。没人主事。一遇上歉收,地方政府就出面:拿去种吧,爷们儿,拿去吃吧,爷们儿……不,这不是办法!为什么六一年[①]以前有收成呢?因为遇

---

① 指一八六一年废除农奴制以前,此处反映了地方官的保皇党面目。

到歉收,立刻就把他这宝贝……也就是庄稼汉给请来啦!您是怎么犁的地呀?您是怎么播的种呀?然后才把种子交给他——喏,去种吧!结果,收成甭提有多好啦!可现在呢,庄稼人躺在地方政府怀里,把自己的全副本领都收了起来……因为不知道怎样用才对自己最有好处,可是又没人教他……"

"确实是这样,那时地主要谁干啥,就得干啥,"马马耶夫蛮有把握地说,"他能把庄稼汉造就成各式各样的人……"

"乐师、画家、舞蹈家、演员……"地方官津津乐道地接了下去。"要什么人有什么人!"

"一点儿也不错!……记得我还是个孩子的时候……在我们那儿……一位伯爵的下人里面有一个……有一个口技表演家……"

"嗯,是吗?"

"他什么都能学!不只是人和牲口的声音……就连木头的或是别的什么统统都能模仿……他能学锯木头或是玻璃摔碎的响声。把腮帮一鼓,出来的声音像极了!有时候伯爵说:费季卡,学学'恶性子'怎么叫,费季卡,像'快爪子'那样吠一吠!……于是他就汪汪汪地叫一通!真了不起!现在有这种能耐,准能赚大钱!"

"船来了!"伊赛大声宣布。

"啊,到底来啦!"

"可等到了……"马马耶夫笑着对我说。

"是啊……"

"事情总是这样的,等呀等的……终究会等到!凡事都有个头……"

"这让人感到安慰,是吗?"

"当然啰!"

"没有这一点,很多人就活不下去了。"伊赛说。

河对岸附近有两个长形的黑点在冰间忙乱地移动。

"在使劲儿划哪!"基里尔卡瞧了瞧那两个黑点说。

地方官乜斜他一眼问道:

"怎么样,还常喝酒吗?"

基里尔卡抱歉地回答说:

"要是碰上……就喝点儿……"

"还偷木材吗?"

"我要木材干吗,大人?"

"到底偷不偷?"

"大人,我从来没搞过木材!"基里尔卡说着使劲儿摇了摇脑袋。

"那么,我怎么会审问过你呀?"

"是,您审过我,有这么回事……"

"为什么呀?"

"您是长官,您就能审我呗。"

"你这个老滑头! 你说驳船卸货的时候你还像过去那样偷吗?"

"我试过一次,大人。"

"就这一次还被逮住了,哈哈哈!"

"咱没干惯这玩意儿,所以就被逮住了。"

"还得多练练,是吗? 哈哈哈!"

"嘿嘿嘿!"马马耶夫也在笑。

那两条船一面用钩竿推开靠在船舷上的冰块,一面向我们所在的岸边划来。船上的几个农夫彼此在嚷嚷着什么。基里尔卡也用手在嘴上圈成一个喇叭,以出人意料的响亮的嗓音对他们喊道:

"靠到柳树上去!……"

他喊了一声,便连滚带爬地跑下沙丘,径直向岸边奔去……我们也跟着跑了过去。

大家很快上了船:我和伊赛乘一只,马马耶夫和地方官同乘另外一只。

"上帝保佑,孩子们!"地方官摘下帽子,画个十字,命令道。

他那条船上的两个农夫也起劲儿地画了画十字,把钩竿插进把船夹得紧紧的冰块里。冰块碰着船舷发出不祥的脆裂的响声。河面上寒气逼人。马马耶夫的脸不知怎的变成了土色,地方官紧锁眉头,严肃而又焦灼不安地注视着从上游急驰而下的、硕大的灰蓝色冰块。碎冰刷拉拉地擦过木船的龙骨,像是谁在用又大又尖的牙齿啃啮船板……

潮湿、喧闹而又令人毛骨悚然,大家都注视着船外寒冷、污秽的河冰,它既是那样威武,又那样笨拙,而透过四周的一片沙沙声突然听到有人在岸上呼喊。我放眼望去,只见基里尔卡不戴帽子站在距我们只有二三十米的河岸上;我终于看到了他那双灵活和带着讥讽的灰色眼睛,听到了他那响亮得出奇的喊声:

"安东大叔!您取邮包的时候,给我带点儿面包,听见了吗?老爷们在这儿等船的工夫,把我那块给吃光啦,我只有那么一块……"

张佩文　译

二十六个和一个[*]

诗 篇

我们是二十六个人,是二十六台活机器,被关闭在阴湿的地窖里。我们从早到晚在地窖里揉面粉做面包卷[①]和面包圈[②]。我们地窖里的窗户都对着一个挖出来的土坑,坑边砌着潮湿得发绿的砖头;窗框打外面钉上了很密的铁丝网,太阳光穿不透蒙着一层粉尘的玻璃,照不进我们的地窖来。我们的老板把窗户都用铁网钉死,使我们不能把他的小片面包递给外面的乞丐和我们的那些因为失业而挨饿的伙伴。我们老板说我们是小偷,伙食里不给肉,只给我们吃些发臭的杂碎。

我们在石头箱子里生活又憋气又拥挤,头顶上是又低又重的天花板,上面满是油烟和蜘蛛网。在沾满了污泥和霉斑的厚厚的墙壁中间我们感到沉重而恶心……我们每天早上还没有睡够,五点钟就得起床,昏昏沉沉,没精打采,到六点时已经在桌台旁边坐下来用发面做面包卷,发面是伙伴们在我们还在睡觉时给我们准备好了的。每天从早晨直到晚上十点钟,我们中的一些人坐在桌台旁边用手搓着有弹性的发面,还要摇晃着身体,使它不至于麻木;同时另一些人用水调着面粉,

---

[*] 本篇写于一八九八年十二月,最初发表于一八九九年十二月《生活》杂志第十二期。译自《高尔基三十卷集》第四卷。
[①] 原文 крендель,是一种用发面拧成像 8 字形的面食,一般是甜的。
[②] 原文 сушка,是一种薄而干的小面包圈,先煮熟了再烘烤成的。

锅里煮着面包卷,锅里的开水整天沉闷而忧愁地呜咽着,烤面包司务的铁铲蛮狠而迅速地把炉底捅得沙沙作响,把一块块煮得溜滑的面团抛到滚烫的砖头上。炉子的一边从早到晚烧着木柴,火焰通红的反光在作坊的墙壁上跳跃,仿佛在无声地嘲笑我们。巨大的炉子活像神话里怪兽畸形的脑袋,它像是从地下伸出来,张开了满是明晃晃的火焰的大嘴,向我们喷吐着热气,还用顶上活像两只黑黝黝的眼窝的通风口望着我们没完没了地干活。这两个深窝好比两只眼睛——怪兽残忍而冷漠的眼睛,老是用同样暧昧的眼光瞅着,仿佛对奴隶们瞅得厌烦了,已经不再指望从他们那儿能得到任何有人性的东西,所以才用智慧的冷眼鄙视着他们。

我们日复一日在面粉的尘雾里,在被我们双脚从院子里踩进来的污泥里,在臭气扑鼻的闷热里搓面团和做面包卷,我们的汗珠滴进面团里,我们对自己的工作怀着强烈的憎恶。我们从来不吃自己亲手做出来的东西,我们宁愿吃黑面包而不愿吃面包卷。我们面对面坐在长桌旁,九个对九个,一连好几个钟头机械地摆动着胳膊和手指,对自己的工作熟练到已经再也不必用眼睛看自己的动作了。我们彼此熟而又熟,以致我们每个人都知道伙伴们脸上所有的皱纹。我们已经没有什么可交谈的了,我们对这已经习以为常,因此常常保持着沉默,要不就开口骂人,——因为总有什么由头可以骂人,尤其可以骂自己的伙伴。然而我们连骂人也很难得:要是一个人已经半死了,要是他成了一个木偶,或者他的一切感觉都被沉重的劳动压垮了的话,那这个人还有什么可指责的呢?但是沉默只有对于那些把一切话都已经说完、再也没什么可说的人才是可怕和痛苦的;对于还没有开始说自己要说的话的人,沉默对于他们是简便和轻松的……我们有时也唱歌,我们唱歌是这样开始的:在工作中间突然有人像匹困乏的马一样沉重地叹息起来,接着就轻轻地唱着一支慢悠悠的歌,那如怨如慕的曲调总是可以使唱的人减轻些心头的郁闷。我们当中一有人唱歌,大家开始总是默默地听着他独唱,歌声在地窖沉重的天花板下面湮灭、消失了,正好像当铅皮屋顶似的灰暗的天空笼罩了大地时,在潮湿的秋夜的草原上出现的一小点篝火。后来另一个跟上来了,于是有两个声音轻轻地、哀怨地在我们狭隘的地窖的闷热的空气里荡漾着。突然又有好几个声音接上了歌声,它就像浪涛一般汹涌起来,变得更强、更响,似乎在把我们这所石牢房的潮湿沉重的墙壁推开去……

我们二十六个人都唱开了;歌声嘹亮,早已协调的歌声充满了作坊;歌声在作坊中感到太挤了,在石墙上撞来撞去,它在呻吟、啜泣,也给大伙儿的心以一种轻轻搔着痒处直到发痛的刺激,触动心里的旧创伤,惹起它的烦恼……唱歌的人们深沉而艰难地叹息着;有的人突然停止歌唱,有好一会儿听着别人的歌声,然后又把自己的声音加入到合唱的波涛里,还有人伤心地喊了声:"呃吓!"就闭起眼睛唱着,他大概把这稠密而辽阔的声浪当作一条通向远方的阳光灿烂的道路,当作一条宽广的大道,他看到自己就在这条大道上走着……

炉子里的火焰老在跳跃,烤面包司务的铁铲碰着砖头沙沙作响,锅里的水抽泣着,炉火在墙上的反光也老在颤抖和不出声地笑着……而我们却用他人的词句唱出自己隐忍的悲哀,唱出活着却被剥夺了太阳的人们的沉痛,那是奴隶们的沉痛。我们二十六人在这巨大的石屋的地窖里就是这么生活的,我们的生活是那么沉重,仿佛整个这座三层楼的石头建筑就直接盖在我们肩膀上似的……

然而我们除了唱歌之外,还有着一种美好的、我们所喜欢的、而且也许是我们把它当作太阳看待的东西。在我们房子的二楼上还有一家金绣作坊,作坊里的许多女工中间有个十六岁的使女叫塔妮娅,每天一清早,在我们作坊通过道的门上开的小窗洞里,就有一双快乐的蓝眼睛和一张玫瑰红的小脸蛋儿贴着小窗玻璃,一个爽朗亲切的声音向我们喊着:

"囚犯们!给点面包卷儿呀!"

我们大家都向爽朗的声音转过身去,高兴而和善地望着对我们妩媚地笑着的纯洁的少女的脸。我们一看到那贴在玻璃上被压扁的鼻子和因微笑而张着的玫瑰红嘴唇里两排整齐、洁白、晶莹的牙齿,就觉得非常愉快。我们一窝蜂去给她开门,互相推推搡搡,于是她又快活又可爱地跨进门向我们走来,拎起她的围裙,微微歪着脑袋站在我们面前,老是在微笑。一头栗色的头发,梳成一条又长又粗的辫子,绕过肩头在胸前垂着。而我们这些丑八怪似的人,又脏又黑,从下面瞅着她——因为门槛比地面高出四级,我们抬头瞅着她,向她问好,还说些只有对她才会说的话。我们跟她说话时,声音要比平时柔和,玩笑也开得比平时要轻松些。我们对待她的一切都和对别人不一样。烤面包司务从炉子里拿出一铲烤得最好的红喷喷的面包卷,利落地扔到塔妮娅的围裙里。

"看着点儿,别碰见老板!"我们提醒她。她狡黠地笑着,快活地向我们喊着:

"囚犯们,再见!"就像小耗子一般很快溜掉了。

只是……在她走后很久,我们彼此还在愉快地谈论她。谈的仍旧是昨天和以前谈过的老一套,因为连她、连我们、连我们周围的一切,也都是跟昨天、跟以前一模一样……当一个人活着,而他周围什么都不起变化的时候,那是很难受和痛苦的,如果这种情况不让他的心灵给活活憋死,那么他生活得越久,周围的凝滞状态对他就越不能忍受……我们平常谈论起女人来,话总是非常粗野无耻,有时连我们自己听了也觉得恶心。这是可以理解的。因为对于我们认识的那些女人,也许根本不配用另一种话来谈论。然而我们不讲塔妮娅坏话;我们中间不仅从来没有人会让自己用手去碰她,而且她也从来没有听到我们对她说过任何放肆的俏皮话。这也许是因为她跟我们待在一起的时间不长:在我们眼里她就像天上掉下来的星星,一眨眼就不见了;也可能她个儿小,又很美,而一切美的东西,即使对于一个粗人,也是会引起尊敬的。还有一点:那就是苦役般的劳动虽然使我们变得像迟钝的牲口,可我们毕竟还是人,因而也像所有的人一样,总得崇拜一种东西——什么东西都行。而比她更好的人，我们这儿却一个也没有。虽然在这所房子里还住着几十个人，可是除了她，再没有谁来注意我们这伙住在地窨里的人了。最后——这多半是主要的原因——我们大家都可以说是把她当成了自己人，当成一个仿佛只靠我们的面包卷才能生存的人；我们把给她热面包卷当作自己应尽的责任，这件事对我们已经成了每日向偶像贡献的祭品，几乎成了神圣的典礼，因此使我们一天天更依附于她了。除了面包卷，我们还给塔妮娅许多劝告，叫她穿暖和些，不要在楼梯上跑得太快，不要扛大捆的劈柴。她笑嘻嘻地听着我们的劝告，报之以一阵笑声，可从来不肯听从我们，我们也并不因此见怪她，因为我们所需要的，只是为了表明我们很关心她罢了。

她常常向我们提出各种请求，譬如替她开酒窖笨重的门，替她劈木柴。我们高兴地，而且甚至带了几分骄傲去替她干这一类和其他一切她想干的事。

可是当我们中有人要求她缝补他惟一的衬衣时，她却鄙夷地哼了哼鼻子说：

"去你的吧！我才不干呢，真是！……"

我们把那家伙着实地嘲笑了一阵，从此以后便再没有人求她什么事了。我们爱她，这话就够说明一切了。一个人总是要把自己的爱寄托在什么人身上，虽然有时他的爱会使人苦恼，会玷污人，也还有人可能会用自己的爱使亲人烦得要命，因为当他爱的时候，没有尊重被爱的人。我们非爱塔妮娅不可，因为我们实在没有别的人可以爱了。

有时候我们中有人不知为什么突然开始这么议论：

"我们为什么要宠这个姑娘？她算个什么？嗯？我们为她忙的够呛了！"

对于那个敢说这种话的人，我们马上不客气地把他顶了回去。我们必须有所爱：我们不仅给自己找到了，而且还爱上了。我们二十六人所爱的，对于每个人都应被当作圣物一样不可动摇，谁要是反对我们这样做，谁就是我们的敌人。我们所爱的也可能并不真的是好的，但要知道我们有二十六个人,我们当然希望我们所宝贝的,在人家也应该是神圣的。

我们的爱并不比恨来得轻松……可能正因为这样,有些傲慢的人就断言我们的恨更值得称道……如果真是这样的话,他们为什么不躲开我们呢?

除了面包卷作坊,我们老板还有个面包作坊,它也开设在同一所房子里,和我们的地窖只隔一堵墙;不过那儿的面包工——一共是四个人——跟我们不是一伙儿,认为他们的工作比我们的干净,因此自以为比我们强,他们不到我们作坊来,在院子里碰见我们时,总是轻蔑地嘲笑我们;我们也不上他们那儿去,因为老板不准我们去,生怕我们会去偷甜面包。我们不喜欢面包工,我们妒忌他们,因为他们的工作比我们要轻松,工钱比我们多,他们的伙食也比我们来得好,他们有宽敞明亮的作坊,他们全都那么干净、健康,叫我们看了就讨厌。而我们大家总是那样黄黄的和灰不溜丢的;我们中有三个害着梅毒,有几个有疥疮,有一个害风湿病,连身体都完全弯曲了。他们每到过节和没有活儿的时候,都穿上整齐的衣服和咯噔咯噔作响的皮靴,其中有两个还有手风琴,他们全都上城市公园去逛,我们却身穿肮脏的破衣服,脚穿破靴子或草鞋,警察不准我们进城市公园,我们怎么能去喜欢面包工人呢?

有这么一天,我们忽然知道他们中有一个烤面包工喝多了酒,老板把他开除了,另外又雇来了一个,这个人是个大兵,他穿着缎子背心,挂着带金链的表。我们为了好奇,都想去瞧瞧这么个花花公子。我们抱着能看到他的希望,便不断轮流跑到院子里去。

可他自己却上我们作坊里来了。他抬脚一踢就把门踢开了。他让门敞着,笑哈哈地站在门槛上,向我们说:

"上帝保佑!弟兄们,好哇!"

凛冽的空气像浓重的烟雾般冲进门来,在他的脚边翻滚,他老是站在门槛上,从上往下瞅着我们,一口又大又黄的牙齿在他卷得很巧妙的淡黄色的小胡子下闪着亮。他身上的背心真有些奇特:蓝色的,绣着花,整个显得鲜艳夺目,上面的钮扣是用什么红色宝石做的。那表链又是那么……

这个大兵,他真漂亮,个儿高高的,很结实,脸颊红润,一双又大又明亮的眼睛看起人来很动人——既亲切又明朗。他头上戴着浆得很硬的白色便帽,在雪白的没有一点斑点的围腰底下露出一双擦得锃亮的时髦的尖头皮靴。

我们的烤面包司务恭恭敬敬地请他关上门;他不慌不忙把门关上,向我们打听起老板的事情来。我们大家抢着告诉他说,我们的老板是个骗子手,是个恶棍,是混蛋和阎王,总之我们能够和需要说的咒骂老板的话都说到了,不过在这里写出来却不大方便。那大兵不出声地听着,抖动着小胡子,用温和明亮的目光望着我们。

"你们这里姑娘可真不少……"他突然说。

我们中间有些人恭敬地笑了起来,另一些人扮着甜滋滋的鬼脸,有人还向他说明这里的姑娘总共有九个。

"你们跟她们胡搞吗?"大兵眯起一只眼睛问。

我们又笑开了,笑得不太响,有些不好意思……我们中有好些人本来想向大兵表明自己也是像他一样的英雄好汉,可是没有人能这样做,没有人做得到。有人承认了这一点,低声说:

"我们哪儿会……"

"是呀,干这种事你们可不容易!"大兵凝神注视着我们,很有把握地说。"你们不像……那种……你们没耐性……像样的派头……模样,是这么回事!而女人呢——她喜欢人的外表!她希望身材魁梧……希望一切都端正!而且她看得上有力气的……胳膊肘得——你瞧!"

大兵从口袋里伸出右手,衬衫袖子一直卷到臂弯,把光胳膊给我们瞧……手臂白皙、强壮,长着闪亮的金黄色汗毛。

"脚,胸脯,一切都得是硬邦邦的……而且人还要穿得像个样子……好比漂亮的东西就需要这样……拿我来说吧,娘儿们都爱我。我不用叫唤,不用招手,她们自己一下子就会有好几个吊到我的脖子上来……"

他一屁股坐到面粉袋上,有好久讲着娘儿们怎样爱他,他又怎样大胆跟她们周旋。后来他走了。等到门在他背后吱呀一声关上后,我们沉默了好一阵子,琢磨着他和他讲的故事。后来大家不知怎么一下子七嘴八舌扯开了,而且立刻发现我们大家都喜欢他——这样一个又单纯又讨人喜欢的家伙,他来了,坐了一阵,又聊了一会儿天。我们这里是没有人来的,也没有人跟我们那么热乎地谈过话……于是我们不断谈论他和他将会在金绣女工那里的胜利。这些女工在院子里遇见我们时,不是像受了委屈地噘起嘴靠边躲躲闪闪地走,就是直冲着我们,好像她们面前压根儿没有我们一样。而我们呢,无论她们在院子里也好,从我们的窗前走过也好,——她们冬天穿戴着怪里怪气的皮帽和皮大衣,夏天戴有花的草帽,手里拿着花花绿绿的阳伞——我们对她们都只有赞赏的份儿。不过我们在背地里谈起这些姑娘来,要是被她们听见了,那她们全都会羞恼得暴跳如雷的。

"可是别让他也把塔纽什加①给糟蹋了!"烤面包司务突然很担心地说。

我们大伙儿都被他的话吓住,就全都不吱声了。我们不知怎么会把塔妮娅给忘了,好像那个大兵用壮实漂亮的身影把她给遮住了似的。后来爆发出一阵嘈杂的争论:有些人说,塔妮娅不会答应这样的事,另一些人硬说她抵挡不住大兵的进攻,也还有一些人表示要是大兵对塔妮娅胡搅蛮缠,那就打断他的肋骨。最后,大家决定注意大兵和塔妮娅的行动,提醒那姑娘要提防他……争论就这么结束了。

时间过去了一个月,那大兵每天烤面包,陪着金绣女工们游荡,也

---

① 塔纽什加是本名塔姬亚娜的爱称,塔妮娅是本名的小称。

常到我们作坊里来,不过绝口不谈他对姑娘们胜利的事,只是一个劲儿捻着小胡子,而且津津有味地舔着嘴唇。

塔妮娅每天早晨到我们这里来讨"面包卷",像平时一样快活、可爱,对我们很亲热。我们试着跟她聊起大兵来,她只管他叫"爆眼睛的牛犊子"和别的滑稽的外号,这使我们放下了心。看到那些金绣女工死乞白赖追求那大兵,我们因此为我们的塔妮娅骄傲;塔妮娅对他的态度仿佛使我们大家的地位抬高了,我们学她的样,大家对大兵的态度也开始怠慢了。对她呢,大家却越发喜欢,每天早晨都更为高兴而和颜悦色地欢迎她。

但是有一天,大兵喝了点酒来看我们,他坐下后就开始笑,等到我们问他笑什么时,他解释说:

"两个女的为了我打起架来了……莉季卡和格鲁什卡……她们互相打得那么稀里哗啦的,啊?哈……哈!一个揪住另一个的头发,把她按在过道的地上,又骑在她身上……哈……哈……哈!两个的脸都抓开了……都撕破了……太有意思了!这些娘儿们干吗不规规矩矩地打?干吗要乱抓呢?啊?"

他坐在长凳上,显得那么健康、干净、开心,他坐着笑个不停。我们都不吱声。这一次我们不知道为什么觉得他很讨厌。

"瞧,我在女人身上多走运,啊?太有意思了!只消眨眨眼,就成功了!真叫见鬼!"

他那蒙着发亮的汗毛的一双白皙的手往上举起,又重新落到膝盖上,发出清脆的响声。于是他用那么快活、惊讶的目光瞅着我们,就好像他真不明白自己在女人身上怎么会那么走运。他那又胖又红的嘴脸得意而幸福地放着光,他啧啧不停地舔着嘴唇。

我们的烤面包司务气呼呼地使劲用铁铲捣了一下炉灶的炉台,忽然嘲笑地说道:

"弄倒几棵小杉树费不了多大的劲,可是你弄倒一棵松树瞧瞧……"

"这么说,你这话是冲我说的?"大兵问。

"是冲你说的……"

"什么意思？"

"没什么……不谈了！"

"不，你等一等！怎么回事？什么松树？"

我们的烤面包司务没有答理，他朝炉子里迅速挥动着铁铲，把煮熟的面包卷贴到炉子里去，把烤好的铲起来，稀里哗啦扔到地板上，让小伙计们用麻线把它们穿起来。他好像忘了旁边的大兵，也忘了跟他说过的话。那大兵却忽然有些烦躁起来了。他站起身走近炉子，顾不得自己的胸脯会撞着正在空中紧张地挥舞的铁铲把儿。

"不行，你得说出来——她是谁？你丢我的人……我吗？没有一个女人逃得出我的手，逃不了的！可你对我说了这么气人的话……"

看样子他确实像受了侮辱。大概他除了自己那套勾引妇女的本事，再没有什么可以看重自己的了；除了这个本事，他大概再也没有别的有活力的东西，也只有这种本事才使他感到自己还是个活着的人。

有这么一种人，在他们看来，生命里最有价值和美好的东西，就是他们灵魂或身体的某种疾病。他们一辈子带着这种疾病，而且只靠它过日子；他们让这种病纠缠着，但又靠它来取得营养，他们向别人抱怨这种病，而且靠它来引起亲近的人们注意他。他们靠它争取人们对自己的同情，除此之外，他们可就一无所有了。如果从他们身上除掉这病，给他们把病治好了，他们就会感到不幸，因为他们被剥夺了生活的惟一的手段，于是他们就会变得十分空虚。一个人的生活有时竟会那样贫乏，以致他不得不珍视自己的缺德，并且以此为生；因此可以说，人的缺德常常是出于无聊。

那大兵感到受了侮辱，他缠住了我们的烤面包司务，嚷嚷起来：

"不行，你得说出来是谁？"

"说出来？"烤面包司务突然转身向他。

"怎么样？"

"你认识塔妮娅吗？"

"怎么样？"

"就是这样！你试试看……"

"我？"

"你！"

"试她？这对我简直是——呸！"

"我们倒要看看！"

"你会看见的！哈……哈！"

"她会把你……"

"给一个月时间！"

"你真是吹牛大王，你这个当兵的！"

"两个礼拜！我让你们看！她是什么样的？坦卡①！呸！……"

"好吧，走开……你碍手碍脚的！"

"两个礼拜——准会成功！嘿你，……"

"跟你说，走开吧！"

  我们的烤面包司务突然狂怒起来，他挥起了铁铲。大兵惊讶地从他身旁倒退，看了我们一眼，又沉默了一会儿，接着恨恨地轻轻咕噜了一句："那好吧！"然后离开了我们。

  在争吵当中，我们大伙儿都不吱声，虽然心里很关心这场争吵。但当大兵一走，我们中间立刻开始了活泼响亮的议论和喧哗。

  有人喊烤面包司务：

"巴维尔，你捅娄子了！"

"干你的活儿，告诉你！"烤面包司务恼火地回答。

  我们知道这回可伤了大兵的自尊心了，说不定塔妮娅要倒霉。我们预感到这一点，同时大家都产生了焦灼而又兴奋的好奇心：到底会怎么样呢？塔妮娅对付得了大兵吗？我们差不多全都蛮有信心地喊道：

---

① 坦卡是塔妮娅的蔑称。

"塔妮娅吗？她对付得了！赤手空拳是逮不到她的！"

我们非常想考验一下我们的女神，看她是不是坚强；我们彼此急于要证明我们的女神是坚强的，她在这场搏斗中一定是胜利者。最后我们觉得我们把大兵刺激得还不够，他会忘掉这次的争论，所以我们应该狠狠地刺伤他的自尊心。从这天起我们开始了一种神经紧张的异样的生活，这是我们过去从来没有经历过的。我们成天彼此争论，大家都好像变得聪明起来，话也说得更多更有意义了。我们觉得我们是在跟魔鬼进行着一场赌博，我们这方面下的赌注就是塔妮娅。当我们从面包工人那里打听到大兵正在开始"勾引我们的坦卡"时，我们心里感到说不出的痛快，生活变得那么有趣，居然让老板利用了我们的兴奋，乘机给我们每天多添十四普特面胚的工作量，我们也没觉察。我们干活也好像不觉得累了。我们嘴里整天念叨着塔妮娅的名字。我们每天早晨特别急不可耐地等候着她。有时候我们仿佛看到走进来的她已经不再是从前的那个塔妮娅，而是另外一个人了。

然而我们对她绝口不提发生过的争论。我们什么话也没问她，而且照旧亲热和善地对待她。不过在这态度里已经掺杂有某种和我们过去对塔妮娅完全不同的新的感情，这是一种尖锐的好奇心，它像钢刀似的尖锐和寒冷……

"弟兄们！今天到期了！"有一天早晨烤面包司务动手干活儿时说。

这件事即使他不提醒，我们也知道得很清楚，但大伙儿仍然吃了一惊。

"大家都看好……她马上要来了！"烤面包司务提议说。

有人惋惜地嚷了一声：

"眼睛又能看出个什么来！"

于是我们中间又爆发了活跃而嘈杂的争论。今天终于可以知道我们的宝贝是多么纯洁、多么一尘不染，而在这宝贝身上寄托着我们最好的一切。这天早晨我们怎么突然初次感到我们确确实实在进行一场重大的游戏,又感到这次对我们女神的贞洁的试验可能在我们心目中竟是她的毁灭。这些天来我们总听说那大兵顽强地和死皮赖脸地追求着塔妮娅,可是不知为什么我们谁也没有问过她对他究竟抱什么态度。她还是继续准时来向我们要面包卷,而且模样儿完全跟平常一样。

这一天我们很快就听到了她的声音:

"囚犯们!我来了……"

我们赶忙放她进来,但当她进来后,大家一反常态,用沉默来迎接她,我们瞪大眼睛望着她,却不知道怎样跟她攀谈,问她些什么话。我们黑压压的一群人站在她面前鸦雀无声。她对这种异乎寻常地迎接她的态度显然感到很惊讶,我们忽然看到她脸色变得苍白了,神色也不安起来,身体站着摆动个不停,她用压抑的声音问:

"你们这……是怎么回事?"

"那你呢?"烤面包司务目不转睛地盯着她,阴郁地反问她。

"什么——我吗?"

"没——什么……"

"得,快些把面包卷给我……"

她以前从来没有催促过我们……

"着什么急!"烤面包司务说,他站着一动也不动,眼睛盯住了她的脸。

于是她突然转过身一溜烟走出门去了。

烤面包司务拿起铁铲,转身向着炉子,平静地说:

"看样子——吊上了!……这大兵可真行!……混账东西!……"

我们像群绵羊,彼此推推搡搡地走到桌台旁,一言不发地坐下来,没精打采地开始干活。不一会儿有谁说:

"也可能,还……"

"得了吧!你倒说说看!"烤面包司务喊道。

我们大家都知道他是个聪明人,比我们聪明。我们把他这声喊叫理解成为对大兵胜利的肯定……我们变得忧郁而且不安了……

中午吃饭的时候大兵来了。他像平常一样干净漂亮,也像平常一样直溜溜地望着我们的眼睛。我们却不好意思望他。

"好啦,正派的先生们,要不要我把大兵的闯劲给你们瞧瞧?"他得意扬扬地笑着说,"只要请你们到过道里去,从板缝里瞧瞧……明白了吗?"

我们出去了,彼此挤来挤去,贴在过道的板墙缝上朝院子里瞧着。我们等了没多久……很快就看见塔妮娅走过院子,她脸带心事,步子急促,不断地跳过一些融雪和泥泞的水洼。她消失在通酒窖的门洞里,随后,大兵吹着口哨,不慌不忙地也走进去了。他双手插在口袋里。小胡子颤动着……

正在下着雨,我们看见雨点落在水洼里,水洼被雨点打起了皱纹。天是潮湿的、灰色的,那是非常沉闷的天气。屋顶上还有积雪,地上已经出现了污泥的黑斑。房顶上的雪也蒙着薄薄的一层褐色的尘土。雨慢慢地下着,雨声很凄凉。我们等待着,又冷又难受……

首先从酒窖里出来的是大兵;他慢腾腾地走过院子,掀动着小胡子,双手照旧插在口袋里。

后来,塔妮娅也出来了。她那眼睛呀……她那眼睛闪耀着快活和幸福的光芒,而嘴唇呢——在微笑。她走起路来像在梦里,摇摇晃晃,步子一点儿也不稳……

我们没法平静地忍受这个。大伙儿一下子都冲到门口,跑到院子里,愤怒地、高声地、粗野地向她嘘着,向她叫嚷。

她一见我们,身体哆嗦了一下,像木桩一样,在满脚的污泥里站定。我们围住了她,幸灾乐祸地不断用下流话骂她,向她说出好些不要脸的话。

我们骂的声音不大,也不慌不忙,因为看到她给我们包围住了,已经无路可走,我们尽可以痛痛快快地侮辱她。我不知道为什么我们竟没有打她。她站在我们中间,听着我们骂她,脑袋一会儿转向这边,一会儿扭向那边。我们却越发来劲地把我们的肮脏、毒辣的话向她扔过去。

她脸上的红晕消失了。她那双一分钟以前还是幸福的蓝眼睛突然睁得大大的,胸脯沉重地起伏着,嘴唇也在颤抖。

我们围住了她,向她报复,因为她掠夺了我们。她本来是属于我们的,我们把最好的,虽然只是乞丐的一丁点儿东西,都花费在她身上了。可是我们是二十六个,她却是一个,因此我们给她的痛苦无法抵消她的罪过!我们是怎样地羞辱了她呀!……她始终沉默不语,老是用野兽般的眼睛注视着我们,全身颤抖着。

我们放声大笑,吼叫,叱责……还有些人从别处向我们跑拢来……我们中间有人拉了一下塔妮娅的衣袖……

突然间她的眼睛闪出了亮光;她不慌不忙地把手举到头上,一面整理着头发,一面直对着我们的脸镇静地大声说:

"嘿,你们这伙倒霉的囚犯!……"

她笔直地向我们走来,那么不在乎地走过来,就好像她面前没有我们存在,也好像我们没有挡着她的路,因此我们中还真没有人挡在她的路上。

她直到走出我们的圈子后,也没有朝我们回转身来,只是照样骄傲、轻蔑地高声说:

"嘿,你们这些畜——生……混——蛋……"

就这么走了——挺拔、美丽、骄傲。

我们却留在院子里,站在泥泞里,淋着雨,在灰色的、没有太阳的天空下……

我们后来沉默地回到自己潮湿的石洞里。和往常一样——太阳从来没有照进过我们的窗户,塔妮娅也从此不再来了!……

伊 信 译

幽　会[*]

速　写

　　一个年轻的姑娘坐在河边柳树下面,望着自己水中的倒影。她周围的沙滩上洒满了黄色的落叶,秋叶无声地从姑娘头顶上的枝头凋落,飘到她的双肩和裙衫上。她两膝之间也有许多落叶。她手里拿着一片叶子,用手指慢慢地捻着,另一只手里拿着一根柔韧的长鞭。她身材高大丰满,穿着乡下式样的漂亮衣裳,但她那圆圆的脸庞上却布满了愁云,双眼凝视着水面,她沉思着,神色近乎严峻。

　　不久前刚剪了毛的羊群在岸边徘徊,吃着地上的落叶;它们都显得既难看、又可怜。河对岸的树林染上秋天的色彩,成了一片橙黄色;一串串红色花楸果从橙黄中露了出来,像一片片血痕。那天虽然寂静、温暖、阳光和煦,但因万木摇落而令人满怀愁思。

　　姑娘身后传来了树枝窸窸窣窣的声音,一个高个子,黝黑脸膛,淡黄胡子的青年走了过来,他衣衫褴褛,赤着双足。

　　姑娘向他侧过身来,轻声说:

　　"我在这儿等啊,等啊……"

　　他在她身旁的沙地上坐下,很快地瞧了瞧她节日的盛装:一身花色鲜艳的布连衣裙,头上扎一块粉红色的头巾,脚上穿一双山羊皮制

---

[*] 本篇约写于一八九八年底,最初发表于一八九九年二月十七日《高加索报》。译自《高尔基三十卷集》第三卷。

的鞋子,随后微笑着对她说:

"瞧,你今儿个真漂亮啊……"

但是,这时他那双活泼明亮的眼睛遇上她那双又大又蓝的眼睛中流露出来的悲苦神情,他吃惊地摇了摇头,叫道:

"你怎么了?难道说了吗?"

"说了……"

"唔—唔?怎么?挨骂了?"

"挨打了……"

"哎呀,这个老鬼……那……他倒是怎么说的?"

"他说你穷……"姑娘叹了一口气,又望着河水。

小伙子垂下头去,说道:

"是啊……这——他说得对。"

一只绵羊走到他俩跟前,一边闷闷不乐地细嚼着反刍的食物,一边用愚蠢、奴性的眼睛注视着他们。河里有一条鱼儿跃出了水面,阳光在溅水的地方闪闪地发出银光。手风琴的声音在远处响着,犍牛在叫,狗也在汪汪地吠着,还传来一种低沉的锤击声:咚——!咚!

"我穷……他说的对……我又怎能富得起来呢?除了强壮的身体以外,我什么都没有……可是咱们兴许能白头到老吧……芭拉什卡?"

他触了一下她的肩膀,疑问地望着她的脸。

"他这样说你:'我了解他。这样的人不能给有钱的庄稼人当女婿!'"姑娘突然活跃起来,开始说道,"他说,他是个叫花子……他说,他呀,应该是上我这儿来求着当长工,而不是做女婿……"

"那你是怎么说的呢?"小伙子愁眉苦脸地问。

"那还用问……我哭了……"

"嗯……你对他怎么说的呢?"

"怎么说的!我说,我爱的是你,不愿意嫁给别人……"

"嗯,那他呢?"

"他打我的后脑勺,揪我的辫子……'把你的舌头扯下来,他说,好叫你永远不再提起他来……'这是指的你。"

"你瞧!"小伙子忧郁地说,向河里吐了口唾沫。

"后来妈妈又唠叨开了……'咱们,她说,是有钱的人家……找这么个女婿多丢人,难道说咱们就找不到比他强的了?'"

她说话的口气,好像她自己也同意这些话的意思似的。她神情严厉,面带愠色,由于想把她父母对她说的一切如实转告他,所以说话的时候极力模仿他们的语气,时而怒容满面,时而好言相劝。

小伙子一边默默地听她讲述,一边使劲地用两只赤脚在沙滩上掘坑。

一群鸟儿欢乐地吱吱叽叽叫着飞过河去;他目送着它们,当鸟群飞进对岸的树林为枝叶所遮蔽时,他平静地、带着几分讥讽的腔调说:

"看来,我的命运……像田野里的风一样……叫人难以捉摸……"

姑娘叹了一口气,温存而又哀怨地望着他。他凝视着远方。

"既然你爹他说了,那么……就是说,事情难以挽回了。谁也把他拗不过来,老倔头……哪怕是用棍子打这老鬼怪的脑袋瓜子,他也还是坚持他那一套……我说的对吧? 他会对你让步吗?"

"不会的!"姑娘摇了摇头,"我就是把眼泪哭干了,他也不会改变主意的……"

"这就是说,全完了! 咱们俩的事吹啦! 芭拉盖雅! ……没有缘分啊!"

"那往后怎么办呢?"她焦心地小声问道。

"怎么办? 我上工厂,到那儿干活去……干腻了,就再走远一点……就这么着……咱们分手吧!"

她睁大着双眼望了望他,无言地把头埋进他的胸膛。

他用一只胳膊搂着她,看了看她那双抽动着的肩膀,沉思地望着风平浪静、像镜子一样映出他俩身影的河水。

"啊……有时候,我多少次暗自想象过这一切呀! 我和你,咱们俩结了婚,一块儿干活……"

他停住了,也许是因为又在"想象"自己娶了这位紧偎在他胸前的姑娘,并且和她一块儿干活;也许是因为再也没有什么可想象的了。

"是的……比方说,我割草,你搂草……或者我推磨,你簸扬……哎,真见鬼!要是咱们有了孩子……就会万事称心了……养一头牛,要不养两头……再养上几只羊……想到这些就乐滋滋的……"

姑娘大声号哭起来,就跟村妇哭她去世的亲人似的。

"你别哭了,"他紧紧地搂着她,平静地说,"哭个什么劲儿?哭也没用……"

"我的斯乔帕……我的好亲人!"她一边痛哭,一边喃喃地说。

黄色的柳叶凄凉地在他俩头顶上飘舞,风从河面上吹过,河水上泛起了密密的涟漪。

"不要紧!"小伙子劝慰说,"只不过起先你会为我难过……以后就会习惯的。你们这些女人们,很快就会习惯的。……忘掉了,就没事儿了!就跟没有我这个人一样……"

"斯乔帕!你别对我说这种话……我永远……我永远也忘不了你!我现在没有你怎么办呢?我会像丢了魂似的过日子!"

"你总得嫁人……"小伙子郁郁不乐地冷笑着说。

"老天爷!我不嫁人……我谁都不嫁!"姑娘痛苦地叫道。

"让你嫁你就得嫁。不让你嫁给我,你顺从了;让你嫁给别人,你也会依从的。这种事总是这样的。不会老难受下去的……"

"斯乔帕,你为什么要走呢?哪怕是你留在这儿,哪怕我从远处看看你,说上句把心里话也好呀……现在叫我怎么活下去呢?!"

他听着姑娘的伤心话,面带冷笑地望着她的脸,深深地叹了一口气。

"我干吗留在这儿?你说的不是事儿,芭拉盖雅。我以前在这里磨蹭,那是因为我年轻,还因为有你在……我想,父亲吗,没关系,固执一阵子就会同意的……现在看来不成了……我的事伊凡叔叔跟他谈过好几回,他连听都不愿意听……你们太富了……因此看不起人。我只好离开这儿到别处去。……再就是我有点不那个……看见你嫁人心里会难受的！……那我在这里干什么呢？"

"也许,你也结婚。"姑娘小声说。

"咳……我结什么婚呀……要是娶你的话,那就不一样了。因为你是个身体壮实……能干的……好姑娘,咱们俩准能过上好日子！……"

他又沉重地叹了一口气,不作声了。

"圣母呀！"姑娘祈求地说。

"嗯—嗯……我娶不了你,你嫁不了我,咱们用不着……你不愿意在结婚以前跟我……好些人都这么干的。怀了孕,就会赶紧把她嫁给让她受孕的那个人的……可是你不愿意这么做……这就是说,你爱得不深……"

"斯乔帕！"姑娘抬眼望着他的脸,愁容满面地说,"要知道没结婚就……是有罪的,而且又会狠狠地揍我,揍得死去活来,要是有了……把我打成了残废,照样还是不会把我嫁给你的……"

"嗯,"小伙子淡淡地说,"这是你的事,你自己去考虑吧。如果真的爱我,还怕为爱情挨打？对,是这样！"

她又哭了起来,不过现在已经离开了他一些。他呢,手搭凉棚,望了望西沉的太阳,慢吞吞地说：

"现在快四点钟了……得等一下,马上就要敲钟做晚祷了。明儿早上天蒙蒙亮我就要起床动身了,就这样……"

"你不可怜……我吗？"姑娘泪流满面地说。

"可怜不可怜,这是我的事！……"小伙子愁闷地说。

他望着水里,看见姑娘双手掩面,她的头在不停地摇着,肩膀在抖动。后来发出嘤嘤啜泣的声音,就像一个六岁的小孩在哭泣似的。小伙子转过脸去,避开姑娘,咬牙切齿地骂了几句。他纹丝不动地坐了好久,她一直在流着痛苦和委屈的眼泪。

"好啦……"他终于说,连望也不望她一眼。

她没有听见,或许是不愿意听他的话。这时小伙子陡然转身向

她,用有力的双手抱住她,几乎是把她拽到自己的膝盖上,他那激动的脸俯向姑娘,用喑哑的声音说:

"够了……别让我心烦了!……有什么法子呢?没这个缘分……再没有别的了……你说是吗……芭拉盖雅?我还是走吧……真的!"

她一边哭着,一边挣脱他的拥抱。

"嘿,您呀!"小伙子忧郁地、愤恨地喊了一声,"像您这样爱法,会叫事情越来越糟糕的!……就这样已经够叫人痛心了,可是你还火上加油!……我说,别再号了!"

他把姑娘推开,站起身来;姑娘仍然坐在沙滩上,把头埋在两膝间。小伙子紧皱双眉,用严厉的目光从上而下看了她半天。后来,他对姑娘说:

"那就……永别了!"

"永别了!"她朝他抬起头来,回答道。

"让咱们最后一次接个吻吧……"他提议道。

姑娘站了起来,用双臂抱着他的肩膀,紧紧地偎在他胸前。小伙子虔敬地吻她的双唇、她的双颊,然后把她放在自己肩膀上的双臂拿了下来,说道:

"我明天就走……永别了!愿上帝赐给你幸福……大概,会把你嫁给萨什卡·尼科诺夫的……他是一个温和的小伙子……就是有点傻头傻脑,而且弱不禁风……那么病病歪歪的……永别了!"

说罢,他离开她走了。姑娘转过那哭得红肿了的脸,目送他离去,她像是怀着某种希望,又叫了一声:

"斯乔帕!"

"嗯?"他朝姑娘转过身来。

"永别了!"

"永别了!……"他大声地回答了一声,便消失在柳树丛中了。

她又坐在沙滩上,无声地哭了起来。

黄叶依旧从树上飘落下来,平静的河面映出晴朗的天空,映出树木、河岸和姑娘的身影。

　　羊群走到她身边,用它们圆圆的、总是温驯的眼睛凝视着她,仿佛有些莫名其妙:力气这么大的、用鞭子打它们打得那么疼的姑娘,怎么会哭泣呢?

孙新世　译

菲诺根·伊利奇[*]

特　写

一个高身材、蓄着大胡子的庄稼汉背着一只大口袋,在秋天泥泞的道路上行走,那沉甸甸的口袋压弯了他的腰。他聚精会神地望着脚下,迈着大步,侧耳倾听着背后嘚嘚的马蹄声,心想:"这是谁呢?"

在他身后半俄里远的地方,一个身穿暖和的短上衣、头戴皱巴巴的旧圆顶礼帽、留着火红小胡子、脸颊刮得干干净净、长着两只灰色小眼睛的人乘坐一辆四轮小马车,一个劲儿地在后面追赶他。他一面挥鞭抽打那匹喂得饱饱的花斑马的屁股,一面机警地望着他前面的庄稼汉和坐落在前方沙岗上的黑乎乎的村舍以及村舍背后的针叶树林。在这两个活动着的人影身后的空旷原野上,耸立着像一堵墙似的阔叶树林,林梢直插灰蒙蒙的天空,而在他们左右两侧的树林之间,绵延着一片褐色的丘陵地带,一些地方铺展着绿毯般的冬麦地。

等到花斑马的脸同庄稼汉的肩膀平行的时候,驾车人便举帽为礼,亲热地向庄稼汉招呼了一声:

"一路平安!"

庄稼汉边走边掉过头,看了看驾车人,回答说:

"上帝保佑。"

---

[*] 本篇写于一八九八年年底,最初发表于一八九九年二月、三月《人人杂志》第二期、第三期。译自《高尔基三十卷集》第三卷。

"您好哇……菲诺根·伊利奇!"

这时庄稼汉收住脚步,用阴沉的大眼睛再次仔细打量了一下过路人,说:

"您好……我有点认不出来……"

"我可认出您来了。"

"哦—哦。"庄稼汉皱起眉头,拉长声调应了一句。他低下头去,随着马车继续朝前走。

"您刨土豆来啦?"过路人问道。

"嗯……刨土豆来啦。"

"怪远的!"

"有什么办法?"

"来,把口袋搁到我车上。……您自个儿也上车来吧,我给您捎个脚儿。……吁!"

马停住了,庄稼汉把肩上的口袋卸到马车上,接着自己也爬上车去。上车后,他挨着那个蓄着红胡子的人坐了下来,这时,他才说:

"谢谢您了!……要不然,咱这根脊梁骨呀……非压折了不可……"

"怎么,您还没认出我来吗?"

"脑子里有点影儿。……像是在哪儿见过。……您的相貌看来倒是眼熟。"

"怎能不眼熟呀!我们差不多做了十五年的邻居,菲诺根·伊利奇……"说完这话,赶车的冲着庄稼汉的面孔难看地撇嘴笑了笑。

"啊?"庄稼汉惊叹了一声。"您可是——穷光棍洛霍夫?"

"正是啰……嘿—嘿!"

"哦—哦!原来是你……怪不得……嗯……"

"我就是光棍莫季卡[①]。"

"对了,对了!莫季卡,……可不是嘛!我记起来啦……"

---

① 正名马特维的昵称。

庄稼汉用他那双阴沉沉的眼睛笑眯眯地端详着坐在他旁边的人。

"可如今我叫马特维·彼得罗维奇·洛霍夫。"从前的莫季卡带着令人可信而又一本正经的口气说,一面捻了捻他那几根稀疏的猫胡子。

"看来,混出个人样来了吧?"菲诺根问他。

"可不。复员了。……有军衔——司务长……早就复员了……都干了四年多公事啦……"

"是当雇工?"

"当什么雇工呀?我识字,——当雇工算个什么?"

"那……倒也是!"

"我在旅馆里干过事。……在轮船上当过餐室的堂倌。……还当过小卖部的掌柜……"

"活儿倒不累……"菲诺根含糊地说。

"也不见得!有时出航,船上的乘客多得像黄瓜里头的籽儿一样。……成天忙得团团转。"

"可也是……常言说得好,哪一碗饭都不好吃。……"

洛霍夫侧目看了他一眼,又捻捻胡子。

马用又碎又快的步子朝前奔跑,菲诺根望着马屁股,心里想:

"瞧你,滚瓜溜圆的!到底是当老板的人的牲口……"

离村子已经不远了。经雨水洗刷一新的农舍在黄沙地上清晰可见;沙岗顶上,农舍上方的棕色松树干,像蜡烛似的笔直地挺立着。

"这座树林子倒还是完完整整的……"洛霍夫说。

"它还能到哪儿去呢?"菲诺根问。

"如今砍伐林木……都成风了!"

"那是在能砍伐的地方。……要是有谁乱砍一气,就连这片林子恐怕也会砍光伐尽了。……可到了那个时候,整片洼地,直到河边,通通都得被沙土淹没掉……"

"可不,都得淹没掉……"洛霍夫应和了一声。

"马特维·彼得罗维奇,你这是到哪儿去呀?"菲诺根沉默了一阵

247

之后,打问道。

"就是……来找您的呀。"

"唔……是小住些日子吧?"

"嗯……听上帝安排吧。"

"这么说,可能还要长住下来啰?"

"也许……也许要长住下来。……"

庄稼汉沉默不语,不知为什么他合上了两只眼睛,用右手抓住那把浅褐色的大胡子,若有所思地揪了几下。

起先走的是胶泥路,这会儿上了沙土路,洛霍夫的马开始缓步行进。

"你在外头干事,大概总攒了点钱吧?"菲诺根打听说。

"哪—能啊!你可知道,钱是滑的……要把它留在身边可不容易啊。"

"你是打算种地?"

"我说呀,菲诺根·伊利奇……"洛霍夫郑重其事而又颇有盘算地谈了起来,"你就暂且先让我……在你那儿落脚。……赶明儿咱们好好合计合计。老邻居嘛……瞧,我一下就碰见了你,多有缘分。"

菲诺根听出他的话里带有一种过去不曾有过的、像是发号施令的口吻。他瞧了瞧洛霍夫的面孔,不急不忙地回答说:

"住我这儿就住我这儿……欢迎你。"

"我在城里可待腻了!"洛霍夫用他那双灰溜溜的小眼睛瞧着农舍的山墙和屋顶,仿佛想要把房舍的里里外外全部察看个清清楚楚。"闹嚷嚷、乱腾腾的……没啥混头。"

"乡下简单些……"菲诺根说。

"所以……我才打定了主意:还是奔农村算啦,也许能有个着落……"

"在乡下要是赶巧了还能混上个差事……"菲诺根连眼皮子都不撩一撩,蛮有把握地对洛霍夫说。

他们拐进了村子。村里静悄悄的,只听得从远处传来了孩子们的喊叫声和连枷的轧轧声。

"在打场呢……"洛霍夫说。

"现在正是打场的时节……"

"天气有些潮……"

"场上还凑合……"

"这是你的房子吧?"

"对……"

洛霍夫鼓动舌头弹出一个响声,又将缰绳往左边猛地一拉,马便朝那座像它的主人一般坚实和阴沉的大木房的门口拐去。

"慢着。我开门去……"菲诺根说,笨重地爬下车来。……

"我总算到了!"洛霍夫感叹了一声,不住地眨巴着两只眼睛。

过了一小时,菲诺根在他那座宽敞的木房子里和他老婆、洛霍夫一道坐在桌子跟前喝着茶。

"有人给我出主意,"洛霍夫用手敲着桌子说,"劝我炼薄荷油。他把各种方法统统告诉了我……据他说,事情干起来并不难,还挺有油水……"

"嗯……"菲诺根一个劲儿地轻轻吹着茶碟,应了一声。

"话虽是这么说……可是干这种事不熟悉,没干过……别弄得今天开张,明天破产。"

"这是常有的事……"

"所以,我想还是做买卖好。"

"您是想开酒馆吗?"菲诺根的妻子问道。这是个瘦骨嶙峋的女人,矮矮的个子,长着一双漂亮的乌黑眼睛。不过这双眼睛对她那张布满一道道细纹的焦黄的面庞却又显得过于年轻了。

"不,不开酒馆。"洛霍夫摇摇头说,"不瞒你说,我不喜欢酒馆。我这个人不好喝酒,也不想叫别人喝酒……开酒馆可不是好门路。……"

"这档子事干不长,"菲诺根平静地说,"你听我讲,来年我们村里就要开设官办酒店……听说了吧?"

"嗯，你瞧！"洛霍夫说。

"你听到过这么一说吗？"菲诺根又问了一遍。

"听到过……像是听到过一点儿。你问它做什么？"

"没什么。"

洛霍夫瞥了菲诺根一眼，耸了耸肩膀。

"我倒不是因为听说官家垄断才不开酒馆，"他令人信服地说，"是我没这个打算。老实话，成瓶卖、零卖都是有利可图又不费事的买卖，不用费多少心思，就像用吸铁石似的把别人的钱吸到你的腰包里。虽说我在城市里待过，当过兵……经过风雨，也见过世面，可我没忘记上帝。我是上帝的忠实奴仆……酒会招来好多罪孽。人世间因为酗酒而犯的罪行恐怕比卖酒赚的全部利钱还要多呢。"

"这话不假。"菲诺根的妻子赞同说。

丈夫把茶杯推到她面前，盯了她一眼，说：

"瓦尔瓦拉，再给我来一杯！"

"您成家了没有？"瓦尔瓦拉问。

"还没有，"洛霍夫回答，"一直没顾得上成家。我干的是跑跑颠颠的差事……今天东，明天西。干这差事的人娶媳妇有什么意思呢？比方说，我随船外出，总不能把她给带上。那就得把她一个人撂在岸上……得养活她……再说，她要是不守规矩呢？叫人怪不放心的……我打算这么着：等我找个地方安顿下来了再成家。"

"这比什么都强呀！"瓦尔瓦拉说。

"再说，在城市里找老婆得特—特别小心！"洛霍夫将一个手指头直溜溜地朝上一翘，沉默了片刻。"城里的女人哪，她们可是喔—唷—唷！两只眼睛得盯住她们。……她们讲究吃喝、穿着打扮……以及其他等等。乡下的女人就简单多了……她们强多啦……"

"对乡下女人放得下心来。"瓦尔瓦拉说。

"她们笨些。"菲诺根用他那只大手掌抚摩着胡子，笑着说。

"女人干家务事也用不着多费脑筋。"洛霍夫明确说。"请给我再倒一杯！"

天色渐黑。透过农舍的小窗望去，秋天的暮霭笼罩了大地，农舍的墙角已经暗了下来。

"眼下您的日子过得怎样，菲诺根·伊利奇？"

"凑凑合合。"菲诺根思索了一下回答说。

"越过越富了吧？"

"衣服上的补丁吗？倒是越来越多了。……娘儿们差不多天天要替我们缝补衣服呢。"

洛霍夫殷勤地笑了笑。

"不，看来村子变富了。……房子也都砌得敦敦实实的。……看样子乡亲们也都能吃饱饭了。"

"我们在厂子里有进项，"瓦尔瓦拉说，"村里办起了造纸厂和炼油厂……用木材提炼各种油料。庄稼人呢，就来来回回到车站运货去；运一趟，一普特七戈比，返程也是一样……"

"哦，是这样？噢，噢，噢。……我还不知道办了工厂呢！"洛霍夫眨着眼笑吟吟地大声说。

"厂子给我们的好处可不少。"

"厂子离这儿有多远？"

"一家厂子离这儿六俄里，另一家就在林子后边，离这儿约莫四俄里。……"

"那么，厂子里有酒店没有呢？"

"不让开！"菲诺根简短地回答了一声。

"谁不让开？"

"上司……不让开。……"

"是—这样。您—您瞧！那么，要是在村子里开呢？"

"村社[①]不让。"

[①] 旧俄时代农村基层行政单位。

"可是这对村社有好处呀。……说不定好处还大着呢！……"

"有啥好处,让它给喝穷吗?"菲诺根严厉地看着洛霍夫,问道。"对村社可不会有好处。……"

"它可以收租金!"洛霍夫高声叫道,连脸都涨红了,小胡子撅得像鬃毛一样。

"村里已经来过好多人,"瓦尔瓦拉说,"有一个人愿意一年出三千卢布租费;可是庄稼人,像菲诺根,还有洛先科夫兄弟、叶菲姆·沙别尔、戈留诺夫老汉……您还记得戈留诺夫吗?"

"记得……他都老了吧……他们怎么啦?"

"他们不干……他们说:我们不赞成。……"

"嗨……"洛霍夫不以为然地摇摇头。

"对,我们不赞成村里发生酗酒这类事情。"菲诺根眯着眼瞅瞅洛霍夫,斩钉截铁地说,"我们不赞成这个……没酒馆,我们的日子都够那个的了。我们不能让人在这儿开酒馆。七年前,我们就定下了不要酒馆的规矩,现在过得不挺好嘛。"

"公家要开了。"洛霍夫说。

"那我们就请求公家不要开。"

"可不吗? 没有……酒馆也能活。"洛霍夫想了想,说道。

"嗯! 只能这么着……"菲诺根像是威逼谁似的肯定地说。

"等等看吧!"洛霍夫意味深长地紧抿住嘴唇说了一声。

接着,他从桌旁站了起来,对着墙角里的圣像画了个十字,朝主人们行了一个鞠躬礼,说:

"多谢您的茶啦……"

"不客气。"瓦尔瓦拉回答说,菲诺根只是默默地摇摇头。

"我去看看佩加什卡。"洛霍夫说完,便走出了农舍。

菲诺根皱起眉头,看着他的背影,瓦尔瓦拉注视着丈夫的脸色。

"瞧,他可是真变好啦!"她终于说道。

"骗子!"丈夫阴沉沉地应了她一句。"你对他可别太热乎了,你给我留神！别跟他太热乎,……对这号人可不能热乎,得用木头橛子照脑袋瓜儿磕。"

"嗨,你这太过分了！"瓦尔瓦拉笑了笑,"还没有什么根据……"

"我看透了他！说他是骗子就是骗子！你瞧他那副鬼样子:像一只壁虱,闻着闻着,一口就咬住咱们。……你看见他那两片嘴皮子有多厚吗?"菲诺根冷冷一笑,结束自己的话:"凭那张嘴皮子他就能把咱们身上的血吮光。"

"反正是老天爷不坑人,猪猡不吃人。"瓦尔瓦拉洗着茶碗,嘿嘿一笑。

菲诺根挺着胸脯从木炕上站了起来,用他那粗壮的节节弯弯的手指头梳理着胡子,说:

"我讨厌这号人。……你瞧,可他来了！像是要来挖金银财宝一个样。我不比他傻,酒馆要是能开,我自己早想到了。赶明儿他要是知道咱们想通过银行置地,准又得求我们,说:让我也入伙吧。可不吗……准会来求我们,等着吧！"

"那你们就别让他入好了。"妻子说。

"这不由我一人说了算……"

"那你就先跟洛先科夫兄弟和叶菲姆他们说说去。"

"要你教！"菲诺根厉声说。

洛霍夫进屋来,眯着锐利的小眼睛,机警地朝夫妇俩打量了一番,称许地摆了摆头,说:

"菲诺根·伊利奇,你们屋里的摆设真够—够讲究的！……"

矮小、消瘦、秃顶的戈留诺夫老汉是佩斯昌卡村最有头脑的庄稼人,他对菲诺根作过这样一番评价:

"菲卡·列梅佐夫是个好心肠的庄户人,没的可说！是个如今少有的当家人:一切都安排得有头有绪。……又是干活的好手,还是个有心计的人……这话都是实实在在的！这年头老天爷报应,众人到处在叫苦连天。……菲卡倒没事,有时哭哭穷,又稳稳当当站住了。像

253

他自有一本祈祷上帝的经书似的。可他现在还不是村社的人,往后他会做咱村子的主宰的……您记住我这话吧!到那个时候,他准会把咱们一个个给掐住……怕是连哎哟一声也喊不出来呀!……"

时间过去了,但戈留诺夫的预言没得到证实。菲诺根成了村子里大名鼎鼎的识文断字、通晓法规的人;大家都很敬畏他,同时对他的得势也颇带几分羡慕。当戈留诺夫开始劝导庄稼人必须关闭酒馆的时候,菲诺根首先对他的讲话作了响应。

"你干吗这么激动呢?"有一回老汉用狐疑的目光瞅着问他。

"那是因为我明白了你这个讲话的好处。"菲诺根回答。

"哦……"老汉将信将疑地哼了一下鼻子。"该不是……为自个儿考虑吧?"

"你说什么?"

"没准也想当个掌柜的?"

"不,莫谢大爷,你可别这么想,我不开酒馆……"菲诺根直言不讳地说道。

老汉瞥了他一眼,咳了一声。

"我不大了解你,菲诺根,没猜出你的心思。"

"谁都不乐意干对自己没好处的事嘛……"菲诺根说。

"那么村社怎么样呢?"

"村社要人来撑着。"

"不大明白……等着瞧吧。"

在村会上商讨关闭酒馆这件事的时候,菲诺根对戈留诺夫的支持比谁都起劲,说得比谁都在理。

过了不久,村子附近开办了一家木材干馏厂。开工初期河水就受到一些污染。佩斯昌卡村的村民因此闹起病来。庄稼人请求厂主保护河水,厂主答应他们设法采取措施,结果不消说,啥也没做到。

于是,菲诺根向村社自告奋勇,进城处理这件案子。哎,事情当真办妥了。保健医生、检查员、区警察局局长都来到了工厂。不久,工厂只得挖了一个池塘,让水在池子里沉淀沉淀,用石灰消毒。从那以后,虽说水变了味儿,但它又同从前一样,变成无毒的了。

老年人用取笑的口吻说菲诺根是"识字人!……"但他们在村会上或者聊天的时候,却很注意地听他那些总是阴郁和带几分讥讽的讲话。菲诺根的同龄人(洛霍夫来到村子的时候,他年近四十)都管他叫"菲诺根大叔"。他常常无情地嘲讽和他谈话的对手,以此来显示他比别人高强。在他的谈话里总带有那么一种长官训话时的腔调。每年冬天,他都从工厂借些书回来,在晚上用他粗重的声音一板一眼地念给全家人——妻子、一个十岁和一个八岁的儿子听。街坊四邻也时常来"听书"。每当他要念书的时候,他就坐在面向入口的上座,把头埋在桌子上,脑门上泛起深深的皱纹,眼睛里也布满血丝;接着,脸上和脖子上冒出一颗颗汗珠子,两只耳朵也奇怪地哆嗦起来。尽管他念得很起劲儿,可是时不时地总要停下来,用那双阴郁的眼睛望着书,半天不出一声。

"往下念呀!"听书的人们催促他。

他沉沉地吁口气,屋子里重又响起了他那粗重的声音。

有一次,他搞来了一本讲酗酒有害的书。他认认真真地从头至尾把它朗读了一遍,把书合上,用手使劲在书上拍了一记。

"瞧,说得多玄乎!"他冷笑着喊道。"写了这么多废话,也许能值一百卢布,可是这书才值三戈比!……太贱了!……"

他粗鲁地哈哈大笑起来,接着又说:

"得把那个写书的揪来……"菲诺根狠狠地骂道。"把他揪来,让他当当庄稼人,干干庄稼人的牛马活儿,干他一两年。到那个时候,他……就会明白,庄稼人为啥要喝酒……"

有一回,他把果戈理的《口角》还给借书给他的人,那人问他喜不喜欢这篇小说时,他回答说:

"有啥可喜欢的,净是些琐琐碎碎的小事。……从头到尾我只找着一句话是说对了的。……"

"哪一句话呢?"

"是说,活着没劲。……这话说对了。……这是明摆着的:人活着没啥乐趣……日子过得太苦。什么都缺……粮食缺,耕地缺,好人也缺……凡是好的东西都缺,可坏的东西倒多得铺天盖地,到头来呢,还是众人遭殃……"

他只逢节日盛典上教堂,只在"上圣殿"、过复活节、圣诞节,或是当全村人都喝酒的时候(这种时候很少)才开怀畅饮。他从来不殴打他的面黄肌瘦的妻子,但他却总是用严厉的长官腔调跟妻子说话。有一次,他喝过量了,妻子数落了他一顿。他对妻子大发雷霆,说:

"你听着,蠢娘儿们!老子照你的脑袋猛不丁地敲一记,叫你把舌头都给咬断。……到那个时候你就会明白过来,咱在这地方不光管你一个,所有的人我都管得着。村子里谁个最能?菲诺根·伊利奇·列梅佐夫!论聪明才智,他数第一,就像城里的省长。……你可要放明白点儿!"

见过世面的洛霍夫顿时意识到了菲诺根是不会让他为所欲为的,这个阴沉的庄稼汉也是个又厉害又聪明的家伙,必须做到要么同他深交,要么机智地绕过他。洛霍夫那保养得滚圆的身子用它的两条短腿踩着急促的碎步子从这家串到那家。他眨巴着两只眼睛,锐利地窥视着一切,寻根问底地打听着他要打听的事情。这样约莫过了五个礼拜。经过这一段时间,洛霍夫已确认菲诺根在村里是个头面人物。菲诺根也注意着洛霍夫,大胡子里嘿嘿笑着对他的邻居叶菲姆说:

"瞧他,老转悠。……想筑个窝吧!"

叶菲姆是个个子敦实、心地善良的庄稼汉,生着一双浅蓝色的眼睛和一头鬈发。他简短地说:

"他筋疲力尽了……"

"从外表看不出来。"

"嗯,他外表饱满……"

"他找过你吗?"

"还能不找吗。……前天去打谷场来着……"

"怎么样?"

"我正在打场。……他说,让上帝赐福给你吧。……我说,谢谢……"

"你说正经事吧。这我知道,谁见面还不打个招呼。"

"我跟他有什么事儿好谈的呢?"

"你说,他倒是讲什么来着?"

"东拉西扯的。……他打听,你们搭伙买地吗?我说,是啊,有这么个考虑。噢,他说。能不能吸收我入伙呀?他问。"

"啊哈!"菲诺根挑了挑眉毛说。

"啊……他说,吸收我好吗……"

"那你怎么说来着?"

"我就往你身上推呗。……我推说菲诺根是我们的头儿,你还是找他去吧。……"

菲诺根摩挲着胡须,沉思起来。

这场谈话是在菜园子里那棵枝丫茂密的白柳树下进行的。两位邻居隔着篱笆面对面地站着:叶菲姆的胳膊肘支在篱笆上,菲诺根倚在白柳树干上。天色已晚,秋风肃杀,光秃秃的枝丫摇曳不停。

"这事你是怎么想的?"

"我?我……是这么想的:比方说,一群狗盯住了一块肉骨头,都站在那里盯住骨头,可它们啃不着。这时,突然闯来了一只狼。它说,让我也搭个伙儿吧……"

叶菲姆笑了。

"你这个比方真绝。"

"你瞧……同豺狼为伍,不是好事!这种野兽贪得无厌。想轰走他,那就难了!你瞧这事儿……"

"要是……他买了地,他会自个儿种吗?"叶菲姆问道。

"他才不自个儿种呢!他要开酒馆子……"

两位邻居陷入了沉思,他们沉默了好一阵子。叶菲姆凝视着眼前的菜畦,菲诺根瞅着自己的胡须,不停地抚弄。

"要是把狼的皮给扒下来……"他忽然小声而决断地说。

叶菲姆带着疑问的目光瞥了他一眼。

"怎么个扒法呢?"

"我还不—不知道。……大概总可以想个点子……"

"唔……"叶菲姆狐疑地哼了一声。

"这个我都想过了。"

"怎么想的呢?"

"好办。……这种事儿就是得多用些心思。……还得齐心。……可以叫他入伙。他得拿钱出来。……咱们正急着要钱花呢。……"

"是这么一着呀!"叶菲姆叹息道。

"要是让他入伙,咱们要交银行的定金就全有了。"

"那就让他入伙好吗?"叶菲姆恳求道。

"你说让他入伙?那他可就要扎下根来……又开酒店又设铺子。"

"管他呢!"叶菲姆把手一挥。

"是这样!你这个老好人哪。……"

"怎么?起码会有咱们自己的地呀。"

"他也会有。得做到咱们有地,他没地。这么着才好哇!……"

"瞧你想的!"

"酒店和铺子你我都能开。……凭啥让外乡人去做这门生意呢?你要明白,如果开酒店,工厂里的年轻人就会奔酒店去,大喝特喝,就会糟蹋姑娘。……这都是谁经营的呢?外乡人。……这全部买卖你我都能做,可是没做。为什么呢?"

"谁知道是为什么?"叶菲姆摇摇头,笑着说。"大概是凭着咱们的好心肠……"他想了想,解释道。

"什么好心肠?"菲诺根追问道。

"就是说可怜人呗。……你自个儿说的,凭好心肠……也就是说凭良心。……"

菲诺根像用师兄的严厉目光瞥着死心眼儿的师弟一样瞥了邻居一眼,给他解释道:

"不是凭好心肠,也不是凭良心,应该说是凭理性。咱们这些有能耐的人只要紧紧拉起手来,就能像石头墙一样硬实。……谁要是来动咱们一根毫毛,就叫他碰得头破血流。……咱们可不能互相踢脚,咱们要互相帮助。也不是什么人都值得帮。……可是那些有能耐的……能干活儿有才干的,你得支持他们!这对你只有好处没有坏处。……懂吗?"

"嗯。……可不是嘛……"叶菲姆沉思道,"就是太厉害了些。……"

"怎么厉害了?"

"没……没有什么!不是说厉害了。……我还是拿廖斯卡给你打比方吧。……他这个庄稼人笨吗?不就是爱喝酒嘛。"

"你说,廖斯卡怎么啦?"

"我是说,不帮他一把哪儿成呢?虽说他干活儿没能耐,可是他傻吗?"

"那你就帮他呗。……他是你堂兄弟嘛。"

"倒不在乎是堂兄弟。……"

"你说吧,你帮过他没有呢?"

"还少么!"

"那么,管用吗?"

叶菲姆叹了口气,苦笑着挠了挠胸脯。

"你帮他这鬼东西,可……"

"往后还帮吗?"菲诺根追问道。

"我再也不管了!随他去吧。……"叶菲姆绝望地把手一甩。

"你这是说谎,你还会帮的!给他粮食啦、绵羊啦之类的。……"

"哪能不给啊!……"叶菲姆朝一旁啐了口唾沫,无可奈何地说。

"瞧,问题就在这儿!这对他有啥好处?对你又有啥好处?老弟,这可就乱套了。咱们把那些坏家伙全都供养起来,可就是不会爱惜有用的好人。我同你们讲过萨维奥雷切夫的瘸腿儿子帕什卡这个人：'嗨,乡亲们！匀给他一块地,盖上一所小木房吧,……他会领这份情的！'可你们硬是不干,东推西推的。……你瞧,眼下人家在安库季诺瓦村住了下来,又当钳工又当铁匠,还教娃子们识字。……还学会了编筐的手艺。……人家对安库季诺瓦人不是有好处吗？"

"说的也是,菲诺根·伊利奇,咱们失算了。……还是你当时说的对呀。苦了娃娃们啦。……只好打发进工厂了,赶四俄里路。……叫他们白挨冻。……帕什卡这件事咱们没搞对。……真是—是的！"

说完这段话,叶菲姆不同一般地咂了咂嘴。……

"叶菲姆什卡,一个庄稼人,最要紧的是要有心眼儿。……庄稼人活在世上没个心眼儿哪能行呀！"菲诺根说,重重地叹了口气。

邻居俩面对面地大约又站了一分钟以后走开了。叶菲姆来到自己菜园的一角,着手加固篱笆；菲诺根凝思着望了望他的背影,摇了摇头,迈着稳健的大步朝家门走去。

与此同时,廖斯卡·基利金的家里在谈论着另外一桩事情。瘦削的蓄着山羊胡子的廖斯卡同洛霍夫面对面地坐在桌子跟前,桌上惹眼地搁着一瓶烧酒、一盘酸白菜、一大块掰下来的黑麦面包。屋子里黑下来了,但是,在昏暗的光线下既能看清被踩坏了的、带有一道道大裂缝的地板,也可看得出熏得发黑的歪歪斜斜的墙壁。他们头顶上的那块天花板垂了下来,被两根杆子撑托着；在破旧的半倾斜的笨重的大炉子周围,地板被压得凹陷了下去。

三扇正方形的小窗户活像三只淡漠无神的眼睛朝屋子里张望,显得呆板而郁闷。

强烈的霉烂气味充塞了这间光线很差的小农舍,廖斯卡沙哑的嗓子像锯木头一样在屋里嘎吱嘎吱地响。

"对庄稼人来说,最要紧的是要有胆量。怕这怕那的庄稼人是没有出息的。瞧,我没这份胆量,就只好将就过日子……干什么都不起劲儿,因为我知道,干什么也成不了事。……我这人没胆量。……没胆量的人算人吗？"

廖斯卡斟了一盅烧酒，不急不忙地将它一口咂尽。

"哎，菲诺根怎么样啊？这么说，大家伙儿都听他的啰？"洛霍夫若有所思地用手指敲打着桌子问道。

"菲诺根首先是个有胆力的庄稼汉。他可有招数呢。……反正他……从来都吃不了亏……有一年春天，他打城里回来……他有一俄亩①翻好了的春播作物地……忽然之间，他种上芥菜了。别人想：种芥菜做啥用？运到哪儿去卖？可他早已安排停当了。……好大——一笔钱都到手啦！芥末②那玩意儿可是有钱人家吃的，没准给了他上千卢布呢！"

"嗯，这么说，他敢情就是个……老狐狸啰？"洛霍夫想了想问道。

"呜—呜！"廖斯卡做了个可怕的鬼脸，叫了起来。"老兄，你别看他这么粗里粗气，为了达到目的，溜须拍马，他样样精通呢。……甭费劲就能摸着你的心，像探身白菜桶取菜一样便当。上上次来了个地方自治会的长官，即便是长官他……也总要先吩咐两句：'把菲诺根找来！你们这群窝囊废。'菲诺根来了。……只要他一到，长官立刻就什么都弄清楚了。……"

廖斯卡再给自己斟了一盅烧酒，又是一饮而尽，活像饥饿的婴儿从奶嘴里吸奶一样。洛霍夫瞥了他一眼，瞧了瞧那只空酒瓶，从木炕上站起来，说：

"再见！"

"再见！哎，咱们倒是开不开酒馆呢？"廖斯卡傻呵呵地龇着牙问道。

"这事儿还得考虑考虑。……"洛霍夫一本正经地说着，走出了农舍。

路上湿漉漉的，寒气袭人。已是黑沉沉的秋夜。几家农舍里忽闪

---

① 一俄亩约合1.09公顷。
② 在当时的俄国，芥末是较为贵重的调味品。

着灯火,灯光投射在大路上。狗凄惨地吠着,树枝悲戚地簌簌作响。……深沉的夜幕笼罩着的农舍可怜巴巴地相偎相依,东歪西斜,前摇后晃;房舍顶上的干草被风刮得蓬散开来,好像陷入了无法抑止的恐怖之中。

洛霍夫心中感到渺茫、愁闷和苦恼。黑暗中他走在简陋的农舍之间,禁不住感到孤独和害怕着什么。

他心想:"劲儿倒是费了不少,……可就是没什么结果。"他两眼望着农舍,心里在盘算:"守着这块地方是发不了大财的。……只有工厂……对……工厂是个赚大钱的地方。……费些力气开工厂倒还划得来,工厂能赚钱。……菲诺根……他可是个绊脚石!这一回,我要不要照直说呢?"

他抱着这个心念来到了菲诺根的家。只有这个阴沉的识字人在家。他坐在桌子跟前看书,一见到洛霍夫,便站了起来,并用审视的目光望着他脱去衣服。

"菲诺根·伊利奇,在看书哪?"洛霍夫问道。

"在看书。……到哪儿遛弯儿去啦?"

"就在村子里……东家走走西家串串……"洛霍夫走到桌旁,坐在菲诺根对面,说道,"书里写些什么呢?"

"是写日本人的……"

"听说过。是有叫日本人的……"

"是啊,世界上可有各式各样的人。"

"我想不大起来了,他们这些日本人住哪儿来着?"

"在那边……西伯利亚过去。……"菲诺根朝着大门挥了挥手解释说。

他喜欢谈论书本,显示自己有知识。

"那儿够冷的吧……"洛霍夫偷眼察看菲诺根的脸色,沉思道。

"冷什么?那儿还有暖和的地方呢……再往上……紧边上才是冷地方,可日本人,他们住得比较靠下。"

"是靠哪个边边上呢?"

"在地图上……冷的地方在上面,下面……不对,中间是暖和地方……"

"喔,敢情是这么一回事! 真有意思,啊?"

"不错……会过日子着呢。……"

"您瞧一瞧! 可不像俄国人!"

菲诺根沉默了一会儿,捋捋胡子,严肃地笑道:

"依我看,除了俄国人,谁都有能耐过上好日子。咱们也不知怎地就是弄不好。……是咱不够……开化还是……"

洛霍夫叹了口气,不言声了。

"瓦尔瓦拉·季莫费耶芙娜呢?"不一会儿他扫视了一下屋子,问道。

"领着两个孩子上工厂……找她姐姐去了。"

"是打夜班吗?"

"是。……怎么? 您是想吃晚饭吗?"

"不—不,我是好奇……顺便问问的。……"

两个人你看看我,我看看你,又都不吭声了。菲诺根把头埋在书上,但是他的两只眼睛悄悄地注视着洛霍夫,他那俯在桌上的魁梧的身躯处于紧张状态,好像时刻都准备着要猛扑过去。洛霍夫的两只眼睛焦灼不安地环顾着这间屋子,他的目光像是不由自主地在主人大脑袋和宽肩膀上一刻不停地扫来扫去。他面前的桌子上点着一盏哗剥直响的洋铁灯。一件衣服从高板床①上耷拉了下来,在门上投射下一个庞大而难看的黑影。风在烟囱里沉闷地呼啸;某处,禾秸发出微弱的沙沙声;狗在狂吠……农舍里,沉闷的紧张气氛也变得像门上的黑影一样阴森。两人都沉默不语,面对面地坐着,一动也不动,各自暗暗地察言观色,揣摩对方的心思。

---

① 俄国农舍里装在炉子和侧壁之间的板床,有一人高。

洛霍夫首先没沉住气,他大声喘了一口气,急不可耐地在椅子上转动着身子,先开了腔:

"菲诺根·伊利奇!……"

"怎么?"菲诺根不慌不忙地抬起头来应了一声,瞪着两眼审视客人的面孔。

客人转过脸去,避开了他的目光,正了正自己身上那件扣得严严实实的坎肩的领子,然后,眯着两只眼睛,也正面瞅了瞅菲诺根的眼睛,郑重其事地说道:

"我跟你实话实说了吧……自然,我是在跟……跟聪明的庄稼人谈话一个样儿。"

"说吧!"菲诺根简短地说了一声,便捋起胡子来。

洛霍夫清了清嗓子,拿两只手揉揉胸脯,在木炕上坐坐稳,用平静和清晰的声音开始说道:

"菲诺根·伊利奇,我熟悉了一些本地人,随便打个比方吧,我感到……你在这地方倒像是有鹤立鸡群的劲头……"

菲诺根默不作声地瞅了对方一眼,庄重地摸了摸自己的胡子。

"嗯……所以我在想:难道说你对这穷日子就那么称心如意吗?"

"依我看呀,你就……"菲诺根心平气和地说,"走你的阳关道去吧。……我的日子关得着你什么事?"

"不,请让我……"洛霍夫歪着脑袋,在空中比画了一下,好像在把菲诺根的话从身边赶开似的。

"什么让不让的?我喜欢开门见山……你要是有事找我,就说你的事吧。"

洛霍夫翻起眼皮来,陷入了沉思。

"不管谈什么事,都得直截了当。"菲诺根说着,用手撩起胡子,掩嘴而笑。

"是这么回事:我来这儿以后,觉着在乡里待不下去……"

"是了……"

"像是在树林子里……孤零零的,也没个亲人……"

"嗯……"

"可我想……找门合适的生意做做。……不瞒你说,钱我倒有……七百来卢布……"

"有好几千吧?"

"嘿,嘿,嘿!好几—几千!……要是有好几千,我还往这儿奔哪?……"

"这么说,你是想在当地捞上几千啰?"菲诺根问。

洛霍夫为难了。他不知所措,怯生生地眨巴着那双灰眼睛,耸动着肩膀,像是在打冷战。菲诺根锁起眉头凝视着洛霍夫。他那严厉的目光闪露着一种决断的神态。

"我要几千个卢布做啥用?"洛霍夫说着,激动地用一只手在刮得溜光的面颊上搓来搓去。"我只求个人能有个着落。……我要的是安顿下来。……岁数不饶人哪,干不动了,只想做点小生意,再就是成个家……安安分分过日子!你就帮我一把吧。……你……"

"唉,马特维,马特维!"阴沉的庄稼汉叹息了一声,"你没多大能耐呀。……"

"怎么?"洛霍夫打了个哆嗦。

"没什么。看着你……谁个都很明白,你想干什么……"

"我是个直肠子……"洛霍夫恭顺地表示。

"问题就在是个直肠子……"

"就该是这样嘛……"

"唔……才不见得呢……"菲诺根摇摇头说。

洛霍夫如坐针毡,又惶惶不安起来。

"马特维,我跟你讲句实在话吧。你愿意听吗?"菲诺根·伊利奇说。

"我吗?讲实在话……那好哇!早先就该这么着……要不然,像咱们这样谈法怎么行呀?净绕着弯子……"

洛霍夫无望地挥了挥手。

"我可困了……不过,这不着急……先紧着把你的事说完吧。"

菲诺根哑然失笑,显得十分得意,几乎让人感到蔼然可亲。

"你倒是说不说呀?"洛霍夫催促他。

"你离开这儿得啦……"菲诺根不紧不慢地开了腔。

"为什么?"洛霍夫胆怯地小声问道。

"我跟你说为什么吧。……第一,你这人在本地算不上个什么……既没本事,也没用处。即便你有钱,可是有钱对别人来说,就等于有智慧:有钱又有勇气,他就不需要智慧;没有智慧他也能混得不错。不过,此地人都比你有能耐,都比你聪明……他们虽然不像你那样有钱,但都很有闯劲……"

"说的不就是你自己吗?"洛霍夫把嘴一撇,问道。

"你别打岔,听我说下去。……要勇气你没勇气。你想想:要是你脑瓜里有一本账,你一个人准能算得过来……不用求别人出主意。明白吗?"

"可也是……"洛霍夫一声叹息。

"这就对了。……不瞒你讲:本地有本地的熊罴……你来了,他们是不会把自己认准的那一块让给你的。凭什么呢? 各奔各的嘛! 现在再来说说你那个主意。你的主意是:同我们搭伙儿置地。这块地在村子和工厂当间儿,正合你的心意。……我们倒是可以吸收你。……有什么办法呢? 我们缺少付银行的定金。如果你的钱……是啊——啊!……这对我们有点好处。……对你呢,对你也是再好没有了。……对我们倒是又不大上算了。"

"不明白你的意思……"洛霍夫怀着敌意瞅着菲诺根说道。

"这对我们不上算……"菲诺根平心静气地继续往下说,"你一开酒馆子,就要钻起生财的门路来。那份罪可就大了。……人家不恨死你才怪呢。……还不是要放火把它给烧了。……说不定还会比这更糟的呢。"

洛霍夫用一只手扠着左腰,在木炕上挪动了一下,又欠了欠身子。他瞪大着眼珠子,嘴唇抿得紧紧的。

"我们村里人厉害着呢,动起手来可不管三七二十一。你瞧,科舍廖夫因为贪财,叫他们给活活打死了。……谁干的呢?说不上!第三个年头了,一个也没查出来。"

洛霍夫沉甸甸地坐到原来的地方。他靠在墙上,摸摸自己的小胡子。

"现在只有你我两个人……"菲诺根一面用阴沉沉的目光望着洛霍夫的面孔,一面用喑哑的声音慢慢腾腾地说,"你我两个人。……夜里……谁也听不见咱们……谁也瞅不见咱们……"

"可全村人都知道我在……在你这儿……"洛霍夫瞅着菲诺根,一只手照旧扠着左腰,低声说。

"这个我知道……"庄稼汉抬高了嗓门,"你说这干吗?"

"不干吗……随便说说……"

"随便说说……"

菲诺根威风凛凛地摆动摆动肩膀,沉默了一会儿。

"所以我说,现在是你我两个人,再说,谁也瞅不见咱们,谁也听不见咱们。……所以,我……"菲诺根没把话说完就顿住了,他又沉默了片刻,一面凝视着洛霍夫,"……不怕这么对你讲……"他结束道。

"讲吧,讲吧……"洛霍夫催促说。

"咱们明说吧:你这个人差劲,干不了大事,也当不了能人……在我们这儿你不是猎手,是狐狸。你得找个能当猎手的地方才行,懂吗?"

洛霍夫点点头。

"这儿不是你待的地方,懂吗?"

"懂!"洛霍夫明确地说。

"得啦,那就别冒险了。"

"对……得想想……"

"想想吧。……现在睡觉吧……该睡啦！过一会儿，公鸡就该叫唤了。……"

菲诺根从桌子跟前站起来，把一条腿搁在木炕上，开始不慌不忙地解下鞋绳，把草鞋脱去。洛霍夫一声不作地注视着他，一面用手扯着他的小胡子。接着，菲诺根困倦地大声打了个呵欠，在嘴上画了个十字，瞧瞧圣像，又挥起手来在胸前画了个大十字。菲诺根爬上高板床，招呼洛霍夫说："你上床前把灯吹了。"这时洛霍夫才开始解衣服。

过不一会儿，洛霍夫也爬上了高炕，但他睡不着。农舍里漆黑一团。窗外是一片阴森可怕的景象。菲诺根躺在高板床上发出大声、均匀的呼吸，时而还发出雷鸣一般的鼾声。……远处，守夜人在敲打梆子。响亮、可怕的打更声在沉寂的黑夜传送开来。洛霍夫的双眼在昏昏欲睡中不由地慢慢合拢了，可是他忽然又想起了什么，从睡梦中惊醒过来。他稍稍仰起头来，警觉地瞅着那张高板床，直到确信菲诺根已经睡熟，方又打起盹来。……而后又在惊恐中战栗着……

洛霍夫在寂静中想道："他说的对。我还不高强……噢，天哪！活着可真难呀！是啊……我不高强。……可怕啊！……可是怕什么呢？他这是在吓唬人。……是我自己要来的。噢……天哪！……我在这地方……混不下去……"

从那次谈话之后，洛霍夫在村子里又闲住了十好几天。一次，他从外面回到了菲诺根的家里，对主人说：

"我明儿就走。……"

"上哪儿？"菲诺根淡淡地问道。

"回城里去。……也就是说……离开这儿！"

"喔—喔……"

"你看不上我们这个地方吗？"瓦尔瓦拉探问道。

"归根到底还是不习惯……您知道，农村这地方……"

"知道，知道。……您在城市里要对路些。……"

"我说过嘛：'船大航程远'……"菲诺根满不在意地说。

洛霍夫把嘴一撇，瞅了他一眼。

次日一大早，他把那匹花斑马套在车上，开始向菲诺根和他那个邻居叶菲姆道别。叶菲姆头天晚上打听到洛霍夫要走的消息，所以也来送行了。他蓬乱着头发，睡眼惺忪，两手撑在高板床上坐在那里，不停地打着呵欠。

"好啦，菲诺根·伊利奇，膳宿费咱们清过账了吧？"

"像是清过了……"菲诺根说。

"那就谢谢你们的盛情款待了……"

"不客气。"

"哪儿算得上什么款待呀？"瓦尔瓦拉感叹了一声。

叶菲姆打了个呵欠，说：

"乡下的面包是世界上最宝贵的……"

"宝贵倒是宝贵，可就是不那么好吃呀……"菲诺根抓挠着后背插话说。

洛霍夫把宽腰带束在皮袄上，默不作声。束完，他就拿过帽子，画了个十字，向大家鞠了一躬，说：

"再见！"

"上帝保佑！"瓦尔瓦拉和叶菲姆异口同声地作答，菲诺根默默地鞠了一躬。

四个人一齐走出了农舍。菲诺根打开了大门。洛霍夫坐上马车，张罗了一阵，便拿起缰绳，摘下帽子，点点头，重复了一句：

"再见！驾！……"

花斑马上路了。……

送行的走出大门，目送着那辆奔驰在被一块块积雪覆盖着的冻土墩上的四轮马车。黎明前的昏暗将村子隐没在灰蒙蒙的晨雾之中，洛霍夫的马车迅速消失了。

"这路不好走哇！"叶菲姆摇摇头说。

"可不,他得颠上二十七俄里……"瓦尔瓦拉说完,便进屋去了。

菲诺根瞧了瞧她,一面对叶菲姆说:

"走,到我家去喝杯茶……"

"走……"

在炉旁张罗茶炊、被炉中的火苗照得通明的瓦尔瓦拉在屋里迎着他们,问道:

"走了吗?"

好像她不知道似的。

"滚蛋了!"叶菲姆说。

"是啊—啊!滚啦……"菲诺根沉思地拖长着声音。"他这个人差劲……实在差劲!要是换作别的什么人……嗳,嗳,嗳!准会把自己的事业干起来……到那时,让咱们只好喊——救命!"

"照我看,你不该把他给吓唬住了……"叶菲姆说,"干吗吓唬人呢?既没有好处,又捞不着什么……就叫他自个儿试试看嘛。……他这个人对咱们有用……找银行得靠他……"

"得啦,是什么样儿就让它什么样儿吧。他在咱这儿学着过日子不是地方。咱不能为他……因为这人差劲。"

"等着瞧吧!说不定人家会变成个好样的……"瓦尔瓦拉警告说,"爬到你的跟前,抓住不放……就像库兹涅奇赫的那个福米乔夫一个样。"

"还不是像蜗牛爬行……不知等到哪辈子呢!……"菲诺根沉思地说道。

"村子里的人谁也不喜欢他!……"叶菲姆说。

"除了你那个廖斯卡。……"

叶菲姆笑了。

"廖斯卡倒是跟他很要好。……"

"你瞧,是同莫季卡一个模样的老鸦,也要从像廖斯卡这样的死畜生开始啄起。……用它吃肥了之后,再慢慢地一点一点地来啄咱们这些罪人。"

"可不是嘛。"

"问题就在这里。……"

"菲诺根·伊利奇,你照看着点儿茶炊,我去拿点奶渣来,烤新鲜的……"瓦尔瓦拉请求丈夫说。

"这么说,你今儿烤面包喽?"叶菲姆问。

"烤面包……"女人一边答着话,一边走出屋去。

"是啊……他说自己有七百卢布……"菲诺根坐在炉子对面的木炕上,凝视着火苗沉思道。"胡诌,肯定不止这么些。……我只要有这七百卢布就……就能玩儿得转了!嘿!管叫罂粟冬天就给我开花。……可是他算什么?傻瓜蛋一个……"

"看来,上帝最中意的还是傻瓜蛋……"叶菲姆说。

"哎—哎呀!"

菲诺根那张被火苗照亮着的阴沉沉的面孔哆嗦了一下,茫然的愁绪在他那双浅蓝色的眼睛里一闪而过……

蒋望明　译

在集市上[*]

一　商　人

"太太,请允许我为您减轻点负担,好吗?……"

那位太太转过身来,看到一个被称为流浪汉的人站在面前。他十分消瘦,面带菜色,衣衫破烂不堪,仿佛命运用牙齿把他啃啮了很久,刚刚才把他从嘴里放开似的。他带着殷勤的、恳求的神情在这位太太面前弯下腰,对她说:

"请问,能给您提篮子吗?"

他拿过篮子,小心翼翼、毕恭毕敬地提着它,跟随在女主人的后面在集市上走着。他脸上带着这样一种表情,好像他当上了部长,自认完全当之无愧,因而摆出一副不卑不亢的模样。他一下子就能判断出"这位太太"管理家务的经验是否丰富,假如他发现她的经验并不太丰富,他就会小心谨慎地去左右"她"。

"请您向这位商人买肉吧……他为人厚道,货色也是上等的……"

他所以刚好推荐这位商人,不是没有缘由的,因为正是这位商人跟他订了合同;按照合同,这个被生活弄得颠沛流离的流浪汉从商人

---

[*] 本篇最初发表于一八九九年二月十日《尼日戈罗德报》。译自《高尔基三十卷集》第三卷。

收入的每个卢布中可以得到三至五个戈比的回扣。

"瓦西里·斯捷潘诺维奇!这位太太想买最上等的猪肉……"

随后,他领着这位太太来到一辆土豆车跟前。土豆商行每卖掉一俄斗①土豆,就付给他一戈比的奖励……

"我怎么拿土豆呀?"女主顾问。

"卖主会借给您一只口袋的……我用口袋替您背回去,然后再把口袋送回来……"

"本来我想雇辆马车哩……"

"太太!我要的价钱比雇马车便宜……"

"可是有一条……"土豆商贩说,"沃洛季卡,口袋你可真得还回来啊……"

"那当然啰!"

"嗯……可别像上次那样,拿了口袋不还,用它去缝裤子……"

"别提它了……"

太太听着这番对话,笑了起来。这位出于无奈用别人的口袋给自己缝裤子的沃洛季卡,既使她为自己买的那些东西担心,又引起了她的同情。

她早已暗自打好主意,只要沃洛季卡帮她把买好的东西从新广场背到科瓦利哈去,她就付给他五戈比……

"太太!您不想买两副鸡杂碎吗?"沃洛季卡说着把不知从哪里弄来的鸡杂碎在空中晃了一下。根据他拿杂碎的样子和贼溜溜东张西望的神态,太太猜到了杂碎的来历。这使她感到不快,她对沃洛季卡的同情心消失了,对他开始有所提防。

"不,我不要。"太太冷漠地说。

"我只要十五戈比就卖……"

"十戈比!"太太说道。她原则上反对买偷来的东西,不过,既然这

---

① 旧制,一俄斗等于我国旧制两斗六升多。

么便宜,买下又何妨呢?

"太太,您能给十二个戈比吗?"

"十戈比卖不卖?"

她之所以讨价还价,只是因为她不想助长这人身上的不良倾向;她认为,压低杂碎的卖价,他以后就不致于再去偷了。

"好吧!"他说。"我这就把它放进篮子里……您不买我一点甜菜吗?"

甜菜就藏在他的怀里。太太疑心他那里还藏着许多别的食品。她非常反感地看着这个人,因此,她买了甜菜,再买四把木勺,总共才给了沃洛季卡两戈比铜币。

这位太太买完她所需要的一切东西,在沃洛季卡全身上下挂满了大包小包,然后,让他走在自己的前面,送回家去。沃洛季卡把身子弯得很低,在人行道上疾步走着。他说话算数,替太太把买好的东西送到家里,收费却比马车夫便宜。他一路上想象着他所熟悉的商行该付给他多少回扣……想象着对他也对他的主顾们有利的种种事情……

二 英 雄

一个生着一张猛犬似的胖脸的老人在熙熙攘攘的顾客中走来走去。他严厉地皱着眉,眼睛里却放射出祈求和凄楚的神色。在他黝黑的向下耷拉着的面颊上长满了硬刷子似的白胡子。他身穿士兵大衣,胸前挂着一枚乔治十字勋章和几枚奖章。左脚上装了一只沉重、笨拙的木脚,这只假脚深深地插进积雪里,在雪地上留下一个个圆圆的小窝……

经常在集市上的那些买卖人,一看见这个灰溜溜、踉踉跄跄的身影,就露出担心、不满、厌烦的神色,扭过脸去。老人从他们身边擦过,走到一辆外地农民的大车跟前,停了下来,用尊贵的顾客那种腔调问道:

"这些鹅怎么样?"

"头等货!请瞧瞧吧……全是油!"

老兵用手掂掂家禽,仔细地看着、摸着、闻着……突然对卖主说:

"在保加利亚,鹅算牲口哩!跟猪一个样……"

"您说,在哪儿?"

"在保加利亚……在巴尔干群山的那边……俄土战争的时候,在那儿打过仗……是斯科别列夫①将军大人率领的……"

"听说过……"卖主说,"嘿,鹅也是顶不错的家禽呀……"

"你看到十字勋章了吗?"老兵用一只手指了指自己的胸前,"是他亲自给我挂上的。"

老兵的脸抽搐起来,两眼闪闪发光,神气地把破制帽歪戴过来。

"他说:'米古诺夫军士,乌拉!'就亲手把……"

"老总,放下这只鹅吧……"卖主用漠不关心的腔调说。他明白了,在他面前的这位不是顾客,于是用眼睛在人群中寻找他所需要的人,一点儿也不理睬这位精神愈来愈兴奋的老兵。

"连长什万维奇也这么说……'米古诺夫,你是一只鹰……'他还吻了我……"

"老总,别站在这儿……站得靠边点儿……你妨碍别人买东西啦,"卖鹅的人说着,一面用手把士兵从自己的大车旁推开。

老头没有见怪,可他眼里的光芒消失了,他带着责备的神情看了庄稼人一眼,默默地离开了大车,把帽子拉得遮住了眉毛。在他的周围是一些忙于自己事务的人们,他们讲话的嘈杂声在空中飘荡。周围热闹非凡,使这位老兵回忆起行军后休息的时刻,回忆起在军营的那些日子……他在人群中慢吞吞地一瘸一拐地走着,渴望能找到一个人听他讲述战斗的故事,讲述他如何在土耳其人的逼攻下率领连队从叶尼—扎格拉撤退时的情景。他渴望着讲述自己一生中最美好的日子,

---

① 米·德·斯科别列夫(1843—1882),俄土战争(1877—1878)中的俄方将领。

也就是英雄的将军把他称为英雄的时刻……可是他没有听众，谁也不理会这位老人，谁也没有兴致了解他是在什么地方，又是怎样失掉他的左脚，以及为什么原因奖给他十字勋章……他觉得自己孤独，由于人们对他的冷漠感到屈辱，而且这些顾客和商人，他统统都不喜欢……他曾经多次面对死亡，但没有被死亡所慑服，要是他们面对死亡，准会惊慌失措的……他们比不上他，这使他稍稍得到一些安慰。他们的胸前没有，也永远不会佩戴乔治十字勋章，他们不能成为英雄。……

但他还是希望有人能听他讲，能了解他米古诺夫曾经是何等英勇。尽管他又饿又冻，还是从早到晚在集市上走来走去，渴望能谈谈他自己。有几次他已经开始讲了，但是没能讲完，因为集市上没有人愿意听英雄业绩。米古诺夫老人感到自己是个多余的人，谁也不需要他，他早已被人遗忘。为此，他生他们的气。他推搡着那些同他并排走着的人——似乎是出于无意，但他还是推推搡搡，这么做使他稍微感到轻松些。

有时他走进小饭馆。饭馆的主人和堂倌总是奚落他、嘲笑他。他们讨厌他。但只要他们不把他赶走，老兵就走到每张桌前去寻找听众。如果偶然找到了，啊！那时老人可完全变了样：他口若悬河、滔滔不绝地讲着，两眼放光，鼓起腮帮，模仿着轰隆隆的炮声，喊着口令……即使有人讥笑他，他也听不见，似乎处在离他们非常遥远的地方。在那儿，在巴尔干群山的后面，他的鲜血曾洒在那边的土地上，他生活中的那段时光曾经迸发出耀眼的火花，他曾看到了生活的意义……后来，为了偎着这火焰取暖，他竭力想把它吹得更旺。……

"老总！走开……真讨厌！"

这是堂倌在赶他走……他站起身来，用假腿把地板敲得直响，走开了，唤起的回忆使他的心颤抖着。

老人住在一个捕鸟人的家里，住在他家火炉后面的角落里。他回到家，爬进那狭窄、不通风，然而却暖和的角落。如果这一天他没能讲

述自己的故事,他就唠唠叨叨地说:

"见鬼……你们去当当兵试试看……大概……哼,见鬼!……"

三 孩 子

"叔叔!给个戈比吧!……"

集市上,一个衣衫褴褛、龌龊不堪的孩子在人们身边转来转去,他从破烂的衣服里伸出一只红红的小手,脸上闪动着一双狡黠、贪婪的眼睛。很难判断,这究竟是个男孩,还是一个女孩。他像只小狗那样活泼好动,叫人很难看清他的模样。有人塞给他一些钱,有人把他赶开。他把到手的硬币一一塞进嘴里。每次接钱的时候,他都胆怯地、疑虑重重地望着同一个方向,在那里,在磅秤旁站着一个高大、阴沉、肥胖、穿着相当体面的女人。

当男孩的嘴里已经塞满了硬币,以致妨碍他发出令人心酸的乞讨声的时候,他就跑到那位妇女身边去。于是,他们两人之间就出现了这样一种场面:那女人向孩子伸出又宽又厚的巴掌,孩子从口里把钱吐在自己手里,然后又撒到那个女人的手里。她迅速地看了看硬币的数目,生气地威胁着说:

"一共给过七次,还有一个硬币呢?"

"真的,全在这儿了!"

"你撒谎!"

"真的!"

"我看见的……拿来给我!"

"我说,全都在这儿啦!"

"好吧!我回家再同你算账……"

"既然全在……"

"去吧!你可得当心点儿,我全都看得见!……全都看得见,小骗子!"

孩子从这个女人身边跑开了,又在人们的身边转来转去,拉长声调说:

"大娘—娘……给没爹没妈的孩子……"

不知从哪儿又出现了一个同样衣衫褴褛的孩子……他俩躲在什么东西的后面,小声地、急速地交谈着:

"你偷偷藏钱了吗?"

"藏了两戈比铜币……"

"我藏了三戈比……"

"你总共有多少了?"

"十一戈比……"

"嘿!我只有七个……"

"到晚上还早着呢……"

"她说:'我要收拾你!'"

"得啦!她也对我说……"

"让她见鬼去吧……"

"凶狗……"

"眼下咱们已经有十八个……"

"真棒!一杯伏特加酒——六戈比,嗯……"

"我们好久没吃过猪心了……"

"猪心有什么好吃的!最好是香烟……"

"香烟我已经偷着了……"

"烟盒装的吗?"

"纸盒装的……"

"哎!……烟盒装的才好呢!"

"是呀!你真够机灵的……敢情你自个儿也没偷着烟盒装的吧。"

"可我偷了一条头巾。"

"我也偷了一条……"

"好啦,走吧!"

"走吧!"

他俩又消失在人群里……

在人们的喧哗声中,不时从这里或那里传来悲切的、使人揪心的孩子们的喊叫声:

"叔叔—叔……给没爹没妈的孩子……"

谭得伶　译

谈 魔 鬼*

秋季里,人们在凋零和死亡的凄凉的时节艰难地生活着!

阴沉的白昼,不见阳光的阴霾的天空,黑暗的夜,阴森地呼啸着的风,秋天的阴影——浓黑的阴影!所有这一切引起人的愁绪,在他的心灵里,对人生产生一种隐秘的恐惧,人生道路坎坷不平,一切总是在变动:出生、颓丧、死亡——为什么呢?……什么目的呢?……

有时,人们无力克服晚秋时节充溢着心灵的阴暗的思想,因此任何一个想很快熬过苦恼的人,就让他去面对苦恼吧。这是惟一的路,通过这条路,人可以摆脱混乱的忧愁和种种疑虑,站到具有自信的十分坚实的立足点上来。

但这是一条艰难的路……这条路荆棘丛生,荆棘会把您的活跃的心撕得鲜血淋漓,而且魔鬼总是在这条路上窥伺着您。这就是我们知道的所有魔鬼中最好的那个,伟大的歌德已经把他[1]介绍给我们了……

现在,我就来谈谈这个魔鬼。

魔鬼感到很寂寞。

---

* 本篇写于一八九八年秋,最初发表于一八九九年《生活》杂志第一期。不久,作者又写了《再谈魔鬼》,发表在这家杂志第二期。这两篇在结构上是独立的,但在思想内容及其包含的哲理方面,在尖锐讽刺小市民心理和自由主义分子投机取巧的倾向性方面,都是共同的。译自《高尔基三十卷集》第三卷。

[1] 指歌德的《浮士德》中的魔鬼靡非斯特。

他决不是一个愚蠢得只会永远嘲笑的人,他知道,生活里有些现象连魔鬼自己也是无法嘲笑的。例如,他就从来不用他那把讽刺的利刃碰一碰他的存在这一严正的事实。老实说,我们这位可爱的魔鬼,与其说是聪明,不如说是粗鲁。如果仔细将他观察一番,恐怕就会看出,他也和我们一样,把自己大部分时间花在鸡毛蒜皮的琐事上。且不谈这个吧,——因为我们已经不是孩子了,我们不会拆开我们最好的玩具,看看里面究竟藏着什么东西的。

有一次,魔鬼在漆黑的秋夜里沿着墓间小路闲逛。他觉得无聊,低声吹着口哨,环顾四周,想寻找点什么消遣消遣。他吹起一首我父亲喜爱的古老的抒情歌曲:

> 秋天到来时,
> 树叶别故枝,
> 随风任飞舞①……

风在坟墓上的黑十字架之间哀鸣着,为他伴唱。秋天的浓云缓慢地在天空移动,撒下冰冷的泪珠润湿死者们狭窄的住所。墓地上可怜的树木在风的吹打下胆怯地吱吱作响,把光秃秃的枝丫伸向缄默的乌云。树枝碰到十字架时,墓地上就发出阴森的簌簌声,声音低沉,令人害怕……

魔鬼吹着口哨,想道:

"有趣的是,在这样的天气里,死人会感觉自己怎样呢?潮气可能会渗透到他们那里,虽然从逝世那天起,他们永远保险不会患风湿病了,然而,毕竟是并不舒服的!……要不要叫起一个死人,跟他谈谈呢?这对于我和他来说,总算是个消遣,我看……叫吧!有一个我认得的文学家被胡乱塞到这儿的什么地方……我活着的时候,经常去拜

---

① 引自法国剧作家兼诗人安托万·樊尚·阿尔洛(1766—1834)的著名抒情诗《树叶》。该诗曾有普希金的译文,在俄国流传甚广。

访他,为什么不恢复我们的旧谊呢?从事这种职业的人都是非常苛求的,让我们看看,坟墓是否使他们完全满意吧?但是坟墓在哪里呢?"

人所共知的这个无所不晓的魔鬼,在墓地里转了很久,才找到了文学家的坟墓。

"喂,听着!"他叫喊道,同时用爪子敲打着那块压着他的熟人的沉重石头,"请起来吧!"

"干什么?"地下传来一个喑哑的声音。

"需要……"

"我不起来……"

"为什么?"

"您到底是谁呀?"

"您认识我……"

"是书报检查官吗?"

"不是!"

"也许是宪兵吧?"

"不,不是!"

"也不是批评家吧?"

"我是魔鬼……"

"啊!我这就来。"

石头从坟墓上移开了,地面裂了开来,从地下出来了一架骷髅。这是一架非常普通的骷髅,几乎和大学生研究解剖学时用的骨骼架子一样,只不过他是肮脏的,关节上没有用铁丝联结,空洞洞的眼窝里闪烁着蓝幽幽的磷光。骷髅从地里爬上来,抖了抖骨头,把粘在上面的泥土抖掉,骸骨相碰时发出了干巴巴的撞击声。他仰起头骨,用他那清冷的目光凝视着乌云密布的黑暗的天空。

"您好!"魔鬼说。

"好不了啦!"作家简短地回答说。他说得很轻,发出一种奇怪的声音,好像两根骨头在互相摩擦,微微有些声音一样……

"真对不起,我这样的问好。"魔鬼亲切地说。

"没关系……但是您为什么叫我上来呢?"

"我想约您散散步,没有别的意思……"

"哦—哦!我很乐意和您散一会儿步……尽管天气非常坏。"

"我想您是不怕着凉的吧?"魔鬼问。

"哦,是的。要知道我活着的时候就着凉得很厉害了。"

"不错,我记起来了,您死的时候已经完全冰冷了。"

"可不是!……我一生中受尽冷遇……"

他们并肩走在坟墓和十字架之间的狭窄的小路上,作家的眼里发出两道蓝光射到地上,给魔鬼照亮道路……如丝的细雨淋着他们,风畅通无阻地穿过作家裸露的肋骨,吹进他早已没有心脏的胸膛。

"我们进城吗?"他问魔鬼。

"城里有什么使您感兴趣的呢?"

"生活呀,阁下。"作家冷静地说。

"啊呀!生活对于您还有价值吗?"

"那还用说!"

"为什么呢?"

"这怎么说好呢? 人总是用他花的劳力的多少来衡量事物的,如果他从阿拉特山①山顶上拿来一块普通的石头,那么对于他,这块石头便是个宝物……"

"可怜的人啊!"魔鬼微微一笑。

"可也是幸福的人呀!"作家冷淡地反驳说。

魔鬼默然地耸了耸肩。

他们已然走出墓地,来到一条有两排房子的街道上。街上一片漆黑。昏黄的街灯显然证明大地上缺少光明。

"您说吧,"魔鬼停顿了一下开始说,"您在坟墓里觉得怎么样?"

---

① 阿拉拉特山是一座死火山,在土耳其境内。

"现在,我住惯了坟墓,倒也没什么,很安静,不过在最初,您可知道,真是很不好受。那个钉棺材盖的笨蛋,竟把钉子钉进了我的头盖骨。当然,这是件小事,然而总是不舒服的。您知道,我曾经认为,这是一种狠毒的象征,想损害我的脑子;我自己常常凭借我的脑子给别人造成某些损害……后来,长蛆了。它们极其缓慢地吃我,真是岂有此理……"

"那可不!"魔鬼说,"不过这不能怪罪它们——浸透了苦汁的躯体绝不是可口的菜肴……"

"我身上能有多少肉呢?真是微不足道……"作家反驳说。

"那也总得吃掉它,这与其说是一种享受,不如说是一种不愉快的义务……比如,您看,那些蛆吃起出版商来就很快,并且吃得津津有味。"

"那当然啦,他们的肉一定很好吃……"

"怎么样,秋天坟里潮湿吗?"魔鬼问。

"有点潮湿。不过也习惯了……说实在的,最打搅人的是各种各样的蠢货,他们在墓地里闲逛,偶尔还撞在我的坟上。我不知道我在地里躺了多久……因为我自己和我周围的一切都是这样静止不动的——我没有时间的观念……"

"您在地里躺了四年了,很快就要五年了。"魔鬼说……

"真的吗?原来如此……在这期间,有三个人来过我的坟前……他们惹得我大为生气,这帮该死的家伙!其中一个,您知道,公然否认我的存在这个事实;他走过来,读了墓志铭,便蛮有把握地说:'没有这样一个人!我从来没读过这个人的作品……姓氏倒是熟悉的,——我年少时,有一个姓这个姓的人,在我们那条街上开了一所秘密钱庄……'您看这样的事该怎么说呢?可我在十六年间在最畅销的杂志上发表过许多文章,在我生前三次出版过我的书……"

"您死后,还出版了两次。"魔鬼告诉他。

"您看!……又来了两个人,其中的一个说:'啊!这就是那个人吗?'——'就是那个人,'另一个回答说。'唔,在那个时候,人们也读过他的作品,'——'所有的人的作品都读过了……'——'这人倒是宣传过什么啊?'——'通常是宣扬善良的、美的思想……等等……'——'对,对,我想起来了……'——'他的舌头有点笨,'——'有多少这样的人躺在地下啊!'——'是的,俄罗斯大地真是人才济济……'说完,他们就走了……这些公牛!……我知道,热情的话不会增加坟地的温度,我不想听这些话,可是仍然感到委屈!咳,我多么想骂他们一顿!……"

"那您就痛痛快快骂一顿吧!"魔鬼笑了笑。

"不,那不行,您知道……在二十世纪前夜,死人也忽然骂起人来了……岂不荒唐……再说,这对唯物主义者也很不好。"

魔鬼又感到寂寞了。

"这位作家在世时就想做一切婚礼上的新郎和一切葬仪中的死者,而现在,他心里的一切都已死亡,惟有虚荣心却长存不衰。难道人是为了生存才重要吗?只有人的精神才是重要的,只有人的精神才值得赞赏和崇拜……人是多么无聊啊!……"

魔鬼正要建议作家返回坟墓时,在他那邪恶的头脑里忽然闪出了一个念头。此时他们已经来到四周围着高大楼房的广场。乌黑潮湿的天空低低地悬在广场上空,看上去它好像要依赖屋顶的支撑似的。

"喂,"魔鬼说,亲切地向作家弯下身子,"您不想看看您的妻子生活得怎样吗?"

"真的,我不知道我想不想看。"作家慢吞吞地说。

"唉,您真是个地道的死人啊!"魔鬼大声说,故意激他。

"不,为什么呢?"作家精神奋发地抖动了一下全身的骨骼。"我不反对……她不是看不见我吗?即使看得见我,不也认不出我来吗?"

"哦,当然认不出!"魔鬼断定说。

"您知道,我这么说是因为我离开家已经很久,她不会爱我了……"作家解释说。

这时,有一座房子的墙忽然消失不见了,或者变得像玻璃那样透明了。作家看到许多宽敞的房间,里面是那么明亮、舒适、雅致……

"多么好的环境!"他发出一阵咯咯的响声,称赞道,"环境太好了!我要是住在这样的环境里,也许现在还不至于死呢……"

"我也喜欢这环境,"魔鬼微笑着悦,"房子并不贵,三千……"

"唔,不贵吗?我记得我那部最长的作品才付给我八百十五卢布……我几乎写了一整年……谁住在那儿呢?"

"您的妻子。"魔鬼说。

"是吗?原来这样!……啊……真不错……一个女人,——一点不错,是她?是我的妻子?"

"就是她……你瞧,她的丈夫也来了……"

"她变得漂亮了……她穿得多体面啊!丈—丈……丈夫,您说什么?一个多么健壮的小伙子;他那张丑脸相当粗俗……但是看起来倒像是个好人……真的,他的相貌有点蠢!甚至俗气……不过这样的脸倒是招女人喜欢的……"

"您愿意让我为您叹口长气吗?"魔鬼阴险地看了看作家,建议说。但是作家已被那景象吸引住了。

"他们的脸色是多么愉快啊!显然,他们俩对生活是满意的……她爱他,您不知道吗?"

"啊,知道,很……"

"可他是谁呢?"

"一家时装店的店员……"

"一家时装店的店员……"作家慢悠悠地重复了一遍,许久说不出话来。魔鬼看着他,快乐地笑了。

"怎么样,这一切您都喜欢吗?"魔鬼问。

作家吃力地说:

"我有孩子……一儿一女……我曾经想过,就是我这个儿子,他将来也会成为一个正派的人。我看,店员这种人大概是个很坏的教员……而我的儿子……"

作家空虚的头颅悲伤地摇动起来……

"请看看那个男人怎样拥抱她吧！他们日子过得真是快活极了！"魔鬼大声说。

"哦……他,那个店员有钱吗?"

"比我还穷,不过您的妻子很有钱……"

"我的妻子？她从哪儿弄到的钱呢?"

"卖了您的书呗！"

"是这一样,"作家说,轻轻地摇晃着他那裸露的、空虚的头颅,"是这一样！那么,我主要是为了一个店员工作啰?"

"看来,的确如此,"魔鬼愉快地表示同意。

作家望着地上,对魔鬼说:

"领我回到我的坟墓里去吧！"

……四周昏暗;下着雨,天空飘着浓重的乌云。作家咯咯地晃动着骨骼,快步走向自己的坟墓……魔鬼走在他的后面,欢快地吹起口哨……

读者当然会不满意。读者已餍足于文学,连那些专为迎合读者而写作的人,也很难合乎读者的兴味了。在这种情况下,读者不满意,还因为我一点没谈地狱的事。因为读者真的深信,他死后要下地狱,所以想在生前了解那边的情况。但是,我确实对读者讲不出关于地狱的什么有趣的事情,因为地狱并不存在,人们很容易想象的那种烈焰滚滚的地狱并不存在。不过却有别的无比恐怖的事情。

当医生对您的亲友们说您"他已经死了……"时,您就立即进入一种没有止境的、明明亮亮的境地,这就是您的错误意识的境地。

您躺在坟里,在狭窄的棺材里,您那可怜的一生像车轮那样在您面前滚过。您的一生过得痛苦而缓慢,可是终究过去了——从懂事的第一步到您的生命最后的一瞬间。您将看到您生前看不见的一切、全部谎言和您的生活的卑琐;您将从新思考您所有的想法;您将看到您走错了的每一步路;您的全部生活又将重新展现,直到每一瞬间!为了加深您的痛苦,您将明白,别人也在走您所走的这条狭窄、愚蠢的道路,他们互相推着撞着,奔忙着,说着谎话……于是您懂得、您清楚地看见,他们的所作所为只不过是为了将来能知道他们怎样可耻地过着那种卑鄙的、冷酷无情的生活。

但是,看着他们急急忙忙地走向死亡,您却不能向他们发出警告,因为您既不能叫喊,也不能行动,而您想要帮助他们的愿望将徒劳无益地撕碎您的心……这好吗?

您的一生在您面前闪过,又重新展现,您又看到它从头开始……您的思维没有尽头,也不会有尽头……您那可怕的苦难也将永远……永远不会终结!

孟 昌 译

再谈魔鬼[*]

我有过一个同志;主啊,熄灭他那炽烈的心灵吧!为什么这心灵要在他被迫前往的北极圈附近燃烧呢?……

主啊,扑灭他的心灵吧!心灵之火在那里除了冰原外什么也没有照亮,那一片片冰原上的积雪没有因他的心灵之火而融化,孤寂生活中的阴暗的愁云也没有因它而消散,像烟从火面上消散一样!

我有过一个同志;当他牺牲的时候,年纪还很轻。有一天他要上我家来做客,因为他太喜欢走直路,没绕道来我家,他径直跑到现在他居住的地方,就再也没有回来了……

他和老母亲住在一起;她那时已经六十三岁,死神离她不远了。我等着他。就在同一天,我一方面得到他再也不来我这里的消息,另一方面收到他母亲的来信,她问我他到了没有,要我照顾他的身体,爱护他的心灵,还要我回信给她,告诉她我和他是怎样消磨时间的,他身体怎样……

我读完这封信,以我对她的认识想象出这位母亲的模样:衰老多病,温和的眼睛中燃烧着对儿子的无限眷爱。……这个衰老的生命的全部意义就在于惦念他,关心他的幸福……

"对她说真话吗?"我问自己……

---

[*] 本篇写于一八九九年一月,发表于同年《生活》杂志第二期,译自《高尔基三十卷集》第三卷。

……有一种真话是人所需要的,它以羞耻的火焰烧掉人心头的污秽和庸俗——这种真话万岁!

还有一种真话,它像石头落在人的头上,打消人心头求生的愿望,——让这种真话消亡吧!……

如果我对母亲说,她已永远见不到她的儿子了,我最多不过立即使她悲痛欲绝……但是,如果她并没有由于这种可鄙的、可怕的真话而死去,她将失去她生活的目的,她的晚年也将由于难以忍受的痛苦和徒然的忧患过得非常凄凉。……她二十八年来含辛茹苦地抚养她的儿子,现在你看,在死亡之前,她却被夺去了惟一的安慰,——也就是这样一种幸福:知道自己的儿子已经长大成人,即使没有母亲做他的靠山,他也能坚强地和生活进行搏斗并且(她相信这一点)取得胜利。……我能对她说,他失败了吗?!

不,我最好还是撒谎!……

于是,直到她去世的前一天,我模仿她儿子的笔迹,给她写了整整三个月的信,开头的一句话总是:

"我亲爱的好妈妈……"

她给我回了许多长信,她在信中比路德[①]宣讲自己的教义还要热烈而雄辩地反复证明穿上卫生衣的必要性。我用他儿子的口气对她说她儿子生活得如何幸福与快乐,详细地叙述了他在劳动中和在社会上取得的成就,说他听从她的话,接受她的劝告,说他温和、细心、快乐。

她欢天喜地地写信给我说:

"你,我可爱的孩子!你从来没有像现在你给我的信中这样可爱与温存。谢谢你,我亲爱的,你那颗宝贝一样纯洁的心丰富了我晚年的生活。"

我努力地使我臆想出的东西色彩鲜明,并告诉她,有她这样一位

[①] 马丁·路德(1483—1546),德国宗教改革运动的著名活动家,曾将自己的改革主张《九十五条》张挂在教堂的门上,自己站立一旁,为每一条主张进行激烈的辩护。

圣洁的、非常好的母亲,生活是多么美好;她回答我说,有这样好的、幸福的儿子,死也瞑目了。……她也果真是怀着她的儿子是幸福的这个信念死了。……实际上他那时却在坐牢,在通往遥远的北方途中的某个地方……

这是个多么可爱的故事呀!……遗憾的是,这个故事是我虚构的……

读者啊,正像我欺骗了那个垂死的老太婆那样,我也欺骗了你。原来我在《谈魔鬼》一文中对你讲的一切,全是我虚构的,我发誓,实际生活中是根本没有的。顺便说一说,甚至我向你讲的那个魔鬼也是一个坏魔鬼,这是可以从他对那位作家的行为中看出来的。你自己想一想,难道一个好魔鬼想嘲弄作家,竟会找不到比在他死后给他看他妻子和他妻子的生活方式更坏的事吗?真正的魔鬼决不会用他和女人过去的牢固的友谊来冒险的,他决不会在别人面前、尤其是当着她丈夫的面(哪怕他已死了),把她置于窘境……

我要说的就是这些……现在,我请求你,读者,原谅我的欺骗行为,今后我一定要做个像太阳一样诚实的人,甚至在写作幻想的圣诞节故事时,也要严格地合乎现实生活。读者啊!我甚至走得比我这种愿望还要远,我要在这里详细谈谈是什么促使我忏悔我的欺骗的过错……

你当然知道,在耍笔杆的兄弟们当中有这样一种人,他们把作家的使命与裁缝的手艺混为一谈:他们以笔为针,用臆造的布匹为真理缝制服装,目的是为了遮盖真理的裸体。这种作家的存在是必要的,因为对于许多读者来说,真理也就是那个他们不愿意看见的惟一赤身裸体的妇女,他们认为真理一定是年老、难看的。在我熟悉的人中,有这样一位作家兼剧院服装管理员;他现在连一行字也还没写出来,但他却出色地理解时代的精神,等他找到有用的东西时,他就一定会怀着对未来的希望,引经据典地、在事实面前不无奴颜婢膝地、甚至毫无独创性地写出某种乐观的、像缬草酊药剂那样能使人感到平静的作品来。真理在这种作品里不仅穿着体面，而且漂亮，因为我这个熟人是个有鉴赏力的人。

最近，他来找我，谈论各种各样有趣的事情。我记得他是从亚当①讲起的。他非常赞许我们大家的这位老爷子②，因为他把带子束在腰部，从而发现了穿裤子的原则。然后他由于下列事实而长久地深受感动，就是在大地上，如果仔细观察的话，我们看不见毫无掩蔽的东西：街道为垃圾和尘土掩蔽；山谷长满青草；山峰被白雪覆盖；天空常常被乌云遮蔽；每一昼夜都有夜幕降临。

"大自然蕴藏着多少智慧啊！"他因此发出了感叹。

然后他谈到了人："我们看到，人也总是被某种东西所掩盖，并且也掩盖着某种东西。"我查阅过一系列有关人的智慧的证据……我，真的，现在已不记得这些证据了，但是他以妇女为例，说什么，她们经常以穿丧服来掩饰她们由于丈夫去世而感到的喜悦，他还引证了那些新闻记者的话，他们常常引用别人著作里的话来掩饰自己思想和词汇的贫乏……

因为我听了他的话感到无聊，就完全同意了他的看法，期待着这也同样使他感到无聊。

"最后您瞧！"他指着窗帘说，"我们甚至把太阳遮了起来！这是多么奇妙而谐调的掩蔽办法啊！太阳自己也用黑点来遮蔽它那令人炫目的光辉……"

这时他兴奋起来，而我却在这样想着他：

"他是否由于对人及其智慧过分的信赖而没有作出什么卑鄙的事因而无须掩饰他自己呢？"然而事情完全是另一个样子。

"先生，正如您看到的那样，整个宇宙，从草茎到太阳，都需要有所覆盖。您对此有什么要说的呢？"

---

① 据圣经传说，亚当是人类始祖，世界上第一个男人，由上帝用泥做的。
② 指亚当。

"这……太有趣了!"我说。

"啊哈!好吧,您现在就给我解释一下,您为什么写了《谈魔鬼》一文?"

要是突然让我当财政部长,我一定也不会比听到这个古怪的问题更为惊讶。

"您别瞪圆眼睛看我,"他说,"不要假装惊讶。我毫无疑问地要谴责您的行为。在我们这个时代,我的老兄,每一个正派人都渴望当个主张男女平等的拥护者,即便他已结过婚。而您却突然把妇女描写得如此……不讨人喜欢。这一般地说,其中也包括您所写的那位妇女,完全不应受到非难。她是无辜的,先生!是啊!她是无辜的!在她丈夫劳动的一生中,她和他一起忍受了饥寒……忍受了种种艰难困苦!您瞧,最后,他死了。那又怎么样呢?我们大家都会死的……有些人死得早一些,另一些人可能死得晚一些,但是,请相信我的话,我们大家都会死的!"

我默然点点头,相信他的话,并觉得自己很可恶。

"就这样,他死了!她把自己的全部青春和力量都献给了他,在他死后,她终于有可能靠变卖他的……得来的钱过上平平的生活。……"

"她是谁?"我吃惊地问。

"就是您描写的那个作家的妻子……您别装蒜!"

"要知道,她是我杜撰出来的啊!这只不过是我编的一个圣诞节故事……"

"啊!您知道得非常清楚,这是怎么回事……"

"她真的存在吗?"

"那当然啰!"

"她……她嫁给一个店员了吗?"

"不,不是嫁给店员,大概是嫁给一个台球记分员……但是这一点也改变不了……"

"咳!一点也……一点也,见你的鬼去吧!"

"您不觉得可耻吗,啊?"

"但是,请您听我说!真的,这只不过是偶然的巧合……是我幻想出来的,如此而已!"

"您幻想出来的吗?这我可不信。不过,咱们就算这只是您幻想出来的吧。那您是怎样拿定主意幻想得如此的不成功,以致您幻想出来的东西竟和实际生活完全吻合呢?您知道吗:读者中有人说,您似乎是按用文学基金会的要求和授意来写关于魔鬼的故事的;基金会想使所有的作家将自己作品的版权遗赠给它而不是给作家的妻子和儿女。您知道吗:读者也喜欢幻想,和思考相比,他们总是更乐于幻想。"

我花了很长时间使他相信《谈魔鬼》的故事只不过是我幻想的结果,但是他不相信。后来他好像相信了。他就是这样教会我请求读者你原谅我无心的欺骗行为,并且讲一个真正的、正派的魔鬼……

我已经道了歉。现在我想讲一个好魔鬼的故事。我发誓,我一定严格遵照事实,而好魔鬼的存在在勒萨日的小说[①]和关于秦桂通[②]的中国传说中已经得到过证实。

这一切发生在主显节前夕的一个夜晚。冰雪消融,乳白的浓雾弥漫街头,遮蔽了一座又一座房屋,把一切——好的和坏的全包藏了起来。在夜雾笼罩的路灯周围形成了幻影般的浑浊的光点。这些路灯没有光线,木然不动地待在空中,照亮不了大地。闷人的浪潮以它那死一般的沉静使人郁郁不乐。人们出来了,又像幽灵似的消失在夜雾之中。一切音响似乎发潮了,沙哑了,甚至连钟声也好像由于吸收了水分变得沉重起来,因此无力而迅速地沉没在夜雾之中,对谁也没说

---

① 勒萨日(1668—1747),法国著名小说家。他的长篇小说《跛腿魔鬼》描写一个好魔鬼带一个少年到马德里上空,掀开一座座屋顶,让那少年看屋里发生的一切。
② 秦桂通是俄国作家拉法伊尔·佐托夫(1795—1871)的长篇神怪小说《秦桂通,又名黑夜魔鬼做的三件好事》里的主人公。

出一点什么来……

"啊,忧愁,我的埃格丽娅女神①!你的怀抱中那股令人振奋的冰冷使我这颗疲惫的心重振精神,我是多么高兴啊!如同夏季酷暑中的阴霾用充足的水分浇灌这块一直渴望着花朵的贫瘠土地那样,你——啊忧愁!——也同样滋润着我这颗孤寂的心,而由于你吹来的清新空气,我那憎恨这种毫无生气、半死不活的生活的花朵,憎恨这种生活的忠顺奴隶——那些麻木不仁的人们的花朵正在盛开。"

魔鬼说了这些话。从它说的这番话中,任何一个明眼人自然立即就会发现魔鬼是个颓废派分子和尼采哲学的拥护者,因而这个魔鬼不仅确实存在,而且还是个最时髦的魔鬼。他在雾中沿街行走,寻找门上没用粉笔画上十字架的房子。

"地球上变得多么坏,"他想,"我在地球上完全无事可做了——没有一个人值得关心。人都变得极端庸碌无能,浅薄、乏味到令人作呕……尤其是现在,当个人自我完善的说教和对情欲进行斗争一事,又一次在他们中间盛行起来的时候。笨蛋!他们认为他们还有热情,当他们身上只剩下一些淫欲的时候。……喏,这里有一扇便门,上面没有阻挡我访问的十字架。进去!我也许能看到什么有趣的事情……"

魔鬼变成一片雪花,从便门飞入房间,无声无息地落在窗台上。

窗边有一张桌子,伊凡·伊凡诺维奇·伊凡诺夫坐在桌旁。根据精神气质判断,他是个"知识分子",而从职业上说,他的志向是达到精神上的完美无缺,这种优良品质是他每昼夜通过与朋友们长时间的谈话以及阅读大有教益的书籍培养起来的。因为这一切发生在圣诞节节期②的最后一天,伊凡·伊凡诺维奇便坐在桌旁,总结他两周来的经历,陷入沉思之中。陷于沉思默想的人总是既有点像纳吉索斯③,又有

---

① 古罗马神话中的助产女神。
② 由圣诞节至主显节之间称圣诞节节期。
③ 纳吉索斯是希腊神话中的美少年、河神之子,因拒绝回声女神的爱情受到爱神的惩罚:他爱上自己映在水中的影子,终于憔悴而死。后专以纳吉索斯喻顾影自怜的人。

点像粘在糖浆上的苍蝇；由于这个缘故，伊凡·伊凡诺维奇既没有发现飘进便门来的雪花，也没发现雪花怎样变成了小鬼。

伊凡·伊凡诺维奇闭上眼睛，沮丧地琢磨起一张画来了。这张画是他有一天在一本杂志里看到的。现在他回忆起来了：画上有一条巨大的章鱼，用触须紧紧地缠住一只虾，贪婪地吃着。

"这就是我，"伊凡·伊凡诺维奇想，"这就是我，像这只虾，而生活就像这条章鱼，正在榨尽我的脂膏。我力图抑制住生活的有害影响，我想战胜自己的情欲，可是生活却用它强而有力的、可怕的触须紧紧缠住我，把我拖到那个狂欢暴饮的去处，在那里，人们兽性勃发，一切纯洁的东西都在消失中。……我本应把我的一切力量和全部智慧用在培养自己具有同情心的个性这件事上，像回声那样，反映出一切……高尚的、使心灵具有崇高精神的生活印象……我本应成为我的权利——被践踏的个人的权利的勇敢捍卫者……而我没这样做，却三次参加了假面舞会……进饭店，甚至……侮辱妇女！……

"……就算她很标致吧！天哪，她多么标致啊！……但她毕竟是别人的妻子……外人的妻子……我这样做，该是多么卑鄙啊！

"……不过，话说回来，她对于我并不完全是外人……她是叶戈尔的妻子，而叶戈尔是我的老朋友、知心朋友……是呀！这种情况也许会减轻一点我的罪过，但是她毕竟是，毕竟是别人的妻呀！……幸好我经常意识到自己的放荡行为，这使我不至看不起自己……这令人感到很大的慰藉！……喔—喔，魔鬼！要是我能斩断心中的情欲就好了！"

"您试一试吧，"传来了一个彬彬有礼的说话声，"需要的话，我可以助您一臂之力……"

伊凡·伊凡诺维奇迅速抬头一望，不禁打了个寒战，——见到鬼总是要哆嗦的。

"请您原谅……您进来的时候，我没看见……如果我没弄错的话，我有幸见到的……是魔鬼吗？"

"正是。"魔鬼说。

"唔……唔……承蒙光临,有何指教？……"

"我只是因为没事干,到您这里来了。您知道今天是主显节前夕吗？在这天,我们这些魔鬼到处被赶出来。街上大雾弥漫,空气潮湿……今年的冬天真糟透了！我知道您是个仁慈的人,我就……"

伊凡·伊凡诺维奇感到很不好意思。他从来没有认真对待过有无魔鬼存在的问题,现在看到了魔鬼,他觉得自己在它面前是有罪的。

"我……很高兴！"他惊慌失措地微笑着说,"您可能在窗台上不舒服吧？请您……"

"啊,请放心！我和您一样,很快会习惯任何情况的,无论是怎样不舒服。"

"唔……非常高兴！"伊凡·伊凡诺维奇说,心里想:"但是他很……粗鲁……或者更确切地说,毫不拘礼。"

"您似乎想要把自己的心清洗一下,是不是？"

"唔,是的……您知道,人尽管在智慧方面有了进步,但在对情欲的斗争中,却仍然是软弱的。……不过,请原谅！如果我没听错的话,您表示愿意在这件事上……帮我忙？"

"我表示过,现在重说一遍:乐于为您效劳！"

"不过,这可不是您的专长吧？"伊凡·伊凡诺维奇惊奇地问。

"哎,伊凡·伊凡诺维奇！"魔鬼提高嗓门说,满不在乎地挥了挥手,"您以为我不讨厌我的专长吗？"

"真的吗？"

"那可不！人有时甚至也讨厌自己做的坏事,所以他们有时也真诚地忏悔……"

"如果我接受他的帮助,那会怎么样呢？"伊凡·伊凡诺维奇想道,"他准会使我成为一个完人。这样,我认识的人就会大吃一惊……"

"那么,请您告诉我,是什么使您不好意思呢？"魔鬼坚持问道。

"不过……哎……您说说看……这一定是个很痛苦的手术吧？"

"仅仅对于那些心灵刚强的人,对于那些感情真纯并深深扎根在心田里的人才如此。"

"那么,我呢?"

"您的(请原谅,要知道我现在好像是个大夫了),您的心肠很软,而且是那么样的蔫,您知道……比方说,就像长得过了头的小萝卜那样。当我从您的心里取出使您害羞的情欲时,您的感觉就会像母鸡在它尾巴上的羽毛被拔掉时的感觉一样……"

伊凡·伊凡诺维奇沉思起来,思考了一下,问道:

"我可以知道您需要我的心为您效劳吗?……"

魔鬼从窗台跳到地板上,惊慌地挥舞着爪子,说道:

"心?噢,不!不,不要客气……我不需要……得了吧?!我干吗要它呢?请原谅!我想说的是,它对我有什么用呢?咳,不是那个,不是那个!我想说的是……"

伊凡·伊凡诺维奇瞧着魔鬼怎样在闹腾,他觉得自己很委屈。

"我之所以要问您这件事,是因为一般来说,您是会同意的……"

"这已是从前的事了,那时存在着健康的、巨大的心灵……"

"您好像看不起我的心灵……"

"噢,不!可我……我今天不过是想做得大公无私罢了……再说,您大概也会同意的,难道看见一个完善的人我会不感兴趣吗?"

"唔……那么,您是说这不会痛苦,也没有危险吗?"

"请您相信,的确如此!有我的帮助,您完全可以毫不费劲地达到完美的目的。……好吧,您是否愿意我们从您的心灵里取出一些东西作为试验呢?"

"请……请吧……"

"那好极了!是什么最使您感到累赘呢?"

伊凡·伊凡诺维奇沉思起来。要他立即说出哪一种激情对于我们来说没有其他激情那样可爱,那是很难的。

"没什么使我感到累赘,您请先从小件的开始取吧。"

"对于我全都一样……您吩咐从什么开始?"

伊凡·伊凡诺维奇又不作声了。虽然他经常清理自己的心灵,但是因此(也许正是因此)在他的心灵里反而是一片混乱:什么都揉成一团,杂乱无章……他现在无论怎样努力地翻动心灵里所装的东西,也找不出一种固定的、有价值的、不掺杂别的成分的纯洁感情来。

魔鬼等得疲倦了,向他建议道:

"让我们从您的心里取出虚荣心吧;它并不大啊……"

"行呀!"伊凡·伊凡诺维奇叹了口气说,"把它取出来吧……"

魔鬼走到他跟前,用手摸了摸他的胸脯,迅速把手往旁边一拉,伊凡·伊凡诺维奇顿时感觉到一种很厉害的但又愉快的刺痛感,就像从手指里拔出刺来的那种感觉一样。

"这真的不痛……"伊凡·伊凡诺维奇轻松地说,"请允许我看一眼我的虚荣心是什么样的……"

魔鬼把手伸给他,伊凡·伊凡诺维奇在他的手心里看到一个无色、发皱的小怪物,活像一块用了很久的小抹布。伊凡·伊凡诺维奇看了一阵自己的虚荣心,叹了口气后,轻轻地说:

"您知道……正如您回忆的那样,这无论如何是我心脏的一块……真可惜!"

"您愿意我从您心上取出怜悯心吗?"

"唔—唔……没有它我会怎样呢?"

"它有什么好处呢?"

"嘿,您知道,这可是人类的优美感情……"

"得啦,您讲讲仇恨心如何?"

"让它滚吧!让它见鬼去吧!啊,请原谅……"

"没什么……别感到不安……"

魔鬼又摸了摸伊凡·伊凡诺维奇的胸膛,后者又感觉到一阵刺痛。在魔鬼的手掌里,又放着一个散发出酸味的像小抹布一样的东西……

"嗯,"伊凡·伊凡诺维奇皱起鼻子说,"我的仇恨心竟是这样的呀……它的原形……"

"已经掺进了许多怯懦。"魔鬼说。

"原来这样!……唔……请您告诉我,为什么我所有的感情都有一种冷冰冰的外形?就像海蜇一样……"

"您的命运就是这样,心地最好的伊凡·伊凡诺维奇。"魔鬼说,厌恶地把这个病人的一小块心脏扔到地板上。

"我已经开始感觉有点特别。"伊凡·伊凡诺维奇说,细听着自己心脏的跳动。

"舒服吗?"

"轻松多了……胸膛里也开阔多了……"

"还要继续做手术吗?"

"我……不反对……"

"您还有什么?"

"是呀……还有别的……人们所有的一般的东西……"

"比如,愤怒?"

"啊,是的!当然……愤怒,是呀……说实在的,这不完全是愤怒……而是,您知道……这是一种神经过敏……气愤……非常烦躁的感情!"

"要拿掉吗?"

"当然!不过要小心一些,请吧……我心里有点乱……瞧,当您取出仇恨时,我就感到我内心为它而产生羞愧……"

"这是自然的,"魔鬼说,"甚至我看到您的各种感情时,也会为您感到羞愧……您的这颗心实在不干净……"

"怎么,难道这是我的过错吗?"伊凡·伊凡诺维奇反驳道,"要知道心脏不是牙齿,用牙刷和牙粉是刷不干净的……"

"这倒是一句实话……好吧,那么我要动手术啦?"

"来吧……"

于是魔鬼第三次用自己的手接触了伊凡·伊凡诺维奇的胸膛。

当他一下扒开他的胸膛时,在他手上出现了整整一堆没有什么分量的、模模糊糊的、乱七八糟的东西。这堆东西没有一定的形状,散发出一种发霉的气味,并且还涂有两种颜色:一种是青灰色,这是未成熟的果实的颜色;一种是深褐色,这是果实腐烂时所具有的颜色。

魔鬼捧着这一堆冷冰冰的、颤动着的东西,困惑莫解地看着,竭力想断定这究竟是堆什么东西?

"嗯……嗯,伊凡·伊凡诺维奇,"魔鬼不看自己的病人,难为情地说,"我从您身上取出了一些东西……可这是什么?我不……不知道……这样的宝贝您在心里积累了三十年!我认为,没有一个化学家能分析得出取出来的是什么玩意儿……但是我认为,现在清除了这些恶劣的东西,您就会像天使那样纯洁了……我是个多么工于心计的卫生清洁工啊!我自己也没意料到有这种技能……好啦,现在怎样啦?伊凡·伊凡诺维奇,祝贺您心灵洁净……达到完善的目的或者——那里怎样啦?我希望,您现在已经十全十美了吧?"

这时魔鬼把病人心脏里装的东西扔到地上,瞧了瞧伊凡·伊凡诺维奇,发起愣来。

伊凡·伊凡诺维奇好像被抽掉所有的骨头那样,浑身瘫软无力,失去常态。他目瞪口呆地坐在圈椅里,脸上泛出难以用言语表达的、多半是天生的白痴才有的快乐神情。

"伊凡·伊凡诺维奇!"魔鬼拽了一下他的衣袖喊道。

"啊?"

"您怎么啦?"

"噢……"

"您觉得身体怎样?"

"嗳……"

"您头晕吗?"

"噢……"

"这算什么圣诞节故事呀！"魔鬼惘然若失地感叹道,"难道我从他身上取出了全部实质性的东西吗？伊凡·伊凡诺维奇。"

"啊……"

"真是这样！这人只剩下了一些感叹词,而连这些感叹词也是毫无内容的……我拿他怎么办呢？"

魔鬼敲了一会儿伊凡·伊凡诺维奇的胸脯,胸脯发出一种空桶的声音;他用手指敲了敲他的脑袋,他的脑袋也是空洞洞的。

"那就是完人！唉,你这个可怜的人啊！我把你掏空了……但是,难道我知道你心里尽是些坏东西吗？往后怎么办呢？"

魔鬼瞧着这个达到自己目的的人那张呆板的、傻子似的脸,又沉思起来。

"啊呀！"魔鬼用手指打了一个榧子,扬声说,"有个好主意！撒旦会满意的……我想的主意真好！我先把这个完美的化身烤烤干,然后再把豌豆倒进去。……用它做一个可供撒旦娱乐的最新奇、会发响的玩具……"

魔鬼把伊凡·伊凡诺维奇从圈椅里提起来,卷成一团,夹在腋下,走出屋子去了……

雾已消散了,忧郁的、惨白的冬日的晨曦照进了窗户……庄严肃穆的钟声从街上传入这间空屋,叹息一声,就在屋子里消融了……

孟 昌 译

我初次看见这个女人……*

我初次看见这个女人,是在她为一个显然是她的亲人送葬的时候,服丧的头纱像一抹黑色的云霞从她的头上垂挂在她颀长匀称的身躯上,美丽的弯弯的双唇紧紧闭着,在她那仿佛是用大理石雕成的脸上冷峻地闪着一双深色的眼睛,因此在我看来,她整个人就像是骄傲与痛苦的化身。

自此以后,我便常常在海边,在荒凉、阴森的地方遇见她:在那儿,灰色的巨石——山峰崩塌留下的遗物,一块摞着一块,石上布满深深的裂纹,覆盖着薄薄的盐层和一团团干枯的海藻。

她宛如一座雕像一动不动地坐在石头中间,微风轻拂着丧服的薄纱,欢快的浪花从茫茫的海上一个接一个地涌到她的脚边,在她脚旁的石头上碰得粉碎。在这儿,她的沉默而深沉的痛苦在我面前表露得更加明显。有时我看到她脸上挂着沉重的大颗大颗的泪珠。

我很想和她攀谈,可是总下不了这个决心,恰好有一次,在一个五月的艳阳天,海帮了我的忙。

前一天还是波涛汹涌,可是这一天柔和的轻波欢愉而从容不迫地涌上岸来,用它白色的泡沫和五光十色的水花装饰着阴沉沉的灰色岩石,然后又带着温存的沙沙声返回大海。

---

* 本篇大约写于一八九九年前,最初发表于一九四六年五月二十五日《文学报》。原作无题,篇名为《三十卷集》编者所加。译自《高尔基三十卷集》第三卷。

海浪懒洋洋地向岸边爬来,掀起了越来越高的浪峰,它淘气似的一动也不动地停了片刻,接着突然一俯身,轰然一响,在石头上摔得粉碎……

妇人轻轻地惊叫了一声,迅急地站了起来,微笑着抖落溅在衣衫上的水珠。

当她喊叫时,我立即向她奔去,但看到她并不需要帮忙,我便立刻收住了脚步。

她看到我的这一举动,脸上泛开了明朗的微笑,骄傲的双眸上的睫毛优美地颤动了一下,接着她用深沉丰厚的声音问道:

"我惊动了您?"

随后,她一面用眼睛示意那悄悄地移向岸边的波浪,一面补充说:

"浪头突然溅得这么高……请原谅我!我打扰您了……"

"没事儿,"我回答,"您没有打扰我……"

"不……我看到了。这真不好。当人家在沉默着的时候,不应该打扰他……"

"您这是……说到哪里去了……"我喃喃地说。

"我这些话决不是随便说说的。"她平静地回答道。

说完,她坐到更高的岩石上。她的脸又变得毫无表情,目光停留在海上被阳光照得通明的、荒凉的远方。在那儿,一个接一个掀起欢快而勇敢的海浪,它们从容不迫地涌上岸来,带着笑声和歌声在灰色的岩石上撞得粉碎。

"夫人!"我轻轻地说。"没有任何东西比孤独更能丰富人的心灵了,可是有时一个人无力承受自己的苦痛……于是孤独会像干旱耗尽土地的水分一样,使人的心灵枯竭……"

她向我转过身来,用她那双哀伤的深色眼睛默默地仔细打量着我。

"在您送葬时,我见过您,"我不好意思地接着说,"而在这儿,您曾经哭过……"

"噢,那不是第一次送葬了,"她轻轻地说,低下了头,"把死人葬在坟地里并不像把活人埋在自己的心里那样痛苦。不是常有这样的事吗……您知道吗?"

我知道。我们两人都沉默了下来。

海浪在我们的脚边嬉戏着,时而隐没不见,时而再现出来,海鸥惹人厌烦地、贪婪地叫着,我们的四周充满对人体健康有益的、浓郁的海水气味,雄伟壮丽的大海在阳光照耀下,闪烁着绿色和蓝色的火光……

"有谁同您诉说过幸福吗?"妇人突然开口说道,"我想,没有,可是,痛苦呢?准是经常有人向您诉说的,不是这样吗?您看是吧……"

她的目光又沉思地投向那空旷的海面,在那儿海鸥在层层白浪之间急匆匆地闪过。

"我们诉苦诉得过多,我们的牢骚发得过多。我们周围的一切浸透了我们的呻吟……我们离开人世时,在所有的东西上留下的只是我们个人痛苦的印记。另外的人们来到世上,他们年青、强壮并且勇敢,可是在他们直接了解生活之前却受着我们的遗产的毒害。我们给生活涂上种种阴沉暗淡的色彩,唯独把自己的溃疡描绘得那样漂亮;一有可能,我们便到处(尤其是在诗创作领域中)把我们个人所受的挫折突出出来……我们的后人的所见所闻完全是这些东西……他们在自己的痛苦未到之前已经被别人的痛苦弄得疲惫不堪。而当他们自己的痛苦降临时,他们已经没有力量反抗它了……于是他们也高声地呻吟着……"

她又沉默下来,望了望天空,海鸥在天上忙碌地时隐时现地飞翔着……

"尊重别人的人不应该谈自己。谁给了我们恶毒的权利,用我们个人的严重的溃疡来毒害人们呢?在古代,受了致命伤的人骄傲地沉默着,为的是不让自己的呻吟成为敌人幸灾乐祸的根源……可是我们呢,连牙痛的时候,也准备唉声叹气地大叫大嚷,把全世界的人的耳朵都给震聋。我们根本没有保持缄默的博大胸襟……我的悲伤,也许就是我的致命病症……但是人们常常由于贪婪和没有节制而生病和死亡……我不怜恤他们。"

沉默了一会儿,她轻轻地、可是清晰地说:

"我多么希望看到人变得更加自豪……假使我是魔术师的话,那么我将赋予每个新生的婴儿宽阔的胸襟以保持沉默!"

她站了起来,她那高高的匀称的身躯整个都笼罩在轻盈如云的黑纱之中。海浪在她脚旁温顺而快乐地拍溅着,她脸上的神色安详,深邃的目光骄傲地凝视着远方。

"别了!"她点点头说,她那长长的睫毛又温柔地颤动了一下。

我沉默地向她鞠了一个躬。

她在灰色的岩石间慢慢地走去,时而出现,时而隐没,她矫健而有力,对于自己的痛苦充满着宽宏的沉默。

海浪一个接着一个,活泼而欢快地在岸边的岩石上激溅着,空气里充满令人振奋的海洋的气息,海浪激溅的喧响使空气微微地、惺忪地颤动着。太阳用它灼热的、使万物生长的光芒欢乐、慷慨而又默默地照耀着海洋和大地。

陆桂荣　译

红头发瓦西卡[*]

不久前,在伏尔加河畔一座城市的妓院里,有一个年近四十的打手,名叫瓦西卡。因为他长着一头火红色的头发和一张红扑扑的胖脸,所以人们给他起了个绰号叫"红头发"。

他嘴唇肥厚,脑袋两旁张着一对大耳朵,好像吊壶的两个把手。一双淡灰色的小眼睛凶得吓人;肥肿的眼泡,像寒冰似的发亮。尽管他吃得饱饱的,长得胖胖的,他的目光却给人一种感觉,似乎这人总是饿得要死似的。他身材矮壮、结实,穿一件蓝色的哥萨克式上衣,一条肥大的粗呢灯笼裤,一双擦得锃亮的皮靴,靴筒上带着小褶。他火红的头发卷曲着。当他戴上漂亮的便帽时,鬈发就从帽子下面翘出来,遮住了整个帽檐。那时,瓦西卡的脑袋上就好像戴着一个红色的花环。

同行们管他叫"红头发",姑娘们却叫他"刽子手",因为他喜欢折磨她们。

这座城市有几所高等学校,青年人很多,因此,妓院也多,占了整整一个街区:一条长街和几条胡同。街区内所有妓院里的人都知道瓦西卡,姑娘们一听到他的名字,就吓得要命。如果她们之间因为什么事发生了争吵,或是同老鸨顶了嘴,老鸨就威吓道:

---

[*] 本篇写于一八九八年年底,最初发表于一九〇〇年知识出版社出版的《高尔基短篇小说集》第三卷,译自《高尔基三十卷集》第四卷。

"你们小心点！……别惹得我发火,惹火了我,我就把'红头发'瓦西卡叫来！……"

有时候,只要这样一吓唬,就能使姑娘们服服帖帖,放弃她们的往往完全是合理的、正当的要求。比如,要求改善伙食,有外出散步的权利等等。如果光是威胁还不能奏效,老鸨就真的去叫瓦西卡。

瓦西卡溜溜达达、慢慢吞吞地走进老鸨的屋里,关上门,听老鸨盼咐他去惩治哪些姑娘。

他一声不吭地听完老鸨的诉怨,然后简短地对她说:

"好吧……"

说罢他就去找姑娘们。她们一见到他就吓得面无人色,浑身哆嗦。瓦西卡看到她们害怕他,感到十分惬意。如果这种场面出现在姑娘们吃午饭和喝茶的厨房里,他就久久地站在门口,默默地瞧着她们,像一尊塑像似的,一动也不动。可是,对于姑娘们来说,他这种按兵不动的时刻,比起他动手折磨她们的时候更加痛苦。

瓦西卡看了看她们,用冷漠而嘶哑的声音说:

"玛什卡！过来……"

"瓦西里·米罗内奇！"姑娘央求道,"你别打我！别打……你要打,我就去上吊……"

"上吊去吧,傻瓜,我送你一根绳子！"瓦西卡淡漠地说,脸上不露一丝笑容。

他总有办法让那些犯了过错的姑娘自己走到他跟前来。

"我要喊救命……砸玻璃！……"姑娘吓得气喘吁吁,诉说着她能做到的事。

"你敢砸玻璃,我就叫你把这些玻璃吃掉！"瓦西卡说。

于是,固执的姑娘屈服了,走到"刽子手"的跟前。否则,瓦西卡就会自己走到她面前去,一把揪住她的头发,把她甩在地板上。她的姐妹们——往往还是她的知己——便把她的手脚捆绑起来,堵住嘴,然后,就在厨房的地板上,当着大家的面抽打她。如果被打的是一个可能去告状的泼辣的姑娘,他就用粗皮带抽打,以免把她的皮肤打烂,而且还隔着一层浸湿了水的床单来抽打,使她的身上不致留下青紫的伤痕。有时也用又细又长、装满了沙子和小石子的口袋来打;用这样的口袋抽打臀部,可以使被打的人感到隐隐作痛,而且经久不散。

不过,惩罚的残酷程度与其说取决于犯过错姑娘的性格,不如说取决于她的罪过的轻重和瓦西卡对她的好恶。有时瓦西卡并不采取任何预防措施,就毫不留情地毒打那些勇敢的姑娘。在他灯笼裤的裤兜里,总是藏着一根装有短橡木柄和三根分叉的短鞭子。那橡木柄由于经常使用已被磨得溜光锃亮。鞭子的皮条里精巧地包着铁丝,皮条末端的铁丝还编成了一个穗子。用这种鞭子打人,一鞭下去,会抽得人皮开肉绽。为了使人痛得更厉害些,他还常常在姑娘布满伤痕的背上涂芥末膏,或者放上浸了浓盐水的破布头。

瓦西卡惩罚姑娘们的时候,从来不发火。他总是那样一声不吭,无动于衷。他的眼睛依旧露出贪婪饥饿的神色。不过,有时他也眯着眼,这样,他的目光就变得更加尖利了……

瓦西卡惩罚姑娘们的办法不只限于这些,决不只这些,他挖空心思,想出种种花样,在折磨姑娘们的精巧手段上简直到了前所未有的地步。

比如,某家妓馆有一个名叫薇拉·卡普乔娃的姑娘,客人怀疑她偷了他五千卢布。嫖客是个西伯利亚商人。他向警察局报案,说他曾经同薇拉及她的女友萨拉·舍尔曼一起待在薇拉的房间里。萨拉陪他坐了将近一个小时,就走了,后来他同薇拉在一起,整整待了一夜。他离开薇拉的时候,已经喝得酩酊大醉。

这个案件提交到法院,进行了长时间的侦讯:两名被告在判决前被拘留和审讯,但由于证据不足,她们被宣告无罪。

可是,姐儿俩刚从法院回到自己的老鸨那里,却再次受到了追查。因为老鸨深信,钱准是这两个姑娘偷的,她也想从中捞一把。

萨拉成功地证实了她没有参与偷盗活动。于是,老鸨就竭尽全力来收拾薇拉·卡普乔娃。她把姑娘关在澡堂里,只给她吃咸鱼仔儿。但是,即便采用了这样的以及许多别的措施,姑娘还是没有供出她藏钱的地方。老鸨便向瓦西卡求援。

她应许说,只要他能追出钱藏在哪里,就分给他一百卢布。

于是,一天夜晚,这个鬼东西来到了薇拉受尽干渴、恐怖和黑暗之苦的澡堂里。

他身上长满了蓬松的黑毛,毛里散发出一股黄磷的刺鼻的气味,冒着蓝色闪光的烟雾。眼睛像两粒血红的火星闪闪发光。他突然出现在姑娘面前,用令人毛骨悚然的声音问她:

"钱藏在哪儿?……"

她吓得魂飞魄散。

这件事发生在冬天。第二天一早,人们把这个赤着脚,只穿一件内衣的姑娘从澡堂穿过厚厚的雪地带回屋子里去。姑娘轻轻地笑着,用幸福的声调说:

"明天我再和妈妈一起去做礼拜……再去……再去做礼拜……"

萨拉·舍尔曼看见她变成了这副样子,张皇失措地、轻声地向大家说:

"钱可是我偷的啊……"

很难说,姑娘们主要是害怕瓦西卡呢,还是憎恨他。

她们都千方百计地讨好他,奉承他,每一个人都争着做他的情妇,并以此为荣,但与此同时,她们又都暗中唆使自己"守信用"的知心朋友、客人和相好的"打手"把瓦西卡痛打一顿。可是瓦西卡力大无比,而且从来没喝醉过,因此要想制服他是很难的。有人不止一次地在他的食物、茶水和啤酒中偷偷地撒上砒霜,有一次还相当成功,可是他仍然恢复了健康。不知为什么,他能发现一切反对他的活动。他深知自己生活在无数敌人中间,有着很大的危险,但是人们看不出他由此对姑娘们的冷酷态度有任何改变。他总是像往常一样无动于衷地说:

"我知道,只要你们有机会,你们就会用牙齿狠狠地咬我……可是你们这不过是白发火……我出不了事。"

说完这话,他噘起厚厚的嘴唇,冲着姑娘们的脸扑哧地笑,——大概是嘲笑她们吧。

瓦西卡同警察、同像他一样的"打手们"以及经常出入妓院的暗探有来往。但他们中间并没有他要好的朋友,他跟谁也不想多见面,对待所有的人都是一个样儿,全然无动于衷。

他常常和这些人一起喝啤酒,谈论附近每夜发生的丑闻。他自己总是待在家里,哪儿也不去,除非有人找他"办事",也就是叫他去打人或是像妓院里常说的——叫他去"吓唬"某个姑娘。

他当打手的那家妓院是一家中等妓院,凡是到这里来的客人都要付三个卢布,过夜要花五个卢布。妓院的老鸨费克拉·叶尔莫拉耶芙娜,是一个年近五十、身材高大而又委靡不振的女人,愚蠢、凶狠,有点害怕但又很器重瓦西卡,每月付给他十五个卢布,还管他吃饭和住宿——让他住在阁楼上一间像棺材似的小房间里。多亏有了瓦西卡,这家妓院的姑娘最守规矩,她们总共十一个人,个个都像绵羊似的温驯。

当费克拉·叶尔莫拉耶芙娜情绪好的时候,或者在同她所熟悉的客人聊天的时候,她往往像人们夸耀自己家里养的猪或牛那样炫耀自己的窑姐儿们。

"我这里都是上等货,"她满意而自豪地笑着说,"姑娘们个个都是又水灵又结实,年纪最大的不过二十六岁。就算这个姑娘讲话不那么动听,可是身子出落得多棒呀!您看看吧,老爷,可不是个普通妞儿,而是个少有的尤物呢。克秀什卡[①]!过来……"

克秀什卡像只小鸭子一样,一摇一摆地走过来。客人比较仔细地把她"打量"一番,对她的体格一般都是表示满意的。

---

① 克秀什卡是阿克西尼娅的爱称。

这是一个中等身材的姑娘，粗壮而结实，好像是用锤子捶出来的似的。她的胸部极为丰满，挺得很高，脸是圆圆的，嘴巴很小，长着鲜红的、厚厚的嘴唇。两只顺从的、毫无表情的眼睛令人想起洋娃娃脸上的两颗眼珠。加上她的翘鼻子和眉毛上面的小发髻，更使她完完全全像一个洋娃娃。这一切使最不爱挑剔的客人也失去了同她讲话的任何胃口。通常，人们只是简单地对她说那么一句：

"咱们走吧！……"

于是她便迈着笨拙的、摇摇摆摆的步伐一面走，一面傻乎乎地笑着，从右向左转着眼珠，这也就是老鸨教给她的所谓"勾引客人"的招数。她的眼睛已经习惯于这种动作，因此，当她晚上打扮得花枝招展地走进还是空荡荡的大厅时，她已经开始"勾引客人"了。只要她待在客厅里，她的眼睛就一直是这样从一边瞟到另一边，无论是她单独一个人，还是和姐妹们、或者同客人在一起，都是如此。

她还有一个怪脾气，就是总把她那亚麻色的长辫子绕在脖子上，让辫梢垂在胸前，老是用左手攥着它，——好像脖子上戴着一根绞索……

关于自己的身世，她能够说的就是，她名叫阿克西尼娅·卡卢金娜，梁赞省人。当她作姑娘的时候，有一次同一个叫"费季卡"的"犯了罪"，生了一个孩子，然后，她随着一个"税务员"的一家人来到这座城市，在他家当奶妈，后来他家的孩子又死了，人家把她解雇了，她就被"雇"到这里来，在这里已经四年了……

"你喜欢这里吗？"别人问她。

"没什么。有饭吃，有鞋穿，有衣穿……只是提心吊胆……瓦西卡也是……老要打人，这魔鬼……"

"可是挺快活的，不是吗？！"

"哪儿？"她一面"勾引客人"，一面问。

"就是这儿呀……难道不快活吗？"

"没什么！……"她答道，转过头，环顾着大厅，似乎想看看这快活到底在哪儿？

她周围的一切都是醉醺醺、闹哄哄的,一切她都很熟悉——从老鸨、姐妹们直到天花板上裂缝的形状。

她用浑厚的低音说话,只有当别人胳肢她的时候,她才笑,笑得像一个健壮的庄稼汉那样响亮,笑得浑身抖动。她是姐妹们中最愚蠢也是最壮实的一个,由于她比她们更接近于动物,所以她比她们的不幸要少一些。

不用说,瓦西卡当"打手"的那家妓院的姑娘们最害怕瓦西卡,也最痛恨他。当她们喝醉了的时候,她们并不掩饰这种感情,她们大声向嫖客告瓦西卡的状。可是,由于那些嫖客并不是为了保护她们而来的,这种抱怨自然也就毫无结果。她们有时发出歇斯底里的叫喊,或者号啕大哭,如果被瓦西卡听到了,他的红得像火焰般的脑袋就会出现在大厅门口,接着,他用冷漠的、生硬的声音说道:

"喂,你别胡闹……"

"刽子手!魔鬼!"一个姑娘叫道,"你怎么竟敢这样糟蹋我?请您看看吧,先生,看他用鞭子把我打成什么样子了……"说着,姑娘正要扯下自己的胸罩……

这时,瓦西卡走到姑娘面前,抓住她的一只手,不改声调因而显得更可怕地劝道:

"别嚷嚷……安静点。瞎嚷嚷什么?你喝醉了……当心点!"

每一次,只要他这么说一声,事情就过去了,只有在极个别的情况下,瓦西卡才不得不把姑娘带出大厅去。

在姑娘们中间,谁也没有听见瓦西卡说过一句亲热的话,虽然其中许多人都是他的姘妇。他占有她们也是很简单的:只要他随便在哪方面看上了哪个姑娘,他就对她说:

"我今晚到你那里去过夜……"

随后,他会有一段时间上她那儿去,可是当他不再去的时候,他连招呼都不同她打一声。

"这鬼东西!"姑娘们这么说他,"完全是个木头人……"

在瓦西卡当差的那家妓院里,他几乎同每个姑娘都轮流睡过,同阿克西尼娅也不例外。正是在与她发生关系的那段时间里,瓦西卡有一次把她狠狠地毒打过一顿。

阿克西尼娅体格好,生性懒惰,很喜欢睡觉,在大厅里,不管周围有多么吵闹,她常常坐着坐着就睡着了。有时她坐在某个角落里,突然停止用愚钝的眼睛"勾引客人",目光呆呆地停在某件东西上,然后眼皮慢慢地垂下来,终于闭上,下嘴唇也耷拉下来,露出几颗大白牙。于是,她发出了甜滋滋的呼噜声,引得姐妹们和嫖客们哄堂大笑,但笑声也不能惊醒阿克西尼娅。

这在她是经常有的事,老鸨狠狠地骂她,打她的耳光,但殴打也改变不了她酣睡的毛病:阿克西尼娅事后哭一场,但还是照旧睡。

于是,瓦西卡就来管这件事。

有一次,阿克西尼娅同一位也在打盹儿的醉醺醺的客人一起坐在沙发上,又睡着了。瓦西卡走到她面前,不声不响地抓住她的一只手,把她带走了。

"难道你真的要打我吗?"阿克西尼娅问他。

"该打……"瓦西卡说。

他们俩来到厨房,他命令她脱去衣服。

"你还是轻点打吧……"阿克西尼娅恳求他。

"别废话,快点……"

阿克西尼娅身上脱得只剩下一件内衣了。

"脱下来!"瓦西卡命令道。

"你真是胡闹!"姑娘叹了一口气,脱掉了内衣。

瓦西卡用皮带抽打她的肩膀。

"到院子里去!"

"你怎么啦?现在是冬天……我冷啊……"

"算了吧!难道你还有知觉吗?……"

他把她推出了厨房门,用皮带赶着她,经过前厅来到院子里,命令她躺在雪堆上。

"瓦夏……你要做什么?"

"得啦,得啦!"

他把她推倒在地,脸朝下,接着又把她的头按在雪堆里,以免听见她的叫声,他用皮带打了她很久,一边打一边说:

"不许你贪睡,不许你贪睡,不许你贪睡……"

当瓦西卡放掉她的时候,她由于又冷又痛,浑身发抖,泪流满面,哭着对他说:

"等着吧,瓦西卡!会轮到你的……会有你哭的时候的!老天爷在上,瓦西卡!"

"你尽管说你的!"他平心静气地说,"只要你再敢在大厅里睡觉!我就把你赶到院子里,痛打一顿,再用凉水浇……"

生活有自己的智谋,给这智谋取个名字,就叫时机。生活有时奖赏我们,更多的时候却是报复。像太阳使每件东西都有阴影一样,生活的智谋给人们的每一个行为都准备着一份应得的报应。这是真的,这是不可避免的。我们大家都应该了解并记住这一点……

瓦西卡得到报应的一天终于来到了。

一天傍晚,当半裸的姑娘们在去大厅之前正在吃晚饭的时候,其中一个活跃泼辣的栗发姑娘,名叫莉达·切尔诺戈罗娃的,往窗外看了一眼,报告道:

"瓦西卡来啦。"

顿时,有几个人发愁地骂了起来。

"当心点儿!"莉达喊道,"他喝醉了!跟警察在一起……当心点儿!"

姑娘们都扑向窗口。

"有人从车上把他抱下来……姐妹们!"莉达高兴地叫道,"看样子,他是摔伤了!"

厨房里响起了咒骂的喧哗声和恶意的笑声——复仇者开心的笑声。姐妹们推推搡搡,跑到过道来看摔伤了的仇人。

在过道里,她们看到警察和马车夫搀着瓦西卡走着。瓦西卡脸色灰白,额上渗出大粒大粒的汗珠,左脚在他的身后拖曳着。

"瓦西里·米罗内奇!这是怎么回事?"老鸨叫道。

瓦西卡无力地摇摇头,用嘶哑的声音答道:

"摔了……"

"他从有轨马车上摔下来……"警察解释道,"摔下来,也就是说,他的腿扎在车轮下啦!喀嚓一声……断了!"

姑娘们不出声,但她们的眼睛却像炭火一样燃烧着。

人们把瓦西卡抬到楼上他住的那间房里,把他放在床上,派人去请医生,姑娘们站在床前,交递着眼色,谁也没说一句话。

"都给我出去吧!"瓦西卡对她们说。

她们谁也不动一动。

"怎么!你们高兴啦!"

"我们不会哭的……"莉达冷笑着回答。

"老板!把她们赶出去……她们……来干什么!"

"你害怕了吗?"莉达俯下身来问他。

"走吧,姑娘们,下去吧……"老鸨命令道。

她们走了。可是走出门时她们每个人都恶狠狠地盯着他,莉达小声地说:

"我们还要来的!"

阿克西尼娅却挥着拳头威吓他,叫道:

"哼,魔鬼!怎么样——摔坏了?你这是活该……"

她的大胆举动使姑娘们大吃一惊。

在楼下,她们感到从未有过的高兴,一种幸灾乐祸的、复仇的喜悦充溢着她们的心。她们兴奋得发狂,不断地嘲弄着瓦西卡,那激烈的情绪使老鸨感到害怕，同时也受到了一些感染。

老鸨看到瓦西卡受到命运的惩罚，也感到很高兴。瓦西卡也是她的冤家对头，因为他对她并不像听差对待主人那样，却更像长官对待下属，但她也知道，没有瓦西卡，她不可能使姑娘们就范。因此，她在表现自己对瓦西卡的感情时，是小心翼翼的。

医生来了，给瓦西卡缠上绷带，开了药方。临走时，他告诉老鸨，最好把瓦西卡送进医院。

"姐妹们！怎么样，咱们去看看病人，咱们那个宝贝，好不好？"莉达纵情地叫着。

她们便又笑又喊地一齐涌上楼去。

瓦西卡闭着眼睛躺着，他眼也不睁地说：

"你们又来了……"

"也许是因为我们心疼你吧，瓦西里·米罗内奇……"

"难道我们不喜欢你吗？"

"你想想，你是怎么把我……"

她们的嗓门儿不高，但说得很有分量，她们围在他的床边，用不怀好意的、同时又是快乐的眼光看着他苍白的脸。他也看着她们，过去，他的眼睛虽然经常闪烁着令人费解的饥饿的凶光，但从来没有像现在这样，完全是一种难以满足的饿狼似的神情。

"姐儿们……小心点！等我起来了……"

"也许，上帝保佑，你再也起不来了！……"莉达打断了他的话。

瓦西卡紧闭双唇，默不作声。

"哪条腿儿疼呀？"一个姑娘俯下身来，故作亲切地问；她脸色煞白，咬牙切齿。"是这一条吗？"

接着，她抓住瓦西卡那条受伤的腿，使劲地把它往自己这边一拉。

瓦西卡痛得把牙咬得咯咯作响，咆哮起来。他的左臂也摔伤了。他挥了一下右手，想打那个姑娘，却打在了自己的肚子上。

在他的周围爆发出一阵笑声。

"婊子们!"他吼叫着,凶神恶煞地转动着眼珠,"小心点!……我以后非打死你们不可!……"

可是,她们在他的床边跳来跳去,拧他,揪他的头发,往他脸上吐唾沫,扯他那条受伤的腿,她们的眼里燃烧着怒火,她们笑着,骂着,像狗吠似的嗷嗷叫着。她们嘲弄瓦西卡的言语极为难听,甚至下流。复仇的情绪达到了疯狂的程度。她们全都穿着白色的内衣,半裸着身体,因为挤来挤去弄得浑身燥热,她们变得可怕极了。

瓦西卡咆哮着,挥动着右手;老鸨站在门边,用粗野的嗓子叫道:

"够啦!住手吧……我去叫警察啦!你们会把他折腾死的……上帝!上——帝啊!"

但是,姑娘们并不听她的。瓦西卡折磨了她们许多年,她们只报复他几分钟,她们急于利用这个机会……

突然,在这片狂怒的喧哗和喊叫声中,响起了一个低沉的、祈求的声音:

"姐妹们!够啦……姐妹们,手下留情吧……他也……也……他也痛呀!姐妹们!看在基督的面上……姐妹们……"

这声音犹如一瓢凉水,对姑娘们发生了很大的作用:她们惊恐地、迅速地离开了瓦西卡。

这话是阿克西尼娅说的;她站在窗边,浑身颤抖,深深地向她们鞠躬,时而用手按住腹部,时而莫名其妙地把双手伸向前方。

瓦西卡一动也不动地躺着。他的衬衣的前襟被撕破了,他那长着浓密的红毛的宽阔的胸脯整个儿都在抖动,似乎有什么东西在里面跳着,一面跳,一面极力要从他胸腔里冲出来。他的声音嘶哑,两眼紧闭着。

姑娘们挤成一堆,好像粘成了一个巨大的身躯。她们站在门边,沉默着,倾听着阿克西尼娅在低声地嘟哝什么,瓦西卡在嘶哑地说着什么。站在最前面的莉达,很快地抖落掉缠在她右手指缝中的火红色的毛发。

"怎么,他会死吗?"有人在低声耳语。屋子里又寂静了下来……

姑娘们尽量不出声,一个跟着一个,蹑手蹑脚地走出了瓦西卡的房间。她们走后,在房间的地板上留下了一小绺一小绺的毛发和一些碎布片……

只有阿克西尼娅还留在房间里。

她沉重地喘着气,走到瓦西卡的身边,用她素有的低音问道:

"现在你要我给你点什么吗?"

他睁开眼睛,看了她一眼,什么也没有回答。

"喂,你就说吧……要喝水……还是要收拾一下……只要你说,我就收拾……也许,你想喝点水吧?我给你倒水……"

瓦西卡默默地摇了摇头。他的嘴唇动了一下,但什么也没说。

"这么说,你连话都讲不出来了!"阿克西尼娅一边把发辫绕在脖子上,一边说,"我们把你折磨到了什么地步啊……你痛吗?瓦夏?是不是痛?得啦,就忍耐一下吧……总会过去的……只是开头的时候痛……这我知道!"

瓦西卡的脸上颤动了一下,他嘶哑地说:

"给点儿……水吧……"

于是,那种难以满足的饿狼般的神情从他的眼睛里消失了。

阿克西尼娅就这样留在楼上瓦西卡的房间里,她只有在吃饭、喝茶和给病人拿点儿什么东西的时候才下楼来。姐妹们不和她讲话,也不问她什么,老鸨也不阻拦她服侍病人,晚上不叫她去接客。通常,阿克西尼娅坐在瓦西卡房间的窗旁,看着窗外白雪覆盖的屋顶和粉妆玉琢的树木,看着蛋白石色的云雾似的袅袅炊烟。每当看倦了,她就坐在这个凳子上,两只臂肘支撑着桌子,睡着了。夜晚,她睡在瓦西卡床旁的地板上。

他们几乎没有交谈。如果瓦西卡要水喝或要别的什么东西,阿克西尼娅就给他拿来,看他一眼,叹口气,又回到窗边去。

这样过了四天。老鸨为了安排瓦西卡住院而热心地到处奔忙,可是医院里暂时还没有空床位。

一天傍晚,瓦西卡的房间里已是一片昏暗了,他微微抬起头来,问道:

"阿克西尼娅,你在这里吗?"

她正在打瞌睡,但他的声音唤醒了她。

"还能在哪儿呢?"她答道。

"过来……"

她走近床边,站在那里,像往常一样把辫子绕在脖子上,用一只手攥着辫梢。

"你要什么?"

"拿张椅子,坐到这儿来……"

她叹了口气,走到窗边拿了椅子,把它放在床边,然后坐下。

"什么事儿?"

"没什么……在这儿坐一会儿……"

瓦西卡床头的墙上挂着他的大银表,表在急匆匆地嘀嗒嘀嗒地响着。在大街上,马车疾驰而过,还可以听见雪橇滑木发出的吱吱的响声。姑娘们在楼下笑着,其中一个姑娘用女高音唱道:

我爱上了挨饿的大学生……

"阿克西尼娅!"瓦西卡说。

"干吗?"

"你……你跟我一块儿过日子吧!"

"我们是在一起过呀!"姑娘懒洋洋地答道。

"不,你等等……让我们好好儿地过!……"

"好吧……"她同意了。

瓦西卡不再言语了,他闭着眼睛躺了很久。

"……我们离开这儿,从头过起。"

"到什么地方去呢?"阿克西尼娅问。

"随便到哪儿去……我可以向有轨马车公司要一笔伤残赔偿费……他们会给的,按照法律,他们应该给。另外,我自己还有钱,六百卢布左右。"

"多少?"阿克西尼娅问。

"六百卢布左右。"

"真有你的!"姑娘说,打了个哈欠。

"是啊……单是用这笔钱就可以开一家妓院……更何况还能从有轨马车公司得一笔赔款……我们到辛比尔斯克,或者去萨马拉……在那里开一家妓院……全城第一流的妓院……选一些最漂亮的窑姐儿……进门收五个卢布。"

"看你说的!"阿克西尼娅冷冷一笑。

"怎么啦?能做到的……"

"可不是!……"

"我说,做得到的……要是你愿意,我们就结婚。"

"什——么?!"阿克西尼娅叫了起来,傻里傻气地眨巴着眼睛。

"我们结婚。"瓦西卡带着某种不安的神情重复说。

"我和你?"

"是呀……"

阿克西尼娅哈哈大笑起来。她叉着腰,在椅子上笑得左摇右晃,一会儿粗声粗气地大笑,一会儿又尖声叫着,这在她来说,完全是反常的。

"你怎么啦?"瓦西卡问她,一种饥饿的神色又浮现在他的眼睛里。但她还在哈哈大笑。"你笑什么呀?"他问她。

最后,她极力抑止住笑声和尖叫声,勉强说道:

"笑你说的结婚呀……难道能行吗?我已经三年不去教堂了……怪物!你真行,可找到老婆了!你是不是还等着我给你生孩子呀?"

一想到孩子,又引起她一阵由衷的哈哈大笑。瓦西卡看着她,沉默不语……

"难道我会跟你一块儿到什么地方去吗?你可真是……要是你把我带走了,你就会在什么地方把我打死的……你折磨人可是出了名的。"

"得啦,别说啦!"瓦西卡小声说。

她追忆种种往事,对他诉说他是怎样的残忍。

"别说啦!"瓦西卡恳求她,但阿克西尼娅并不听他的,这时他沙哑地叫道:"跟你讲,别说啦!"

这天晚上,他们再也没说什么。夜里瓦西卡说起胡话来。从他宽阔的胸膛里发出嘶哑的声音和哀号声。他把牙磨得咯咯作响,右手在空中乱舞,有时,他还捶打自己的胸膛。

阿克西尼娅惊醒了,她起来站在床边,惊恐地望着他的脸,看了很久。后来她把他唤醒了。

"你这是怎么啦?梦见鬼掐脖子了,是吗?"

"是的,做梦了!……"瓦西卡无力地说。"给我点儿水吧。"

喝完了水,他摇着头说:

"不,我不开妓院了……最好是做买卖……不要开妓院……"

"做买卖……"阿克西尼娅若有所思地说,"是—呀……开个小铺子,这不错。"

"你跟我去,好吗?"瓦西卡恳切地小声问她。

"你这是当真的吗?"阿克西尼娅高声说着,离开了床边。

"阿克西尼娅·谢苗诺芙娜!"瓦西卡把头从枕头上略微抬起,大声说,"你看,真没想到……"

他的一只手在空中挥了一下,沉默了。

"我哪儿也不跟你去……"阿克西尼娅坚决地摇着头说,没等他再说下去,"哪儿也不去!"

"我要你去,你就得去……"瓦西卡轻轻地说。

"我哪——哪儿也不去!"

"不过我不想这么做……假如我一定要——你会去的!……"

"就是不……"

"真见鬼!"瓦西卡气愤地喊道。"你跟我一块儿泡了这么久……费了那么多事儿……图个什么呢?"

"这是另一码事……"阿克西尼娅理直气壮地说,"但是同你过日子,那不行!我怕你……你的心太狠了!"

"嗨!你懂得什么呀?!"瓦西卡恶狠狠地叫道,"心狠!你这个傻子……你说我是个狠心的人,难道问题就在这里吗?你以为,做一个狠心的人,就那么好受吗?"

瓦西卡的话音断了,他用那只好手揉着自己的胸脯,沉默了片刻。然后他声音里带着忧愁,眼睛里流露出害怕的神情,又轻轻地说道:

"你们简直太……得啦,心狠……难道我整个人就是这样的吗?人家要我干的是什么呀……咱们一块儿走吧,阿克西尼娅·谢苗诺芙娜。"

"别说这个了!我不去……"阿克西尼娅固执地坚持自己的意见,疑虑重重地从他身旁走开了。

他们的谈话又中断了。月光照着这间房子。在月光下,瓦西卡的脸是冷灰色的。他长时间静静地躺着,眼睛一会儿睁开,一会儿闭上。在楼下,人们在跳舞、唱歌、嬉闹着。

这时响起了阿克西尼娅清脆的鼾睡声,瓦西卡深深地叹了一口气。

又过了两天,老鸨为瓦西卡在医院里找到了床位。

医院的篷车载着医士和杂役来接他。他们小心翼翼地把瓦西卡从楼上扶到厨房里,他在那里看见了所有的姑娘,她们都挤在厨房门口。

他的脸变得很难看,什么话也没有讲。她们严厉地望着他,但从眼神还难以判断,她们此时在想些什么。阿克西尼娅和老鸨替他穿上大衣,厨房里所有的人都紧张而郁闷地沉默着。

"再见吧!"瓦西卡突然说道,他低着头,也不看姑娘们一眼,"再……再见吧!"

有几个姑娘默默地向他点头告别,但他没有看见。只有莉达平静地说:

"再见,瓦西里·米罗内奇……"

"再见吧……是呀……"

医士和医院的杂役搀着他,把他从凳子上扶起,带到门边。但是他又一次转向姑娘们说:

"再见吧……过去我……确实……"

又有两三个人对他说:

"再见,瓦西里……"

"有什么法子呢!"他摇了摇头,在他的脸上出现了一种和他极不相称的神色。"再见吧!看在基督的面上……她们……把她们……"

"要把他带走了!就要把他带走了,我亲爱的……"阿克西尼娅通的一声坐到凳子上,突然发狂似的哭了起来。

瓦西卡浑身抖了一下,抬起头来。他的眼睛里闪着可怕的光芒。他站着,凝神倾听着这号哭声,用他颤抖着的嘴唇轻轻地说:

"真是个……傻瓜!这样的傻—瓜!"

"走吧,走吧!"医士催促着,皱着眉。

"再见,阿克西尼娅!到医院里来吧……"瓦西卡大声地说。

阿克西尼娅仍然在放声痛哭。

"你—把—我—丢—给—谁啦?……"

姑娘们围着她,看着她的脸和从她眼里涌出的泪水。

莉达俯下身来,以严峻的口吻安慰她说:

"得啦,克秀什卡,你哭什么呀!他又没死……可以找他去嘛……嗯,明天找他去就是了!……"

谭得伶　译

查监结束了*

……查监结束了。

一个囚徒站在牢房的中间,头朝门歪着在侧耳倾听:监狱院子里的嘈杂声渐渐地平静了下来。

铁门上的滑轮发出了拖长的刺耳的尖声,接着是枪击般的一声巨响,把空气也震动了;在沉重的铁栓声响过后,可以清晰地听到一阵均匀有力的脚步声……随后一切声音都消逝了,仿佛监狱刹那间被一种柔软的物体裹住,既不传声也不透气。

囚徒一动不动地站在原地,又谛听了两三分钟,没有任何声音打破这深沉而又令人压抑的寂静。他这才短叹了一声,疑心重重地眯起眼睛,看了看囚室几个黑魆魆的角落。然后,慢慢地蹑着脚,尽量使地板不发出响声,走到窗前。

他还是个青年人,苍白的、带着病容的脸上长着一双大眼睛。在睁大的眼睛里凝聚着对前途未卜的恐惧神色。他双肩高耸,像是要把头藏起来似的,他的整个体态都显出一种惊恐、困惑的神情。他在这所牢狱中被关了大约两个月,但还从未被提审过,他也不知道,为什么要把他关进这间令人憎恶的屋子;屋子的墙壁是黄色的,窗户上装有铁栅栏。他终日紧张地期待着有人会告诉他,他犯了什么罪;起初,他

---

* 本篇约写于一八八九年四月。译自《高尔基全集》第四卷。原著无题,篇名为《全集》编者所加。

很愤慨,提出各种要求,怀着忧郁而痛苦的心情思念自己年迈的双亲,想象着父母是怎样为他焦灼不安,他也曾哭泣过,甚而到了狂怒的地步……但日复一日,面对牢狱里默默不语的墙壁,他身上一切痛苦的感情都枯竭了,他身心交瘁,惶惶然不可终日,忧心忡忡地等待着什么可怕的事情的来临。

……他伫立在窗前,脸贴着窗上的铁栅栏,眼睛一眨不眨地凝视着黑沉沉的夜。夜色是那样浓重,似乎手一伸出铁栅栏,就立即会蒙上一层湿漉漉的漆黑如烟的东西……远处有个昏黄如豆的灯光在微微地颤抖,它的四周一团漆黑,好像它也被囚禁在狱中似的。

这个青年每夜隔着铁窗凝望着这灯光,他喜欢它那柔和的光亮,并习惯于在这灯光中找到与自己相同的东西。和往常每次查监后一样,这位青年在沉寂和黑夜中感到越来越恐惧。他想转过身去看看这间牢房,可是又害怕这样做。他知道,挂在门上的那盏灯照亮着这间牢房,只在屋子的四个角落里有些昏暗的阴影;他知道,除了阴影,囚室里有一张床,一张桌子和一把椅子,别无其他,也不可能有……这一点他确信不疑,但又不敢相信情况果真如此。他虽然清楚地意识到自己孤独一人,但又总觉得自己并非孑然一身。他早已谙知自己这间牢房墙上所有的裂缝和斑迹,现在他望着暗处,想象着它们的模样,以便安慰自己,战胜恐惧。

在靠床的墙上写着好几大行数字。这是有人为了消磨囚室里的空虚的日子和排解孤寂的心绪,在墙上做的加、乘、除的算题。床对面的墙上是一块块深绿色的潮湿的斑迹,有人在一块斑迹上用粗大的字母写着:

　　我们是维亚兹马的两个窃盗,
　　一起沿街把饭讨,
　　拦路还把戈比要,
　　拿它买块甜面包,

吧唧吧唧大口嚼……

他久久地琢磨着最后几个字,想弄懂"吧唧吧唧"是什么意思。

他最后认定,这是狼吞虎咽的意思。一定是饿得如狼似虎……他把这"两个窃盗"想象成衣衫褴褛、极为快乐、无所畏惧的年轻人。但他却想象不出在门旁题字的人是什么模样儿:

"亚科夫·伊格纳季夫·乌索夫在这里坐过牢,因为他杀了妻子和萨什卡·格雷兹洛夫,他俩干了下流无耻的勾当。此事发生于一八九七年一月。我把他们宰了……"

下面写的是不堪入目的诅咒,还有一幅画,画的是一座有三个窗户的小房子,屋顶上空有一团乱麻似的东西,它不是树木,就是烟囱里冒出的炊烟。

这间囚室靠窗的屋角掉了一大块石灰,活像从墙上扒掉了一块皮。厚实的木门上包了一层铁皮。门上开了个不大的方孔,从外面钉了个铁十字。眼下是夜晚,这个小孔被走廊上的灯光照着,酷似一只丑陋的眼睛,闪着冷漠无情的亮光,在暗中守候着……这个囚犯对所有的一切,甚至连墙上最不引人注目的小缝,都了如指掌。

可是,在这间囚室中,除了他熟知的东西,他还觉得存在着一种几乎可以感觉到却又看不见的东西。每天晚上它都要来到这里,使人毛骨悚然,并且变得一天比一天更加肆无忌惮。它总在这个囚犯的背后,甚至当他的背紧贴墙壁的时候,它仍然默不作声地在他身后幸灾乐祸,使他感到寒气逼人。

这怪物似乎一直在用淫荡的目光注视着囚犯,它会突然出现在囚犯的面前,将它阴森丑陋的嘴脸暴露无遗,会用它冰冷光滑的爪子一下抓住囚犯的心,把它攥紧,使它窒息……这怪物庞大而又沉重,像沼泽中的淤泥一样绿森森的,覆盖着一层气味浓烈、令人窒息的黏液……

囚徒想象着这个怪物,不寒而栗。他一直注视着窗外。

由于视力过分集中,他的眼睛感到疼痛,仿佛是夜的黑暗触痛了它,他的双腿因疲劳而发颤,但他不敢转过身去,害怕见到身后的那个怪物。

在窗外,寂静和黑暗融成了一片,大地上的一切生灵在这黑茫茫的寂静中似乎都已窒息死去……只剩下他孤零零一个人,被关在这间斗室里,注定要他遭受这人世上最可怕的折磨:等待。

他将终生地、永生永世地等待,而这漫漫长夜将永无止境,白昼再也不会来临,太阳永远不再升起!那可怕的怪物将形影不离地随在他的身后,默默地看守着他……

窗外传来了沉重的脚步声。囚徒不禁高兴地颤抖了一下,立即从窗前闪开,侧耳谛听。

"立正!"一个低沉而又懒洋洋的声音喊道。

贴在脚旁的枪哗啦响了一声。接着一个哨兵急促而低声地报告数目:

"十二个窗口……两个哨室……"

"你这个楚瓦什人!如果看见有脑袋伸出窗口,要注意!别开枪……"

"是……"

"岗哨派班员,你给他详细讲讲……"

在寂静中每个字都听得非常清晰,如同黑暗中闪耀的火花一样。

"如果发现有人在窗口张望,别开枪!懂吗?"

"是的……"

哨兵的这两个字说得有点南腔北调,口气怯懦、沉郁。随后一个威严、嘶哑的男低音说道:

"如果有人从窗口爬出来,或者越狱逃跑,从这儿,或从那儿,看见了吗?"

"是……"

"你马上喊:'是谁?'喊一次,再喊一次……到第三次就朝天开枪……

为了报警……这时也可以向越狱的人开枪,或用枪托打,用刺刀刺,你觉得怎么方便就怎么干,懂吗?"

"是……"

"好,你就从这儿到那儿来回巡视,往窗子里看看,你可得小心点,别贪睡!"

"绝对不会……"

"这才对……好吧,那你说说,你什么时候该开枪呢?"

"有人向我扑来的时候……"

"如果这人直接翻墙逃跑呢?"

一阵沉默。这时可以听到,有人在喘着粗气,有人不耐烦但又不很重地跺着脚。接着可以听见一个严厉的喊声:

"你怎么了?鬼东西!……"

"那就打……"

"如果头伸出窗口呢?那该怎么办?"

又是沉默。枪哗啦响了一声。有人啐了口痰。

"咳,木头脑瓜!你倒是动动脑筋呀!……"

"那就——没事……"

"胡说!那就该说,'把头缩回去!……'懂了吗?咳,该死的……去吧!"

传来了几个人整齐的脚步声。

年轻的囚徒又贴着窗子,想看看那个说话口气十分忧郁的哨兵。

但牢房墙壁和一堵石砌的高围墙之间的那条窄沟一片漆黑。

一个不大的黑色人影几乎无声地在黑暗中缓慢移动。细长的刺刀,好像水中的一条游鱼,在黑夜中发出暗淡的闪光。

"把头缩回去……"传来一个怯生生的喊声。

囚犯离开窗口,往后退了一步,突然他脸朝门猛一转身,迅速地向牢房扫了一眼。接着他走到自己床前,坐下来,两手支撑在床上,向前探着身躯,注视着对面的墙。一只小老鼠从护墙板后面跳了出来,像一团毛线,悄悄地在地板上滚动。机灵的黑乎乎的老鼠跑着,不时抬起小脑袋,嗅嗅空气,两耳抖动着……

囚徒看着小老鼠,同时听见自己的心在不安地急速跳动。

"要是现在已经十点钟,那么离天亮还有六个小时……或七个小时……"

想到这里,他感到心中无比哀伤。

这感觉是那样强烈,就像患了关节炎一样,全身骨头疼痛不已,肌肉也疼,皮肤干得发紧。

他把头垂得更低了,咬紧牙关,就这样坐着,坐了很久……

"啊—啊—啊……哎哟—哎哟……哎哟!"

囚徒惊恐地哆嗦了一下,然后直起身子。他觉得这是他自己在呻吟。这是不由自主地发自他心底的凄凉、忧心如焚的低声呻吟。

但他错了,这是窗外有人在呻吟,那勉强可以听到的呻吟声像一股细流穿过铁窗传到了囚室里。

"哎—哟—哎—哟……"黑暗中有一个人在低声叹息和哭泣。

这是哨兵在吟唱……囚徒的嘴唇微微地颤抖了一下,他倾听着……

他的耳朵很不习惯这种曲调,它像在远离监狱和黑夜的地方很久以前唱的一支非俄罗斯歌曲的回声在缭绕荡漾。这曲调并不动听,歌声也不感人,像一棵被折断的树发出的吱扭声。一棵树长在悬崖峭壁上,下面浑浊急湍的河流浪涛汹涌,树根被河水冲刷得无力地摆动着,任凭河水拍打和冲击。树枝被严冬的暴风雪和坚冰折断;这棵树在河面上摇摇晃晃,发出吱吱扭扭的怨诉声……眼看就要倒向河里。

"这首歌唱的是什么呢?"囚徒自问道……他陷入了沉思。

怯生生的微弱的歌声还在回荡。也许是唱歌的人害怕,不敢放声高唱。囚徒一直在听着。他突然觉得,这是他的悲伤、他的痛苦、他对孤独的恐惧、对前途的担忧在他胸中吟唱。他沉浸在这歌声中,无力地扑倒在床上。

只有为母亲,为被夺去儿子的母亲心中的痛苦,为失去母亲的儿子的痛苦……才能这样吟唱。

这青年既无眼泪也不呻吟,只是干巴巴地抽泣着。他躺在床上,默默地把自己痛苦的话语加进别人的歌曲的旋律中去。

"我的妈呀!我没有罪……我一点罪也没有!……他们把我抓起来关到这里……妈妈!救救我吧!我怕……我的妈妈……妈妈……妈妈……"

母亲浮现在他的面前,对他充满了爱,他看见母亲由于惦念他而哭肿了的双眼,清楚地看到了她脸上和眼睛里流露的忧伤。……悲痛欲绝、体弱多病的父亲站在母亲身旁,他想劝慰她,却又无能为力,因为思念儿子和为儿子担忧已使他心力交瘁。

父母的眼睛在黑暗中射出明亮的光芒……在寻找、徘徊,又在黑暗中渐渐消逝、熄灭。这歌声也是想念儿子的双亲所发出的呻吟的回响。

他从床上一跃而起,奔向门口,用紧握的拳头敲门,带着痛苦和哀求喊道:

"放我出去!开门!我不能……饶了我吧!开开门……看在上帝面上……快点……"

铁窗外出现了一张蓄着浓密胡须的脸孔,胡须在颤动,接着听到一个严厉的、训诫的声音:

"您又闹了……唉……唉!……还是个受过教育的人,……不能吵闹……"

"您听我说!看在上帝面上……母亲!您懂吗?我有母亲……您去上面说说……放我走吧!……我一定还回来……"

"我的天啊,不能每晚都闹!您怎么不懂这一点呢?人家都在睡觉……大家都在睡,可您又敲又闹……唉!"

"但是……您听我说!我求求您……"

"会关您禁闭的……"

"啊,看在上帝的面上!您去上面说说……"

"没用……难道这是头一回吗?说了也没人理……请—请别闹了……这里不能闹。"

那张蓄着胡须的脸消失了。

"您听我说!"囚徒低声哀求道,他脸贴着铁栅栏,竭力向过道中脚步声离去的方向张望。

回答他的只有踩在地板上发出的沉闷的橐橐靴声。

"啊!您听我说呀!"囚徒低声唤道,"您回来……请您在门口站一会儿……让我能看见您……"

周围沉寂无声。窗外已听不到那凄凉的歌声。

囚徒一条腿跪在地上,头紧贴着门,一只手抓着粗粗的门把,一动也不动。冰凉的铁皮碰着他的头,寒气透过全身,使他发抖。

现在,当他经过了这场激动之后,他感到心中宛如有一个大脓疱破裂了,一股浓稠的毒液顺着血管流动,使他疲惫不堪。

一片静寂。……只有他的心在怦怦地跳,就像要从胸膛里蹦出来似的。

又有一种声音……一种新出现的声音。……它是从左侧的墙后发出的。在隔壁的囚室里,有人急促地、时重时轻地走动着,就像野兽在笼中扑腾,爪子在地板上爬行。那人的脚步声酷似一头被激怒的野兽发出的断断续续的吼叫声。

囚徒站起来,脸色白得发青,眼睛充满悲哀,摇摇晃晃地走近床边的那张桌子。

桌子上放着一个盛着水的陶制杯子和一瓶缬草酊药水。这是昨天医生刚给的,瓶子里还有不少药。

这青年用哆嗦的手拿起药瓶……然后又放下,沉重地坐到床上。

他感到内心空虚,刚才经受的那阵悲痛仿佛已是遥远的往事,虽然捶门把手捶破了还是几分钟以前的事。现在他的身心又受到痛苦的煎熬,他觉得他这个人正在渐渐消失……化为乌有。

门上那盏灯照着他的床,照着桌子和门窗之间的空间。床对面的墙和两个屋角光线昏暗,在这昏暗的光线下,墙上潮湿的斑迹也活了,好像在移动。白天它们看上去只像一张地图,到夜晚,如果细细端详,它们像是一些人的灰暗的面孔——也许是那些曾在这间囚室里坐过牢的犯人的脸吧。这很可能……一个犯人监禁在囚室里的时间长了,墙壁就会把他身上的气味吸进去,为什么狱墙不能把他的灵魂也吸进去呢?为什么墙壁不能把人的精神反映出来呢?

人的灵魂是一种会溶化的东西。一个自由人的灵魂会在生活中烟消云散……而一个身陷囹圄的囚犯的灵魂会被狱墙所吸收……是这样!这些石灰墙上的昏暗斑迹——为什么它们不可能是那两个维亚兹马窃盗和其他所有在这里被监禁过的囚犯的灵魂的痕迹呢?

尽管这些斑迹似乎活着,默默无声地活着,却毫无可怕之处。瞧,它们在活动,变换着自己的形状……如果它们能说话,它们就会用轻得几乎听不见的耳语声说出一些人话……但它们周围的昏暗是多么可怕啊!这狡黠透明的昏暗也活着……

在这昏暗中隐藏着一种统治人的心灵的权力,残暴无情的权力;你会连同空气一起把它吸收进去,它钻入人的心灵,像铁锈一样,悄悄地、毫不留情地腐蚀着心灵……它会把思想溶化在自己的势力范围中,整个人也就被它所吞没并在其中溶化;虽然它没有一定的形状,不可捉摸,但它随时都可能变成一种可怕的……无论何人何时都从未见过、而且又不可预料的东西……

囚徒睁大双眼注视着墙壁,他把手伸向桌子,小心翼翼地摸到了桌上盛着水的杯子,敏捷地把水泼到墙上。

水碰到墙壁时,发出那样可怕的声音,像是有人在凶恶地怪叫。

囚徒往后一闪,把手伸向前去,好像在抵御迎面而来的袭击。水顺着墙往下淌,斑迹在条条黑色的水流下消失了,水静悄悄地流到地板上。……

"天啊!"青年人低声喊道,双手抓着脑袋,"天啊……好像……我好像……"

他不能说出那个可怕的字。他的双手无可奈何而又无力地落到膝盖上,一些不连贯的、被恐怖所搅乱的思想开了锅似的在脑海里翻滚。他坐在床上,左右摇晃起来,但他的眼睛好像被昏暗紧紧地吸住并湮没在其中。这时他感到,他整个人在下沉,跌入万丈深渊,慢慢地往下跌落,抓不到任何东西。

"天啊!……"他的嘴唇无声地在蠕动。

突然,思想又在他身上掀起了波澜,他充满了强烈的羞愧感,心痛如割,好像有人在他心里对他说:

"这样死去太可耻……可耻,可耻啊!死亡并不比恐惧的折磨更可怕、更糟……"

他站起来,扫了一眼桌子,用颤抖的双手捧起药瓶……瓶子从指缝中滑落,掉进水杯里,发出了有如冷笑般的碎裂声。满屋弥漫着醚的气味……

这青年弯着腰,用颤抖的手把玻璃碎片从杯子里拿出来,放在手掌上瞧着。他感到一阵窒息,头晕目眩,恍如有人强迫他把眼睛闭上。这种感觉增加了他的恐惧,仿佛有一种柔软的看不见的东西紧紧地缠住了他……他全身震颤了一下,从桌旁朝门的方向退去……

一股寒气向他扑面袭来。

"不……"他低声说,一双疯狂的眼睛望着前面。

他蓦地把碎玻璃塞进嘴里,用牙咀嚼起来……碎玻璃发出脆折的声音,割破了他的牙床、嘴唇、舌头……疼得他的脸立刻变了样儿,嘴里感到一股热乎乎的咸味;他低下头,吐出一口玻璃碴和血水。几股血水在流淌,他看见地板上出现了一摊摊像花纹似的暗红的血水,他感到热泪盈眶,这是一种意识到自己软弱无能而觉得难堪的泪水。

"我不能……不能……"脑子里在挣扎着,"我不能死……我的天啊……救救我吧!"

嘴里热乎乎的血水的咸味和啃噬着他心灵的极其痛苦的感觉交

织在一起。

霎时间,他想起了一件事。……一个少女!这位勇敢的少女[①]!她用烈火烧掉了自己蒙受的耻辱!……他甚至兴奋得全身一震,眼里闪露出胜利的神色,向黑暗瞥了一眼。他精神立刻振奋起来,信心倍增,行动也显得坚定果断。

他脸上绽露出开朗的笑容,不慌不忙地从嘴里吐出血水和玻璃碴,走到桌前,拿起盛着药水的杯子和凳子,把凳子端到门前,站上去,把杯子举到头上,把药水泼到自己身上。接着,他小心地从墙上取下灯,把玻璃罩扔到床上,轻轻地从凳子上跳下来,站到牢房中间,脸朝着墙上的块块斑迹,朝着黑暗。

"请原谅!"他低声说道,把灯举到头顶上,接着用更响亮、更坚定的声音说:

"会原谅的!"

……火就像自天而降落到他的头上,一刹那,烈火包围了他的整个身子。这青年人在烈火中东倒西歪,挥动着高举的双手,胜利地大声喊叫着。蓝色的火舌从四面温柔地缠绕着他,宛如条条金蛇在他身上盘绕。囚室照得像晴天那样明亮,墙上的斑迹也兴高采烈地抖动……

……门外发出一阵铁器的轰鸣声……

可是当人们进入囚室时,地板的正中间躺着一团黑乎乎的东西……几乎不像一个人形。它还在动弹,微弱地……呻吟着。

从他身上升起缕缕黑烟,天花板下令人窒息的浓烟聚成一团团沉重的灰色烟球,向敞开的窗户奔涌而去,冲出牢狱,为了不让自己遮住黎明的曙光,掩盖罪恶和牺牲者……

周 圣 译

[①] 指彼得堡高等女子学堂学生 M·Φ·韦特罗娃,因遭宪兵军官奸污,于一八九七年愤而自焚身死。

口　角[*]

速　写

　　锅炉工尼基塔·列多祖博夫正走在回家的路上。他一面走一面注意观察人行道旁水沟里的流水。流水夹持着从马路上冲下来的垃圾、冰块、清道夫扫帚上掉下的黑色枝条：所有这些东西相互碰撞着、翻滚着、沙沙响着，污水散发出一股难闻的气味。

　　列多祖博夫的目光跟踪着流水，一看到冰块、枝条和牲口的粪便旋卷成一团，堵住水沟狭窄地方，使水流不下去时，他便立即站下来，一脚踢开这些障碍物。清道夫的扫帚顺着人行道生气似的刷刷响着，把泥污溅到列多祖博夫的靴子和被铅丹和铁锈弄脏了的裤子上，但是他没有理会这些。他双手插在兜里，低着头，不慌不忙地顺着人行道走着，竭力不去想，他将怎样走进家门，跟妻子说什么。可是列多祖博夫怎么也不能不想这些，他离家越近，步子就放得越慢。在大门口尼基塔站住了，沉思地搔搔胡须，往院子里瞧了一眼，院子里尽是龌龊的大冰块。管院子的站在那些大冰块中间，手里握着破冰的钢钎，眯缝着眼拼命抽着烟斗。一群吃得饱饱的肥大的母鸡懒洋洋地在泥泞里走来走去。

　　锅炉工厌恶地望望那些母鸡和管院子的，迈进大门，向院子的一

---

[*] 本篇最初发表于一八九九年四月十八日《敖德萨新闻报》。译自《高尔基全集》第五卷。

个角落快步走去。

"尼基塔·伊凡内奇,接了活儿啦?"管院子的叫了一声。

"这关你什么事?"列多祖博夫阴沉沉地回答道。

他觉得阁楼的梯子显得格外陡,他的两条腿一级一级地跨上去觉得非常吃力,因此在开门之前,他在自己的房门口先歇息了几秒钟。

"接了活儿吗?"他刚跨进门槛,妻子便惊慌地问他。

"没谈成……"

"怎么?"妻子低低地惊叫了一声。

孩子们(两男一女)在一间天花板熏得黑黑的、狭小而肮脏的房间中央玩耍。第四个吃奶的婴儿在母亲的怀里躺着。她坐在窗下,正在用那又黄又瘪的乳房喂他。

"你们!给我走开!"列多祖博夫对孩子们气冲冲地嚷了一声。

他们像一群蟑螂似的很快地顺着地板爬到炉子后面躲了起来。

"没谈成!"尼基塔重复了一句,摘下头上的帽子一扔,不干不净地骂了起来。

"你说呀……到底是怎么回事?"妻子伤心地问道。

她那干瘪的乳房从孩子的小嘴里滑了出来;孩子用两只小手揪着它,把嘴凑过去,吧唧着,妈妈没有理他。她双唇紧闭,用悲伤的眼睛看着丈夫坐在地板上脱靴子,听着他淡漠而阴郁地讲述事情的经过。

"我一进门……就说,二十个卢布我干了,你用我吧!'喔,'他说,'不,'他说,'我出过你这个价,你摆架子,不干;这会儿我出十五个卢布,你愿不愿干?'我想,呸,你这个骗子……我说,'唉,亚历山大·萨弗利伊奇,你真好意思!'我说,'这可不好啊!你这是趁火打劫……你眼看别人走投无路,就压榨他……'这么一来……他就把我赶了出来……他说,'滚……'"

"我劝过你——接下来!我说过,接下吧……你就是不听……怎么样!你这个能人!"

在妻子的话音里听得出埋怨和嘲笑。

尼基塔瞧她一眼，蜷缩着身子，说道：

"傻瓜！能白干吗？难道这样的活只值二十个卢布？要知道，这活儿五个星期也干不完……"

"那么你就……在这儿发议论吧！闲待着吧……可面包呢——一片也没有。咱们吃什么？你该想想，咱们是有孩子的呀！咳，你呀！"

"住嘴！"尼基塔喝道。

炉子后面传来了惊恐的欷歔声，母亲怀里的孩子哭着，用小手抓着衣服往嘴里扯。

"我偏要说！"女人突然喊叫起来，那声音仿佛是在她的胸中有什么东西爆炸了似的。"我忍气吞声够了……唉！你是个流浪汉，酒鬼！整整一冬你百事不管……可孩子倒生了一大堆！你养活他们吧！给你，养活吧！？唉，你——你啊……"

她把"你"字说得特别刺耳，仿佛是从牙缝里挤出来的，她说话时龇着牙，使她那又黄又瘦的脸愈发显得饥饿和没有理智。

起初尼基塔带着轻蔑和阴郁的表情反驳她，并没有发火，可是妻子的责难和恶狠狠的刺耳的尖叫很快惹恼了他，于是他也喊了起来：

"我说，闭嘴！"

她却不由分说劈头盖脸地数落了他一通，还比画着拳头威胁他：

"哎呀你——你！你这不要脸的东西……你这个好吃懒做的！"

尼基塔的脸气得变了样，他走到她跟前，嘴也不张，狠狠地低声说道：

"我怎么交代你的？"

她把头侧向一边，以便能直接瞧见他的脸，幸灾乐祸地放声叫道：

"你要打人吗？你不爱听真话？哎呀，你—你！你折磨了我十一年了，我一直不作声！你吸我的血，我不吭！我浑身都被榨干了也没开过口！够了！"

"哎呀，你这条母狗！"尼基塔不紧不慢、又惊又恨地说道，"你这是干什么？嗯？十一年，怎么啦？可我呢？我没为你干了十一年吗？

我没养活你？没给你衣穿，没给你鞋穿？是不是？没养活你的狗崽子？你怎么能说出这些下流话？"

"你毁了我！你卡得我快断气了！你这个最倒霉的酒鬼！我身上没有一块好地方……我受够了，和你在一起我憋死了！"

"你这皮包骨的瘦鬼，你要我把你扔出去吗？"尼基塔不动声色但又恶狠狠地问道，可是他的红胡子却直哆嗦。

炉子后面很安静。婴儿把腮帮子鼓得像气泡一样，哭喊得脸色发青，声音也嘶哑了；母亲用两手紧一阵慢一阵地上下颠簸着他，她怀着令人可怜的怨恨望着丈夫的脸，喉咙里咽着眼泪，尖声地喊个不停，她咳嗽着，像一匹被追赶的马一样喘着粗气……

"你赶我走吗？赶吧！好，赶吧！唉，你——你呀！你没有我就会像蛆一样完蛋！"

"滚吧！"尼基塔说罢，从她身边跨开一步，把头朝门口一摆，要她走。

"你敢赶我！"

"滚！带上这帮孩子……呶！"

"胡说！我不走。"

"把小的交给我！"

"胡说……"

尼基塔往她跟前跨了一步，抡起胳膊当头给了她一拳。她在椅子上晃了晃，险些没把孩子撒手扔在地上，随后她站了起来，用充满仇恨的目光瞥了丈夫一眼，挑衅地问道：

"就走？"

"没什么说的！……孩子们，准备走！"

孩子们一个接一个地从炉台后面慢慢地爬了出来。他们在房间里四肢着地地爬来爬去，哼哼唧唧地抽搭着，往身上穿着破破烂烂的衣服……

"我走！"女人把婴儿放进屋角的摇篮里，轻声嘟哝着，"我去……

我去找省长告你,我说:'请您保护我!我有这么多孩子……可你……可他是个恶棍!'我要说,'请您救救我……'就这样!"

"你该住嘴了!"尼基塔叫了一声,捅了她的脖子一下。

可她用颤抖的手指扣着胸前的扣子,仍在可怜巴巴、断断续续地说着,她望着丈夫,眼睛里充满痛苦、恐惧和憎恨。

长着鹰钩鼻、红头发,蓄着一把凌乱的胡须的尼基塔用拳头吓唬着她,龇着牙,喘着粗气。他从铺上抓起披巾,扔给妻子,然后朝屋角走去,婴儿在那里死命地哭叫着。他转过身,背对着还在地板上吞声饮泣,手忙脚乱收拾着东西的妻子和孩子们,他俯向摇篮,摇着它,用粗野的声音唱了起来:

"噢——噢——噢!睡吧,睡吧,睡吧……"

"再也别想见到我们了,强盗!"妻子说。他没答理她。

"再也别想见到我们了,恶棍!"她重复了一遍。

"走吧,走!去逛逛吧……冷静冷静……"尼基塔幸灾乐祸地说道。

房门砰的响了一声……接着门外传来一阵孩子的脚步声……尼基塔回过头来,屋里已是空空的了。

"狗东西!"他吁了一口气说,"她埋怨……十一年,是不是?可我呢?噢——噢——噢!你别叫啦……"

他把孩子从摇篮里抱出来,坐到窗下往常妻子常坐的那个地方。婴儿双脚乱蹬,哭号着。尼基塔望着他发青的、淌满泪水的脸,感到胸中有一团难忍的火辣辣的东西。他不是初次把妻子和孩子赶出家门,已往这样的事并没使他难过;他知道,妻子到郊区她父亲那儿住上两宿便会回来。她一回家,他俩甚至都记不起这场口角,彼此都只字不再提它。他们已经习惯这样做了。但是今天尼基塔觉得有些异样。他在怀里摇着孩子,脸上带着狞笑,单调地说道:

"瞧你说的……我折磨死你了!可是我呢?我是木头吗?要不,兴许是块石头?你别叫了!噢——噢——噢!睡吧,睡吧!你们能说我轻松吗？你们这群鬼东西……睡吧，睡吧……你这好哭佬！"

他可怜起自己来。可是婴儿不停的叫声惹恼了他，使他顾不得考虑自己。

"我要收拾你了！"他做了个可怕的鬼脸，对孩子嗥叫着，吓唬着：

"呜——呜——呜！住口！……"

可是没有用。于是他把孩子塞进摇篮，来到楼下，请求那个住在地下室里的、瞎了一只眼的讨饭的老太婆帮他看看孩子，自己却拿了妻子的全部衣服，离开了家门……

三天之内，他把家里所有的东西——妻子的全部破烂衣服、桌子、椅子、柜子都喝光了；甚至把孩子睡的那只摇篮也换酒喝了。

趁尼基塔不在家的时候，做母亲的把孩子抱走了。过去她也是这样做的，可是这次锅炉工非常生她的气，为了报复，打碎了所有的瓶瓶罐罐，他是这样做的：把架子上所有的东西都搬到炉口的小台上，然后拿起炉叉，用它把这些器皿捅进炉膛，把炉叉当成杠杆痛痛快快捣了一阵，把碟子、罐子、茶碗统统打成了碎片……此后他在只有流浪汉才去光顾的下等酒馆里整整混了三天，在那儿他把东西变卖一空，今朝有酒今朝醉，无忧无虑，直到把钱用尽喝光为止。

可是到了第四天他已经再也没钱买醉了。寒冷和骨痛使他醒了过来；他向四周瞧了瞧，才明白他是躺在酒馆院子内一只大糖桶里。他首先听到的是一声猪叫，头脑里出现的第一个念头却是要喝酒。他的脑袋昏昏沉沉，嘴里发苦，周身不适，冻得发抖。他从桶里往外望去，看见几堵高大的斑驳的灰色石墙……它们从四面围绕着院子，只有一面墙上有几扇窗户，而紧靠在其他三面墙上的是一些半腐烂的木结构建筑物。尼墓塔感到，他好像躺在一口深井的井底。在离他不远的一个小棚子门后有几头猪在哼哼地叫，从门板下拱出一只猪鼻子来，翕动着粉红色的鼻孔……

他急忙从桶里钻出来，从后门走进了酒馆。酒馆里已经坐了很多人，大屋子里充满了烟草的烟雾、杯盘的叮当声和醉汉们的叫喊。

一个高个儿麻脸女人走到列多祖博夫跟前,瞅着他的脸,像拍巴掌似的嘻嘻地笑了起来。

"睡醒了吗?"

尼基塔望了望她那青一块紫一块像是被铁锈侵蚀了的面颊,把脸一扭,说道:

"睡醒了……"

"来,咱们再喝点儿解解酒……"

"去你的吧……"

"怎么啦,看来,你是倒了霉吧?!"她又笑了起来,用肩膀碰了他一下。"去,坐着去,我给你拿酒来……"

尼基塔搜了搜衣兜,可是除了一块黄瓜之外,一无所有。

"一无所有?"女人问道。

"你是什么人?"列多祖博夫阴郁而恼怒地问。

"是你的相好的。"她回答说,同时用她那双灰色的大眼睛令人作呕地瞟了他一眼,还那样龇了龇牙,使列多祖博夫不由得摇了摇头,啐了一口。

"哼,瞧你这副嘴脸!"

"过得去吧!"她边笑边答。

随后她在柜台后面拿了半瓶伏特加酒,把肩膀靠在尼基塔的肩膀上紧挨着他坐到了桌前,他们干了一杯又一杯,用黄瓜下酒,黄瓜散发出一股咸鱼味。

几杯伏特加下肚之后,尼基塔的头脑清醒了,但是一阵隐痛使他的胸口发堵,他晃晃悠悠的觉得似乎不是坐在椅子上而是坐在悬崖峭壁上,只要动一动,马上便会摔下去落进无底深渊。

"怎么啦,我……是和你一起喝的吗?"他问麻脸女人。

"是和我,心肝儿,是和我……"

"真是个好伙伴儿!"尼基塔苦笑了一下。

"正合适……"

女人又龇着牙乜斜了他一眼。

"你姓啥叫啥?"尼基塔忧郁地问道。

"你问这干吗?"

"不是……要和你谈谈吗?"

"哦!要谈谈……我告诉你,我的好朋友,我叫葱头,可是我过去叫卢克丽娅……"

"是不是个姑娘?"

"嫁过人啦……"

"你干这种下流营生,你男人不打你吗?"

"嘘!"女人嘘了一声。"他自己就是个下流胚……"

"他是干什么的?"

"他当过马车夫……我们一块儿去过好多地方……他是马车夫,而我,就是说,当厨娘……"

"他在哪儿呢?"

"在坐班房……"

"为了什么?"

"他偷了东西……是个酒鬼……喝上了瘾,就偷起来了……"

尼基塔惶恐地看了她一眼,低下头不作声了。过了一会儿又开口问道:

"他怎么会这样?"

"他和你一样……这太平常了……总是喝呀喝的……有两个孩子,可他还只管喝……我受苦,他喝酒……我也就喝了起来……"

"孩子们在哪儿呢?"尼基塔轻声地问道。

"就在这儿……"

"在这儿?"

"在大街上……"

"干吗?"

"要饭……我哪里养得活他们?我也是个酒鬼……在你们这伙人

身上捞不到多少……穷光蛋……唉,你们这些人真是……"

她狠狠地骂开了……

"我们是妇道人家,可是你们,说你们什么好呢……你们这帮魔鬼,这帮……"她用单调乏味、毫无感情的声音说着,可是她脸上赤褐色的斑点红一阵青一阵,不时地变换着颜色。同她在一起尼基塔感到怪不自在。

"该走了。"他对她说,站起身来。

"到哪儿去?"她问道。

列多祖博夫低下头沉思起来……

"要不要给你五个戈比?"麻脸女人对他说并在裙子的兜里寻找起来,"我可以……我有三十来个戈比……你的钱……"

尼基塔想对她说些什么,但是他蓦地转过身去,一句话没说,便走出了酒馆……

天气晴朗、暖和,大街上有些地方已经干了,但是有些地方还积着冰,一处处融化了的冰水向四外淌着。每一堆冰块都像是一个在石头马路上摔碎了的庞大而腐烂的黑色怪物……春天的灿烂阳光刺激着尼基塔的眼睛,他眯缝着眼,什么也不想,急急忙忙地顺着大街一直走去。他的心惊恐而急促地跳动着,心里产生一种十分不快的感觉,仿佛有一条很大的蛆虫钻了进去。他很难受,从城里来到田野上时,才轻松地、深深地舒了口气,他把帽子从一只耳边移到另一只耳边,无所适从地停了下来。

在他面前远远的地平线上有一片蓝色的森林,尼基塔向那边望了望,心想,那儿想必很清静,在那光秃秃的没有叶子的树林里想必一个人也没有……他很想到那儿,到清静的地方去,于是便从大道上折向一边,往林子的方向走去……

他脚上的鞋子已破烂不堪,而土地像海绵一样吸足了水分,尼基塔每走一步,都在地上踩出水来。脚疼使他很快止住了步。他蜷起一条腿,像鹅一样站了一会儿,突然转过身折回城市。

他一面走,一面感到城市这个庞然大物越来越向他逼近……晚祷的钟声,一口不大的钟所发出的亲切的声音,在空中荡漾着,当……当……当……树木的黑色枝丫伸展在屋顶上方。蔚蓝色的天幕把每一根树枝的轮廓都勾勒得清清楚楚。一个金光闪闪的十字架耸立在伟大殉教徒瓦尔瓦拉教堂的钟楼上,比所有的树枝都高。尼基塔一望见十字架,便想起了他正是在这个教堂里举行的婚礼……

他的破鞋里灌满了冰冷的泥浆,每走一步,便扑哧地响一下。他想,要是到教堂里歇一歇,让脚暖和过来就不会痛了……

几分钟过后,他已经站在大殿的一个昏暗的角落里,靠在炉子的暖烘烘的瓷砖上,听着神甫庄严的布道声。殿里半明半暗,微弱稀疏的烛光轻轻地颤动着,在蜡烛的微光下几乎看不清圣像的面容。祈祷者的暗暗的身影无声地摇晃着……虽然有神甫的响亮的嗓音和鼻音很重的歌声,教堂里似乎仍然充满了静谧的气氛——可怕的静谧,它笼罩着这儿的一切,甚至圣像也在谛听着它……温暖和神香的甜甜的气味温柔地包围着尼基塔,暖和了他的身躯和比身躯更感到寒冷的心灵……

……尼基塔不知为什么记起了他幼时有一次做斋戒祈祷的事。母亲给了他五个戈比让他去进圣餐,可是他买了一个戈比的羊拐子玩具,把整整五个戈比都输光了,连弥撒也没做成。晚上孩子们告诉母亲,说他没有去进圣餐……当时母亲狠狠地揍了他一顿!……

……看门人手里捧着点燃的蜡烛走过,在走到尼基塔跟前的时候,他放慢了脚步,把他从头到脚仔细地打量了一番。

"看来,他把我当成小偷了……"尼基塔想。这个想法使他感到屈辱,随之便有一种委屈情绪和炙人的忧愁在他心中翻腾起来……

"上帝啊,这是种什么日子呀!没有个安身地方……连在教堂里,在你的家里,都不让人歇息歇息……欺负人……我是个罪人……即使是个坏蛋……可是坏蛋也得休息呀……我把自己的一生毁了,把什么都喝光了,把所有的亲人都赶走了,难道我这还不值得可怜吗?难道我愿意这样吗？我也不是一块石头……上帝啊！饶恕我吧……惩罚我吧，狠狠地惩罚吧！可以杀了我，但是不要侮辱我……"

对自己的怜悯使尼基塔胸中产生了一种激昂、强烈的情绪，他挺直了身子，画了个十字，频频地眨着眼，向前跨了几步……一个神甫从圣障的中门里迎面走了出来，走上了高高的讲坛。这是一个小个子的白胡须老头。他走出来之后，像慈父一样亲切地同人们说起话来。人们在他面前低下了头，还有些人跪下来，听他说教，烛光微微地颤动着，仿佛也在聆听他的教诲……

教堂的圆顶下面充满了幻影似的月光，这月光宛如一团刚刚敞开的轻烟缈缈的白云，救世主正透过它俯视着跪在地上的人们。凄婉悲切的诵经声缓缓升起，飘向主的容光焕发的神颜。教堂里还回荡着怯生生的悄声细语——人们在做祷告……

尼基塔也跪了下来。他已经好久不来教堂，祈祷的经文也几乎全都忘了，但是这并不妨碍他祷告和向上帝诉说生活的苦难。

"主啊！要是我天天受压……什么乐趣都没有，我又能做什么呢？我有罪……我无法无天，胡作非为……我们在天上的父！愿你的名字获得圣者的称号！……愿你的世界来到！"

尼基塔不记得下面的祷词了。他久久地跪在那里，低下头，眼睛盯着地板，考虑着，怎样到妻子跟前去请求她的宽恕……他思索和挑选着字眼儿，用它们拼凑着一篇……诚心诚意的、对妻子表示心疼的话。"萨莎！我喝多了……对不起你和孩子们……"

但是这些话都不如他的意……他懊丧地摇了摇头，又抬起头来，哆嗦了一下。一张冷酷的、布满皱纹的、黑乎乎的面孔睁着一双严厉的大眼睛从墙上望着他。圣像面前忽明忽暗的烛光使这张脸时而皱着眉头，时而和颜悦色，但是，即使是和悦的时候也显得那样严峻和干巴巴的。尼基塔站起身来，低低地弯下腰，恭恭敬敬地向他鞠了一个躬。

然后他在圣像面前悄悄地退下来，极力不让他那双破鞋发出响声,走出了教堂。

一个夜晚,昏暗的天空和点点繁星正张望着尼基塔那间阁楼的窗户。他坐在窗下地板上妻子的身旁,一只手搭在她的肩上,恳切地低声说道:

"应该明白,萨莎,应该想想,为什么酗酒?为什么胡闹?这一切都需要回答,萨莎……难道世人中间有谁是和自己作对的吗?人都是爱自己的,可有时甚至和自己过不去。这是为什么呢?"

在暗处,他妻子的脸看上去似乎是青色的,坐在那里完全是一副绝望的样子:头在胸前垂着,耷拉着肩膀,两只手无力地放在她那伸得直挺挺的两条腿的膝盖上。尼基塔蹲在她的旁边,时不时地低下头看看她的脸。

屋里空空荡荡,既没有椅子也没有桌子,只有地板上一字排开躺着四个小小的身躯。身上盖着些破布,从破布下面伸出几双黢黑的脚丫。他们中间不知哪一个在说梦话,声音拖得很长,虚弱而又带着鼻音:

"妈——妈……"

"上帝啊!"女人满怀悲愁,轻轻地喊道,"我们可怎么活呀?什么东西都没有了……全喝光了……全光了!"

"我对你说,我再也不了。就像在真主面前担保一样,我再也不能这样下去了!我担心……我觉得,要是再纵容自己犯这种毛病,那我就完了!还有你……一切都完了!"

他的妻子悲切地摇了摇头,呜咽起来。

"要原谅我!要可怜我。"尼基塔不好意思地说,用手温存地抚摸着妻子的肩膀。"难道我愿意这样吗?心冻僵了……就拿酒来暖它……让它喘口气!"

"我们可怎么活呀?"女人依旧摇着头,担惊受怕地说,"到哪儿去找所有的东西呀?连碗和勺子都没有……圣母啊!"

尼基塔从她身边移开些，望着窗外，沉默了下来。在那满天的星斗中有一颗特别明亮的星星，它发出灿烂的光辉，比所有的星星都更大、更美。尼基塔久久地望着它，突然又凑到妻子身边，说道：

"萨莎，原谅我吧！真的，我再也不了！永远不了！难道我不知道我对不起你吗？我去过教堂……连上帝也不理我了！"尼基塔的声音颤抖了一下，他绝望地把手一甩。

"我说：主啊！我是个坏蛋……"

接着尼基塔便痛苦地抽噎起来，他双手捂着脸，把头栽在妻子的两腿之间，像要躲避什么似的。她低低地俯在他身上，瞧着他那由于号哭而颤动的双肩，长久地沉默着……

"别哭了，"她轻声说。

可是他还是在抽泣着。孩子也还在说梦话：

"妈——妈……你穿—穿吧……"

"我活了……三十八年……有什么意思？为什么这样？"尼基塔噙着泪喃喃地说。

"算了吧……"女人叹着气说。

"没有光明……没有快乐……萨莎！原谅我吧！"

"上帝保佑你！"女人沉默了一会儿说。"难道我，我是外人吗？别哭啦……别折磨自己……各式各样的痛苦我们本来已经受得够多了……看在圣母的分上，你不要再喝酒了，尼基图什卡！我亲爱的！不然咱们就没有活路了……还有孩子们……孩子们啊！"

她捧住他的头，把它抬起来紧紧贴在自己的胸口上，仿佛害怕有人从她手中夺去丈夫似的，贪婪地吻起他来，而他一面号啕大哭，一面用喑哑的忏悔的声音说道：

"我不喝了……我的亲人……我的受尽折磨的……心爱的人……"

她听了这些贴心话也哭了起来，淌着轻松和几乎是幸福的泪水……

……他们没有再谈下去，因为哭够了，两人打起瞌睡来了。她坐在地板上,背靠着墙,后脑靠着窗台,他呢,把头放在她的膝盖上……

浓重的夜色笼罩着他们,房间里一片寂静;只有孩子有时哭喊一声:

"妈——妈……穿—穿吧……"

陆桂荣　译

孤　儿[*]

雾气溟蒙,细雨霏霏,在墓地大门口有一小群人踩着泥水在同马车夫讨价还价。

马车夫们异口同声地嚷嚷着要二十五个戈比,一位身材高大、体态臃肿的神甫用浑厚的低音对他们喊:"十五戈比!"

神甫身旁围着四个妇女,其中一个责怪车夫们说:"哎呀,你们真不害臊!"另一个女人在神甫头上撑着伞,自己则紧紧偎着他,极力想避开尘埃似的牛毛细雨。

"慢着点,太太,别挤!"神甫威严地稍稍抬起右手说,"喂,十五个戈比拉不拉?"

"嗳唷,你们真是贪得无厌!"神甫太太懊恼地大声喊着,焦躁地倒换着立在泥泞里的双脚。她那瘦削的、有一双圆溜溜的大眼睛的脸上露出愠怒的神色。她高高撩起裙子,时不时地把它不耐烦地向上扯扯,像是要跑开似的。

"能算远吗?"她一面说,一面坚决地摇晃着脑袋,"你们想想看,算远吗?"

可是马车夫却不愿想,他们使劲扯着缰绳,在赶车的座位上摇摇晃晃,七嘴八舌地喊着:

---

[*] 本篇最初发表于一八九九年十月四日《尼日戈罗德报》。译自《高尔基三十卷集》第三卷。

"得啦,神甫老爷!别讨价还价啦,神甫太太!请上车吧!再说,也要让亡灵得到安息嘛……"

教堂执事和手捧十字架的诵经士,以及三个裹着大披肩的女人也对马车夫们的贪婪感到气恼,他们在一旁起劲地帮着腔,凑着热闹。这群人在墓地门口吵得不可开交。阵阵冷风像是想尽快赶走他们,把大颗大颗的水珠从白桦和椴树枝上吹洒在他们肩上,树枝在墓地石墙上掩映摇曳,显得格外凄凉。

衣衫褴褛、污秽不堪、浑身湿淋淋的乞丐围着这群人苦苦哀求,纠缠不休,他们脚上的沉甸甸的靴子滴里嘟噜往四下迸溅着泥水:

"看在耶稣基督的分上,施舍施舍吧……"

"为了让她的亡灵得到安息,赏给一个戈比吧!"

"看在死者的面上……"

"呸,真是贪心不足!"神甫太太从伞底下伸出脑袋喊道,"不是已经给你们了吗……每个人不都拿到一个面包圈吗……咳呀!你们怎么这么不害臊!"

四匹马无精打采地耷拉着脑袋,不时地哆嗦一下,抖搂着身上的雨水。它们用温驯的目光乜斜着自己的主人,在等候习惯的呵斥声,或一记鞭子。

"神甫老爷!"一个马车夫坚决地喊了一声,"二十戈比坐不坐?"

神甫不同意地摇摇头:"十五个戈比……"

"我的天哪,你们真是些……"

但是没等神甫太太申斥完,那个车夫便在马背上狠抽一鞭,把车赶走了。其余的车夫们也拉起了缰绳……

"好啦,就这样!喂,来吧!"神甫招招手,"二十戈比……来吧!太太,上这一辆……执事长老,上车!大家都上车……走吧,上帝保佑!……等一等!小孙子……在哪儿呀?"

"嗳唷,妈呀!他跑到哪儿去啦?"神甫太太惊叫一声。

"车夫,停下!执事长老,这是怎么回事。你们这几个婆娘怎么搞的,你们是怎么照看的呀?"神甫严厉地追问着。

已经上了车的女人们又爬下来,站在泥地上茫然不知所措地嘟囔着什么。

"这个淘气鬼!"教堂执事也跳下车,不高兴地埋怨道,"大概是留在坟地上了……亚科夫神甫,您先坐车走吧,别着急,我同吉里尔留下……我们会把小家伙带回去的。"

教堂执事撩起法衣,小心翼翼地看着脚下,朝墓地走去。

"是啊,那还有什么别的办法?"神甫说着坐上了车,一面留意不让他那宽大的袍子卷进车轮里去。"一定要找到他……他是托付给我的呀……还有些别的杂七杂八的!车夫,走吧!执事长老,到坟地上找他……到坟地上!"

两辆轻便马车叮叮当当地驶走了。前面一辆坐的是神甫和他的妻子,第二辆是那三位妇女,诵经士坐的第三辆车留在了墓地门口。他把大十字架夹在两腿之间,用双臂贴胸抱住,随后又把手伸进外套的袖筒里,把头伏在左肩上,以防雨水把脸淋湿。乞丐们不知怎的一下子都无影无踪了,他们好像被泥泞吞没,溶化在里面似的。

"哼,讨价还价闹了半天,说没关系……可这会儿全走了,我还得待在这儿傻等……"车夫望着驶去的两辆马车说。诵经士对冒雨等在这里也是满腹牢骚,但一直没有作声。

"到底是丢了什么人呀?"少顷,马车夫问道。

"关你什么事?"

"我吗?没什么……可我在等呀……"

"你可不是得等!"诵经士阴沉沉地说。

"是啊,是得等……喂,你知道吗,这个死去的老太婆很有钱……"

"有钱又怎么样?"

"她决定把钱留给了谁呢?"

"反正没给你……"

"当然没给我喽……要是给了我,我就不问了……我所以问,是听说给了教堂,是吗?"

"给了我们神甫,作她孙子的赡养费。"诵经士一面说,一面因雨点不住落进他的领口而缩着脖子。

"唔,是这样的呀!"车夫说。随后他又问到老太婆的孙子大不大,留下多少钱,可那位诵经士已经不再理他了。

"既然除了托人抚养,没别处可以安置,那么,这个小孙子想必不大。"马车夫自言自语地寻思着。他那匹马甩了甩尾巴,他骂了一阵,用缰绳抽了它一下就不再作声了。

雨静静地下着。光秃秃、湿淋淋的树枝被风吹得摇来摆去,不时发出一声声呜咽和叹息。

墓地上立着数不清的十字架,在其中一个十字架下面站着一个小男孩,他的脸已经哭肿。他瑟缩成一个小黑团,默默地望着他前面的土丘——一个新堆成的、刚刚用铁锹拍瓷实的、湿漉漉的黏土坟。从坟顶上隔不久就有一团泥土无声地顺坡滑下来,滚到男孩的脚边。男孩睁着明亮而忧伤的眼睛紧盯着滚动的泥块,轻轻地叹着气。墓地的这个角落埋的都是穷人。这儿没有一块石刻的墓碑,孩子的四周一棵树也没有,尽是些简陋的,黑的、绿的、白的,没有漆过、已经发朽的、歪歪扭扭的木十字架,它们被雨淀得精湿,越发显得宁静而庄严。男孩靠在一个高大的黑十字架上,目不转睛地凝视着那座新坟,除去这个在雨雾中渐渐消融的褐色土冢以外,他什么也看不见。

孩子的毛茸茸的黑色外套上落着一层细碎的银白色雨珠。他那悲伤的小脸也是湿淋淋的。他两手插在衣袋里,头垂在胸前,圆帽下露出一绺淡红色头发贴在右鬓上,教堂执事气冲冲地走了过来,他由于冒着雨,踩着泥巴在坟墓间走了很久而十分恼火。可是孑然一身,兀立在许许多多象征着苦痛的十字架中间的孩子,以及他那苍白、凄切的小脸打动了执事的心。

"喂,彼得鲁卡,干吗还站在这儿呀?"执事拉起他的手说。"我们正在找你……大家都走啦,咱们也走吧……"

"到哪儿去?"孩子小声问。

"去亚科夫神甫那儿……现在你要住在他那儿了……别哭了……这是上帝的意志。上帝会因为你流泪降怒于你的……再说,你祖母她已经老了,所有人都不免一死,大家到时候都要死的……你和我也都会死的!"

他一面拉着孩子的手往前走,一面留意不让雨靴掉进泥里。他本想用亲切的口吻讲话,可说起话来总是忧心忡忡,因为对失落雨靴的担心妨碍他对孤儿表示温存。孩子咬着嘴唇,强忍着由那些阴沉沉的话语引起的伤恸。他几乎是一路跑着才跟上执事的急匆匆的大步子。

"没关系!"执事往孩子脸上瞥了一眼说,"亚科夫神甫是个好人……你将要同米舒特卡和卓娅一道玩耍……你会过得挺快活的……一定会!"

男孩设想卓娅是个泼辣的、黑皮肤、黑眼珠的女孩。她在他面前蹦来蹦去,扮着鬼脸,恶狠狠地唱着顺口溜,逗弄他:

"红头发的得了疝气,红头发的丢了东西,红头发的点蜡烛去,红头发的把烟筒堵起……"

"我不喜欢卓娅……"他戚戚哀哀地说。

"咳,这没啥!你会喜欢她的,你还要和她住同屋呢……"

"我不愿意……"

"那可不行……"

男孩低声抽泣起来。

"咳,你这个孤苦伶仃的小鬼啊!"执事瞧着他叹了口气。

到了马车旁边,教堂执事关心地把他安置在诵经士脚旁,还鼓励他说:

"坐好了!到家咱们还有茶喝呢……"

"驾,驾,你这个四条腿的癞蛤蟆。"车夫冲着马吆喝一声。马车穿越着雨雾织成的灰色帐幕,蹦蹦跳跳地沿着马路跑去。雾里露出一排排房屋,它们似乎在悄悄地、不声不响地往某个地方游动,并且睁着许多只无色的大眼打量着男孩。孩子觉得心头发冷,胸间不胜压抑。

张佩文　译

圣诞节前夜[*]

……有一次在酒馆里,我偶然遇到一个人,闲坐无聊,就请他随便给我讲一则他生活中的小故事。对方衣着破烂不堪,看样子像是走了一辈子荆棘丛生的崎岖小路,而且到处碰壁,连衣衫也被磕碰成了破布片,身躯瘦得只剩下了一副骨头架子。此人身材细长,颧骨凸出,是个秃子,在他那焦黄的顶门上头发脱落得一根不剩。他两腮凹陷,两旁颧骨鼓得尖尖的,颧骨上的皮肤绷得紧紧的,紧得发亮,脸庞上却布满了一丝丝的皱纹。然而,他那双眼睛倒显得聪慧有神;挺拔的高鼻梁,鼻翼时不时滑稽地扇动着;他说起话来滔滔不绝,上嘴唇几乎被粗硬的火红小胡子遮盖着。我猜度此人的身世定是蛮有意思。

"给您讲讲我的身世吗?"他用沙哑的声音问我道。"好吧,先生……既然您请客,倒是应该讲。……不过要讲得面面俱到,那可做不到。……我的经历一言难尽啊!……听着没劲儿,说着也不愉快。……要是随便说上一段小小的趣事,倒未尝不可!想听吗?好吧,先生!那就请您再给我来两杯啤酒,……算是对我的酬劳。要知道,有时候一个人重温旧梦,会像落进污水坑一样怪不好受的……

---

[*] 本篇最初发表于一八九九年十二月二十五日《尼日戈罗德报》,译自《高尔基三十卷集》第三卷。

"……这个小故事,先生,您也许会觉得没有多大意思,对您的写作也未必能有什么价值。不过,在我看来……我倒是挺喜欢它。……您知道吗,故事情节再简单不过了。事情是这样的:

"一次,在圣诞节的前夜,我们——我和我的伙伴亚什卡·西佐夫——在大街上足足耗了一整天工夫。我们一遇见太太就凑过去,想替她们把采办好的节日用品送到家里。可是她们不理也不睬地爬上马车就走了。您瞧瞧,我跟亚什卡有多倒霉。我们甚而只好沿街讨乞。还好,总算讨得了几个钱;我讨得二十九个戈比,后来发现其中有十戈比伪币是那个站在省人民法院台阶上的官老爷赏给的;亚什卡这小伙子,总起来说,要比我眼明手快得多,他到晚半晌简直都成了财主——手头有了十一卢布七十六戈比。听他讲,这笔巨款是一位太太一次赏给他的,这位太太非常慷慨善良。她不仅给了他钱,而且把钱包也给了他,甚至还外加一条手绢儿呢。您知道,这是常有的事儿。当一个人大发慈悲的时候,往往会变得颠三倒四,甚至会用他的慈悲把人致残,可要摆脱这种慈悲呀……

"当亚什卡把这位太太的善行讲给我听的时候,不知为什么他一个劲儿地四下张望,兴许这是他想再次感谢那位好心肠的太太的慷慨施舍吧。……他不住地催促我:

"'快跑,快跑!……'

"我们本来就在拼命跑。我全身每一块肌肉都冻得发木,急于想找个暖和的地方。寒风大作,把地上的雪卷起,把房顶上的雪吹落;冰针一般的雪花在空中飞舞,刮进我的脖领里。面颊犹如刀割,脖颈被冻得像纤细的手指头,似乎一不小心,就会折断,所以我一直把它缩在肩膀里,生怕掉了脑袋。我们两人穿着不合时令的单薄衣服,但是亚什卡由于大喜过望,心里挺热乎,我却眼馋得越发冷了起来……

"您瞧,我有多倒霉,真见鬼。……我这一生中曾经有人送过我一把茶炊,而且里面还盛着烫水,当我提着它跑去时,不料烫坏了脚,我在监狱医院还躺了十好几天呢。还有一次……得啦,那是题外话了。……

"把话再说回来,我跟亚什卡顺马路跑,他一路做着美梦:

"'这回咱们可以痛痛快快过个节了!房租钱也有啦。……喏,拿去,妖婆!嗯……来他点儿伏特加。……再来一段火腿?咦……要是有段火腿多来劲啊!哦—哦!价钱不便宜吧?你可知道如今的火腿是啥价钱吗?'

"我说不上。不过我倒知道它的内定价格。我们决定搞火腿去,事先合计好了到人多一些的铺子买去。哪家铺子里的顾客挤成一团,那里的货色准保错不了,ergo①,正如拉丁人常说的那样,可以任你选购。

"'劳驾,来段火腿!'亚什卡吆喝着钻进人群。'让我瞧瞧火腿。……不要大的,要好的。……对不起,您也照我的腰揍了一拳。……我心里最有数,这会儿是谁失礼。……同时我也明白,这儿可不是讲客气的地方。……这儿拥挤,不那么自在,并不是我的过错。……什么,先生?是我摸了您的腰包?对不起!是您把手伸到我的怀里碰着了我的手。……您花钱买东西,我也花钱买东西,咱们平起平坐,谁也不低谁一头……'

"亚什卡在铺子里的派头像是要买一大批火腿,足有三百段。趁着他制造混乱当儿,我不动声色,轻而易举地就捞到了一盒果冻、一瓶橄榄油和两大支香肠。……

"'瞧,咱们这回可要美美地过个节啦!'亚什卡喜滋滋地说。'可以美餐一顿啦!……'他边走边打着蹦儿,他那个叫做'气窗'的肥大的鼻子呼哧呼哧地大声吸着气,那双灰眼睛里闪露出喜悦的光芒。我也兴高采烈……

"难得打一顿牙祭,这在小人物来说可真是一大乐事呵。"

---

① 拉丁语:因此。

"先生,您听着。我们朝家走去。暴风雪催赶着我们。那时候,我们住在城边一个倒卖旧货、笃信宗教的老妇人的小小地下室里。我们住的地方很荒僻。一到冬天,晚上六点钟以后街上就见不到一个人影了! 要是有人外出,非吓得丧魂落魄不可。

"我们跑着、跑着,突然发现前面有个人在跌跌撞撞地走着,定是喝醉酒了。亚什卡捅捅我,悄声说:

"'穿着皮大衣呢!……'

"您明白吗,看到穿皮大衣的人心里就高兴,那是因为皮大衣上没扣子,可以轻而易举地把它给扒下来。我们跟在他后面,看上去还是个彪形大汉。……嘴里嘟嘟哝哝。我们打着主意。

"可是他突然停了下来,我们的鼻子尖差点儿没扎进他的脊背里去。他停住了,两手往上一举,粗声大嗓地呵喝了起来:

"'我是——是个万——万人嫌。……'

"就像放大炮一个样! 把我们俩吓得躲闪不及。不过他发现我们了。他才不傻呢! 背朝板墙一站,问道:

"'你们是什么人? 扒手吗?'

"'是穷哥们儿。……'亚什卡谦恭温雅地回答说。

"'穷哥们儿! 那好哇。……我也穷。……精神上的。……你们去哪儿?'

"'回我们的穷窝去。……'亚什卡说。

"'我也跟你们一块儿去! 我还能到哪儿去呢? 我没有地方去啊。……穷哥们儿! 带上我吧! 我管你们吃的喝的。……你们收留我……好好待我!'

"'你招呼他一声!'亚什卡小声说。

"我听出那人的嘶叫声里已有三分醉意,此外,还听见他那颗被折磨得鲜血淋淋的痛苦的心发出的哀号和怒吼。我颇有识别悲剧的能力。我在剧院里当过提词人。……我热诚地邀请这位呐喊者到我们的住所去。

"'我去！我要到你们那儿去,穷哥们儿!'他使出他那宽大胸膛里的全部气力吼叫着。

"我们仨并肩走着,他对我们说:

"'你们知道我是谁吗？我是个逃避节日的人！我是税务督察员贡恰罗夫·尼古拉·德米特里奇,瞧,我是谁！我家里有老婆、有孩子……两个儿子……我可喜欢他们啦。……家里养着花,有画,有书。……这都属于我。……都是美的。……我家里舒适、暖和。……要是这些统统属于你们就好啦,穷哥们儿……够你们吃喝一阵子的。……说来,你们都是猪猡……酒鬼……可我不是酒鬼,虽说这会儿我喝醉了。我喝醉了,那是因为想解解闷。……因为每到过节,我总觉得心里愁得慌,闷得慌。……这个你们理解不了。这是深重的内伤。……我的心病。……'

"我听着感到很新鲜。每当我看见身材魁梧的大人物,便觉得他是个可怜虫。因为生活并不属于那号人物。生活属于瘦瘠低下的小人物。把鳇鱼放进烂泥塘,还能不死在里面吗。蛤蟆、马鳖之类的玩意儿在流动的清水池里照样也活不下去。我对这位狂呼乱叫者发生了极大的兴趣……

"就这样我们领着他来到了我们的地下室,这可把女房东吓坏了。她当是我们把他绑架来的,准备去报告警察局。我们叫她瞧瞧我们这副病怏怏的模样,再瞅瞅那位彪形大汉,瞅瞅他那又粗又长的臂膀、宽脸庞、阔胸膛。……他能把我们同这老婆子统统给掐死,而且可以不费吹灰之力。经这么一说,她总算放下了心。然后我们打发她去打来酒,三个人坐下来聚餐。

"我们坐在自己那个小巧的巢穴里,小口小口地呷着酒,迎接圣诞节的到来。客人甩掉身上的皮大衣,只剩下一件衬衫,连坎肩也没穿。他坐在对面,冲我们号叫:

"'我看,你们十有八九是小偷,我觉得出来。……还说是叫花子,瞎说八道,当叫花子你们还太年轻。……再瞧瞧你们那双死皮赖脸的眼睛。……嗨,管你们是谁呢,对我来说反正都一样!我知道,你们活着不害臊,糟糕就糟糕在这儿!可我害臊!因为害臊,我才逃出了家门。……'

"我的先生,您可知道有一种叫做舞蹈症的神经病。有的人心里害了这种病。我瞅那个税务督察员就是这号人。……

"'我家里的陈设可讲究啦。真叫我腻味透了!一次摆设和悬挂好的东西再也挪动不得,统统扎下了根,就连地震也震不动这些桌椅、书架和画儿。……它们在地板上、在我老婆的心里都生根了。……这些呆板的、死气沉沉的东西在我们的生活里扎了根,连我自己也不能没有它们。你们懂吗?习惯了这些破烂木头,自己也变木了。习惯了之后,就为它操心,疼爱它,真是活见鬼!这破玩意儿越来越多了,挤得你没处容身,连屋子里的空气也都给挤跑了,让你没法透气。节日前夕,这一大堆古董乔装打扮起来了,刷洗得油光锃亮,亮得使人讨厌。它们嘲笑我。……是啊!要知道这些古董我从前只有三件:一张床、一把椅子和一张桌子。还有一幅赫尔岑画像。……可如今我有上百件家具。……它要那些身份与其价格相称的人当座上客。……所以我家里贵客盈门。……'

"督察员将一杯伏特加酒一饮而尽,接着说:

"'那都是些行尸走肉的上流人物,是一群虔诚的母牛,全靠俄罗斯文坛上的莠草养大的。……我同他们相处心里有说不出的苦恼,他们言谈的气味熏得我透不过气来。……他们要说些什么我全都知道,我知道,他们不会变得有生气些、有意思些。哦—哦!这群人的头脑迟钝得可怕。……他们都是刻板的大人物,说起话来像石头一样生硬。……他们说出来的话能把人压死。……他们来到我的家,就像是在用砖块把我围起来,活活砌在一堵没门没窗的墙壁里。……我恨他们。……但又不能把他们撵出门去,所以我怕他们。……不是我把他们招来的。……我这个人生性沉闷。……他们来这里纯粹是为了在我的家具上坐一坐。……可我又不能把家

具扔出门外去,那是我老婆的心上物。……她为家具活着,真的!她自己也变成木头人了……'

"督察员把背往墙上一靠,哈哈大笑起来。亚什卡听着他的号叫,觉得没劲儿透了,于是等他刚一停住,便插嘴说:

"'先生,您就不能把这些家具朝您老婆身上砸过去吗……'

"'什么—么?'

"'我是说……您瞧,这么一下——不就完事了嘛!'

"'蠢—蠢驴!'

"他晃了晃昏昏沉沉的脑袋,然后往胸前一耷拉,说了几句:

"'好苦闷啊!好孤独啊!明天过节……可我不能……不能待在家里……绝对不能啊!'

"'那么您就跟我们一起待着得啦!'亚什卡建议说。

"'跟你们一起待着?'督察员往四周扫了一眼,说:'这间小屋子熏得黢黑,脏得不行。'

"'你们这里同样令人讨厌。……听我说,鬼东西!……咱们搬到旅馆里去住吧,好不好?明天就搬?咱们可以开怀痛饮一场了!成不?咱们一块儿来合计合计。……怎么过日子,合计合计!行不?要知道,实在不能再摆阔气了,该收场啦!我说得没错吧?对啦,你们是小偷,不会懂得这个。……'

"'我明白是怎么回事了!'我对督察员说。

"'你吗?你是谁?'他问我。

"'我过去也是个有身份的人。……'我说。'我也有过甜美的日子。那生活太平庸猥琐了,它把我挤了出来……挤了出来,把我的心和心里的一切统统都挤掉了。……好不痛苦呀,就像你这会儿一样,我只好把酒来浇愁,结果成了酒鬼。……有幸自我介绍!'

"督察员的眼珠骨碌骨碌地盯着我,他阴沉不语,把我端详了好一阵子。我看他那厚厚的红嘴唇在蓬松的胡须下令人厌恶地哆嗦着,鼻子皱得简直叫人看着不舒服。

"'一无所有了吗?'他突然问。

"'一无所有了,omnia mea mecum porto!①'我确认道。

"'你是谁呀?'他不住地打量着我问道。

"'人……所有的坏蛋都是人,反过来也一样……'

"我从前是个格言大师。

"'唔……说得妙极了。'督察员目不转睛地望着我说。

"'我们也是有学问的人。'亚什卡谦逊地说。'咱们完全能找到共同语言。……都是普普通通的人,但不是没有头脑。……我们也讨厌那些豪华的家具。……要它干什么用?人又不是把脸坐到椅子上去。……您会跟我们交上朋友的……'

"'我?'督察员问道。他像是顿时清醒了过来。

"'您!明儿我们给您揭开一个生活的秘密……'

"'把皮大衣递给我吧!'督察员蓦地站起身来吩咐道。他站得很稳当。

"'您上哪儿去?'我问。

"'哪儿去吗?'

"他用小牛犊样的大眼睛惊恐地望望我,仿佛打了个寒战。

"'我……回家去……'

"我瞅瞅他那拉长着的脸,再没言声。每个牲口都有它自己应该待的地方,这是天命,不管它怎么个尥蹶子,也出不了它那块天地,它要……嘿嘿嘿!

"就这样,督察员走了。……他一迈出大门,我们就听到他喊了一声:

"'马车夫!……'"

我的交谈者打住了,他不急不忙地一口一口喝起啤酒来。喝过一

---

① 拉丁语:全部家当都带在身边。

杯之后,他吹起了口哨,用手指敲打起桌子来。

"后来呢?"我问。

"后来?没有什么。……您想问什么呢?"

"嗯……过节……"

"喔,对!过节了。……刚才我没有告诉你,督察员送给亚什卡一个钱包。……钱包里有二十六个卢布零几个戈比呢!……过节了……"

蒋望明　译

听 众*

一

听众面前站着一个人,他从生活的黑暗深渊里挣脱出来,要向人们证实生活的龌龊、可怕。他站在听众面前,对他们说:

"我喜欢讲老实话,现在是我讲的时候了!

"我经过长期的奋斗从生活的底层慢慢爬上它的顶峰,来到你们中间。一路上,我像一个走向天国的密探那样,用贪婪的目光观察着一切。

"在我走过的路上,我看见了无数的不幸、灾难和痛苦,我的心在哭泣,在泣着血泪,严酷的现实沉重地戳伤了我的心,给它留下了深深的、无法医治的创伤,除了强烈的复仇的毒药之外,什么也不能医治我这心灵上的创伤!

"在我亲眼见过的触目惊心的事件中,有几件深深地刻在了我的心上;这桩桩件件都鲜明有力地说明了你们所建立的生活是多么可怕,多么残酷,多么丑恶。我现在就在这里讲一讲,或许能给你们那扬

---

* 本篇写于一八九七至一九〇〇年之间,其中的第二、第五两个故事一九〇五年以《小女孩》和《菲利普·瓦西里耶维奇讲的故事》为题单独发表。第三、第四和第六个故事发表在一九三七年六月号《十月》杂志。译自《高尔基三十卷集》第五卷。

扬得意的脸上涂上一层羞愧的油彩,使它们暂时变得好看一些。因为,说真的,我已经看透了你们,对你们不抱更多的希望了!"

"他这话虽然有点粗野,倒也新鲜别致呢!"听众说,于是为这位陌生、有趣的讲故事人鼓起掌来。

二①

....

三

有一天中午,天气很热,在一座南方城市的郊区,四个苦力坐在离监狱围墙不远的地方。他们肚子饿得咕噜噜直叫唤,用凶狠贪婪的目光扫视着周围,好像很久没有见过鸟兽死尸的四只乌鸦。

其中有一个白发苍苍的老头,大概是一个教徒,看样子像个无家可归的退伍兵;另一个是细高条的痨病鬼,留着尖尖的小红胡子,像个庄稼汉;第三个,左腿是瘸的;第四个,年轻小伙子,满身脓疮,长着一双怯生生的牛犊眼睛。他们四个人都是劳动大军中的残废,这伟大的劳动大军用双手创造着世界上的一切,但生活却十分悲惨……

他们静静地坐着,尽量不动弹,生怕刺激腹中那难耐的辘辘饥肠。他们坐在石堆上,热得喘着粗气,相互之间偶尔有气无力地抱怨几句,随后,又一个接一个地摇摇头。

我隔着牢房的铁栅望着他们,在纹丝不动的酷暑的寂静中,我清晰地听到老人嘶哑的说话声,痨病鬼的干咳声,还有瘸子短促的叹息声,这叹息好像一条老狗在断断续续、半死不活地吠叫。小伙子默默地用死人般呆滞的目光打量着我这个囚犯的面孔。

那个痨病鬼说:"哪怕啃一口石头也好……"他捡起一块石头,又

---

① 这一段故事在本书第五卷中以《小女孩》为题单独发表。

无可奈何地扔掉了。

老头子说:"你们看,犹太鬼子过来了。"

在离他们不远的地方,快步走着一个又高又瘦的犹太人,他躬着背,身穿黑长衫,一只手托着怀里揣的东西,另一只手在空中莫名其妙地挥来挥去,好像要抓住除了他自己谁也看不见的东西。他光着脚,走起路来把尘土扬得老高,整个人就像在灰蒙蒙的炙热的烟雾里飞行一样。

"喂!"瘸子喊了一声。

同伴们默默地看了他一眼。

当犹太人走到他们身边的时候,瘸子又喊了一声:"喂,亲爱的!"

身穿黑长衫的瘦削的身影马上停了下来,好像他身子里面的发条突然折断了似的。

"干吗?"一个尖细而惊慌的声音问道。

"我问你,"瘸子说,"你知道我们哪儿能找到活干吗,啊?"

"什么活儿也找不到!"犹太人赶忙摇了摇头,回答说。

"找不到?"

"哪儿也找不到活儿干!"

"那,谁也……不给口饭吃啦……这儿,就没人能舍给点吗?"

那个犹太人沉默了一会儿,用同样尖细、惊慌的声音说:

"我不知道……是啊!谁都得吃饭呀!"

"你怀里揣的是什么?"那个长着牛犊眼睛的小伙子突然发问。问完,傻里傻气地高声笑了起来。

"这是,给我孩子的……再见了!"

犹太人身子晃了晃,挥了一下手,扭头便走,四双贪婪的眼睛紧紧盯着他的背影。

你看那小伙子噌的跳起身来,环顾了一下,一个箭步窜到犹太人身后,只见他胳膊一挥,啪的一声,一拳打在犹太人的耳朵上。打得又重又狠,那个犹太人连哼都没来得及哼一声,就像砍断了的树一样栽倒在尘土飞扬的大路上了。

"我叫你跑！……"小伙子边说边朝摔倒的犹太人弯下身去,当他直起腰来时,两个圆圆的面包已经落入手中。四个破衣烂衫的人很快地紧紧挤成一堆,不言不语地吃了起来,偶尔抬头望一眼那个仍然一动不动地躺在地上的犹太人。

他终于稍稍抬了抬头……然后挺直身子……一下子坐了起来,满身灰尘,满脸是血。他用手摸了摸脸颊,把手举到眼前看了看,又用手擦了擦脸上的血。他一声不吭,也没有望一望那四个不声不响大嚼着他的面包的人。

随后,他站起来,身子摇晃了一下,两只手耷拉着,走了。

"再给他一下子!"那个瘸子对小伙子说。他那说话的样子真是得意扬扬,脸涨得通红。

小伙子顺从地、不慌不忙地迈了两大步,从后边抓住犹太人的衣领,一把将犹太人扭过来,迎面给了他两下子。犹太人又被打倒在地。这一回,他不禁凄惨地尖叫一声：

"你们这是干什么呀?"

小伙子得意地冷笑着。

痨病鬼回答说："我们在吃你的面包。"

瘸子大声地补充一句："你就喝自己的血吧!"

小伙子像白痴一样哈哈哈傻笑起来。

老头子也插话说："对! 你喝血吧! 你们这些该死的犹太鬼子,大概喝饱了耶稣的血了吧？让你们记一辈子! 走吧,小伙子们!"

他们离去了,监狱的墙壁挡住了我的视线,再也看不见这帮凶手的身影了。

犹太人仍旧坐在地上,不停地用手擦抹那血淋淋的脸。他嘴里嘟嘟哝哝,听不清他是祷告呢,还是诅咒。他站了起来,两条细腿勉勉强强支撑着,身子晃来晃去,两眼望着把他洗劫一空的那帮人离去的方向。他的一只手垂在身边,另一只手哆哆嗦嗦地擦抹脸上的血迹和灰尘。然后,他把手伸到怀里,又拉了出来,他被打得不成样子,头向上一扬,跌跌撞撞地挥舞着双手,像一只受伤的大鸟扇动着两只翅膀似的,又向他走来的方向跑去……

四

三个小男孩在城边土路上污浊的泥水里玩耍。他们把裤腿卷得高高的,一个牵着一个,装成轮船和驳船,在泥泞中跑来跑去。

在淡淡的春天的天空中,太阳快乐地、明亮地照耀着。空气里充满了嫩叶的浓郁的气息。温暖的泥浆抚摸着孩子们光着的小腿。他们很满意:对孩子们来说,有一点点泥巴玩,他们也会对生活感到满意的。

一个十岁左右壮实的男孩装成轮船,他比那两个孩子穿得好,衣服也比较结实、干净,看样子,也比那两个孩子吃得饱。他长着一副黑里透红的胖脸,眼睛暗淡无光,像两个铜钱一样圆。

另一个男孩是罗圈腿,红头发,也是十来岁,满脸雀斑,长着一双狡黠的蓝眼睛。他跟在"轮船"的头边,用手抓住"轮船"的腰带,摇摇晃晃地走着。

第三个小男孩,瘦瘦的,黑黑的,灵活得像一只小老鼠,薄薄的嘴唇上带着勉强的、胆怯的微笑,两只斜眼。

装成"轮船"的小男孩高声唱着:

> 从陆地上,
> 轮船开进海洋。

他合着歌曲的节拍,双脚用力地践踏着泥水。

"别溅水,米什卡!"红头发小男孩提醒他。

米什卡胡编了两句歌词:

轮船开出去，

把红头发全带到魔鬼那里！

他继续溅着水。

红头发咧开大嘴开心地笑着说:"铁匠的犹太崽子出来了！"

三个孩子都停了下来，朝街道的那头望去。离他们不远，在一个破旧的小屋门前站着一个满身油污的犹太小男孩。他扬起头，眯缝着眼，微笑着，深深地吸着气。

"包利斯卡！"斜眼小男孩细声细气地叫了一声。

米什卡悄悄提议:"咱们在泥水里给他施个洗礼吧?!"

斜眼小男孩胆怯地问:"为什么？他又没招你惹你……"

米什卡坚持自己的主意，说:"那一定会很可笑！"

红头发小男孩也同意了:"对，他在泥水里扑腾一定会很可笑！"

红头发说着哈哈大笑起来。

米什卡坚决地、深信不疑地说开了:"你这个小斜眼，真是个傻瓜！还问为什么？你知道是谁把耶稣钉在十字架上的？啊？是犹太鬼……所以，也应当让他们遭遭罪！我爸爸说，他们都是很狡猾的！他们一心想的是把全世界的钱都弄到他们手里！让所有的俄国人都给他们干活，知道吗？我爸爸什么都知道，他是从书上看到的，真的！"

米什卡的表情变得非常凶狠，他暗淡无神的眼睛里射出了绿光。

"干吧！"红头发表示同意。他性急地推了推小斜眼:"你喊他来，他和你是好朋友……看他怎么样……在泥水里会怎么样吧！"

红头发说着又哈哈大笑起来。

小斜眼不好意思地笑了笑，低声说:

"要是把他弄感冒了呢？"

"没关系！"米什卡蛮有把握地说，"这儿离他家很近，跑回家去就行了……就是要这么办！你还可怜犹太崽子吗？犹太崽子有的是！快叫他来，小斜眼！"

米什卡预感到恶作剧的乐趣,他很激动。红头发也是兴冲冲的,两眼好斗地闪着光,他推了推小斜眼的肩膀,小声说:

"呶,笨蛋,快!"

小斜眼低着头,也不敢看那个孩子,轻轻叫了一声:"包利斯卡!"

"干吗?"犹太孩子冷淡地反问道。

"到这儿来……"

"我找到了一个好玩意儿!"米什卡忍不住喊了一声。

"真是个好玩意儿!"红头发咂着嘴,支持他的伙伴。

犹太孩子迈开两条细腿,摇摇晃晃,歪着头,奇怪地,侧着身子往水洼走去。但是,他马上犹豫起来,停住了,想了想,望着三个小男孩,用精疲力尽的人那种嘶哑的声音问道:

"你们不会打架吧?"

"来,包利斯卡,我们不会碰你的!"红头发开心地高声回答。

两个男孩像黑夜里的猫头鹰一样竖起了耳朵,同时,又低下了头,以便把他们那得意的眼神隐藏起来。小斜眼慢慢地、胆怯地走到一边去,离开了他们。

"什么玩意儿?铁的吗?"犹太孩子小声地、认真地问。

他颧骨凸出,干瘦,被油烟熏得又黑又脏的脸在阳光下闪闪发光。他那长长的睫毛疲倦地半遮着一双大眼睛。小脑袋歪斜地低垂着。一双又瘦又长的手无力地耷拉在细小的身躯两边。看来,他是被力所不及的劳动折磨成这个样子的。

"玩意儿?"米什卡喊了一声,"就是这个玩意儿!"

他飞快地挥起手打了犹太小男孩一个耳光。犹太孩子趔趄了一下,米什卡顺势朝他的腰部打了一拳,红头发下了一个绊,推了他一把。

犹太孩子两手朝前笨重地摔倒在水洼里,他用两只手撑着地,但两手无力,支持不住自己的身子,脸陷到泥水里去了。他像一只被射中的鸟儿,默默地、可怜地在泥水里挣扎着。

"乌拉!"红头发喊着,跳到一边。

"我们给犹太鬼洗礼了!给犹太小鬼洗礼了!"米什卡手舞足蹈,兴高采烈地说。小斜眼也不知所措地、胆怯地微笑着。

他们都跑到路边的便道上,站在那里望着犹太孩子。

犹太孩子慢慢站起来,湿淋淋的,满身污泥,默默地用一只手擦着脸上的泥巴,怀着无比的仇恨低声说:

"坏蛋!……"

然后,他把手举到眼前,又慢慢放了下来。血从鼻孔里流出来,嘴里也吐出血来,看样子,他的嘴唇碰破了。

"怎么样?犹太鬼,倒霉啦?!"红头发朝他喊道。

米什卡一字一句地大声说:"是你们这些癞皮的犹太鬼把耶稣钉在十字架上的!你的丑脸碰破了吧?哈哈!"

斜眼小男孩靠在路旁栅栏的石柱上,眼睛转来转去,盯着自己的伙伴们,薄薄的嘴角上露出内疚的卑怯的微笑。犹太孩子低垂着头,踉跄地走去,不时回头望一望他的敌人。污水从他的衣服上滴沥滴沥淌下来,他不断地用颤抖的手擦抹脸上的泥巴和鲜血,一口口吐出血水。他睁大眼睛,眼里充满了疼痛、恐惧和仇恨的大粒的泪水。

米什卡跺着脚,在他背后喊道:

"癞皮鬼,你们把耶稣钉在十字架上了。这回喝喝自己的血吧!哈哈!"

……我不禁要问,先生们,使儿童的心灵中也产生这种相互敌视的可恶的偏见至今还残存在你们中间,这是谁的罪过?

"唉,他原来是个亲犹派!"听众说。一些人立刻想到,这个讲故事的人肯定是被犹太人收买了,拿了犹太的钱他才替他们讲话的;另一些人则认为只不过这个故事不好罢了。可是,大家心里都十分清楚:对于受欺侮的种族表面上的同情按规矩是必不可少的,他们深信,反正也用不着去当那个种族的保护人,因此,大家都给他鼓了掌。

他困窘地看了看听众,沉思一会儿,接着讲下去。

五①

他讲完这段故事,沉默下来,脸色苍白,探询地望着听众。听众愉快地笑着,热烈地鼓起掌来。

听众喜欢这个小小的故事,这位扫院子的诗人②很有趣,那个快活的白衣少女③很可爱,然而,善良的听众却没有发现故事里的那种侮辱人的行为是多么幼稚而愚蠢。

而那些听懂了故事寓意的人却认为,这个典型选取得不成功,因为,他们亲眼见过比这更为残酷的毁坏一个人灵魂的真人真事。

尽管故事的主人公很逗乐,可是,不少人总觉得他是杜撰出来的,许多听众认为,如果主人公是个买卖人,那就会真实得多了,显然,照他们看来,做买卖要比简单的体力劳动更接近诗歌。

还有一些人指出,作者不应该让自己的主人公开枪自杀。他们认为这种自杀的方法对一个扫院子的人来说是不够典型的,为了艺术的真实最好让他上吊。

某些人觉得故事写得拖沓冗长,另一些人坚持说写得过分简短,大多数人像过去一样,文质彬彬地保持缄默,等待一种合适的见解出现的时候再随声附和,见机行事。

不过,大家都鼓了掌,因为,总该给令人开心的滑稽演员捧捧场啊!

"静一静!"讲故事的人喊叫起来,"我说的这些事儿比你们的掌声可重要得多,我讲这些话并不是想出风头,我要让这些话像烧红了

---

① 这段中的故事部分在本书第五卷中以《菲利普·瓦西里耶维奇讲的故事》为题单独发表。
② ③ 《菲利普·瓦西里耶维奇讲的故事》中的男、女主人公。

的钢针一样刺进你们的脑袋!

"我是你们对人类所犯下的数不胜数的罪行的见证人,我目睹过对人的凌辱,我听见过苦难的心灵的呻吟,人们悲伤的苦酒浸透了我的心,我的记忆中充满了骇人听闻的事件,因此,现在我觉得自己是一个来自生活底层的原告,我要提醒你们别忘了你们那些残暴、肮脏、丑恶的言行!

"我希望我的声音像宣告最后审判的天使长的号角,我想在你们心中唤起恐惧的战栗,把你们心中绝望的火焰重新燃起,使你们这些半死不活的人振奋起来,斗掉你们自身的和别人的恶行,我想在人们中间唤起对人的尊重。

"好吧,现在我再来给你们讲一个故事。"

六

那是一个闷热的夏夜,天上没有星星,也没有月亮,黑暗威严地笼罩着城市,这城市像一头疲惫不堪的巨兽在沉沉酣睡,闷声闷气地打着呼噜。

乌云带着不祥的预兆缓慢地向下移动着,越来越低,沉沉地覆盖着大地;城市公园里盖满灰尘的树木纹丝不动,像是在闷人的黑暗中窒息了、死去了一样。

我在公园里一个草木丛生的黑暗角落里躺了下来。远处传来了军乐声,从那进行曲的旋律中可以听到马蹄的嘚嘚声,女人的哭泣和送别的歌声,灯火辉煌的车站上机车沉重的喘息声同这些声音融合在一起,压倒了这一切音响。

我躺在洋槐浓荫下一条摇摇晃晃的破旧长凳上,忍受着饥饿的煎熬。我已经被饥饿折磨得头晕眼花,全身无力,对生活的强烈不满不久之前曾像饥饿一样弄得我痛苦不堪,可现在呢,这种愤懑的情绪在我的心中却渐渐消失了。

在远处黑暗的林木中间,灯火惊慌不安地闪动着,它们似乎想要挣脱地面,向黑暗阴郁的天空飞去。

就在那条林荫路转弯的地方出现了一个矮胖的女人的身影;她扭动着腰身,不慌不忙地朝我这边走来,低声唱着歌,我很快就听出她唱的是:

> 我悠闲地待了一整天,
> 吃吃喝喝花光了钱……

歌声悲切、哀伤,可是,当这个女人发现我躺在长凳上,她快乐地,用挑逗的语气说:

"天哪,有人躺在这儿……哎呀,真吓人!"

我没有回答,也没有动弹。她从我身边走过去,机警地打量着我,边走边唱,但声音却比刚才响亮、泼辣:

> 亲爱的哟!你肚子饿了就打闹,
> 亲爱的哟!你肚子饱了就睡大觉……
> 哎哟哟!这个亲爱的我不想要,
> 可再找个亲爱的又找不到!

我觉得,如果我坐起来,用两只手紧紧按住肚子,也许会减轻一些饥肠的剧烈的疼痛。我费力地翻身坐了起来。长凳悲悲戚戚地轧轧响起来,这种呻吟般的尖细的声音使那个女人回过头来。她的歌声中断了。孤零零的一滴雨水沉甸甸地落在我的手上,我下意识地用舌尖把它舔了去。

那个女人悄悄地转了回来,站在我面前。

她问我:"你干吗坐在这儿?喝醉了吗?"

我说:"去,去!我没有喝醉……我也……不是您需要的人……"

"我也并不需要谁，"女人平静地高声说，"你们谁也不在我的眼里……"

她走近长凳，坐在我身边，点着一根火柴照了照我的脸，拉长声调嘲讽地说：

"瞧这副长相……"

她吸着烟，身子摇来摇去，长凳也随之咯吱吱响了起来，我觉得，这凄楚的咯吱声似乎是从我的肚肠里发出来的。纸烟的火花不时照亮我身旁这个女人的面孔，这是一副可爱的、圆圆的俄罗斯少女的脸，明亮的蓝眼睛，丰满的双颊上红晕还没有消失。

她问我："你病了吗？"

我说："是的。"

那姑娘又轻轻地哼唱起来：

> 我渴望回到自己的家乡，
> 但又不知我生在何方……

随后，她看也不看我地问道：

"没地方过夜吗？"

"没有……"

"噢，是这样！可我……总能找到个地方……只要我想找……不过，我不愿意……"

她固执地摇了摇头，把纸烟扔到草丛里。

"我不愿意……你饿吗？"

"饿。"我轻声说。

"我可吃得饱饱的……一小时前，我在小饭馆里喝了菜汤，吃了煎肉饼……带洋葱……滚烫的肉饼……香得很呢！你大概也想吃个肉饼吧？"

她尖声笑了起来，像是打碎的玻璃发出的冰冷的叮玲声。

我想走开，可是刚一起身就摇晃了一下，我想，还是坐在这里吧，总比倒在街头好一些。

"站不住了！"我身旁的女人说，我发现她的话音里含有幸灾乐祸的味道。她沉默了一会儿。乐声也停止了，只能听到机车的疲惫而沉重的喘息声。

"听我说，"姑娘突然凑近我，亲切地小声说，"我给你……二十个戈比好吗？……啊？要吗？说呀！"

"拿来吧……"我小声说，"以后……我一定还给您……"

预感到可以饱餐一顿，我这饿汉浑身都颤抖起来了，多么想吃到东西啊！

"看见啦？在这儿，二十个戈比……瞧！拿它能买不少东西呢……你想想看！……你两天可以填饱肚皮了！喂，要吗？"

我默默地伸出一只手。

"那么，给你吗？"

她突然大笑起来，往我伸出的手上打了一巴掌，手臂高高一挥，把银币扔到灌木丛中去了。我听见轻微的金属声，二十戈比银币碰到树枝，落在地上，落到一片黑暗之中。

我不理解她为什么这么做，我默然地望着她。

她退后一步，又俯身对着我，恶狠狠地大声说：

"瞧见啦？你以为我真的送给你买面包吃？你以为我是个傻瓜……你们有百儿八十的全都饿死在这里，关我什么事……再见了……"

她骂了句下流话，离开我走了。可是，走了几步又停下来，用颤抖而低沉、仿佛含着眼泪的声音说：

"也许你没有过错……也许，你是个好人……尝尝这种苦头吧！忍着吧……替你那些伙伴们受受罪吧，懂吗？我会记住的，虽说只有一次……我总算弄伤了一条狗……"

她的声音时断时续，越来越低沉……我觉得，好像大团大团的污泥糊到我的脸上,由于感到屈辱、饥饿,还由于我理解了龌龊的生活给她心灵带来的创伤和痛苦,使我不寒而栗。

她走远了……小小的身影消融在黑暗里。可是,从远处浓密的夜色中又传来她的声音:

"在这儿,你要是死不了的话,你就对他们,对那些坏蛋说……"

我的周围死一般的沉寂,只有火车头像一只受伤的巨兽沉重地喘着粗气,远处的灯火惊恐不安地抖动着……我脚下的大地旋转起来,摇撼起来,像是要把我从它那被人们玷污了的胸脯上抛开似的。

七

讲故事的人又沉默了,眼中闪着悲伤、愤怒和替人们感到羞耻的泪花,听众的目光却在寻找替他们发表一下听后感的人,他们准备洗耳恭听。

这个人终于找到了,因为,听众多的地方,庸人总不会少的。

"这个故事太下流了,"他说,"是的,这个故事太下流了,本来可以讲得好一些的,也就是说,讲得含蓄一些,美一些。"

"噢,说得对!"一位太太真诚地叫喊起来,"我真不懂,干吗要给我们讲这种事情。我们要离开尘世,我们要上天,我们要的是光明,我们要的是眼睛和心灵得到一点安慰!我们每个人生活中的苦难够多的了,可他还要把我们头朝下推进这肮脏的泥坑。"

"不过,应该承认,他讲话的风度是不坏的。"一个持客观态度的人说。

"是呀,他很有趣!"

"噢,他要是能讲点什么……高尚的东西就好了!"

"他大概会讲的!他还不算老……"

又响起了掌声。讲故事的人站在这些人中间,气得满脸通红,好像这些人用一只大手在打他的耳光,他的眼中充满了几乎是疯狂一般的愤怒。

"静一静!"他扯着喉咙大叫,"请你们不要用赞扬的话来污辱我,从你们说的这些话里就证明你们的心已经死去。你们本不应该夸奖我,你们应该高傲地对我喊:'你胡说!我们筑造的生活中不可能发生你讲的这种事!滚开,诽谤专家!'你们应该这样来对待我的故事!可你们却觉得这些故事很有趣,像小孩子玩泥巴一样高兴,而这些泥巴却浸透着人的滚烫的鲜血。你们是人呢,还是未来播种用的一堆堆粪土?

"不,我说的这些生活中的丑事是你们到处培植出来的,我对你们讲这些等于对牛弹琴。像眼泪落在石头上不会使石头发出声响一样,我的话在你们的心中也没有引起任何共鸣!现在,我要谈谈你们自己了!"

他,这位可怜的真理的卫士,激动得上气不接下气,听众呢,利用他沉默的片刻发起议论来。要知道,任何新鲜动人的话语都不能打动他们的心。

"有些装腔作势,不过,还不错!"一些人说。

"这恐怕要算是政治演说吧?"另一些人说。

"真是一种奇怪的艺术!"还有一些人耸耸肩膀说。

大家又给他鼓起掌来。他等到大家鼓累了,掌声停了,又接着说:

"我爱你们!

"我用一种不顾一切、如饥似渴的爱情爱你们,就像一些人无人可爱,只好去爱淫荡下流的女人一样;我怀着内心的痛苦爱你们;我的爱就是强烈的痛苦,这种爱给予我不可剥夺的权利,我有权无情地憎恶你们!"

他使出最后一点气力,像一个受了致命伤的人那样喊道:

"我诅咒你们所有的人,我的诅咒是为了让你们永远也不要满足于现状,让你们热切地追求美好的事物,让你们始终不渝地怀着强烈的希望!"

他还能做什么呢？他知道他再也做不了什么之后，就一头撞死了，他那思想的火花也就永远熄灭了。

人们用脚踢着这个疯子的尚未僵冷的脑袋，挤在尸体旁边，谈论着：

"他的故事讲得倒不错，不过，他是个想入非非的人。"

"可怜呀，死得太早啦！这么年轻，还能干一番事业呢！"

"实际上，他只不过是个神经病！"

人们怀着尊敬和惋惜的心情埋葬了他，连那些盼着他死的人也巧妙地隐藏起自己的喜悦，除了魔鬼，谁也看不出来他们在幸灾乐祸。

风雪在我的窗外高傲地唱着孤独而凄凉的歌，炉中的炭火在我面前微微地燃烧着，魔鬼的面孔像红色的火舌在余烬中闪耀，一种奇怪的、像影子似的不可捉摸的声音，仿佛从远方传来的笑声和叹息，在我的头顶上颤抖着。

孙静云　译

水　泡*

故　事

自从伊凡·伊凡诺维奇·伊凡诺夫成了"我们的著名天才小说家"以后,他每年都要为自己举行一次新年枞树晚会……

这就是为什么在一八九〇年十二月三十一日晚上,月亮刚一爬上天空便惊愕地呆立在那里的原因。月儿双眉高挑,张口结舌地望着大地,嘴唇由于强忍着笑而在发抖,它似乎已不相信自己的眼睛。从伊凡·伊凡诺维奇住宅的窗口中它看到了以下的一些情景。

在宽敞的房间正中矗立着一棵高大的枞树,墨绿色的叶丛中闪烁着欢快的烛光,伊凡·伊凡诺维奇身着节日盛装,面带明快、幸福的笑容,倒剪着双手在枞树周围绕来绕去。

除蜡烛之外,枞树上再无别的任何饰物——整个树上挂满了从报上剪下来的纸片,有些树枝上还零零落落地吊着些小狗、小驴、小猪和其他动物形状的橡皮玩具。伊凡·伊凡诺维奇独自一人绕着枞树踱来踱去,有时停在一块纸片前面,小心翼翼地用手把它展开,清清喉咙,以一种甜丝丝、颤巍巍的声音朗读起来:

"我们的著名天才小说家伊·伊·伊凡诺夫先生的新作再次证明,他对生活现象具有高尚的见解,对人怀有强烈的爱,同时也证实了

---

* 本篇最初发表于一九〇〇年一月一日《北方信使报》。译自《高尔基三十卷集》第四卷。

我们认为他才华出众的看法……"

伊凡·伊凡诺维奇心满意足地笑了笑,整整齐齐地折起那张纸片,然后将一只倒吊在树上的小橡皮狗托在手掌上,带着由衷的遗憾瞧着它,同样大声而恳切地说道:

"听见了吗?可你却不承认我才华出众!你整天骂街……骂起我来没完没了……唉,你呀!我知道,你这是出自嫉妒!嫉妒我有这么大才气……嫉妒心是要不得的!……正因为你嫉妒我,我才把你尾巴朝上倒吊在树上,就是这样!"

他把掌上的玩具狗往下一扔,吊在线上的小狗就晃晃荡荡抖动了好久,仿佛用那种难受的姿势吊在那里使它十分疼痛似的。

这时伊凡·伊凡诺维奇已经在读另一篇剪报了:

"俄罗斯文学因有伊·伊·伊凡诺夫这位才华出众的大手笔而更加丰富多彩了……"

"嘿—嘿—嘿!"才华出众的伊凡·伊凡诺维奇笑了,他把小橡皮猪拿到手里对它说:"怎么?吊着吗?嗯,你看看,不公正有多危险!你的文章里说我是个平庸的小作家,可别人说我和屠格涅夫不相上下……而这些'别人'为数更多,是的,你没想到吧!不信你就数一数:这棵枞树上挂着六十六篇赞扬我的评论文章,可你们这些骂我的人充其量不过是七个……怎么样!"

伊凡·伊凡诺维奇用手指朝猪嘴上啪地弹了一下,又读起评论来了:

"悲观主义者大叫大喊什么俄国文学贫困衰落,可我认为,他们根本不知俄国文学为何物,因为,像天才的伊凡·伊凡诺维奇这类我国文学中的现象,难道……"

伊凡·伊凡诺维奇觉得连他的脊背都在发烧。他羞涩而又美滋滋地往四下看看,但是屋里除去他并没有别人。这篇评论对他来说是最最珍贵的。得到它以后,他这位素来对宗教毫无兴趣的人,居然跑到教堂里为那个素昧平生的评论家的健康作了一番祈祷。

现在,他把这篇证实其天才的评论从头至尾朗读一遍之后,深深地舒了口气,虔诚地吻了吻它……随后,他转向那些象征着不满他的作品的批评家的小动物,威严地举起一个手指,用深沉的声音训斥道:

"放明白点,饶舌的家伙们!……"

然后便把它们从枞树上取下,捆成一团,扔到屋角去了。然而对那些好评却依依不舍……他望着它们,不停地眨巴着眼睛。他想再尽情享受它们一番。可是怎么享受呢?他站在那儿寻思了一会儿。最后,他豁然开朗地笑了笑,把剪报一张张取下来,在屋角的沙发上铺将起来。把沙发铺满以后,他熄掉枞树上的蜡烛,脱去衣服,径自躺到这些充斥了对他的赞美之词的纸片上……

室内又暗又静。有时纸片柔和悦耳地窸窣作响,有时传出一阵平静的心满意足的笑声:

"嘿嘿,嘿—嘿—咿!嘻嘻!"

随之而来的便是平静的鼾声……

天上的月亮把腮帮子鼓得圆圆的,强忍着笑,飘飘悠悠,只管走自己的路了……

他梦见自己正躺在一堆评论上打盹儿,在他的卧榻旁边簇拥着一个由批评家们组成的合唱团,他们用唱《摇篮曲》的调子唱着:

噢,写吧—写吧—写吧,
为了娱悦心灵写吧—写吧!

批评家们的脸都是那样笑容可掬、和蔼可亲,而且——说也奇怪!——他们个个都是没牙佬!他们那些张得大大的黑咕隆咚的嘴巴,活像壁炉的出气孔一样,里面什么也没有。从这些黑孔里不断地冒出一股股暖烘烘的、催人入睡的热气和一支咝咝响的、甜蜜蜜的曲调:

噢,写吧—写吧—写吧,

噢,咝咝—咝咝—咝咝……

伊凡·伊凡诺维奇望着他们,感动地说:

"谢谢你们!万分感激!我,真的,很难为情……很不好意思……我,其实……算得了什么?我情愿……我非常感激!我十分感动!我一定为你们写……一部长篇小说,非常好的……谢谢,谢谢,先生们!"

他觉得似乎有一股暖流流经他的全身,热乎而亲切地沐浴着他……

突然之间,似乎所有的评论家的身影竟化成了一个鲜艳的形体。这是一个女人。

她身体肥胖,脸上皮肉松弛,抹着厚厚的脂粉,她挤弄着描画过的媚眼,抿着涂得过分鲜艳的嘴唇,向伊凡·伊凡诺维奇狎昵地笑着。她身上的衣服也是红红绿绿、花里胡哨的……

她一手拿着根鞭子似的树枝,另一只手里是一个散发着月桂叶气味的花环般的东西。

"这是怎么回事?"伊凡·伊凡诺维奇裹着被子,惶惑不安地说。"我……您要干什么?我好像见过您……您是谁?"

突然,她哈哈地大笑起来,然后对他说:

"不认得了吗?我是荣誉呀。"

"请原谅!"伊凡·伊凡诺维奇喊道,"不过,您千万别见怪!当着您的面我不便站起来……我没穿衣服……就是说,我脱了衣服了!您的光临……十分突然,也使我非常愉快……"

"别不好意思,瓦尼奇卡①!"荣誉用慈母般的声调说,"我并不拘礼……我是给你加冕来的……让我吻吻你吧!……"

她朝他俯下身,把涂得血红的嘴唇紧紧贴在他的唇上,伊凡·伊

---

① 伊凡的昵称。

凡诺维奇感到她的亲吻有一股印刷油墨味。

"伊凡!"荣誉说着,用一只手搂住他的脖子,另一只手将桂冠,像箍桶一样,箍在他的头上。"伊凡,随我到帕尔纳斯山①去吧!到时候了!都在那儿等你呢!"

"夫人!请允许我把衣服穿上。"伊凡·伊凡诺维奇说,他乐得浑身打战。

"伊凡!你要相信,天才毋须对世界有任何遮掩!"

"那我不会感冒吗?"伊凡·伊凡诺维奇问。

"噢,不会!"荣誉说。

她把他从被窝里拽出来,搂在怀里,连连地吻他的脸。伊凡·伊凡诺维奇觉得自己仿佛正在她怀里融化,在融化,也在沸腾。他觉得身上在起泡,像是被灼伤一样,而且——噢,上帝!——他整个人,全身都膨胀起来,变成了一个大水泡。

"你把我搞成什么样了呀?"他喊叫着,声音那样高,差点儿没有胀破肚皮。

荣誉得意扬扬地对他笑了笑,伊凡·伊凡诺维奇立即失去了知觉……

……又湿又冷的感觉迫使他从昏迷中醒来。他一醒来便明白了,他身上已经起了奇妙的、不可思议的变化。

他发现自己只不过是个水泡;是那些雨天里在水洼中蹦蹦跳跳、瞬息即逝的许许多多的水泡中的一个。他还发现,的确是他——"我们的著名天才小说家"——正浮在一片混浊的水洼面上游来游去,这片水洼不大,四周围着稀泥。他身边漂浮着许多同他一样的水泡;他们推搡着他,你追我赶,咝咝地响着爆裂开来。一种古怪而单调的声音在水洼上方响作一片——正如揉和发得过酸的面团时发出的吱吱、

---

① 古希腊神话中诗神居住的地方。

咝咝的响声。从布满乌云的阴沉沉的天空往下落着凄凉悲伤的雨；雨点打在水洼里使水面泛起一层层皱纹，水泡们兀自跳着、游着、挤挤攘攘、咝咝地叫着裂开来。在它们生存的短暂的一瞬间，只来得及反映出一些身边的事物和头顶上的一小块灰暗天空……它们彼此重复着咝咝声，在水洼面上东奔西窜，显得那样渺小、混浊而可怜……

最初，伊凡·伊凡诺维奇离开它们待在一旁。他使自己鼓到不至于破裂的程度，怀着轻蔑的好奇心往四下望着，极力想弄清他在什么地方？

这是怎么回事？

一群小水泡经过他身旁向水洼边缘游去，其中的一个咝咝地教导着跟在它后面的小水泡：

"生活的意义全在于美……"

"美，美，美！"尾随在老师身后的许多小水泡中的一员这样喊着，作出一副什么事一听便懂的聪明模样，它神气十足地把自己鼓得大大的，鼓着鼓着，一下子就爆裂了。

"作家是一支笛子，生活里的种种智慧一通过它就变成音韵和谐的曲调了……作家也是时代精神手中的一支笔——一支由某位圣贤用来撰写艺术史册的笔……"

可是这位演说家也立刻胀破了，在他曾经逗留过的地方没留下任何痕迹。

"这些话听来很是耳熟！"伊凡·伊凡诺维奇想，"这些人也似曾相识……可是奇怪！他们怎么没注意到我呢？"

于是他又稍微让自己鼓大了些。

这时他被推了一下，只见身旁站着一个素不相识的水泡。

"您好，伊凡诺夫！不认得吗？您还记得登在《老朽絮语》上的那篇评论您的中篇小说的文章吗？那就是我写的呀！"

"哎呀！"伊凡·伊凡诺维奇又惊又喜，大叫了一声。"原来是您？请相信，我……我见到您……高兴极了！谢谢！文章写得太透彻，太有见地,太抬举我了!"

"您是当之无愧的!您的才华一共向我提供了十篇杂文的材料,还外加欣赏您的大作时得到的乐趣……您的才气真高!"

"嘿嘿!我高兴极了……能讨人喜欢总是不错的,那就是说,我写在了点子上……不过,还是有人骂我……"

"嘻,这些人还值得理睬吗?在文学方面他们懂得什么?可我,您别忘记,从事评论工作已有一百零三载了……是的,先生!"

"感激之至。不过请问:这是怎么回事?咱们这是在什么地方?"伊凡·伊凡诺维奇问。

评论家在原地打了个转回答说:

"这是帕尔纳斯!我们当代的帕尔纳斯……"

伊凡·伊凡诺维奇惊愕得把脖子缩了起来。

"哦—哦!"他沉默了一会儿说,"原来是这样!没什么……不过,您知道,这儿有点挤,而且潮湿得很……"

"噢,这您慢慢就习惯了!这儿的水分的确很充足……不过……"

突然,伊凡·伊凡诺维奇觉得,不知是什么东西溅了他一脸,像是谈话的对方打了个喷嚏。他扭头一看,只见他身边的批评家已无影无踪。

"他们破得好快呀!"伊凡·伊凡诺维奇想到这儿缩得更紧了一点。而在他周围仍不断出现一批又一批的水泡。它们在水面上跳跃着,以极其敏锐的听觉捕捉着前人说过的话,它们一生都在用同样的调子重复着这些字句,随后便消逝了。

它们使劲地相互排挤,却又竭力不让对方发觉。显而易见,它们互不相容,而且可以清楚听到,在它们那喳喳的声音里包含着愤恨、嫉妒和受到伤害的自尊。它们每一个都想让别个更加注意自己,每一个都力图遮住别个的光亮。它们彼此都想找到对方的要害,触到对方的痛处。

"我们在反映生活……我们在反映生活……"响起一片喳喳的叫声。

"可生活在哪儿呢？也就是说，他们怎么看得见生活呢？"伊凡·伊凡诺维奇想。

在这密密麻麻布满水泡的一滩混水里，除去水泡们表现出的恶劣的思想感情以及它们的相互攻讦之外，很少有类似生活的东西。这里只有从没牙的嘴巴里发出的大量的咝咝声，以及想把自己装扮成某种高于水泡者的努力和企图，然而这一切的结局都同样悲惨。"咕唧！"短短的一声响——在原来曾有水泡的地方留下一道皱纹，随之很快就从水面上消失了……

伊凡·伊凡诺维奇感到有些不自在。

"不过……该告诉他们！对，应该……应该告诉他们：'先生们！你们大家都脱离了生活！要保重啊！因为生活是严惩不贷的！你们聚集在这个泥坑里，认为这就是生活，以此来欺骗自己。……到生活中来吧，先生们，到生活中来！抛开分歧，到生活中来吧！'对，我要是这样说了，大家都会注意我，我马上就会出人头地了！"

为了获得足够的勇气来完成这一业绩，伊凡·伊凡诺维奇开始为自己鼓气，他竭力鼓足气以后便突然高声说道：

"先生们，现在我……"

但他顿时就胀破了……

……于是他就醒了过来。

他首先用手摸了摸，身子下边那些有关他的评论是否还在？

当他听到那些纸片在他的手指下悦耳地沙沙作响时，他觉得一切都安然无恙，从而认为：

"原来是一场虚妄的梦……荒唐之至的梦……呸！"

然而，合上眼之后，他还是觉得整个房间里满都是混沌的气泡，他们东蹿西跳，无声无息地爆裂开来……

不过，这种幻觉并未惊扰伊凡·伊凡诺维奇的好梦。

张佩文　译

一个自命不凡的作家*

……一个作家若拥有许多崇拜者那是糟糕的,很糟糕!过多的水分只对沼泽植物无害。对于橡树来说水分必须适中。

这里我要讲的是一位在迈向自己的目标中途不意陷入声望这个泥沼的作家,讲讲他在倍受公众赞誉之后举止有多么可笑、多么尴尬,以及在他被荣誉弄得晕头转向时所发生的事情。

他是位年轻、淳朴的小伙子,可他并不完全是个傻瓜,他不同于他的同行的地方在于他一向真诚,内心里无时无刻不在产生矛盾。

他生活在一个以其文学成就闻名全球的国家,当他崭露头角,开始扬名的时候,他曾对这声望抱怀疑态度,而且想:

"奇怪:给他们吹号,他们听不见;可是小笛子一响,他们却很高兴!"

---

* 本篇写于一九〇〇年十一月,发表于一九〇一年十月三十一日和十一月四日《俄罗斯土耳克斯坦报》。译自《高尔基三十卷集》第五卷。本篇的创作一度曾被认为起因于一九〇〇年十月二十八日的"莫斯科艺术剧院事件":剧院上演契诃夫的剧作《海鸥》时,一部分有闲阶级的观众发现高尔基也在剧场,竟在表演进行之际蜂拥而至,热烈鼓掌喝彩,对作家表示了过分的、虚伪的赞扬,致使高尔基十分反感,怒斥了这些"崇拜者"。资产阶级报纸随即利用和夸大这一"事件",对高尔基展开了攻击。作品的标题《一个自命不凡的作家》即是作者借用这类报纸中的一句话,是对当时的所谓"社会舆论"所进行的针锋相对的嘲讽。实际上,本篇的创作意图绝不限于对这一"事件"作出反应。作品具有广泛的社会意义,是一篇关于作家任务的纲领性文字,它要求文学充当改造生活、为革命事业服务的武器,阐明了作家与人民的关系,并号召作家摆脱消极状态,为推翻"生活主人"的统治而积极投身于火热的革命斗争。

这位小伙子并不是谦虚，绝不是谦虚！不过他很看重自己，问题就在这里。……他也知道，在他的祖国没有人民，有的只是"公众"，文学声誉以及其他种种名望正是由"公众"创造出来的，人民关心的却是自己的生计，他们看不起作家，却相信巫师，他们操劳终生，不得一饱，因而随时都情愿以"公众"所喜爱的全部文学和其他艺术换取一袋面粉。

但是，尽管我的主人公深深懂得这一切，可他毕竟是个人！更何况所有作家都多多少少有些局限性。于是他开始感到，"公众"对他的作品大加捧场使他十分快意。他从读者那儿陆续收到些赞美他的来信。

一位读者称他："天才的"，另一位白纸黑字写道："敬爱的"，某位女读者的来信可谓言简意赅："心爱的人儿，谢谢你！"——就仿佛作家馈赠了她一件绸衣料似的。一个小书店的老板寄来的信中写道：

"М·Г作家先生！

"因为很想知道，公众为什么如此踊跃地购买您的大作，我把它拜读了一番，于是我不由写了下面几行诗：

> 好像污泥里的百合，
> 在我悲伤的心灵里
> 开放过梦想的花朵，
> 梦想那百事顺遂的生活。
> 开放过——可时间不多，
> 一开就落，
> 沤在我心底的淤泥里
> 臭得了不得……
> 可是你潜入了我的心，
> 把那热情的话儿说，
> 好像把闪闪的火星

洒满了我幽暗的心窝!
我热情似火,
我气吞山河,
此时此刻,我骄傲地冒着焦烟,
浑身毛发都已经燎着。
　　致以诚挚的敬意

谢苗·亚斯特列鲍夫。"

　　作家还从"公众"那里得到许多别的敬重他的表示,可是魔鬼,作家的忠实伴侣,却笑着提醒他说:

　　"别不好意思,傻瓜,这本是你应分得的,你同公众的关系,就像年轻的情妇和年迈体衰的老头子的关系一样。你也不必装委屈,因为'鲫鱼喜欢让人用酸奶油来煎'①,作家乐意让人放在荣誉的浓烟里熏烤!"

　　于是我的主人公开始悄悄地在钟爱他的"公众"眼前露面了,"公众"对他拍手叫好。这样一来,他就像嗜酒成性的酒鬼一样,习惯于人们对他喝彩,没有掌声他便觉着活得没有滋味,久而久之,小伙子就骄傲起来了。

　　有一回,在一个很热闹的地方,一群"公众"围上他,把他逼到墙根,拍着手赞许地喊道:"好呀!好呀!"他站在众人面前大为感动地笑着,心里像泡在蜜罐里那样甜。他头一次这样近地看到"公众"。可他突然感到很不自在,甚至害怕起来;他觉得,人们似乎马上要胳肢他,随之脑袋里便产生了各式各样的荒唐想法。这群人仿佛个个都在仔细端详他,而且暗自同他比着耳朵,看谁的耳朵长些?他感到他的耳朵越来越长,长到了无以复加的程度。"公众"边看边喊:"好呀!好呀!"这时,我的这位小伙子感到凶多吉少,怀疑起自己是否还属于自

---

① 典出契诃夫的短篇小说《鱼的爱情》。

己来了,他心想:

"他们已经把我当作他们的私有物,立刻就要像玩皮球似的摆弄我了。"

可是魔鬼站在他背后暗暗地奸笑:

"看哪!看哪!"

作家看见,人群已由数十人增至数百人,他们在不停地鼓掌喝彩。人群里还站着加略人犹大①和依纳爵·罗耀拉②以及其他出卖基督者的道貌岸然的后裔们,他们脚跟站得很稳,而且也在向他鼓掌。"公众"的目光像数百根钢针似的刺进我的主人公的胸膛,他窘迫地望着人群,只见那数百张脸一齐汇合成了一副巨大而阴沉的奴才面孔,这张面孔上没有眼睛,只有两块模糊的斑点,鼻子长得宛如大象的鼻子一样。

"瞧!"魔鬼说,"'公众'的领袖们把他的鼻子拉得很长,可是没有点亮他的心,所以他是瞎子,你看他的舌头是什么样的,你看!"

在我的主人公的眼前呈现出一双翕动着的情欲炽烈的巨唇,在那张得大大的、黑洞洞的窟窿深处翻腾着一个滑腻的、又短又粗、牛铃铛似的东西,它发着臭气叫喊道:

"好—好!好!"

作家吓得闭上了眼睛,觉得似乎有个东西正把他吸向某处。但是他睁眼一看,面前立着一堵人墙——全都是些极其普通的人,他们笑容可掬,眼里闪烁着孩子们看到新玩具时那种满意的光彩,他的四周一切正常,并没有什么异样。这些笑容和亲切的目光使作家感到温暖,心里的恐惧也随之烟消云散。他不禁想对"公众"说上几句心里话。他一只手按在刚被吓得怦怦直跳的心口上,深深地吁了

---

① 即《圣经》中说的出卖耶稣的叛徒。
② 依纳爵·罗耀拉(1491—1556),西班牙人,天主教耶稣会的创始人,维护罗马教皇统治,反对十六世纪欧洲宗教改革运动。罗耀拉的名字在欧洲常被用作"伪君子"的同义语。

口气说道：

"先生们！"

"好！嘘……安静些！"

"先生们，"他说，"你们的关切使我感到十分愉快和满足。看来我是理解你们的。小时候我一听见军乐，就常常跟在乐队后面跑，和你们一样，吸引我的与其说是军乐本身，倒不如说是那个把腮帮鼓得好大的吹大号的士兵。谢谢你们，众位先生！"

"好！"公众高喊。

"我们喜欢您！"有人高声说。

魔鬼站在作家背后，不住地窃笑——他是个滑头！

于是作家说：

"先生们，我相信你们的态度是真诚的，不过我很纳闷儿，我有什么地方值得你们如此厚爱呢。老实说，有时我觉得，你们似乎是因为我不穿礼服，又常常在小说里用些粗俗的字眼才喜欢我的。我有时想，假如我学会用左脚写抒情诗的话，你们也许会对我更热情、更关切的。"

"好！好！""公众"大喊。

"你们知道吗，我认为你们并不是真正的读者，而只不过是些捧场的人。真正的读者懂得，重要的不是人，而是人的精神，同时他们也不会把作家当成长着两个脑袋的牛犊那样左看右看的。他们读作家的作品，但不轻易相信他，而是自己思考书里写的东西：'这点说得对，可这点并不尽然。'经过思索，他会去做件好事，以后这好事便被人称之为历史，可你们呢，先生们，创造的不是历史，而是丑闻。世上真正的读者并不多，你们这样的却有的是。凭良心说……我对你们没一点好感，更谈不上尊敬……同事们常对我说，应该尊敬公众，可谁也说不上为什么。你们是怎么想的，为什么要尊重你们呢？"

作家住了口，探询地望着"公众"。"公众"也默不作声，而且似乎有些沉闷起来。

不知从哪儿吹来一阵冷风。

"你们看,"作家沉默半晌之后说:"连你们自己也想不出,对你们有什么可尊重的。"

一个红发人开口用低沉的声音嘟囔了一句:

"我们是人。"

"那么你们中间有多少真正的人呢?一千人之中兴许能找到五个人坚信人是生活的缔造者和主宰,而思想、言论、行动自由是人的神圣权利;也许只有千分之五的人能为这一权利去斗争,并且无所畏惧地为之献出生命。你们大多数人都是生活的奴隶或是它的蛮横的主人,你们只是暂时取代真正的人的驯服的小市民,你们身上只有人类最原始的东西。看着你们那黯淡而又胆怯的眼睛,我骇然地意识到,你们中间勇敢、正直的人太微乎其微了!我的祖国多么缺少有胆有识的人啊,可是祖国需要英雄的时代已再度来临!"

有二十来人扭头走了。演说者仍然在讲:

"仁人志士总是在不断追求、探索,可你们却忍气吞声、苟且偷安、无所作为地活着。你们生活不自由,又懒于思考,动也不敢动一下。在你们周围,像妓院客厅里搁架上的小摆设一样,充斥着陈腐的传统以及各种毫无用处的生活常规。这一切都在束缚着你们的手脚,但又是你们的小小偶像,尽管它们在禁锢着你们,可你们却不敢把它推翻。当风把田野上的新鲜气息吹进你们那空气污浊的洞穴时,你们却害怕心肿,关上了所有的气窗。你们不喜欢动荡,动荡会使你们胆战心惊!可是你们需要谈话资料和娱悦客人的东西,于是你们就像在教堂门前台阶上行乞的叫花子一样,向文学伸出手,想讨得一些消闲解闷的东西。在你们灰暗无聊的生活中,文学只不过是一种带刺激性的调味品。你们喜欢人们用满腔热血和激愤来写作,但仅只是喜欢而已。除去博得你们的赞扬或辱骂的喊叫以外,文学在你们胸中既唤不起爱,也引不起恨。你们不是人,你们是看客,是'公众';如果你们立即从生活中消失,生活连抖都不会抖一下,即使你们统统钻到地底下,世界也不会有任何改变。

"你们是斯多葛派①,因为你们是奴隶。打你们,你们不吭声;侮辱你们,你们笑脸相迎。只有你们的妻子午饭做得不够香甜时,才会惹得你们大动肝火,而你们的苦恼往往来自对生活福利的贪欲,以及你们彼此的嫉妒和消化不良。靴子夹痛了脚,你们哼哼唧唧地说:'噢,叔本华②多么正确呀!'听到有人发出'自由!'的呼声时,你们便暗自思忖:'他要赫卡柏③干吗!'让你们统统见鬼去吧!你们简直不晓得自己有多么可怜,多么可憎,生活在你们中间又多么可怕、多么痛苦!人们告诫你们说:生活是可怕的,生活是黯然无光、鲜血淋漓的。你们不相信,因为你们的生活只是庸俗和无聊的,在人们向你们指出这种庸俗有多么可怕、多么没有出路的时候,你们置若罔闻,只关心一点:话说得是否漂亮?身陷污泥的唯美主义者们,但愿你们快些让污泥给呛死!"

"公众"渐渐少了。他们不爱听长篇大论。魔鬼在窃笑——他是懂得这一切的真正价值的。一心要履行本身义务的演说者却什么也没有察觉。

"生活是一部关于人的英雄史诗,它描述的是世人寻求人生奥秘而不可得、有心通晓一切而无能为力、渴望成为强者而又无力克服自身弱点的历程。你们可曾听到过真理、正义,以及要使世间所有的人都变成豪迈、自由、美丽的人这一愿望吗?……你们只求饱食终日,养尊处优,在爱的美名下腐蚀和奸淫妇女,你们只愿过安逸、舒适、宁静的生活,这就是你们的幸福!你们对最美满的幸福的向往只不过是一

---

① 斯多葛派是古希腊的一个哲学派别。早期的斯多葛派有朴素唯物主义倾向,晚期(公元一至二世纪)的斯多葛派蜕化为宣扬宿命论的宗教唯心主义学派。此处作者用这个名词意在批评逆来顺受的宿命论者。
② 此处作者意在讽刺叔本华及其信徒的唯意志论。
③ 赫卡柏是荷马史诗《伊利亚特》中的主要英雄人物之一,赫克托之母。爱子赫克托英勇战死,特洛伊城失陷后,赫卡柏悲痛异常,投海自尽。赫卡柏这个形象因而成为极端悲痛和绝望的象征。此处作者用以讽刺那些不知自由为何物的奴性十足的人。

种分文不值的廉价愿望罢了。幸福要用结实、有力的双手去捕捉,可是你们这些胆小、懦弱而又萎靡不振的人,若不凭借外力连苍蝇也捉不到一个,甚至同苍蝇作战,你们也要求助于有毒的'灭蝇纸'。我可怜苍蝇。它们嗡嗡地叫着扰人清梦,但是我倒宁愿写一篇消灭你们的檄文《灭蝇篇》,让你们读过之后,在惶惶不安中中毒身亡。看来,我说的不对,因为你们还是感到不自在了。当你们的薪水不足以养家活口,或是你们的妻室厌烦同你们在一起,背弃了你们而使你们的日子越来越不称心时,你们怨天尤人,大发议论,在没有给你们加薪或是你们还没找到情妇以前,你们总觉得人生是艰难和丑恶的。于是整天絮絮叨叨,骂骂咧咧,以自己对人生的怨恨毒害你们儿女的幼弱灵魂。你们使他们的思想停留在生活中的一些琐碎和卑俗的事情上,因而他们的思想钝得就像用于砍伐木头的剑一样。随后,你们的孩子便会被你们那些莫名其妙的关于人生的说教弄得疲惫不堪,于不知不觉之中走着你们的老路,变成一些未老先衰、麻木不仁的行尸走肉。他们一面走,一面寻找温暖、宁静、舒适的生活,找到了便秉承父辈的榜样悄然地生存下去。他们酷似抹在一座旧建筑裂缝中的新灰泥。这座笨重而污秽不堪的建筑浸透了被它压死的人们的鲜血。由于老朽,它摇摇欲坠,充满即将毁灭的预感,惊恐地等待着使之轰然倒塌的冲击。这种冲击力量已告成熟,而且在不断增长壮大,它勉强抑制住自己,时东时西地迸发着急不可耐的火焰。这种力量必将来到,那时这座旧建筑就会发出一阵颤抖,坍塌在你们头上,把你们压死,虽说你们只是由于一事无成才该被处死的。但是,在生活中无辜者是没有的!"

剩下来的"公众"已寥寥无几。一部分人遗憾地望着作家,他们虽然爱读他的短篇小说,但是听起他的演说来却十分扫兴,因为他的演说不能给人任何美的感受。还有些人在讥讽地看着他。大家都觉得枯燥无味,可是谁也没有见怪。这时有个青年皱起眉头怒气冲冲地喊道:

"这全是空话!您说说,您的纲领是什么?"

一位可敬的先生叹着气说：

"咳，我年轻的时候也是个浪漫主义者！"

一位穿黑衣服的太太问道：

"怎么，他连妇女也骂吗？"

魔鬼在笑……

"还必须告诉你们，你们太喜欢充当不幸的人了！我认为，你们这样做是别有用心的，你们没有可以彼此博得敬重与爱戴的东西，所以你们便故作不幸，以唤起别人对自己的怜悯与同情，你们相互对等地给予对方以廉价而又不切实际的希望，其目的就如同马车轮子压着小狗的一只爪子时，你们所给予小狗的安慰一样。多么希望你们对生活怀有健康的、牢固的爱啊！……因为你们不爱生活，你们害怕它，你们像贼一样，是在偷偷摸摸，一小块一小块地窃取着生活。温顺的人们！可怜的叫花子们！让天神多多降灾给你们，使你们坐立不安吧；让上帝赐给你们大量烦恼，使你们恢复恢复生气吧！"

站在演说者面前的三个人中的一个生了气，他说：

"岂有此理，我们并不都是这样的！这太不公正啦！"

"先生们，不要向我要求公正吧。生活中没有公正，眼下还没有。在你们中间怎么能产生公正呢？你们都同样恶劣。你们就是社会，怎么能区别你们之间的好坏呢？少年时代你们都在中学里获取了各种知识，人们教给你们的都是一样的东西。我想，你们学的是好东西。很难设想，大学会教你们仇视人类，教你们冷漠地对待生活、追求肥缺以及其他乌七八糟的东西。我不知为什么总觉得，学校里所教的不会是这些，但是在你们进入生活以后，生活中卑鄙龌龊的现象并未因为有了你们而减少。我不能肯定你们给生活又带来了新的污秽，也不打算去肯定这一点。我只知道，你们在二十五岁时否定私有财产，而到了三十五岁，你们却购置了自己的房产。我知道，你们善于为自己工作，但我要问：你们为生活做了些什么呢？你们都同样麻木不仁，甚至你们中间那些常把'我们周围有多少卑鄙龌龊的事'这句话挂在嘴边的人也不例外。你们打算消灭这些龌龊的东西吗？你们在摈弃它吗？并不，可是我倒看到，即使你们之中的佼佼者也总在逃避污浊。要做一个清白的人的意向并不坏，但是正直的人是不怕污秽的。平心而论，我们的生活之所以如此丑恶，我们大家都负有罪责。如今世上没有无辜者，还没有！可你们哪里来这么多屈服于强权的奴性，从哪里学会了为个人安危而如此胆战心惊呢？我可以肯定地说，这些比比皆是的卑鄙、丑恶的东西所以能在我们周围繁衍得如此触目惊心，就因为它所凭借的是我们对个人利害的担忧和我们的卑躬屈节的奴才心理。对生活的耻辱我们人人有责。假使我相信咒语的力量的话，我会诅咒你们所有人。但是我相信的是别的东西：很快就会出现另一种人，一种勇敢、正直的强者。很快就会出现！"

"好啦，够啦！"魔鬼笑着说。

我的主人公环顾一下四周，在他面前和周围一个人影也没有了。

"奇怪，"他说，"都到哪儿去了？我还没有讲完呢！……"

"他们都让你的演说给烧成灰了！你没看见天花板上的烟炱吗？那就是他们剩下的全部东西！走吧！"

我的主人公后来的情况怎样，不得而知，我不愿对事情的结局妄加猜测，我料想不会有什么好下场。不过，我确信：一个作家若拥有许多崇拜者那是糟糕的。凡是同"公众"打交道的人都应该使自己周围的空气里充满真理的消毒剂。我要说的就是这些。

张佩文　译

在生活面前*

在生活面前,站着两个人,他俩对生活都不满意,其中的一人对于"你们对我何所求"这一问题用疲倦的声音答道:

"我对你那些尖锐的矛盾感到愤懑,我的理智难以理解存在的意义,我的心灵充满着对于你的茫然不解。我的自觉心告诉我:人是万物之灵……"

"你对我有什么要求呢?"生活冷冷地问道。

"我要求得到幸福!……为了使我能获得幸福,你必须使我心灵中矛盾着的双方,即我的'我愿意'和你的'你应该'统一起来。"

"你祈求你应该得到的东西吧!"生活严峻地说。

"我不愿意成为你的牺牲品!"那个人喊道。"我想成为生活的主人,却不得不在生活法则的重压下卑躬屈膝,这是为什么呢?"

"您就直截了当地说吧!"另一个站得离生活近一点的人说,可是第一个人没注意到同伴的话,继续说道:

"我愿意按照自己的意愿自由自在地生活,我不愿按义务成为亲人们的兄弟或奴仆,我要自由地抉择:做一个奴隶或是做一个兄弟。我不愿成为社会的一块基石,任凭社会在建筑自己的安逸的牢笼时随意安放。我是人,是生活的精灵,生活的智慧,我应该是自由的!"

---

* 本篇最初发表于一九〇〇年十二月二十五日《尼日戈罗德报》。译自《高尔基三十卷集》第四卷。

"慢着,"生活说道,"你讲了很多,而且下面还想说些什么,我已经知道了。你想成为自由的人!那有什么?你就成为自由人好了!跟我作斗争吧,如果你战胜了我,就可以成为我的主人,那时我将成为你的奴隶。你要知道,我是冷静的,而且总是容易向战胜者屈服。可是必须战胜我!你有能力为了自己的自由与我进行斗争吗?有吗?你有足以战胜我的力量并相信自己的力量吗?"

于是那个人沮丧地说:

"你诱使我同我自身作斗争,你把我的理智磨炼得有如刀刃般锋利,它深深地刺进了我的心,使我心如刀割!"

"您同生活讲话应该严厉一些,不要诉苦。"另一个人说。

可是第一个人接着说:

"我希望摆脱你的奴役。啊,让我享受幸福吧!"

生活冷笑了一下,这笑犹如寒冰的闪光:

"告诉我,你现在说话,究竟是要求呢?还是请求?"

"是请求。"那个人像回声似的答道。

"你就像一个常见的乞丐那样祈求施舍。但是,可怜的人,我应该告诉你:生活是不施舍的。再说,你知道吗?自由人也是不祈求施舍的,他自己去争得我的赠品……可是你呢,你只不过是个人欲望的奴隶,如此而已。有力量摈弃一切个人欲望从而为一种理想献身的人,他就是自由的。你懂了吗?走开吧!"

他懂得了,于是像狗似的躺在冷漠的生活的脚旁,好安安稳稳地从生活的筵席上捞取一点残羹剩饭。

这时,严峻的生活把她无神的目光投向另一个人,他的面孔虽然长得粗鲁,表情却是善良的:

"你请求什么呢?"

"我不是请求,我是要求。"

"要求什么?"

"正义在哪里?把正义给我。现在我只需要正义,其余的一切我以后自己去争取。我长久地期待着,耐心地期待着,我劳苦一生,没有休息,也没有欢乐!我期待着……可是够啦!正义在哪里?"

生活冷冷地答道:

"拿去吧。"

谭得伶　译

谈一本令人不安的书[*]

我不是一个小孩子,我四十岁啦,的确是这样!我知道生活,正像知道自己手掌上和两颊上的皱纹一样,没有什么东西可以教导我,也没有什么人可以教导我。我有家庭,为了使得这个家庭幸福,我弯腰曲背了二十年,的确是这样,先生!弯腰曲背——这可不是一件特别轻松的、而且还是一件最不愉快的职业。但是,这是过去的事,并且早已过去了,现在我想摆脱开生活的操劳好好休息一下——这就是我要您了解的,我的先生!

休息的时候,我喜欢读书。读书——对于一个有文化教养的人,是种高尚的享受;我珍视书籍,它是我热爱的癖好。但我决不因此就属于那些古怪的人之列,这些人好像饥饿的人抢面包一样,可以向任何一本书扑过去,他们想从这本书里找到某些新的词句,盼着从中得到如何生活的指示。

我知道应该怎样生活,我知道,先生……

我是有选择的,只读那些写得非常热情的好书,我喜欢作者善于显示生活的光明面,并且把不愉快的事情描写得那么出色,使你在享受着调料的美味时,不会再去想到烧肉的美质。书籍应该使我们这些

---

[*] 本篇最初发表于一九〇〇年十二月二十九日《尼日戈罗德报》。译自《高尔基三十卷集》第四卷。据一般推测,这本"令人不安的书"是指契诃夫的小说集而言,说的是反话,意思正是要大家读这类有着深刻内容和触动着人心的书。

劳碌终生的人感到慰藉,它应该安抚我们,这就是我要向您说的,我的先生! 安静的休息——这是我的神圣的权利——谁敢说不是这样的呢?

唉,先生,有一次,我买了一位新近大受赞赏的作家的书。

我买了这本书,怀着喜爱的心情把它带回家,晚上,我小心翼翼地裁开书边,就开始阅读,应该说——我是带着预防的态度去读这本书的。我不相信这些年轻的、讨人喜欢的和另样的天才。我喜欢屠格涅夫①——这是一位沉静的、温和的作家,读他的作品,就像喝浓牛奶,读着读着就会想到:"这已是很久以前的事啦,这一切都早已过去,早已经历过了!"我喜欢冈察洛夫②——他写得平心静气,内容充实而又令人信服……

但是,我读着读着……这是怎么一回事! 美丽、精确的语言,公正的态度,您知道,还又写得那样平稳——真是好极啦! 我读了一篇短小的短篇小说,合上书本,就开始思考起来……印象是凄切的,但是读起来倒用不着担惊受怕。您知道,没有什么对富有的人讲的生硬的、模棱两可的话,没有什么想把小兄弟当作一切美德和理想化身的典范来描写的意图,也没有什么粗鲁无礼的地方,一切都很朴素,都很亲切……我又读了一个短篇,真好,真好! 好极了! 还有……听说,当一个中国人想要毒死一个不知道为了什么会使他讨厌的好朋友时,这个中国人就请他吃生姜做的糖酱。他怀着非言语所能形容的快乐,一个劲儿吃着那种好极了的美味的糖酱,直到某一个时刻到来为止。当这"某一个时刻"来到时,这个人就突然倒下去,于是一切也就完结了! 他永远不并且什么都不想再吃了,因为他本人已经准备去做坟墓里蛆虫的食粮了。

这本书写的就是这样一些情形——我不停地读着它。上了床我

---

① 屠格捏夫(1818—1883),俄国名作家,《罗亭》、《贵族之家》和《父与子》等长篇小说的作者。
② 冈察洛夫(1812—1891),俄国名作家,《奥勃洛摩夫》和《悬岩》等长篇小说的作者。

还在读,等到读完它的时候,我就熄了灯,准备睡觉了。我静静地伸直身子躺着。周围是一片黑暗、寂静……

突然间,您知道,我感觉到有某种异常的现象——我开始觉得好像有几只秋天的苍蝇,带着轻微的嗡嗡声,在黑暗中,在我的头顶上飞着,转来转去,——您知道这些纠缠不休的苍蝇吗?它们有时会突然停在你的鼻子上,你的两耳上,你的下巴上。它们的脚爪,特别刺得皮肤痒呵呵的……

我睁开眼睛——什么都没有。但在我的心里面——好像有着某种模糊的和不愉快的东西。我不禁回想起我刚读过的东西,那些人物的阴暗的形象就呈现在我的眼前……这都是些萎靡的、静静的、没有血色的人,他们的生活——是不合理的、无聊的。

我睡不着……

我开始想:我活了四十年,四十年,四十年。我的胃消化不良。妻子说我——哼!——说我已经不像五年前那样热烈地爱她了……儿子是个笨蛋。学业成绩糟糕透了,人又懒惰,只喜欢溜冰,读些愚蠢的书……应该瞧一瞧,这是些什么书……学校,这是个折磨人的机关,把孩子教得都不成样子了。妻子的眼睛下面已经有了皱纹,她也是那一套……至于我的差事,假如正确地加以论断的话,那就是全然的愚蠢。总之,假如正确地加以论断的话,那么我全部的生活就是……

这时,我抓住了我的想象的缰绳,又重新睁开我的眼睛。这是怎么一回事呀?

我一看——有一本书站在我的床边。它那样干枯、消瘦,用细长的两腿站着,摇晃着小小的脑袋,以示赞同,并且还用借着翻动书页的轻微的窸窣声向我讲道:

"你正确地加以论断吧……"

它的面孔那样长,狂暴而又忧愁,两只眼睛明亮地闪着苦痛的光芒,穿透着我的心灵。

"你好生想想吧,想想吧:你为什么活了四十年?在这段时间当中,你给生活做了什么贡献?在你的头脑里面就从没有产生过一个新鲜的思想,在这四十年当中你也没有讲过一句有独到见解的话……?你的心胸里面从来没有充满过健康而有力的感情,甚至当你已经爱上一个女人之后,你也一直还在这样想着:她对于你是不是一个合适的妻子呢?你一半的生活是在学习,另一半生活——就忘掉你所学到的东西。你永远只关心着生活的舒适、温饱……你这个微不足道的平庸的人,你是个谁都不需要的多余的人。你死了以后,将留下什么呢?就好像你从来没有活过一样……"

这本该诅咒的书,就向我闯过来,扑在我的胸口上,紧压着我。它的书页颤抖着,拥抱住我,并对我细语道:

"像你这样的人,——在世界上有成千成万。你一生就像蟑螂一样蹲在自己的温暖墙缝里,因此,你的生活就这样无聊而平凡。"

我倾听着这些话,感到好像有谁把细长而又冰冷的手指伸进我的心里,在那里面挖着,我感到闷气、难过、惶惶不安。在我看来,生活对于我从没有特别明朗过,我看着它,就好像看着已经成为我习以为常的义务似的……可是讲得更正确一些,我从没有看着它……我活着,——这就行了。可是现在这本荒谬可笑的书,却把生活涂上了一种无聊得难以忍受、灰暗得令人不胜烦恼的色彩。

"人们在受苦受难,他们有所要求,他们有所向往,而你却在当官差……你干吗要当差?所为何来?当这种官差有什么意义?你自己既不能从中找到什么满足,它也不能给旁人什么好处……你为什么活着?……"

这些问题咬着我,啃着我,我无法入睡。而人是必须睡觉的啊,我的先生!

书中的那些人物又从书页里看着我,问道:

"你为什么活着?"

"这不关你们的事!"我本想这样讲,但我又不能这样讲。这时,一阵阵沙沙声,细语声在我的耳朵里响着。我觉得,这是生活海洋的巨浪托起了我的床，把它和我一齐带到一处无边无涯的地方，并且还摇晃着我。对以往岁月的回忆，引起我患了一种类似晕船的病……我从来没有经历过如此不得安宁的夜，我向您发誓，我的先生！

我还要问您：书这样烦扰人，不让人安眠，这样的书对人有什么好处呢？书应该使我振奋精力；假如它把尖针撒在我的床上，——请问，这样的书我要它干吗？这一类的书应该禁止销行，——这就是我要说的，我的先生！因为人需要愉快，而不愉快的事情人自己也会创造的……

这一切是怎样结束的呢？简单之至，先生！您知道，清晨，我凶神恶煞地从床上爬起来，拿着这本书，把它带到装封面的工人那里去。

他为我装——了——一——个——封面！这封面是坚固而又沉重的。现在那本书放在我的书柜的最下一层上，我高兴的时候，就用皮靴的尖头轻轻地踢踢它，问它道：

"怎么样，你胜了吗，啊？"

戈宝权　译

盲人之歌*

一个夏天的傍晚,我沿着城郊弯曲狭窄的街道闲逛,两旁是一些破旧的小房子,我朝一爿敞着门的酒馆里瞧了一眼,使我惊奇的是,里面有许多人,可是他们却静悄悄地坐着。

我环视了一下酒馆——一间天花板中部下垂,地板凹凸不平的小房间;在半明半暗的光线里可以看见一些头发蓬乱的脑袋、没有束腰带的布衬衫、穿着破鞋的和裸露的脚,还看到屋角里小桌旁有五六个人紧挨着坐在一起。其中的一个用沉厚、嘶哑的嗓子说:

"我老家的杨树可不像你们的这样,而是像圣像前的蜡烛一样笔直……"

我跨过门槛,有两个人瞥了我一眼,便默默地朝有人说话的那边转过脸去。坐在柜台后的酒馆老板是个老头子,他悄悄地迎着我站了起来,我低声向他要了一瓶啤酒……

"在我老家什么都好,什么都可爱……可就是像这儿一样穷……"

"到处都一样穷……"另一个人说。

我坐在窗前的一张桌子旁,仔细观察着人们,越过他们的脑袋打量着方才谈到杨树的那个人的面孔。我也喜欢杨树,因为它们高傲挺拔,直耸云天。

---

* 本篇写于一九〇〇年底,最初发表于一九〇一年一月《人人杂志》第一期。译自《高尔基三十卷集》第五卷。

谈论杨树的是一个女人。她喝得有点儿醉,厚厚的双唇挂着一丝微笑,这是一个人在忆起美好的往事时常有的怡然自得而又带着几分惆怅的微笑。她身材高大丰腴,胸部紧紧地抵着桌子,闭着眼,悲伤地摇晃着脑袋说道:

"哪儿都没有在家乡好……"

"对穷人来说,哪儿有面包,哪儿就是家乡……"又有个人用尖细的声音说道。

坐在女人对面的人斟了一杯伏特加酒,移到她的面前……

"喝了吧!"

这人是个瘦高个儿,有一头乌黑的头发,眼睛大大的,穿一件破衬衫,敞着领扣。他不安地转动着眼珠,老是抚摸着自己的稠密而蓬乱的黑胡须。和他并排坐着的是一个粗壮的红头发的小伙子,他蓄着士兵胡髭,头上勒着根皮带,大概是个烤面包的。女人对面坐着的第三个人是我的一个熟人,洋铁匠纽什卡。他喝得酩酊大醉,昏昏欲睡,他目光迟钝,瞪着混浊的眼珠,透过已经有些抬不起来的睫毛望着那个女人。有时他像条奄奄一息的鱼一样张着口,嘟囔着:

"霍——霍赫卢莎①……唱吧!喂……唱吧!"

在烟雾弥漫的房间里还可以影影绰绰地看见另外的六七个人。他们都一动不动地坐着,一声不吭地喝着伏特加酒和啤酒。在他们中间只是偶尔有人说上一两句话,话音很低,像一只小鸟从一个屋角飞到另一个屋角一样。

"到集市上去,就能听到瞎子唱歌!"女人讲道,"他们唱得可好听呢!很好听……"

在我对面,在靠着另一扇窗户的桌子旁坐着一个人,他的脸长得像助祭神甫。长长的头发一直垂到他的双肩和微驼的背上,一绺绺红胡须像一把大扇面似的散在胸前。浓密的毛发使他的脸显得小而难

---

① 旧时某些俄罗斯人对乌克兰妇女的蔑称。

看。他穿着一件皱皱巴巴的黑礼服,浆过的衬衫污渍斑斑,也是皱的。胡须下面露着一个散开了的领带尖。他的左眼又肿又紫,可他那只右眼却一动不动地盯着那个女人。

"我去过那儿!"他突然喑哑地吼叫一声,还用巨掌拍了一下桌子。所有的人都转过身来,连那个女人也抬起头,伸出脖子望着他。

"我到过基辅……到过白教堂……还到过许多城市……现在我已经记不起这些城市的名字了。你讲的我都见过,我都知道。第聂伯河……嗬,你呀,你可是我宽阔的第聂伯河啊!① 这是我在歌剧合唱队里唱过的……"

他的声音像来自地下的隐约可闻的隆隆声,充斥在酒馆中,声浪威严地冲击着胸膛,我的胸间因为这忧郁、绝望的声音感到十分沉重。

"女人,坐到我这边来吧,我请你喝啤酒……"

黑头发的瘦子站起来宣称:

"不行!我请客……"

"嗯,反正一样。是你请还是我请都一样……"

"霍赫卢莎,唱吧!"洋铁匠开始呻吟起来。

女人温柔地瞧了瞧那个眼睛被打坏的人说:

"您既然在那儿待过,那您就知道……"

"笨人的心就像一只破碗,任何知识也盛不住,女人……这话是约稣·本·西拉②说的……你能唱吗?我给你一个二十戈比的银币。"

他笨手笨脚地忙碌起来,伸手到裤袋里搜索着。

"有人给钱,不用你管!"那个眼神不安的黑发人轻蔑而生气地叫道。

"都一样!都——都一样……你、我、她……我们大家都像到耶路

---

① "嗬,你呀,你可是我宽阔的第聂伯河啊!"出自俄国音乐家阿·尼·韦尔斯托夫斯基(1799—1862)的歌剧《阿斯科多夫之墓》。
② 约稣·本·西拉(公元前十一世纪上半叶),犹太学者,著有宣传宗教、道德教义的《箴言集》。

409

撒冷去的一路上沙漠里的驴粪一样……"

红头发庄稼汉带着威胁的神气扫了这位哲学家一眼,从兜里取出一个钱包,把它举在空中晃了一下。钱币哗啦啦地响了一阵。

"看见了吗?"红头发庄稼汉问道,随即又把钱包塞进兜里。

女人闭着眼,摇摇头说:

"看,现在他们好像就在眼前……坐在路边的地上,头上顶着太阳,浑身上下刮得都是土……"

"是这样。我记得!"眼睛被打坏的那个人斩钉截铁地说。

"他们周围像木桩一样围着一圈人……他们,这些瞎子,唱着歌……"

从这个女人宽阔的胸膛里冲出一声浑厚的颤音:

马—马—丁—科[①]!……

"是这样!"当过歌剧合唱队队员的歌手大声叫着,又在桌子上拍了一下。

"请允许我提醒您——您别打岔!"黑头发男人气愤地叫了,"我自己就是个歌手。尽管我没有您那样的牛嗓子,可我从来都是不受人欺侮的……"

"傻瓜!"牛嗓子粗声粗气地说,"你生什么气?难道你不知道:笨人的话就像行路人的包袱,他们心里的话都挂在嘴上,而聪明人的话却搁在心里[②]……"

红头发庄稼汉跟自己的伙伴交换了眼色,用臂肘捅了捅伙伴的腰,然后卷着衬衫袖子,黑头发瘦子咬紧牙,握紧了拳头。这时从屋角里传来了一个人的尖细嗓音:

"先生,假如您是个有学问的人,就请您别让人扫兴……说些好听的话吧,骂街……是不应该的!"

[①] 《马丁科》是当时流行的一首行乞歌,盲人乞丐唱着这支歌向人乞讨。
[②] "笨人的话……心里"句,出自约稣·本·西拉的《箴言集》。

女人睁开眼睛,叹口气,又重新把它们闭上了。随后她把头向后一仰,把一只手放在胸上,用低沉而有力的嗓音,像一个大铜号发出的吼声一样唱了起来:

噢,可怜可怜穷瞎子吧……
我们没法干活……
我们双目失明……

酒馆里所有的人都安静了下来。黑头发瘦子坐下来,用一只手随着单调的曲子打着拍子。红头发庄稼汉变得严肃起来。他庄重地环顾四周,竖起一个手指,发出一阵嘘嘘声:

"嘘——嘘——嘘……"

可是并没有必要这样做。大家都像老态龙钟的老人晒太阳时一样,一动不动地坐着。穿礼服的那个人伸长脖子,竖起耳朵,凝神屏息地倾听着女人的歌声。在昏暗中我觉得他的一只眼睛又大又黑,像一块熄灭了的黑炭一样,另一只眼睛却很小,它紧张而活泼地闪射着光芒。

噢,看不见上天的亮光……
噢,看不见明亮的太阳……
可怜可怜贫穷的瞎子吧……

歌子的曲调像哭号一样单调。其中很可能只有两个音符,仅仅是两个。它们排列在曲子里,好像一把长锯上的锯齿一样,但这锯齿的单调动作却产生一种令人断肠,悲痛欲绝的音乐。

善心的人们,可怜可怜吧……

歌声蕴含着使人难以忍受的痛苦,这是一个想见到太阳但又不可能见到的人的痛苦,他绝望地摇着头,在伤心地呻吟。

唉,我们上哪儿去呀,什么也看不见……

这女人的声音出色地表达了一个被黑暗所俘虏的人的痛苦的号叫。她唱的歌词好像是些浑圆的物体,由于竭力要表达出倾注在歌词中的感情的力量和痛苦,它们病态地颤抖着……酒馆里一片宁静。女人浑厚的歌声充满了整间屋子,这歌声像焦油似的浇在酒馆里所有在座的人们身上,像宽宽的、抖动的水流朝着敞开的大门向街上流去……

我望着人们垂下的头,望着他们沉浸在歌声和暮色中的身影,望着窗外和天空。太阳已经落山,西边的天空红霞朵朵。一小片奇形怪状的浓云像一只展翅的巨鸟渐渐消融在火焰似的落日的余晖中。在地平线朱红色的天幕上清楚地勾勒出黑色的树影,那片像飞鸟一样的浓云似乎正向树木的枝丫上落去。田野上寂静而荒凉。太阳已深深坠入地平线下,只有透明的阴影悄悄出现在它的左右两侧,在大地上掠过。女人低沉、颤抖的声音犹如清水注满器皿一样充满了我整个身心,其他所有的人好像也同样觉得自己的心里充塞着痛哭流涕的声音。大家都一动不动地坐着,沉默着。只有喝醉了酒的纽什卡嘶哑地喊叫道:

"她干吗要号叫?"

但是这喊声湮没在歌声中,宛如一个石子坠入深深的溪流,几乎听不见落水的响声。

噢,至高无上的圣母啊,
噢,你为什么惩罚我们?

——女人一面唱,一面点着头打拍子。她仿佛在祈祷,她那紧按着胸口的手指微微动弹着,就像在拨弄人们看不见的紧绷在她心上的琴弦。

我看见那个头上勒着皮条的红头发庄稼汉向女人伸过手去,在她面前放了一枚五戈比的大铜板。他放下钱,随即画了个十字。

女人没有睁开眼睛,用手摸到那个铜板,把它夹在手指之间,轻轻地在桌子上敲一下,又放回了原处。红头发庄稼汉叹口气,晃了晃身体,又低低地垂下了头。

酒馆里越来越黑,歌唱盲人的歌声也愈发响亮了。这支歌在我心里激起了一种奇特、强烈而又可怕的感觉。由于我在生活中所看到的一切,我可怜所有的人:既可怜盲人也可怜明眼人,还可怜我自己。我不由地也想唱些什么,望着落日映在天上的紫红色反光,我担心地想:太阳还会升起来吗?……我的头脑里还产生一些其他同样离奇的想法。我觉得,这忧伤得难以形容的歌声在我身体里震颤,除了这歌声,我什么也听不见,它仿佛笼罩着周围的一切,宛如酒馆里所有的人的哭泣声。

这时女人的歌声里掺进另一个比她更低沉的嗓音。它唱得并不响亮,没有歌词,只有声音,好像远处隆隆的雷鸣。这个极其深沉的男低音犹如一条天鹅绒的带子在空中飘展开来,震动着窗户的玻璃;它衬托着那女人唱出的歌词,使它越发响亮,仿佛是歌词的基础。现在似乎已响起两管铜号。一管大的吹出伴奏的谐音,另一管较小的奏着由忧郁的哭泣声和悲伤的词句构成的曲调。在这音响贫乏的歌声里具有某种异乎寻常的忧愁和令人痛彻肺腑的悲伤之情。

  双目失明,心灵也不见光明,
  噢,哭泣也没有眼泪……

"噢——噢——噢!"空中荡漾着阴沉的回声。

这是蓄着长发、眼睛被打坏的那个人在唱。他坐在椅子上,弯着身子,把脖子伸向女人那边,他的头发垂下来,披散在脸上,把它整个遮得看不见了。领带晃晃荡荡,仿佛在这个人的脖子上套了一根绞索。

> 善心的人们,可怜可怜吧……

——酒馆里发出悲切的歌声。

"够了!"黑发男人用拳头敲了一下桌子,叫了起来。

"住嘴!"眼睛被打坏的人恶声恶气地反对他。

女人大概没有听到这两声叫喊,她还是闭着眼睛在胸前拨弄着手指,摇着头唱着。

> 信神的人们会帮助的……

"噢——噢——噢!"回声在附和着它。

我从座位上站起来,扔下啤酒钱,快步走出已经完全暗下来的、令人窒息的酒馆,沿着街道来到了田野上,这时落日的余晖还没有熄灭,一片寂静……

我一面走,一面贪婪地吸着清凉的空气,仰望天空,等待初露的星光。

我面前出现一条宽阔笔直的大道,它远远伸向夕阳西下的地方;大路两旁一动不动地伫立着忧郁的老桦树,它们的枝丫纹丝不动,仿佛在倾听着什么。一只夜鸟不声不响地在空中飞过。黑色的鸟像心灵里的回忆一样悄然出现,随即又消失在暮色沉沉的远方。

我一直往前走去,晚霞在我面前悄悄地熄灭了,沉闷的歌声却仍在我胸中回荡:

双目失明,心灵也不见光明……
信神的人们会帮助的……

陆桂荣 译